KB211829

ALBERT CAMUS

LA PESTE

GALLIMARD

EXEMPLAIRE

XXIII

페스트

L   a   P   e   s   t   e

알베르 카뮈 지음 ┃ 변광배 옮김

더스토리

차례

제1부 —— 7

제2부 —— 87

제3부 —— 211

제4부 —— 235

제5부 —— 337

작품 해설 —— 392

작가 연보 —— 401

한 종류의 감옥살이를 다른 종류의 감옥살이로 재현하는 것은
실제로 존재하는 것을 존재하지 않는 어떤 것으로 재현하는 것과
마찬가지로 합리적이다.

_대니얼 디포 《《로빈슨 크루소》의 저자)

제 1 부

이 연대기에서 그려지는 기이한 사건들은 194×년 오랑에서 발생했다. 다들 동의하듯이, 다소 일상을 벗어난 이 사건이 일어날 만한 곳이 아니다. 사실 오랑은 평범하다는 게 첫인상인 도시고, 알제리 해변가에 있는 프랑스의 한 도청 소재지에 불과하다.

고백하건대 도시 자체가, 좀 흉하다. 분위기가 지나치리만치 평온해서 이 도시가 수많은 다른 상업 도시들과 뭐가 다른지 알아차리려면 어느 정도 시간이 필요하다. 예를 들어 비둘기, 나무, 정원이 없어서 새들의 날갯짓이나 나뭇잎의 바스락거리는 소리도 들리지 않는, 완전히 밋밋한 도시를 어떻게 그려 내면 좋을까? 계절의 변화를 하늘에서만 읽을 수 있다. 봄소식은 오직 공기의 내음이나, 근교의 어린 장사꾼들이 가져오는 꽃바구니를 통해서만 전해진다. 시장에서 팔리는 봄인 것이다. 여름에는 태양이 집들을 바싹 굽듯 달구고, 잿빛 먼지가 벽을 뒤덮는다. 그래서 사람들은 폭염의 나날을 덧창을 닫고 실내에서 지낼 수밖에 없다. 반면 가을에는 온통 진흙탕이다. 좋은 날씨는 겨울뿐이다.

한 도시를 잘 아는 가장 쉬운 방법은 거기에 사는 사람들이 어떻게 일하고, 어떻게 사랑하고, 어떻게 죽는가를 알아보는 것이다. 우리의 이 작은 도시에서는 기후 때문인지 그 모든 일이 한꺼번에, 열광적이면서도 건성으로 이뤄진다. 그러니까, 다들 지루해 하면서 거기에 적응하려고 애를 쓴다. 이곳 시민들은 일을 많이 하는데, 오로지 부자가 되기 위해서고 장사만이 관심사다. 자신들의 표현에 따르면, 삶의 최우선 목표가 매상고를 올리는 것이다. 물론 연애나 해수욕, 영화도 싫어하지 않는다. 하지만 아주 합리적이게도 이런 쾌락들은 토요일 저녁과 일요일로 미뤄 두고 주중에는 최대한 돈벌이에 몰두한다. 저녁에 퇴근하면 늘 일정한 시간에 카페에 모이거나, 같은 길을 산책하거나, 각자 발코니에서 바람을 쐰다. 젊은 축에 속하는 자들은 그나마 과격하고 순간적인 열정을 지닌 데 반해, 고령자들은 악습이라고 해 보았자 쇠공 굴리기 동호회, 친목회 회식, 카드 도박 모임을 넘지 않는다.

분명 우리 도시만 유별난 게 아니라 우리의 동시대인들 모두가 꽤나 똑같다고 말할 수 있다. 확실히 오늘날에는 아침부터 저녁까지 일을 하고, 퇴근 후에 카드놀이를 하거나 카페에서 잡담을 하며 여가를 보내는 모습만큼 평범한 일상도 없다. 그렇지만 어떤 도시나 나라의 사람들은 때때로 뭔가 다른 일을 해 보려는 낌새를 보인다. 그렇다고 자신들의 삶을 바꾸지는 않고 단지 넌지시 내비칠 뿐인데, 그것만으로도 대단한 일이다. 한데 오랑은 그럴 여지가 없는 도시, 다시 말해 완전히 현대적인 도시다. 따라서 우리 도시에서는 사랑하는 법에 대해 상술할 필요가 없다. 남녀들은 서로를 이른바 성행위라 불리는 행위로 빠르게 소모해 버리거나, 아니면 얼른 결혼해서 부부라는 관계로 정착해 버린다. 두 극단 사이에서 중간은 찾아보기 힘들다. 이것도 아주 독특한 일은 아닐 것이다. 오랑처럼 다른 곳들에서도, 시간이 부족하고 성찰할 여유도 없기 때문에 사람들은 서로를 무턱대고 사랑할 수밖에 없다.

우리 도시에서 더 독특한 점은 죽을 때 겪을 수 있는 어려움이다. '어려움'은 적당한 단어도 아니다. '불편함'이라고 말하는 것이 더 정확하겠다. 아픈 것은 결코 기분 좋은 일이 못 되지만, 그래도 아프면 위로해 주는 도시나 나라도 있다. 그런 곳에서는 마음을 푹 놓고 지낼 수 있다. 병자가 애정을 원하고 뭔가에 기대고 싶어 하는 것은 아주 자연스러운 일이다. 하지만 오랑의 극단적인 기후, 거래되는 사업의 규모, 무미건조한 환경, 순식간에 닥치는 밤, 쾌락의 특성 등에는 건강이 요구된다. 오랑에서 병자는 아주 외롭다. 모든 시민이 전화로 혹은 카페에서 어음, 선하증권, 어음할인에 대해 논의하는 동안 열기가 지글거리는 벽 뒤에서 덫(병)에 걸려 죽어 가는 이를 떠올려 보라. 그 메마른 곳에서 그런 식으로 맞닥뜨릴 죽음이, 현대적인 죽음임을 감안해도, 얼마나 불편할지 불 보듯 뻔하다.

이처럼 다소 무작위로 살펴본 모습들만으로도 우리 도시가 어떤 곳인지 꽤 충분히 감이 올 것이다. 하지만 절대로 과장해서는 안 된다. 꼭 강조해야 할 것은, 이 도시나 그 안에서 사는 삶의 모습이 시시하리만치 평범하다는 사실뿐이다. 사람이란 일단 적응이 되면 별 어려움 없이 지낼 수 있는 법이다. 마침 우리 도시는 적응하기 쉬운 곳인 만큼 모든 것이 최상이라 할 수 있다. 확실히 여기의 삶은 흥미진진하지는 않다. 그러나 최소한 '사회적 불안'이라는 건 모르고 지낸다. 그래서 여행자들이 주민들을 솔직하고 친근하며 성실하다고 호의적으로 평가한다. 다채롭지도 않고 나무도 없이 삭막한 도시지만 평온해 보이기 때문에 사람들은 결국 만족스럽게 그곳에서 잠든다. 하지만 오랑이, 헐벗은 고원 중앙에서 환한 언덕으로 에워싸인 가운데 앞쪽에 완벽한 형태의 만(灣)을 마주한, 특유의 아름다운 풍광을 가진 곳에 위치했음도 언급해야 마땅할 것이다. 단지 도시가 만을 등지고 들어서는 바람에, 바다를 볼 수 없는 것이 유감이다. 바다를 보려면 일부러 찾아가야만 한다.

오랑에서의 삶이 보통 이렇다 보니, 우리 시민들이 그해 봄에 일어난 의문의 사건들, 나중에 알게 되었지만 이 연대기에 적힐 심각한 사건의 전조였던 자잘한 사건들을 전혀 예상하지 못한 점이 어렵지 않게 이해될 것이다. 그 사건들이 누군가에게는 당연해 보이고, 누군가에게는 터무니없어 보일 것이다. 하지만 연대기 서술자가 이런 모순을 다 고려할 수는 없는 노릇이다. 그런 일이 실제로 일어났고, 그것이 시민 전체의 삶에 영향을 주었고, 그가 하는 말의 진실을 마음으로 확인해 줄 증인들이 수천 명일 때, 그의 임무는 오직 "그런 일이 일어났다"고 말하는 것뿐이다.

게다가 서술자(적당한 때에 밝혀질 것이다)는, 우연히도 상당수의 진술을 직접 수집할 수 있고 또 서술하고자 하는 모든 이야기에 끼어들 수 있는 입장에 있었는데, 만약 그렇지 않았더라면 이 연대기를 쓸 자격을 갖지 못했으리라. 이것이 그가 역사가로서의 소임을 행하며 내세운 명분이었다. 비록 아마추어라도 역사가는 당연히 직간접의 자료들을 가지고 있다. 이 이야기의 서술자 역시 세 종류의 자료를 가지고 있다. 우선 자신의 증언, 그다음으로 다른 사람들의 증언(그가 맡은 역할 덕분에 이 연대기에 나오는 모든 인물들의 사적인 이야기들을 알 수 있었다), 마지막으로 그의 수중에 들어온 서류들이다. 그는 적절하다고 판단이 되면 그것들을 참고하고 마음껏 인용할 생각이다. 그의 생각은 또한……. 이제 해설과 주석은 그만하고 이야기의 본론으로 들어가야 할 시간인 듯하다. 처음 며칠 동안의 일은 좀 자세히 서술할 필요가 있다.

***

4월 16일 아침, 의사 베르나르 리외는 진료실을 나오다가 계단 중간에서 뭔가 물컹한 것을 밟았다. 죽은 쥐였다. 순간적으로 그 짐승을 한쪽으로 밀어 놓고 별생각 없이 계단을 내려왔다. 거리로 나설 때에야 쥐가 있을 곳이 아니라는 생각이 들어서, 수위에게 치우라고 알려 주려고 발길을 돌렸다. 미셸 씨의 반응을 보고서야 자신이 본 것이 예사롭지 않다는 것을 실감했다. 그는 죽은 쥐가 거기에 있다는 걸 좀 이상하게 느꼈을 뿐인데, 수위는 그야말로 펄펄 뛰었다. 수위는 단숨에 딱잘라 말했다. "건물 안에는 쥐가 없습니다." 2층 계단에 쥐가 한 마리 있는데 아무래도 죽은 것 같더라고 의사가 아무리 강변해도 소용없었다. 미셸 영감의 확신은 흔들리지 않았다. "건물 안에는 쥐가 없"으니, 누군가 밖에서 쥐를 가져다가 거기에 놓았을 거라는 말만 되풀이했다. 요컨대 장난질이라는 것이었다.

그날 저녁, 의사 리외는 건물 입구에 서서 계단을 오르기 전에 집 열쇠를 찾으려고 호주머니를 뒤지고 있다가, 어두운 복도 끝에서 큰 쥐가 걸어오는 것을 보았다. 잘 걷지도 못하고 털이 흠뻑 젖어 있었다. 그 짐승은 멈춰서 균형을 잡으려고 기를 쓰는 듯했고, 의사 쪽으로 다가오다가 다시 멈춰 서더니, 작은 소리를 내지르며 제자리에서 돌다가 옆으로 쓰러졌다. 살짝 벌어진 주둥이로 피가 흘러나왔다. 의사는 한동안 그 짐승을 쳐다보다가 집으로 올라갔다.

리외는 쥐를 생각하고 있지 않았다. 쥐의 각혈을 보자 하루 종일 신경 쓰고 있었던 개인적인 걱정거리가 다시 떠올랐다. 벌써 1년째 병을 앓고 있는 아내가 이튿날 산림 요양소로 떠날 예정이었다. 아내는 그가 시킨 대로 침대에 누워서 쉬고 있었다. 진 빠지는 이동에 대비한 것이었다. 아내는 그를 보고 미소를 지었다.

"컨디션이 무척 좋아요."

의사는 침대 머리맡 전등 불빛 아래에서 제 쪽을 향하고 있는 아내의 얼굴을 바라보았다. 서른 살이라는 나이와 병색에도 불구하고, 리외의 눈에는 언제나 처녀 시절의 앳된 얼굴로 보였다. 어쩌면 저 미소가 다른 모든 것을 지워 버리기 때문인 것 같았다.

"이젠 잠을 좀 자 둬요. 당신도 알다시피 간호사가 11시에 올

테니, 내가 12시 기차에 맞춰서 역에 데려다줄게요."

그는 약간 땀에 젖은 아내의 이마에 입을 맞췄다. 그녀의 미소가 방문까지 그를 배웅했다.

이튿날인 4월 17일, 아침 8시에 수위가 지나가는 리외를 불러 세웠다. 그러더니 못된 장난꾼들이 죽은 쥐 세 마리를 복도 한복판에 던져 놓았다고 비난했다. 쥐들이 피투성이인 걸 보면 큰 덫으로 잡았을 게 틀림없다고 했다. 수위는 손으로 쥐들의 다리를 잡아서 들고 문턱에 한참을 서서는 오가는 사람마다 일일이 쳐다보았다. 범인들이 낄낄대거나 비웃으며 정체를 드러내지 않을까 했던 것이다. 하지만 헛수고였다.

"아! 이놈들을 꼭 잡고야 말 테다."

미셸 씨가 기세등등하게 외쳤다.

꺼림칙해진 리외는 자기 환자 가운데 가장 가난한 사람들이 사는 지역부터 왕진을 시작하기로 했다. 그곳은 쓰레기가 아주 늦게 수거되어, 먼지 가득한 직선 길을 달리던 자동차는 인도 끝에 내놓은 쓰레기통들을 스치곤 했다. 그렇게 어느 길을 따라가다가 의사는 채소 찌꺼기와 더러운 넝마 위에 던져진 열두 마리 정도의 죽은 쥐를 헤아릴 수 있었다.

의사가 왕진을 한 첫 번째 환자는 거리로 창이 나 있는, 침실 겸 식당으로 사용되는 방의 침대에 있었다. 얼굴이 각지고 움푹한 스페인 노인이었다. 그의 앞에는 완두콩이 가득 찬 냄비 두 개가 이불 위에 놓여 있었다. 의사가 들어갔을 때 침대에서 반쯤 몸을 일으켜 앉아 있던 환자는 몸을 뒤로 젖히면서 만성 천식성의 거친 숨을 내뱉으려고 했다. 그의 아내가 타구를 가져왔다.

"그런데 선생님, 그것들이 나왔는데, 보셨나요?"

주사를 맞는 동안 노인이 리외에게 물었다.

"예, 이웃에 사는 사람이 세 마리나 모았대요."

그의 아내도 덧붙였다. 노인은 손을 비벼 댔다.

"그것들이 밖으로 나오고, 모든 쓰레기통에서 보인다는 건, 배가 고파서죠!"

리외는 곧 온 동네가 쥐 이야기를 하고 있다는 사실을 어렵지 않게 알 수 있었다. 왕진을 끝내고 집으로 돌아오자 미셸 씨가 말했다.

"위에 선생님한테 전보가 와 있습니다."

의사는 수위에게 새로운 쥐를 보았느냐고 물었다.

"아! 없었습니다. 제가 감시하고 있는 거 아시잖아요. 그러니 이제 못된 놈들이 감히 그런 짓을 못하는 겁니다."

전보는 이튿날 어머니가 도착한다는 내용이었다. 환자인 며느리가 없는 동안 아들의 뒷바라지를 하기 위해 오는 것이다. 의사가 집에 들어왔을 때 간호사는 벌써 와 있었다. 리외는 정장 차림에 화장을 하고 서 있는 아내를 보았다. 그는 아내에게 미소를 지으며 말했다.

"좋아요. 아주 좋아요."

얼마 후, 그는 역에서 아내를 침대칸에 태웠다. 그녀가 객실을 둘러보았다.

"우리 형편에 너무 비싼 거 아니에요?"

"필요한 일이잖아요."

"쥐 이야기는 뭐예요?"

"모르겠어요. 이상하기는 하지만, 잠잠해질 거예요."

그러고 나서 그는 아주 빠르게 미안하다고, 그녀를 돌보는 일에 많이 소홀했다고 말했다. 아내는 그에게 아무 말 말라는 듯이 머리를 저었다. 하지만 그는 이렇게 덧붙였다.

"당신이 돌아오면 모든 게 다 잘될 거예요. 우리는 다시 시작할 거예요."

"그래요, 우린 다시 시작하게 될 거예요."

그녀가 눈을 반짝이며 말했다.

잠시 후 아내는 남편에게 등을 돌리고 창밖을 내다보았다. 승강장에서 사람들이 바쁘게 움직이느라 서로 부딪히곤 했다. 기차가 증기를 내뿜는 소리가 크게 들렸다. 리외는 아내의 이름을 불렀다. 그녀가 고개를 돌렸는데, 얼굴이 눈물로 뒤덮여 있었다.

"울지 말아요."

그가 부드럽게 말했다.

눈물 젖은 아내의 얼굴에 미소가 되돌아왔지만, 약간 굳은 미소였다. 아내는 심호흡을 했다.

"이제 가세요. 다 잘될 거예요."

그는 아내를 안아 주고 승강장으로 나왔다. 이제 그에게는 유리창 건너편으로 그녀의 미소만 보였다.

"제발, 몸을 잘 돌보도록 해요."

하지만 아내에게 그의 말은 들리지 않았다.

리외는 승강장을 나오다가 출구 근처에서 예심판사 오통 씨와 마주쳤다. 그는 어린 아들의 손을 잡고 있었다. 의사는 그에게 여행을 떠나느냐고 물었다. 판사는 키가 크고 가무잡잡해서 이른바 옛날 사교계 사람, 혹은 상여꾼처럼 보였다. 그는 친근하지만 짧게 대답했다.

"시집에 인사를 드리러 간 집사람을 기다리고 있습니다."

기관차가 기적을 울렸다.

"쥐들이 지금……?"

판사가 질문을 던졌다. 리외는 기차가 가는 방향을 따라가려다가 출구를 향해 돌아서며 답했다.

"쥐들이요? 별일 아닙니다."

리외가 그 순간에 대해 기억나는 것은, 역무원이 죽은 쥐들이 가득한 궤짝 하나를 팔에 끼고 지나가던 광경이다.

그날 오후 진료를 시작할 무렵, 한 젊은 남자가 리외를 찾아왔다. 신문기자인데 이미 아침에 왔다 갔었던 사람이라 했다. 이름이 레몽 랑베르였다. 키는 작지만 다부진 어깨, 단호해 보이는 얼굴에 맑고 총명한 눈을 가졌으며, 편한 옷차림이었지만 사는 데 전혀 궁색함이 없어 보였다. 그가 들어오더니 단도직입적으로 용건을 말했다. 자신이 파리에 있는 큰 신문사를 위해 아랍인들의 생활 여건을 취재하고 있어서, 그들의 보건 상태에 대한 정보를 얻고 싶다고 했다. 리외는 '좋지 않다'고 대답하더니, 더 자세한 얘기를 나누기 전에 기자로서 진실을 말할 수 있는지 물었다.

"물론입니다."

"내 말은, 당신이 전부 폭로할 수 있느냐는 겁니다."

"전부요? 아뇨, 그 정도까지는 못 한다고 말해야겠네요. 하지만 상황이 그렇게까지 나쁘지는 않은 걸로 아는데요."

"네, 맞습니다."

리외는 차분하게 동의하며, 랑베르가 어느 정도까지 타협 없이 정직하게 보도할 수 있는지 알고 싶었을 뿐이라고 말했다.

"나는 일부는 감추는 식의 보도를 좋아하지 않습니다. 그래서 당신의 기사에 정보를 제공할 수 없겠네요."

신문기자가 미소를 지었다.

"생쥐스트Saint-Just 식의 직언이군요."

리외는 여전히 차분한 음성으로, 자신은 사실 아는 바가 전혀 없다고 말했다. 자신이 몸담고 살아가는 세계에 완전히 지쳐 버렸으면서도, 그래도 사람들을 좋아하기 때문에 나름대로 불의와 타협을 거부하기로 결심한 이의 언어였다.

랑베르는 의자에 잔뜩 웅크리고 앉아서 말없이 의사를 주시하고 있었다.

"이해가 됩니다."

마침내 그가 이렇게 말하며 자리에서 일어섰다.

의사는 그를 문까지 배웅했다.

"이해해 주시니 감사하네요."

랑베르는 초조해 보였다.

"예, 예, 이해합니다. 폐를 끼쳐 미안합니다."

의사는 그와 악수를 하며 요즘 시내에서 발견되는 수없이 많은 죽은 쥐에 대한 특별 취재를 할 수도 있을 거라고 말했다.

"어! 그거 흥미로운데요."

랑베르가 탄성을 질렀다.

오후 5시에 오후 왕진을 나가는 길에, 의사는 계단에서 아직은 젊은 편에 몸은 육중하고 얼굴은 묵직하고 파였으며 눈썹이 짙은 남자와 마주쳤다. 리외는 건물 꼭대기 층에 사는 스페인 무용수들의 집에서 그 남자를 몇 번 본 적이 있었다. 장 타루는 계단에 서서 담배를 연신 빠끔대면서, 자신의 발치에서 쥐가 최후의 경련을 일으키며 죽어 가는 걸 바라보고 있었다. 그가 고개를 들고 회색 눈으로 잠시 의사를 뚫어지게 쳐다보았다. 그러다가 인사를 건네고는, 쥐들이 구멍에서 나와 이런 식으로 죽어 가는 게 좀 기이하다고 덧붙였다.

"아주 기이하죠. 결국 무척 거슬리는 일이 되고 말 겁니다."

"어떤 의미에서만요, 선생님. 우리가 이와 비슷한 일을 한 번도 겪은 적이 없어서, 그래서 그런 겁니다. 개인적으로 저는 흥미롭다고 생각해요. 네, 아주 흥미롭네요."

타루는 손가락을 넣어 이마의 머리카락을 뒤로 쓸어 넘기고서, 다시 쥐를 보았다. 이제 움직임이 없었다. 그가 리외에게 미소를 지었다.

"하지만 선생님, 결국 이건 수위의 일이에요."

마침 의사는 건물 수위와 마주쳤다. 그는 입구 근처의 벽에 등을 기대고 있었다. 평소에 혈색 좋던 수위의 얼굴에 피로감이 짙었다.

"네, 압니다. 이젠 두세 마리씩 계속 발견되네요. 다른 건물들도 마찬가지예요."

방금 전의 쥐를 얘기해 준 리외에게 미셸 영감이 이렇게 대꾸했다.

수위는 맥이 없고 근심에 차 보였고, 무심코 목을 긁고 있었다. 리외는 그에게 몸이 괜찮으냐고 물었다. 물론 수위는 몸이 안 좋다고 말할 수 없었다. 하지만 분명히 평소와는 달랐다. 그는 걱정 때문이라고 생각했다. 이 쥐들이 자신에게 '한 방' 먹인 것이다. 이것들이 어디선가 기어나와 여기저기서 죽어 가는 일만 사라진다면 훨씬 안심될 것이다.

하지만 이튿날인 4월 18일 아침, 의사는 역에서 어머니를 모시고 돌아오다가 미셸 씨가 더 파인 얼굴을 하고 있는 것을 보았다. 지하실에서 다락까지, 계단마다 쥐들이 십여 마리씩 널려 있었다. 이웃집 쓰레기통들도 쥐들로 가득했다. 의사의 어머니는 그 소식을 듣고도 놀라지 않았다.

"그런 일이야 있을 수 있지."

그녀는 은발에 검고 부드러운 눈을 가진 자그마한 체구의 여인이었다.

"널 다시 보니 행복하구나, 베르나르야. 쥐들이 나왔다고 거리낄 게 뭐 있니."

그도 동의했다. 정말이지 어머니와 함께라면 모든 일이 늘 쉬워 보였다.

그래도 시청에 전화는 했다. 리외는 해충 박멸 관련 부서의 과장을 잘 알았다. 과장은 쥐 떼가 나와 거리에서 죽어 간다는 소식을 들었을까? 메르시에 과장은 전부 알고 있었다. 그의 사무실에서만 쥐가 50여 마리나 나왔는데, 부둣가에서 그리 멀지 않아서인 듯했다. 하지만 사실 그는 전화를 받고 조금 당황해서, 의사가 이게 심각한 일이라고 생각하는 건지 자문해 보았다. 리외는 단정할 수는 없었지만, 보건위생 담당과가 나서야 할 것 같다고 말했다. 메르시에도 동의했다.

"그래야겠지. 명령을 받으면 말이야. 만일 자네 생각에 정말 그럴 가치가 있는 문제라면, 명령을 내려달라고 말해 보겠네."

"당연히 그럴 가치가 있지."

리외의 가정부가 방금 그녀의 남편이 일하는 큰 공장에서 죽은 쥐를 수백 마리나 수거했다고 알려 줬던 것이다.

대략 그 무렵부터 우리 시민들은 불안해 하기 시작했다. 그도 그럴 것이 4월 18일부터 공장들과 창고들에서 쥐의 사체들이 수백 마리씩 쏟아져 나왔기 때문이다. 그 짐승들이 너무 오래 고통을 당하고 있어서 일부러 끝을 내 줘야 하는 경우도 없지 않았다. 외곽 지역에서 도심까지 리외가 지나가는 곳마다, 우리 시민들이 모여 있는 곳마다, 쥐들이 쓰레기통 속에 쌓여 있거나 도랑 속에 길게 줄지어 있었다. 석간신문은 그날부터 이 사건을 보도하기 시작하면서, 과연 시 당국이 행동을 개시할지, 이 혐오스러운 쥐 떼의 습격으로부터 시민을 보호하기 위해 어떤 긴급 조치들을 고려하고 있는지 물었다. 사실 시 당국은 어떤 것도 제안하거나 고려하고 있지 않았지만, 일단 이 사태를 심의하기 위한 대책 회의를 열었다. 그 결과 보건위생 담당과에 죽은 쥐들을 매일 새벽에 수거하라는 지시가 하달되었다. 수거가 끝나면 담당과의 차 두 대가 그것들을 쓰레기 소각장으로 운반해서 소각하기로 했다.

하지만 그 뒤로 며칠 사이에 상황이 악화되었다. 길거리에 쌓이는 설치류의 사체가 점점 늘어서 매일 아침 수거량이 더욱 많아졌다. 나흘째부터 쥐들은 떼 지어 나와서 죽었다. 헛간, 지하실, 지하 창고, 하수구 등에서 쥐들이 비틀비틀 줄지어 올라와 햇빛을 받고 휘청거리면서 제자리에서 맴돌다가 사색이 된 사람들 발치에서 죽었다. 밤마다 복도나 골목길에서 쥐들의 짧은 단말마 소리가 뚜렷이 들렸다. 변두리 개울에는 아침마다 쥐의 사체들이 널브러져 있었는데, 하나같이 뾰족한 주둥이에 새빨간 혈흔이 묻었다. 이미 부풀고 썩은 것들도 있고, 사후 경직 상태로 빳빳하게 굳어서 수염이 아직 꼿꼿한 것들도 보였다. 바쁜 시내 도심에서조차 계단이나 안마당에서 쥐들이 작은 무더기로 발견되었다. 가끔은 슬그머니 관공서의 대기실, 학교 안뜰, 카페의 테라스까지 와서 죽는 놈들도 있었다. 시민들은 아름 광장, 대로, 프롱 드 메르 산책로와 같은 가장 번화한 장소들에서도 쥐들을 발견하고 당황했다. 새벽에 죽은 쥐들을 치웠지만, 낮 동안에 쥐들이 무더기로 계속 늘었다. 밤에 보도를 걷다가 죽은 지 얼마 안 된 물컹한 시체 덩어리를 밟는 일도 흔해졌다. 마치 우리의 집들이 서 있는 대지가 그 안에 고여 있던 체액을 짜내고, 지금까지 안에서 곪았던 진물과 피고름을 표면으로 내보내는 듯했다. 건강하던 사람이 갑작스럽게 체온이 치솟으며 피가 역류하고 펄펄 끓기 시작한 것처럼, 그때까지 너무나 평온하다가 불과 며칠 사이에 뒤집힌 우리 작은 시가 얼마나 경악했을지 생각해 보라!

사태가 계속 악화되고 있었다. 라디오로 무료 정보를 방송하는 랑스도크Ransdoc('정보, 자료 수집, 모든 주제에 대한 모든 정보를 모은다'의 준말) 통신사가 "25일 단 하루에 최소 6,231마리의 쥐가 수거, 소각되었다"라고 보도할 정도였다. 눈앞에서 매일 목격 중인 장면의 뜻을 분명히 해 주는 이 수치에 시민들의 혼란은 더욱 가중되었다. 그때까지만 해도 그들은 그저 약간 혐오스러운 사건이라고 불평했을 뿐이었다. 그런데 이제는 아직 규모를 확정할 수도, 기원을 알 수도 없는 이 현상에 뭔가 위협적인 것이 있음을 알아차렸다. 천식 환자인 스페인 노인만 계속 손을 비벼 대며 노망난 듯 낄낄거리며 이렇게 되풀이했다.

"그것들이 나오는구나, 그것들이 나와!"

4월 28일에 랑스도크가 8천여 마리의 쥐가 수거되었다고 보도하자 시민들의 불안은 공포에 가까워졌다. 사람들은 근본적인 대책을 세우라고 요구하며 당국을 비난했고, 바닷가에 집을 가진 이들은 이미 그곳으로 피난 가는 것에 대해 말했다. 그런데 이튿날 통신사가 이 현상이 급격히 멎어서 담당과에 수거되는 죽은 쥐의 수가 미미한 수준으로 떨어졌다고 보도했다. 다들 한숨을 돌렸다.

하지만 바로 그날 정오, 의사 리외는 집 건물 앞에 차를 세우다가 길 저쪽 끝에서 수위가 고개를 숙인 채 팔다리를 벌리고 허수아비 같은 자세로 힘겹게 걸어오는 것을 보았다. 노인은 리외도 몇 번 만난 적 있는 한 신부의 부축을 받고 있었다. 파늘루 신부였다. 학식 있고 투사적인 예수회 신부로, 우리 시에서 종교에 영 무관심한 사람들조차 매우 존경하는 인사였다. 의사는 두 사람이 다가오기를 기다렸다. 미셸 영감의 눈은 열기로 번뜩였고 숨소리가 거칠었다. 노인은 자신이 몸이 좀 이상해서 바람을 쐬러 나갔는데 목, 겨드랑이, 사타구니 등 몸 여기저기가 다 아파서 하는 수 없이 돌아와야 했고, 파늘루 신부에게 도움을 청할 수밖에 없었다고 말했다.

"종기 때문이에요. 과로했던가 봐요."

의사는 차창 밖으로 팔을 뻗어 영감이 내민 목 아래쪽을 손가락으로 만져 보았다. 나무옹이 같은 것이 있었다.

"지금 바로 가서 누우시고 체온을 재세요. 이따 오후에 들르겠습니다."

수위가 가고 난 뒤 리외는 파늘루 신부에게 이 기이한 쥐 문제를 어떻게 생각하느냐고 물었다.

"오, 쥐들 사이에 전염병이 도나 보죠."

신부의 두 눈은 둥근 안경 뒤에서 웃음 짓고 있었다.

점심 식사를 하고 리외가 아내가 요양소에 도착했다고 알려온 전보를 다시 읽고 있을 때, 전화가 울렸다. 예전에 그의 환자였던 시청 서기였다. 오랫동안 대동맥 협착증으로 고생했는데, 가난해서 리외가 무료로 치료해 준 적이 있었다.

　"감사합니다, 선생님. 저를 기억하시는군요. 그런데 이번엔 다른 사람 문제입니다. 이웃집 남자에게 일이 좀 생겨서요. 빨리 좀 와 주십시오."

　숨이 가쁜 목소리였다. 리외는 수위가 떠올랐지만, 이 일을 처리한 다음에 그를 봐도 괜찮겠지 싶었다. 몇 분 후, 그는 도시 외곽에 있는 페데르브가(街)의 작은 건물에 들어섰다. 서늘하고 냄새가 고약한 계단을 중간쯤 올랐을 때 마중 나온 조제프 그랑을 만났다. 큰 키와 마른 몸에 좁은 어깨로 구부정하게 선 사내는 오십대로 보였고, 노란 콧수염을 길렀다. .

　"지금은 훨씬 나아졌어요. 하지만 아까는 저 사람이 저세상으로 갔다고 생각했어요."

　그가 리외에게 다가서며 이렇게 말하고는 수건으로 코를 풀었다. 꼭대기 층인 3층에 당도하자 리외는 왼쪽 문 위에 붉은 분필로 휘갈겨 쓴 글씨를 발견했다.

　「들어오시오. 나는 목을 맸소」

　그들은 안으로 들어갔다. 엎어진 의자 위로 밧줄이 천장에 매달려 있고, 식탁은 구석으로 밀쳐져 있었다. 하지만 밧줄에 매달린 것은 없었다.

"내가 제때 풀어 줬어요."

그랑은 말할 때 항상 적합한 단어를 찾느라 애를 먹는 듯 보였다. 그는 되도록 가장 단순하게 표현하려고 했다.

"마침 밖으로 나가다가 소리를 들었거든요. 문에서 글을 봤을 때는 장난인 줄 알았어요. 바로 그때 희한한, 심지어 음산하다고도 할 수 있는 신음 소리가 들렸어요."

그는 머리를 긁적거렸다.

"고통스러운 일이었을 거라고 생각해요. 당연히 나는 안으로 들어갔죠."

그랑이 방문을 열자, 밝지만 가구는 별로 없는 침실이 나왔다. 한쪽 벽에 딱 붙인 구리 침대에 몸이 땅딸막한 작은 사내가 누워 있었는데, 호흡이 거칠었다. 그가 충혈된 눈으로 그들을 쳐다보았다. 리외는 멈춰 섰다. 환자의 숨소리 사이에 쥐의 찍찍거리는 소리가 들리는 것 같았다. 하지만 방구석 어디에도 움직이는 것은 없었다. 그제서야 리외는 침대로 다가갔다. 그는 아주 높은 곳에서 떨어진 것도, 아주 급히 떨어진 것도 아니어서 척추는 말짱했다. 물론 약간의 질식 증상은 있었다. 엑스레이를 찍을 필요가 있었다. 의사는 캠퍼 주사(강심제 주사)를 한 대 놓아 주고 며칠만 지나면 다 좋아질 거라고 안심시켰다.

"고맙습니다, 의사 선생님."

사내가 웅얼거렸다.

리외가 경찰서에 신고했느냐고 묻자, 그랑은 낭패한 표정이 되었다.

"아뇨. 그게, 안 했어요. 내 생각에 제일 급한 건……."

리외가 말을 끊었다.

"당연하죠. 그럼 내가 신고할게요."

바로 그 순간 환자가 동요하며 몸을 일으켜 앉았다. 그러고 는 자기는 괜찮으니 그럴 필요가 없다고 항변했다.

"진정하세요. 그냥 형식적인 거예요. 어쨌든 나는 경찰서에 신고할 의무가 있습니다."

"이런!"

환자가 침대로 털썩 쓰러지더니 훌쩍거리기 시작했다. 콧수 염을 만지며 두 사람의 대화를 지켜보고 있던 그랑이 침대로 다가갔다.

"자, 코타르 씨. 생각해 보세요. 사람들은 의사 선생님 책임이 라고 할 거예요. 그러니까, 당신이 혹시나 또 그런 짓을 할 마음 을 먹으면……."

코타르는 울면서 다시는 안 그럴 거라고, 자기가 잠시 흥분 했었는데 다 지나갔으니 지금은 자기를 그냥 가만히 내버려 두 면 좋겠다고 말했다. 리외는 처방전을 썼다.

"알았습니다, 이 일은 그냥 덮어 두기로 하죠. 이삼일 내에 다시 올게요. 하지만 어리석은 짓을 해서는 안 됩니다."

계단에서 리외는 그랑에게, 자기는 신고를 할 수밖에 없지만 형사에게 조사를 이틀 후에나 하라고 부탁하겠다고 말했다.

"오늘 밤에 저 사람을 좀 지켜봐야 합니다. 가족은 있나요?"

그랑은 고개를 저었다.

"가족에 대해서는 모릅니다. 하지만 내가 직접 지켜볼 수 있습니다. 사실 나도 이 사람을 잘 모릅니다만 이웃끼리 서로 도와야겠죠."

리외는 계단을 내려오면서 복도 구석들을 살펴보며, 쥐가 이 근방에서 완전히 사라졌느냐고 물었다. 시청 서기는 쥐에 대해서 아는 바가 전혀 없었다. 사람들이 쥐 이야기를 하는 것을 듣기는 했는데, 그는 그런 동네 소식통에 별 관심이 없었다.

"대신 다른 걱정거리가 있습니다."

그가 이렇게 덧붙였다. 하지만 리외는 이미 그와 악수를 나누고 있었다. 아내에게 편지를 써야 하는데 그 전에 수위에게 들러야 해서 마음이 급했다.

석간신문 판매원들이 쥐들이 완전히 사라졌다고 소리치고 있었다. 하지만 리외의 환자는 침대 밖으로 몸을 반쯤 내밀고 한 손은 배에, 한 손은 목에 대고 오물통에 불그스름한 담즙을 게우고 있었다. 한참을 칵칵거린 후에야 숨을 헐떡이며 다시 누웠다. 체온은 39.5도였고, 목의 신경절과 사지가 부풀었으며,

양쪽 허벅지에 거무스름한 반점이 커지고 있었다. 이제 그는 체내 통증을 호소하며 끙끙거렸다.

"몸이 타는 것 같네요. 이 몹쓸 것이 날 태우고 있다니까요."

그는 바싹 타서 거무죽죽해진 입술로 단어들을 어물거리면서, 두통 때문에 눈물이 고인 불거진 눈으로 의사를 바라보았다. 그의 아내도 말이 없는 리외를 불안하게 보고 있었다.

"의사 선생님, 대체 무슨 일입니까?"

"여러 가지가 가능합니다. 아직 확실한 건 아무것도 없습니다. 오늘 저녁은 금식해서 피를 맑게 해야 합니다. 바깥양반께 물을 많이 드시게 하세요."

마침 그때 수위는 갈증이 나서 미칠 지경이었다.

리외는 집에 돌아오자마자 동료 의사이자 시에서 가장 권위 있는 의사 중 한 명인 리샤르에게 전화를 걸었다.

"아니요, 특이한 점은 아무것도 못 보았는데요."

"국부 염증을 동반한 열 증상도요?"

"아! 예, 신경절이 심하게 부어오른 환자는 두 명 있었어요."

"비정상적으로요?"

"글쎄요, 정상을 어디까지로 보느냐에 달린 문제니까……."

그날 저녁, 수위는 열이 40도까지 치솟아서 '그 쥐새끼들'을 원망하는 헛소리를 해 댔다. 리외는 화농 촉진 치료를 해 보았다. 따가운 테레빈유가 들어가자 노인은 고함을 질렀다.

"아! 그 몹쓸 것들!"

신경절은 더 커졌고, 손으로 만져 보면 딱딱하고 나무질이었다. 환자의 아내는 정신이 나가기 직전이었다.

"밤새 잘 지켜보셔야 합니다. 필요하면 저를 부르시고요."

의사는 이렇게 당부했다.

그다음 날인 4월 30일, 파랗고 습한 하늘에서 벌써 더운 미풍이 불고 있었다. 가장 먼 교외 쪽에서 이 미풍을 타고 꽃향기가 날아왔다. 거리에서 나는 아침 소음은 평상시보다 더 활기차고 유쾌한 듯했다. 한 주 동안 겪은 막연한 걱정에서 벗어난 우리의 작은 시 어디에서건 그날은 재생의 날이었다. 리외 역시 가벼운 마음으로 수위의 집으로 갔다. 아내의 첫 번째 편지를 받고 안도했기 때문이다. 실제로 미셸 영감의 열도 38도로 떨어져 있었다. 여전히 아주 쇠약했지만 그는 미소를 보였다.

"좀 나은 것 같아요. 안 그래요, 선생님?"

그의 아내가 말했다.

"좀 더 두고 봅시다."

정오에 열이 대번에 40도로 올랐고, 환자는 끊임없이 헛소리를 했으며, 구토가 다시 시작되었다. 목의 신경절은 건드리기만 해도 아파서 수위는 목을 가능한 한 몸에서 멀리 두고 싶어 하는 듯했다. 그의 아내는 침대 발치에 앉아서 이불 위로 환자의 두 발을 살짝 잡고 있었다. 그녀가 간절히 리외를 바라보았다.

"잘 들으세요. 환자를 병원으로 옮겨서 특수 치료를 해야겠습니다. 제가 구급차를 부르지요."

두 시간 후, 의사와 수위의 아내는 구급차 안에서 환자를 내려다보고 있었다. 이제 물집으로 뒤덮인 환자의 입에서 횡설수설하는 말들이 튀어나왔다. "저 쥐들! 저, 저, 망할 놈의 쥐들!" 낯빛이 시퍼렇다가 잿빛으로 변해 가고, 입술은 핏기 없이 허예지고, 눈꺼풀은 자꾸만 아래로 처졌으며, 호흡이 급격히 가빠졌다. 사지가 신경절의 통증들로 찢기니까 수위는 간이침대에 깊숙이 움츠렸다. 마치 땅속으로 꺼져 버리거나 저 아래에서 뭔가가 자신을 부르기라도 한다는 듯이. 이 불행한 사내는 어떤 보이지 않는 무게에 눌려 질식하는 것 같았다. 그의 아내는 울고 있었다.

"더 이상 가망이 없나요, 선생님?"

"운명하셨습니다."

***

수위의 죽음은 당황스러운 징후들로 채워진 한 시기가 끝나고, 초기의 당혹감이 점차 공포로 변하는, 상대적으로 더 어려운 시기가 시작되었음을 보여 준다고 말할 수 있다. 이제부터 일어나는 사건들의 관점에서 앞 시기를 뒤돌아보면, 시민들은 쥐들이 양지바른 곳에서 떼 지어 죽고 수위가 괴상한 병으로 비명횡사하는 기이한 사건들 때문에 우리의 작은 시가 특별 지역으로 지정될 수 있다고 생각한 적이 결코 없었다. 그들이 틀렸다. 확실히 그들의 견해는 수정되어야 했다. 그럼에도 불구하고 만일 상황이 딱 거기에서 그쳤다면, 틀림없이 그들은 다시 습관적으로 일상을 살았을 것이다. 하지만 다른 시민들이 미셸 씨가 처음으로 들어선 길을 점차 따라가게 되었다. 하급 일용직이나 빈민들만 그런 게 아니었다. 정확히 그때부터 공포가, 그리고 공포와 더불어 진지한 성찰이 시작되었다.

그러나 다음 시기의 새로운 사건들로 자세히 들어가기 전에, 서술자는 앞선 시기에 대한 다른 사람의 견해도 들어보려 한다. 장 타루라고, 이야기의 서두에서 이미 만났던 사람으로, 몇 주 전에 오랑에 와서 시내 중심가의 큰 호텔에 머물고 있었다. 듣자 하니 형편이 넉넉한 편이어서 딱히 하는 일은 없다고 했다. 그런데 그는 시민들에게 점점 친숙한 인물이 되어가는 데 비해, 어디 출신이고 오랑에 왜 왔는지는 전혀 알려진 바가 없었다. 그는 공공장소에서 자주 눈에 띄었고, 특히 초봄에는 거의 매일 여기저기 해변에서 목격되었다. 확실히 수영을 좋아하는 모양이었다. 항상 웃는 인상의 이 호인은 사람들이 보통 즐기는 오락은 다 즐기되, 지나치게 빠지지는 않았다. 사실 사람들에게 알려진 그의 유일한 습관은 우리 시에 꽤 많이 있는 스페인 무용수들이나 음악가들을 꾸준히 만나는 것이었다.

어쨌든 타루의 수첩이 우리가 겪어낸 그 이상했던 초창기에 대한 일종의 연대기를 이룬다. 자질구레한 것들만 잔뜩 적은, 좀 특이한 연대기이긴 하다. 그래서 처음 읽으면, 이 타루라는 이는 사건과 사람들에 망원경을 거꾸로 들이대고 바라보는가 싶다. 그 혼란의 시기를 기록하면서 일반적인 역사가라면 건너뛰었을 것들만 적고 있으니 말이다. 당연히 우리는 이런 특이한 호기심을 개탄하고, 그에게 적절한 감수성이 없다고 의심해볼 수도 있다. 하지만 동시에, 그의 수첩이 비록 두서없는 일기 형식으로 적히긴 했지만, 사소해 보여도 사실은 그 시기의 매우 중요한 세부 사항들을 아주 많이 담고 있는 연대기임은 부인할 수가 없다. 그래서 독자들도 이 독특한 남자를 성급하게 판단해서 무시해 버려서는 안 된다.

장 타루의 기록은 오랑에 도착한 첫날부터 시작된다. 그는 시작부터 도시가 참으로 못생겼다면서 기이한 만족감을 드러냈다. 시청에 있는 한 쌍의 사자 동상을 상세히 묘사했고, 시내에 나무가 없고 집들은 볼품없으며 도시 구획이 엉망인 것을 우호적으로 서술했다. 전차나 거리에서 들었던 대화까지도 그대로 받아 적었는데, 캉이라는 이름의 사람과 관련된 화제에만 예외적으로 자기 의견을 덧붙였다. 두 전차 차장의 대화였다.

"자네, 캉 알지?"

"캉? 키 크고 검은 수염을 기른 친구?"

"맞아. 전철과(轉轍課) 소속."

"응, 기억나네."

"글쎄, 그 친구가 죽었어."

"뭐? 언제?"

"쥐 소동 후에."

"저런! 대체 왜 죽은 건데?"

"잘은 몰라. 열병이었대. 그 친구, 건강하지도 않았잖아. 겨드랑이에 종기가 났었는데, 그만 버티질 못했나 봐."

"그래도 그 친구 체구는 웬만했는데."

"아니야, 폐가 약했대. 그런데도 관악대에서 음악을 했으니. 줄곧 나팔을 불면 폐가 나빠지지."

"그래! 폐가 아프면 나팔을 불지 말았어야지."

타루는 여기까지 적은 뒤에, 캉이 왜 그토록 명백히 자신에게 해로운데도 관악대에 들어갔는지, 일요일 시가행진을 위해 목숨까지 건 심오한 이유가 무엇일지를 자문했다.

타루는 자신의 객실 창과 마주한 발코니에서 종종 벌어지던 한 광경에도 흥미를 가진 듯했다. 그의 호텔 방 창은 작은 옆골목을 향해 있었는데, 거기 담 그늘에서 항상 고양이가 몇 마리자고 있었다. 매일 점심 식사 직후, 도시 전체가 더위 속에서 조는 시각, 길 건너편 발코니에 키 작은 노인이 모습을 나타냈다. 군인처럼 꼿꼿한 자세에 군복처럼 재단된 옷을 입고 흰머리는 단정히 빗질했다. 그는 난간에 기대면서 약간 거만하면서도 부드러운 목소리로 "나비야, 나비야" 하고 불렀다. 고양이들이 졸음에 겨운 창백한 눈을 쳐들고 바라보는데, 그러면 노인이 종이를 잘게 찢어 거리로 날렸다. 고양이들은 공중에서 비처럼 떨어지는 흰 종이 나비들에 이끌려 길 한복판으로 나와 마지막 종잇조각들까지 한쪽 발을 주춤하면서 내밀었다. 그때 노인은 신중하게 겨냥해서 고양이들에게 힘차게 침을 뱉었다. 침이 목표물에 명중하면 그는 활짝 웃었다.

마지막으로 타루는 외양과 활기, 심지어 쾌락까지도 상업적으로 계산되어 조종되는 듯 보이는 이 시의 상업적 성격에 완전히 매료된 것 같았다. 타루는 이런 특이성(수첩에서 사용된 표현이다)을 호의적으로 평가했고, 심지어 이 도시에 대한 그의 찬사들 중 하나는 이런 감탄사로 끝났다. "마침내!"

이런 기록들이 그 수첩에서 그나마 개인 감정을 드러낸 유일한 대목들이다. 다만 언뜻 읽어서는 그 의미와 중요성을 알아차리기 어렵다. 예를 들어, 죽은 쥐를 발견한 호텔 경리가 계산서를 잘못 쓴 이야기를 한 다음에, 그는 평소보다 좀 불분명한 필체로 이렇게 덧붙였다.

「질문 : 시간을 허비하지 않으려면 어떻게 해야 하는가?

답 : 시간을 처음부터 끝까지 전부 체험해 보기.

방법 : 치과 대기실에서 불편한 의자에 앉아 여러 날 보내기, 집 발코니에서 일요일 오후를 보내기, 이해하지 못하는 외국어로 하는 강연을 듣기, 가장 길고 가장 불편한 기차 노선을 골라 여행하기(당연히 입석으로!), 공연장 매표구에 줄을 섰다가 표는 구입하지 않기 등등.」

그러고는, 이런 엉뚱한 생각들을 적은 바로 뒤에 오랑의 전차 시스템, 그 조각배 같은 모양, 그 어정쩡한 색깔, 그 일상적 불결함을 자세히 설명하고서 '굉장하다' 같은 무의미한 말로 고찰을 끝맺고 있다.

어쨌든 쥐 사건에 대해 타루가 적어 둔 기록은 다음과 같다.

「맞은편의 키 작은 노인이 오늘 난감해졌다. 고양이가 한 마리도 없는 것이다. 길거리에서 수많은 죽은 쥐들을 목격하고 사냥 본능이 깨어났는지, 어쨌든 전부 사라졌다. 내 생각에 고양이가 죽은 쥐를 먹는 건 말도 안 된다. 내가 길렀던 고양이들은 죽은 것들을 아주 질색했었다. 아무래도 고양이들은 지하실에서 뛰어다니고 있을 테니, 이 작은 노인만 난처해졌다. 머리카락 빗질도 전만 못하고 활기도 덜하다. 그에게서 걱정하는 기색이 느껴진다. 얼마 지나지 않아 그는 방으로 들어가 버렸다. 하지만 일단 허공에다 침을 한 번 뱉기는 했다.

오늘 시내에서 전차가 섰다. 죽은 쥐가 발견되었기 때문이다. (대체 거길 어떻게 탔을까?) 여자들 두세 명은 즉시 전차에서 내렸다. 쥐는 밖으로 던져졌다. 전차는 다시 출발했다.

호텔의 야간 경비원은 꽤 신중한 사람인데, 그가 이 쥐들은 뭔가 불행이 다가오고 있다는 징조라고 말했다.

"쥐가 배를 떠나면……."

나는 배에서라면야 그게 맞는 말이겠지만 도시에서는 입증된 적이 없다고 답했다. 하지만 그의 확신은 강했다. 내가 그에게 어떤 불행이 다가올 것인지 물었다. 그는 불행은 갑자기 덮치는 것이라며 대답하지 못했다. 하지만 당연히 지진이 아니겠느냐고 했다. 나는 그럴 수도 있겠다고 인정했다. 그러자 그가 걱정되지 않느냐고 물었다. 나는 그에게 말했다.

"제 관심사는 딱 하나뿐입니다. 마음의 평화를 찾는 일이죠."

그는 내 말을 완벽하게 이해했다.

호텔 식당에서 참 재미있는 가족을 본다. 아버지는 키가 크고 말랐고, 칼라에 빳빳하게 풀을 먹인 검은 양복 차림이다. 머리 한가운데가 벗겨지고, 양옆에 회색 머리가 수북하다. 작고 둥근 눈, 가는 코, 일자로 굳게 다물어 엄해 보이는 입매 때문에 잘 훈련된 올빼미 같은 인상이다. 그는 항상 맨 먼저 식당 문 앞에 도착해 비켜서서 까만 생쥐같이 자그마한 아내를 들여보내고 들어갔다. 그 뒤로 영리한 푸들처럼 차려입은 어린 아들과 딸이 바짝 뒤쫓아 들어간다. 식탁에서도 아내가 착석한 후에 그가 앉고, 그제야 두 아이도 앉는다. 그는 존댓말을 하는데, 아내에게는 점잖게 핀잔을, 애들에게는 불호령을 한다.

"니콜, 지금 아주 부끄러운 행동을 하고 있어요."

그러면 어린 딸이 곧 울상이 된다. 당연히 그래야 한다는 듯.

오늘 아침에 어린 아들이 쥐 사건 때문에 몹시 흥분해서 그 이야기를 꺼냈다.

"필리프, 식탁에서는 쥐 이야기를 하는 게 아니에요. 앞으로 그런 얘기를 하는 건 금지입니다."

"너희 아버지 말씀이 옳아요."

까만 생쥐가 동의했다.

두 아이가 코를 박고 밥을 먹자 아버지는 별 뜻 없는 고갯짓으로 고마움을 표했다.

이런 좋은 예도 있긴 하지만, 시내에서는 모두가 쥐에 대해 말하고 있다. 신문도 거기에 가세했다. 지역 소식란이 평소에는 아주 다양했는데 지금은 온통 시 당국에 대한 성토였다. '우리 시 당국자들은 설치류의 썩은 사체들이 인간에게 끼치는 치명적인 위험을 알고 있기나 한가?' 호텔 지배인은 내내 그 얘기만 한다. 하지만 그건 개인적인 속상함 때문이기도 하다. 승강기에서 쥐가 발견된 호텔의 품격은 끝장난 것이나 마찬가지라고 생각했으니까. 그를 달래려고 나는 이렇게 말했다.

"하지만 다들 똑같은 상황이잖아요."

"그러니까요. 우리가 남들과 똑같아졌단 말입니다."

바로 이 지배인이 훨씬 더 염려되는 기이한 열병들의 발병을 내게 처음으로 알려 주었다. 호텔의 객실 담당 여직원 한 명이 열병을 앓고 있다고 했다.

"하지만 물론 전염성은 없습니다."

그가 서둘러 단언하기에, 나는 상관없다고 말했다.

"아! 알겠습니다. 손님도 저처럼 운명론자시네요."

나는 그런 뉘앙스의 말을 한 적이 없다. 게다가 운명론자도 아니다. 나는 그에게 그렇게 말해 주었다……」

여기서부터 타루는 시민들이 크게 걱정하기 시작한 그 알 수 없는 열병을 더 상세하게 기술한다. 그러니까, 키 작은 노인이 쥐들이 사라지자 다시 나타난 고양이를 향해 신중하게 조준해서 침 뱉기를 재개했다고 쓴 다음에, 벌써 십여 건의 열병 사례가 발병했고 대부분 치명적이었다고 덧붙여 써 놓았다.

다음에 이어지는 이야기들에 참고 자료가 될 수 있어서, 타루가 묘사한 의사 리외의 모습도 여기서 소개해 본다. 서술자가 판단해 보건대, 꽤 정확한 묘사다.

「서른다섯 살쯤으로 보인다. 중간 키에 딱 벌어진 어깨. 거의 직사각형에 가까운 얼굴. 짙은 색에 침착해 보이는 눈. 튀어나온 턱. 큰 듯하지만 균형이 잘 잡힌 코. 아주 짧게 깎은 검은 머리. 활처럼 둥근 입매에, 도톰하고 거의 항상 다물어진 입술. 그을린 피부와 손과 팔의 검은 털, 그리고 항상 짙은 색 옷을 입는데 그게 꽤 잘 어울려서, 어딘지 시칠리아 농부 같은 인상이다.

걸음이 빠르다. 길을 건널 때도 속도를 늦추지 않고 그대로 도로로 내려서고, 반대편 인도로 올라설 때는 세 번 중 두 번 정도는 가볍게 뛰어 오른다. 차를 몰 때는 방심하는 편이라 모퉁이를 돈 뒤에도 흔히 방향등을 안 끄고 그냥 간다. 항상 모자를 안 쓴 맨머리. 통달한 표정.」

*　*　*

타루가 적은 수치는 정확했다. 의사 리외도 사태가 심각해져 간다는 것을 너무나 잘 알았다. 리외는 수위의 시신을 격리시킨 다음 리샤르에게 전화를 걸어 서혜부 열병에 대해 물었다.

"전혀 모르겠어요. 사망자가 둘인데, 한 명은 48시간 만에, 한 명은 3일 만에 죽었어요. 특히 두 번째 사람은 이틀째 아침에 내가 회진했을 때는 완연한 회복세였거든요."

"다른 사례가 더 생기면 꼭 알려 주세요."

리외는 몇몇 의사들에게 더 전화를 걸었다. 그 결과, 며칠 동안 20여 건의 유사 사례가 발생했음을 알았다. 대부분 치명적이었다. 그래서 리외는 다시 리샤르에게 전화를 걸어 발병 환자들의 격리를 요청했다. 그는 오랑의 의사협회 회장이었다.

"하지만 내가 할 수 있는 게 있어야죠. 도청에서나 조치를 취할 수 있어요. 그건 그렇고, 무슨 근거로 전염성 질병이라고 판단하셨죠?"

"확실한 근거는 없어요. 하지만 증세가 확실히 걱정스럽습니다."

리샤르는 그래도 '내 권한 밖의 일'이라는 말만 반복했다. 그가 할 수 있는 일이라고는 도지사에게 이야기하는 것뿐이었다.

이러한 설왕설래가 이어지는 동안 날씨가 나빠졌다. 수위가 사망한 다음 날, 하늘에 짙은 안개가 끼더니 게릴라성 폭우가 여러 차례 도시를 강타했다. 폭우가 그칠 때마다 끈적거리는 더위가 몇 시간씩 이어졌다. 바다의 기상도 변했다. 바닷물이 짙은 푸른빛을 잃었고, 안개로 잔뜩 낮아진 하늘 아래에서 눈을 아프게 하는 은빛이나 무쇠 빛으로 번뜩거렸다. 이러한 후텁지근한 봄 더위보다 차라리 한여름의 건조한 더위가 나았다. 언덕 위에 달팽이 모양으로 돌아나가는 모양으로 건설되었는데 바다 쪽으로는 거의 닫혀 있는 시내에는 맥없는 무기력증이 내려앉았다. 긴 회반죽벽들 사이를 걸으며, 잔뜩 먼지 낀 상점들 사이에서 문득, 칙칙한 노란색 전차를 타고 가다가, 사람들은 날씨에 갇혀 버렸다고 느꼈다. 리외의 스페인 노인 환자만 유일하게 이 날씨를 즐겼다.

"푹푹 찌는군. 천식 환자에게야 이런 날씨가 딱이지."

확실히 '푹푹 찌는' 열기였다. 그런데 열병도 똑같았다. 그야 말로 도시 전체가 열병으로 푹푹 쪘다. 코타르의 자살 미수 건 조사에 입회하려고 페데르브가로 가던 아침 내내, 의사 리외는 그런 인상을 떨쳐 버릴 수가 없었다. 물론 합리적이지 않은 연 상이라서, 그는 신경과민과 걱정거리 탓이려니 여겼다. 생각을 멈추고 머릿속을 정리하는 것이 급선무라고 생각했다.

리외가 도착했을 때 형사는 아직 오지 않았다. 계단에서 기 다리고 있던 그랑이 자기 집으로 가 있자고 하기에, 문을 열어 놓고 그의 집으로 갔다. 시청 서기는 방 두 개짜리 집에 살았는 데, 가구가 아주 단출해서 눈에 띄는 거라곤 사전이 두세 권 놓 인 흰 나무 선반과 칠판뿐이었다. 칠판에 반쯤 지워졌으나 아 직 읽을 수 있는 '꽃들이 만발한 길들'이라는 단어가 씌어 있었 다. 그랑은 코타르가 밤에는 잘 잤는데, 오늘 아침에 두통으로 깨서 침울해 있다고 말했다. 그랑 역시 피곤하고 신경이 날카 로워진 상태 같았다. 방 안을 이리저리 서성였고, 손으로 쓴 원 고가 든 두툼한 서류 봉투를 탁자에서 열었다 닫았다 했다.

그러면서도 의사에게, 자기는 코타르를 잘 모르나 재산은 좀 있는 것 같다고 알려 주었다. 코타르는 이상한 사람이었다. 오랫동안 그들의 관계는 계단에서 몇 차례 인사를 한 정도였다.

"얘기를 나눈 건 딱 두 번이에요. 며칠 전에 집으로 올라오다가 계단에서 분필 한 통을 쏟았거든요. 빨간색과 파란색이요. 그때 마침 코타르가 나와서 그걸 줍는 걸 도와주고는, 색분필들을 어디에 쓸 거냐고 물었죠."

그랑은 라틴어 공부를 다시 하려 한다고 설명했다. 고등학교를 졸업한 이후로 라틴어 실력이 점점 줄고 있었던 것이다.

"그게요, 의사 선생님, 라틴어가 프랑스 단어의 의미를 더 잘 아는 데 도움이 된다고들 말하더라고요."

그래서 그랑은 칠판에 라틴어 단어들을 써 놓았다. 파란색 분필로는 어미변화와 동사변화에 따라 변하는 부분을, 빨간색 분필로는 변하지 않는 부분을 적었다.

"코타르가 내 말을 잘 이해했는지는 모르겠는데, 어쨌든 흥미를 보이면서 빨간색 분필을 하나 달라고 했어요. 좀 놀랐지만, 뭐 어때요? 그런데 그 분필이 그의 자살 계획에 사용될 줄이야 생각도 못했죠."

리외는 또 다른 대화는 어떤 내용이었는지 물었다. 하지만 그때 형사가 조수와 함께 도착했고, 그랑의 진술부터 듣겠다고 했다. 의사는 그랑이 코타르를 언급할 때마다 '절망한 사람'이라고 부르는 것을 알아챘다. 한 번은 '숙명적 결단'이라는 표현까지 썼다. 자살 동기에 대해 의견을 나눌 때, 그랑은 어휘 선택에 극도로 신중했고 마침내 '말 못할 비애'라는 단어를 찾아냈다. 형사가 그랑에게, 코타르의 태도에서 당신이 '그의 결심'이라고 부른 것을 실행할 만한 징후가 아무것도 없었느냐고 물었다. 그랑은 이렇게 말했다.

"코타르가 어제 집에 찾아와서 성냥을 빌려 달라고 했어요. 그래서 통째로 줬죠. 그가 이웃 사이를 운운하며 미안해 하더군요. 꼭 돌려주겠다고 다짐하길래 그냥 가지라고 했어요."

형사는 이상한 낌새가 보였느냐고 물었다.

"이상해 보였던 건, 그가 대화를 나누고 싶어 하는 것 같다는 거였어요. 하지만 내가 일하는 중이었거든요."

그랑은 리외 쪽을 돌아보며 다소 어색한 표정으로 덧붙였다.

"개인적인 일이었어요."

형사는 이제 환자의 진술을 듣겠다고 했다. 리외는 먼저 코타르에게 방문객을 맞을 준비를 시키는 것이 낫다고 생각했다. 의사가 방으로 들어갔을 때, 코타르는 회색 플란넬 잠옷 차림으로 침대에서 일어나 앉아 겁먹은 표정으로 문 쪽을 주시하고 있었다.

"경찰이죠, 그렇죠?"

"예. 흥분할 거 없어요. 그냥 형식적으로 두세 가지 조사만 거치면 다 끝나요."

코타르가 그런 건 아무런 소용이 없고, 자신은 경찰을 좋아하지 않는다고 대답했다. 리외는 초조해졌다.

"나도 경찰은 좋아하지 않아요. 그래도 경찰의 질문들에 빠르고 정확하게 대답해야만, 한 번에 끝낼 수 있어요."

코타르가 입을 다물기에 의사가 문 쪽으로 돌아섰다. 하지만 한 발자국도 내딛기 전에 키 작은 사내가 리외를 불렀고, 그가 침대 가까이 오자 두 손을 꼭 잡으면서 말했다.

"환자를, 목을 맸던 사람에게 함부로 하진 않겠죠, 그렇죠, 선생님?"

리외는 그를 물끄러미 보다가, 그런 문제는 결코 일어난 적이 없을 뿐만 아니라 자기는 환자를 보호하기 위해 왔다고 말했다. 코타르가 안심한 듯했다. 리외는 형사를 들어오게 했다.

형사는 코타르에게 그랑의 증언을 읽어 주면서 그가 한 행동의 정확한 동기를 말해 달라고 했다. 그는 형사를 쳐다보지도 않고 "말 못할 비애, 정확히 그겁니다"라고만 답했다. 형사는 그런 행동을 다시 하고픈 심정인지 말하라고 다그쳤다. 코타르가 흥분해서는 절대로 그렇지 않으니 제발 자기를 조용히 놔두라고 외쳤다.

"분명히 말하는데……."

형사가 화난 어조로 말했다

"지금 사람들을 귀찮게 하는 사람은 바로 당신이오."

리외가 그만하라고 신호하자 형사는 그쯤에서 멈췄다. 밖으로 나와 방문을 닫으면서 형사가 한숨을 쉬었다.

"제대로 시간 낭비를 했군. 선생님도 알고 계시겠지만, 안 그래도 할 일이 산더미란 말입니다. 다들 수군대고 있는 이 열병 때문에 말이죠."

그러고서 형사가 의사에게 사태가 심각한지 물었다. 리외가 아는 바가 없다고 대답하자, 형사가 결론을 내렸다.

"날씨 탓이죠. 그거예요."

분명 날씨 탓이었다. 날이 갈수록 모든 것이 끈적거렸고, 리외의 걱정도 왕진 때마다 커졌다. 그날 저녁에도 변두리에서 그의 노인 환자의 한 이웃이 서혜부를 누르며 구토를 했다. 열이 펄펄 끓었고 헛소리를 해 댔다. 미셸 영감보다 신경절이 더 부풀었다. 그중 하나에서 고름이 나오기 시작하더니 곧 상한 과일처럼 벌어졌다. 리외는 집에 돌아와서 도청의 의약품 저장고에 전화를 걸었다. 그날 임상 일지에는 이렇게만 적혔다. 「부정적 답.」 이미 도시 여기저기서 비슷한 사례들로 리외를 부르고 있었다. 종기를 째야 하는 건 명백했다. 열십자로 째면 신경절에서 피가 섞인 고름이 흘러나왔다. 환자들은 피를 흘리며 사지를 뒤틀었다. 배와 다리에 검은 반점들이 나타났다. 가끔 신경절의 고름이 멈췄지만 다시 부어올랐다. 거의 대부분의 환자는 끔찍한 악취를 풍기며 죽어 갔다.

한동안 쥐 문제를 그토록 유난스럽게 보도하던 신문들이 지금은 침묵하고 있었다. 쥐는 거리에서 죽었고, 사람들은 방 안에서 죽어 갔기 때문이다. 신문은 눈에 보이는 거리의 일만 신경을 썼다. 한편 도청과 시청은 점차 의아해하기 시작했다. 의사 각자가 두세 사례씩 겪을 때는 아무도 조치를 취할 생각을 안 했다. 하지만 숫자만 더해 보면 될 문제였고, 그렇게 해 보자 합계는 참담했다. 며칠 사이에 사망자 수가 몇 배로 껑충 뛰었다. 이 기이한 병에 주의를 기울여 온 사람들에게는 진짜 전염병이 발병했음이 명백해졌다. 바로 그즈음 리외의 동료 의사이자 한참 연장자인 카스텔이 찾아왔다.

"자네, 당연히 이게 뭔지 알고 있지?"

"분석 결과를 기다리고 있습니다."

"난 그 결과를 알지. 분석할 필요도 없어. 난 젊은 시절에 중국에서 진료한 적도 있고, 20년 전에 파리에서도 몇몇 사례를 겪어 봤어. 다만 당시에는 거기에 감히 이름을 붙이질 못했지. 물론 금기 사항이었어. 절대로 여론을 동요시키면 안 되니까. 그때 한 동료 의사가 말하더군. '말도 안 돼, 서양에서 이 병이 소멸한 건 모두가 알잖아.' 그래, 다들 알고는 있지. 죽은 사람들만 빼고. 자, 리외, 자네도 나처럼 이게 뭔지 잘 알 거야."

리외는 심사숙고했다. 그는 진료실의 창문으로 멀리 만(灣) 위에서 끝나는 암벽의 등마루를 바라보았다. 하늘은 파랗지만 점점 어둠이 내리면서 연한 광채를 띠어 갔다.

"그렇습니다, 카스텔. 믿기 어려운 일입니다만, 페스트인 게 분명한 것 같습니다."

노의사가 일어나 문 쪽으로 걸어가며 말했다.

"사람들이 우리에게 뭐라고 할지 알지? '그 병은 온대지방에서는 수년 전에 이미 사라졌어!'라고 말할 거야."

"사라졌다, 대체 그게 무슨 의미가 있을까요?"

리외가 대답하며 어깨를 으쓱해 보였다.

"그러게. 잊지 말게. 20년 전에 파리도 똑같았다는 걸."

"예. 이번이 그때보다는 심각하지 않기를 바라야죠. 하지만 정말이지, 믿을 수 없는 일입니다."

***

'페스트'라는 단어가 지금 막 최초로 언급되었다. 이 시점에서, 베르나르 리외가 창가에 서서 느끼고 있는 망설임과 놀라움에 대해 설명하려고 서술자가 끼어드는 것을 이해해 주기 바란다. 왜냐하면 아주 미세한 차이는 있지만, 의사의 반응이 우리 시민들 대다수의 반응과 똑같기 때문이다. 누구나 재앙이 언제든 발생할 수 있음을 알고 있지만, 막상 자기 머리 위에 뚝 떨어지면 좀처럼 믿지를 못한다. 이제껏 전쟁만큼이나 페스트도 많이 발생했었다. 그런데도 사람들은 전쟁이든 페스트든 항상 똑같이 속수무책이었다. 일반 시민들처럼 의사 리외 역시 속수무책인 것이다. 이런 식으로 그의 망설임을 이해해야 한다. 그가 걱정과 확신 사이를 오가며 갈등한 것도 마찬가지다. 전쟁이 터지면 사람들은 이렇게 말한다. "오래 안 갈 거야, 너무 어리석은 짓이잖아." 분명 전쟁은 너무 어리석지만, 그렇다고 지속되지 않는 건 아니다. 어리석음은 항상 끈덕지니까. 그러니 사람들은 제 생각에만 파묻혀 있지 않은지 늘 살펴야 한다.

우리 시민들 역시 세상 사람들처럼 자기 생각만 하고 있었다. 한마디로, 휴머니스트들이라는 말이다. 재앙을 전혀 생각하고 있지 않으니까. 재앙이란 인간의 척도로 잴 수 없는 것이니까, 그저 마음속 악령(비현실적인 것)이나 곧 사라질 악몽 정도로 취급한다. 하지만 재앙이 항상 그냥 사라지는 건 아니고, 오히려 반복되는 악몽 속에서 사라지는 건 바로 사람들인데, 특히나 그 선두가 휴머니스트들이다. 왜냐하면 그들은 전혀 조심하지 않기 때문이다. 우리 오랑의 시민들이 남들보다 더 잘못한 게 아니다. 그저 겸손함을 잊고, 자기들은 여전히 뭐든 할 수 있다고 생각했을 뿐이다. 재앙은 절대로 일어날 수 없다고 전제했던 것이다. 그래서 그들은 계속해서 사업을 하고, 여행을 준비하고, 협상을 했다. 이 모든 미래가 사라지는, 여행이고 협상이고 모조리 앗아가는 페스트 같은 것을 어떻게 떠올릴 수 있었겠는가? 그들은 자신들이 자유로운 줄 알았지만, 재앙이 있는 한 그 누구도 자유롭지 못한 것이다.

사실 의사 리외는 바로 좀 전에 동료 의사에게 직접 '몇몇 환자들이 도시 곳곳에서 난데없이 페스트로 죽었다'고 인정해 놓고도, 여전히 그 재앙이 현실로 와닿지 않았다. 다만 의사이기에 신체적 고통을 일반인보다 더 잘 상상해서 가늠할 수 있었다. 창밖으로 예전과 똑같이 보이는 도시를 보며, 의사는 막연한 미래에 대한 불안감으로 살짝 가벼운 구역질이 일었다. 그는 이 병에 대해 읽었던 것들을 떠올려 보려고 애썼다. 몇몇 숫자들이 흘러갔다. 역사상 알려진 30번 정도의 대규모 페스트가 1억 명에 가까운 사망자를 냈다. 하지만 1억 명의 사망자란 무엇인가? 전쟁에 참전했다가 죽은 전사자들은 도무지 실감이 되지 않는다. 사망자란 직접 시체를 보지 않고서는 추상적인 개념일 뿐이어서, 역사 속에 산재한 1억 구의 시신들은 그저 상상 속에 피어나는 한 줄기 연기에 불과하다. 리외는 프로코피우스가 하루 동안 1만 명이 죽었다고 말한 콘스탄티노플의 페스트를 떠올렸다. 사망자 1만 명이면 대형 영화관 관객 수의 다섯 배다. 그래, 이렇게 해 봐야 한다. 다섯 개 영화관의 출구에서 나오는 사람들을 모아 시의 한 광장으로 데려가 죽여서 무더기로 쌓는 식으로 상상해 보면, 그 수치가 더 명확해진다.

그 익명의 시체 더미 위에 아는 얼굴들까지 올려 보라. 물론 있을 수 없는 일이다. 게다가 누가 1만 명이나 얼굴을 알고 있단 말인가? 프로코피우스 같은 옛 역사가들의 수치는 전혀 믿을게 못 된다. 70년 전 중국 광둥에서는 재앙이 주민들에게 번지기 전에 이미 4만 마리의 쥐가 페스트로 죽었다. 하지만 마찬가지로, 1871년에 광둥 사람들이 쥐의 수를 센 방법도 믿을 수 없다. 그저 어림짐작으로, 뭉뚱그려서, 그러니까 오차가 날 가능성이 큰 계산이 다였을 것이다.

'그렇다면 어디 보자, 쥐 한 마리의 길이를 30센티미터로 보고, 쥐 4만 마리를 늘어놓으면 총 길이가……'

리외는 침착하려고 애썼다. 그는 자신을 기만하며 방관해 왔는데, 지금은 절대로 그래서는 안 되었다. 그는 중얼거렸다.

"몇 가지 사례만으로 전염병이 되는 게 아니지. 예방책들만 잘 세우면 돼."

무엇보다도 목격한 사실들에만 집중해야 한다. 인사불성, 쇠약, 안구 충혈, 입가의 수포, 두통, 림프샘의 멍울, 심한 갈증, 헛소리, 전신에 돋는 반점, 장기 파열, 이것들을 전부 종합해 보면……. 그러자 한 문장이 기억났다. 의학서에서 증세들을 열거한 후에 내렸던 결론의 한 문장.

「맥박이 치솟았다가 실낱같이 약해지고, 급기야 뚝뚝 끊기면서 서서히 죽음을 맞는다.」

맞다. 결국에 환자의 생명이 실 한 가닥에 매달려, 네 명 중 세 명(정확한 수치가 기억났다!)이 더 이상 견디지 못하고 실가닥을 끊는 듯한 미세한 동작을 끝으로 움직이지 않는 것이다.

리외는 줄곧 창밖을 내다보고 있었다. 유리창 너머는 봄 하늘의 서늘하고 고요한 광채로 가득한데, 방 안쪽에서는 여전히 '페스트'라는 한 단어만 울리고 있었다. 의사는 이 단어에 담긴 과학적 내용들만 떠올린 게 아니라, 눈 아래 보이는 이 누런 잿빛 도시와 전혀 어울리지 않는 일련의 예외적 상황들까지 연상했다. 그러자 그 시각에 으레 들리는 잔잔한 생활 소음들이 들려왔다. 시끌벅적하기보다 웅성대는, 행복한 도시의 소음들이었다. 너무 지루하면서도 동시에 행복할 수 있다고 믿는다면 말이다. 평온함이 매우 일상적이고 무심해서 전염병에 대한 해묵은 이미지들이 거의 자동적으로 지워졌다. 납골당의 악취가 하늘까지 찔러서 새들마저 떠나갔던 아테네, 극한의 고통에 몸부림치는 사람들로 그득했던 중국 도시들, 썩은 물이 떨어지는 시체들을 구덩이에 쌓았던 마르세유의 수감자들, 페스트의 광풍을 막아 보려고 축조한 프로방스의 거대한 성벽, 자파 시와 더러운 거지들, 콘스탄티노플 병원의 흙바닥에 깔린 축축하고 썩은 침대들, 갈고리로 질질 끌려가는 환자들, 흑사병 창궐기에 마스크를 쓰고 축제를 벌인 의사들, 밀라노의 공동묘지에서 성교하는 남녀들, 시체를 싣고 악귀가 서성대는 런던 밤거리를 질주하는 수레, 영원히 이어지는 비명이 가득찬 밤과 낮. 아니, 이 모든 이미지들도 그 봄날 오후의 평화는 깨지 못했다. 유리창 바깥 어딘가에서 들려온 전차의 경적이 이런 잔혹함과 고통을 즉각 지웠다. 바둑판 모양으로 펼쳐진 우중충한 집들 끄트머리에서 중얼대는 바다만이, 불안하고 결코 안식할 수 없는 뭔가가 이 세상에 있다고 증언하고 있었다. 의사 리외는 만(灣)을 응시하면서, 루크레티우스가 아테네인들이 바닷가에 세웠다고 말했던 전염병 화장터를 떠올렸다. 사람들은 해 떨어진 후에 시신들을 옮겼는데, 공간이 모자라니까 소중했던 이들의 자리를 확보하려고 서로에게 횃불을 휘둘렀다. 시신이 바닷물에 휩쓸려 가는 걸 보느니 차라리 피 터지게 싸우는 편이 나았던 것이다. 잔잔했던 바다가 빨갛게 타오르는 장작더미가 비쳐 검붉어지고, 잔뜩 경계한 하늘로 치솟는 짙고 독한 연기와 불티가 날리는 한밤중의 횃불 싸움. 이쯤이야 충분히 그려볼 수 있는 것들이고, 우려되는 건……

그러나 과한 예견들은 이성 앞에서 흔들렸다. 그렇다, '페스트'라는 단어가 언급되었다. 바로 이 순간에 한두 명이 이 병으로 드러누워 있는 것도 맞다. 당연히 이걸 멈추거나, 완전히 끝내야 한다. 그러려면 인정할 건 깨끗이 인정해서, 쓸데없는 잔영은 쫓아내고 적절한 대책을 세워야 한다. 그때에야 페스트를 끝낼 수 있다. 아예 생각조차 않거나 그릇되게 상상하는 일이 없어지기 때문이다. 만일 다행히도 페스트가 멈춘다면, 잘된 일이다. 아니라면, 사람들은 무엇이 페스트고 페스트에 대처하고 극복하는 방법이 무엇인지 알게 될 터이다.

의사가 창문을 열자 한순간 도시의 소음들이 확 커졌다. 짧게 뚝뚝 끊기는 날카로운 기계톱 소리가 근처 공장에서 들려왔다. 리외는 정신을 가다듬었다. 확신은 저기에, 매일매일의 노동에 있었다. 그 나머지는 실오라기나 무의미한 움직임에 연결되어 있었다. 그런 것들에 매달릴 수는 없는 노릇이다. 중요한 것은 자기 본분을 충실히 수행해 나가는 것이었다.

***

의사가 그런 생각에 이르렀을 때, 조제프 그랑이 방문했다는 전갈이 왔다. 시청 서기로서 그의 업무는 아주 다양했는데, 정기적으로 통계과에 가서 출생, 결혼, 사망의 수치도 작성했다. 그래서 지난 며칠간 그는 사망자의 수를 집계했고, 워낙 친절한 성격이라서 최신 집계 결과를 리외에게 직접 갖다 주겠다고 했었다.

그랑이 종이 한 장을 흔들며 들어왔는데, 이웃인 코타르와 함께였다.

"숫자가 올라가고 있어요, 선생님. 48시간 사이에 사망자가 11명입니다."

리외가 코타르와 악수하며 몸은 좀 어떠냐고 물었다. 그랑이 코타르가 의사 선생님에게 고마움을 전하고 폐를 끼친 점을 사과하고 싶어 했다고 설명했다. 하지만 리외는 찡그린 채 통계표만 응시했다.

"그게, 이제는 이 병을 정확한 이름으로 불러야겠네요. 지금까지는 대충 얼버무릴 생각이었는데 말입니다. 자, 검사소에 갈 건데, 같이 가시죠."

"그럼요, 그럼요. 뭐든 정확한 이름으로 불러야 한다고 생각합니다. 그런데 대체 이건 병명이 뭔가요?"

의사를 뒤따라 계단을 내려가면서 그랑이 말했다.

"그건 말해 줄 수 없어요. 더군다나 알아도 두 분께 전혀 도움도 되지 않을 겁니다."

"그것 보세요. 그게 그렇게 쉬운 일이 아니래도요."

시청 서기가 씩 웃었다.

그들은 아름 광장으로 향했다. 코타르는 내내 입을 다물고 있었다. 거리에 사람들이 붐비기 시작했다. 우리 고장의 짧은 황혼은 벌써 어둠에 밀려 물러가고 있었고, 아직 환한 지평선 위로 첫 별이 떴다. 금세 가로등이 켜지며 하늘이 어둑해졌다.

사람들의 말소리도 한 음정 높아지는 듯했다.

아름 광장의 모퉁이에서 그랑이 말했다.

"미안합니다만, 나는 이만 전차를 타야겠습니다. 저녁마다 꼭 하는 일이 있어서요. 내 고향 속담에서 '절대로 내일로 미루지 말라!'고 했거든요."

리외는 그랑이 고향(몽텔리마르 출신)의 속담을 끌어다 쓰고, '꿈 같은 시간'이라든가 '선계(仙界)의 빛' 등의 상투어들을 덧붙이는 기벽이 있음을 이미 눈치챘다.

"맞아요. 저녁 식사 후에는 무슨 수를 써도 저 사람을 집에서 불러낼 수가 없어요."

코타르가 고개를 끄덕였다. 리외는 그랑에게 시청 업무가 남았느냐고 물었다. 그랑은 그게 아니라 개인적인 용무라고 답했다. 리외가 무심히 대화를 이어 갔다.

"아, 그래요? 잘되어 가나요?"

"몇 년을 해 왔으니, 아무래도 그럴 수밖에요. 하지만 다른 측면에서 보자면 별로 진전이 없네요."

"대체 무슨 일인데요?"

의사가 멈춰 서면서 물었다.

그랑은 손을 올려 둥근 모자를 커다란 두 귀까지 눌러쓰면서 알아듣기 힘든 말로 얼버무렸다. 리외는 어렴풋이 '자아 계발'과 관련된 것이라고 짐작했다. 시청 서기는 급히 몸을 돌려서 마른가의 무화과나무 밑을 빠른 걸음으로 걸어갔다.

검사소 입구에 당도했을 때, 코타르가 의사에게 꼭 만나서 조언을 얻고 싶은 게 있었다고 했다. 리외는 호주머니 속에서 통계표를 만지작거리면서 진찰 시간에 오라고 말했다가, 곧 생각을 바꿔서 내일 오후 늦게 들르마고 말했다.

코타르와 헤어지자 리외는 자신이 그랑을 생각하고 있음을 알았다. 심각하지 않은 현재 이곳의 페스트가 아니라, 역사적인 대규모 페스트의 한복판에 있는 그랑을 상상했다. "거기서도 살아날 길을 찾을 사람이야." 리외는 페스트가 허약한 체질의 사람들은 살려 뒀고 오히려 혈기왕성한 사람들을 파괴했다는 것을 읽은 기억이 났다. 그랑을 계속 생각하다 보니, 의사는 시청 서기에게서 조금 신비로운 분위기를 발견했다.

언뜻 보면 조제프 그랑은 보이는 모습 그대로 시청의 별볼일 없는 하급 서기에 불과했다. 키가 크고 말랐는데, 옷은 크게 입어야 오래 입는 줄로 착각해서 늘 체구에 비해 너무 큰 옷만 입었다. 아랫니는 대부분 그대로 있었지만, 윗니는 다 빠졌다. 그래서 웃을 때 윗입술이 유독 위로 치켜져 입이 작은 블랙홀처럼 휑한 모양이 되었다. 거기에 벽에 딱 붙어 걷다가 문으로 생쥐처럼 미끄러지듯 쏙 들어가는, 수줍음 많은 젊은 신학생 같은 걸음걸이, 희미하게 풍기는 담배 연기와 지하실 냄새까지, 한마디로, 온갖 별볼일 없는 특징을 다 가졌다. 그야말로, 시내의 공중목욕탕 요금을 재검토하거나 젊은 주사(主事)를 위해 신규 쓰레기 수거세에 관련된 자료들을 수집하는 일에 열중하면서 사무실 책상 앞에 앉아 있는 그의 모습이 자연스럽게 연상되는 것이다. 심지어 그의 직업을 모르는 사람에게조차 그는 하루 62프랑 30상팀을 받는 시청 임시 서기라는, 이목을 끌지 않지만 없어서는 안 될 업무를 수행하기 위해 세상에 태어난 사람처럼 보였다.

위의 급료는 실제로 그랑이 고용계약서의 '근로조건'란에 명기해 달라고 부탁한 사항이었다. 22년 전, 돈이 없어 진학이 불가능해서 학사 과정을 마친 후에 임시로 이 직책을 맡았을 때, 다들 그에게 곧 정식 발령이 날 거라고 말했다. 시 행정에서 발생하는 미묘한 문제를 해결할 능력이 있음만 보여 주면 그만이었다. 사람들이 단언했던 대로 정식 발령만 떨어지면, 그는 꽤 넉넉하게 살 수 있는 직위로 승진할 터였다. 야심은 조제프 그랑을 움직이는 동기가 아니라고, 그는 이 점을 장담하며 우울한 미소를 지었다. 그가 바라는 건 그저 정직하게 노동해서 생계를 적당히 해결하고, 나머지 시간은 취미에 집중하는 삶이었다. 그가 이 임시직을 수락한 것은 이런 정직한 이유, 다시 말해서 자신의 이상에 충실하려는 태도에서였다.

그런데 '임시직' 상태가 꽤 오래갔다. 물가는 턱없이 올랐는데, 그랑의 급여는 몇 차례의 전면적인 인상에도 불구하고 여전히 쥐꼬리만 했다. 그랑이 리외에게는 이런 점에 대해 불평한 적이 있지만, 다른 사람들은 모르는 듯했다. 그게 그랑의 정체성, 혹은 적어도 그를 규정짓는 중요한 특징이었다. 그랑은 자신의 권리를 강하게 주장하지는 못해도, 최소한 약속받았던 조건들을 말할 수는 있었다. 하지만 우선 그를 채용했던 상관이 오래전에 죽었고, 서기 자신도 보장받았던 조건들을 정확하게 기억하고 있지 못했다. 그리고 마지막으로, 이게 진짜 문제인데, 조제프 그랑은 어떤 '말'을 해야 할지 몰랐다.

리외가 주목했듯, 이것이야말로 우리의 보통 시민 그랑을 가장 잘 보여 주는 특징이었다. 그는 오래 고심했던 청원서를 쓴다든가, 상황에 필요한 신청서를 제출한다든가 하는 일에서 '말' 때문에 늘 주저했던 것이다. 그랑의 말을 믿자면, 그는 '권리'라는 단어 앞에서 괴리감을 느껴서 늘 멈칫했고, '약속'이라는 단어 앞에서도 마찬가지였다. 제 몫을 요구하는 대담함이 자신이 맡은 평범한 직책과 어울리지 않는 것 같아서 불편함을 느꼈다. 한편 개인적인 자존심에 어울리지 않는다고 판단해서 '호의', '간청', '감사' 등의 단어도 사용을 거부했다. 결국, 그랑은 딱 맞는 단어를 찾아낼 능력이 없어서 나이가 제법 들어서까지 급여가 형편없는 보잘것없는 직책을 계속 수행했던 것이다. 게다가 그가 의사 리외에게 한 말대로, 오랜 경험으로 수입에 맞춰 생계는 어떻게든 꾸려진다는 걸 알았다. 월급에 맞춰

수요를 낮추면 됐다. 결국 그는 우리 시의 대사업가인 시장(市長)이 즐겨 쓰는 단어가 옳은 말이라고 인정했다. 시장은 '결코' (시장은 자기 추론의 모든 무게를 떠받치는 이 단어를 강조했다) 이 도시에서 진짜 굶어 죽은 사람은 없다고 격렬히 단언했다. 어쨌든 거의 고행에 가까운 생활을 영위해 온 덕택에 조제프 그랑은 생계에 관련된 근심들에서 해방될 수 있었다. 그는 계속 단어들을 찾고 있었다.

어떤 의미에서는, 그랑의 생활은 모범적이었다고 할 수 있다. 그는 다른 곳에서든 우리 시에서든 드문 부류로, 자신의 선한 감정에서 오는 용기를 가진 사람이었다. 자신에 대해 털어놓았던 얼마 안 되는 내용은 실제로 요즘 사람들이라면 감히 털어놓을 수 없는 선의와 애착을 보여 주는 증거였다. 그는 얼굴도 붉히지 않고, 남은 유일한 피붙이인 조카들과 누이를 사랑해서 2년마다 프랑스로 만나러 간다고 말했다. 자기가 아직 젊었을 때 돌아가신 부모님을 떠올리면 슬퍼진다는 사실도 인정했다. 오후 5시경 조용히 울리는 동네의 종소리를 그 무엇보다 좋아한다는 사실도 고백했다. 하지만 단순한 감정을 상기시키기 위한 가장 사소한 단어를 하나 선택하는 것도 그에게는 아주 힘든 일이었다. 아니, 가장 큰 걱정거리였다.

"아! 의사 선생님, 나 자신을 잘 표현하는 법을 배우고 싶습니다."

그는 리외를 만날 때마다 이렇게 한탄했다.

그날 저녁, 의사는 떠나가는 시청 서기 그랑의 뒷모습을 보다가 문득 그가 말하고 싶어 한 것을 깨달았다. 그는 분명 책이나 그와 비슷한 것을 쓰고 있다! 희한하게도 검사실까지 가는 내내 리외는 이 생각에 안도했다. 터무니없는 마음이긴 한데, 왠지 페스트 같은 대재앙은 그랑 같은 사람들이 있는 이 도시에, 무해한 기행에 몰두하고 있는 소박한 공무원들이 있는 도시에 상륙할 것 같지 않았던 것이다. 정확히 말하자면, 페스트가 기승을 부리는 한복판에서 그런 기행들은 발휘될 수 없다고 생각했다. 그래서 리외의 판단으로는, 페스트는 우리 시민들 사이에서 미래가 없었다.

＊＊

이튿날, 리외는 적절하지 못하다는 소리를 들으면서도 고집을 부려서 도청으로부터 보건위원회 소집 허가를 얻어 냈다.

"주민들이 불안해 하는 것은 사실입니다. 더군다나 설왕설래로 모든 것이 과장되고 있습니다. 도지사가 이렇게 말하더군요. '원한다면 즉각 조치를 취하세요. 하지만 조용히요.' 도지사는 이 모든 것이 잘못된 경종이라고 확신하고 있습니다."

리샤르의 말이었다.

베르나르 리외는 도청으로 가는 길에 카스텔을 차에 태웠다.

"도청에 혈청이 하나도 없다는 걸 알고 있는가?"

"알고 있습니다. 의약품 저장고에 전화했어요. 소장이 소스라치게 놀라던데요. 파리에서 가져오게 해야 합니다."

"오래 걸리지 않았으면 좋겠는데."

"제가 벌써 전보를 쳤습니다."

도지사는 그들을 친절하게 맞았으나, 신경은 곤두서 있었다.

"시작합시다, 여러분. 내가 상황을 요약해야 할까요?"

리샤르는 그럴 필요가 없다고 생각했다. 의사들은 상황을 잘 알고 있었다. 문제는 어떤 조치를 취해야 하는가였다. 카스텔이 불쑥 말했다.

"우선 이게 페스트인지 아닌지부터 알아야겠죠."

노의사의 발언에 두세 명의 의사가 탄식했다. 다른 의사들은 주저하는 듯했다. 도지사로 말할 것 같으면, 그는 펄쩍 뛰었고, 이 굉장한 단어가 복도로 퍼지지 못하도록 문이 잘 닫혀 있는지를 확인하려는 듯 기계적으로 문 쪽으로 몸을 돌렸다. 리샤르는, 자기가 보기에 흥분에 휩쓸리면 안 될 것 같다고 말했다. 지금 거론할 수 있는 증상은 서혜부 부위 염증에 따른 고열 증세뿐이니, 의학적으로나 일상에서나 섣불리 결론짓는 건 위험하다는 것이다. 조용히 노란 콧수염을 깨물고 있던 늙은 카스텔이 고개를 들고 맑은 눈으로 리외를 응시했다. 그러고 나서 참석자들까지 하나하나 호의 어린 시선으로 훑은 후에 이렇게 말했다. 자신은 이게 페스트임을 알고, 이 사실이 공인되면 당연히 가혹한 조치들이 뒤따를 수밖에 없음도 알고 있으며, 결국 그래서 동료 의사들이 사태를 직면하기를 주저하는 것일 테니, 동료들을 위해서라면 기꺼이 '페스트가 아니다'라고 말해줄 수도 있다, 라고. 도지사는 아주 흥분해서는 이런 논쟁은 전혀 바람직하지 않다는 뜻을 표했다.

"중요한 건 이런 논쟁이 바람직하냐 아니냐가 아니라, 이 논쟁으로 어떤 성찰을 하느냐 하는 겁니다."

카스텔이 차분하게 반박했다.

리외가 침묵을 지키고 있자 사람들이 그의 견해를 물었다.

"장티푸스성 열병 같은 증상에, 림프샘 멍울과 구토증이 동반되고 있습니다. 제가 림프샘의 멍울 절개 시술을 해서 여러 분석 실험을 의뢰했는데, 연구소에서 땅딸막한 페스트 간상균을 확인했습니다. 하지만 신중을 기하기 위해서, 이 미생물의 몇몇 특수 변이체가 과거의 전통적인 설명과 일치하지 않았음을 지적할 필요가 있습니다."

리샤르는 그로 인해 판단을 주저하고 있으니, 최소한 며칠 전부터 시작된 일련의 분석 실험의 통계 결과를 기다릴 필요가 있다고 힘주어 말했다.

그러자 리외가 대답했다.

"어떤 미생물로 인해 비장의 크기가 사흘 동안 네 배로 불어 나고, 장간막의 신경절이 오렌지 크기만큼 커지며 죽처럼 물러 지면 당연히 판단을 내리는 데 주저하지 말아야 할 것입니다. 전염된 가정들이 계속 늘고 있습니다. 병이 퍼지는 추세로 보 아, 지금 멈추지 못하면 2개월 안에 시민 절반의 생명을 앗아 갈 위험이 있습니다. 그러니 이걸 페스트로 부르느냐, 희귀 열 병으로 부르느냐는 중요하지 않습니다. 핵심은 이 병이 시민 절 반의 생명을 앗아 가는 걸 막아 내는 것입니다."

리샤르는 상황을 너무 비관적으로 밀고 나가선 안 되며, 아 직 이 병의 전염성도 증명되지 않았다고 했다. 자신의 환자들 의 가족들은 무사하다는 것이었다.

리외가 반박했다.

"하지만 다른 사람들은 죽었습니다. 그리고 주지하다시피 전 염성이란 무조건 전염된다는 의미는 아닙니다. 그렇지 않다면 산술적으로 무한히 증가하게 되어 갑작스러운 인구 감소 현상 이 발생했겠죠. 결코 비관적으로 밀어붙이려는 게 아닙니다. 예 방책을 강구하자는 겁니다."

하지만 리샤르는 다음과 같은 사실을 상기시키면서 상황을 정리하려 했다. 전염병이라면 저절로 멈추지 않을 테니 법률에 규정된 예방 조치를 취해야 하고, 그러려면 이 병이 페스트임을 공식적으로 인정해야 하는데, 바로 그 점이 절대적으로 확실한 게 아니니 심사숙고할 필요가 있다고 말이다.

리외는 자신의 주장을 고수했다.

"법률에 규정된 조치의 가혹성 여부가 아니라, 시민 절반의 생명을 지키기 위해 그것들이 필요한가가 핵심입니다. 그 나머지는 행정적인 일이고, 현행 제도는 정확히 이런 문제를 해결하라고 도지사를 둔 겁니다."

도지사가 말했다.

"분명 그렇습니다. 하지만 내가 조치를 취하려면 여러분이 먼저 이게 페스트라는 전염병이라고 공인해 주어야 합니다."

리외가 말했다.

"우리가 그 사실을 공인하지 않더라도, 이 병은 시민 절반을 죽일 수 있습니다."

리샤르가 조금 신경질적으로 끼어들었다.

"이 동료 의사는 이 병을 페스트라고 확신하고 있네요. 아까 증상을 읊을 때부터 그런 입장인 걸 알겠어요."

리외는 증상을 읊은 게 아니라 직접 눈으로 본 것을 말했다고 답했다. 그는 림프샘의 멍울, 반점, 정신을 잃으며 48시간 내에 치명적인 수준까지 오르는 고열을 목격했다. 리외가 반문했다. 리샤르 씨는 과연 가혹한 예방 조치 없이도 이 전염병이 종식될 거라고 단언하고 책임질 수 있는가?

리샤르는 잠시 주저하다가 리외의 눈을 똑바로 쳐다보았다.

"솔직하게 말해 주십시오. 당신은 이 병이 페스트라고 확신합니까?"

"질문이 틀렸습니다. 이건 어휘의 문제가 아니라 시간의 문제입니다."

도지사가 끼어들었다.

"그러니까 선생님 의견은, 이 병이 설령 페스트가 아니라고 해도 페스트에 준하는 예방 조치가 취해져야 한다는 겁니까?"

"반드시 제가 어떤 의견을 가져야 한다면, 그것이 바로 제 의견입니다."

의사들은 서로 의견을 주고받았다. 리샤르가 대표로 결론을 말했다.

"그러므로 우리는 마치 이 병이 페스트인 것처럼 행동하는 책임을 져야 할 것입니다."

이 표현은 열렬한 동의를 얻었다. 리샤르가 리외에게 물었다.

"이것이 당신의 의견이기도 하지요?"

"당신이 어떻게 표현하든 관심 없습니다. 내 의견은, 우리가 마치 시민 절반의 생명을 빼앗길 가능성이 없는 듯이 행동해서는 안 된다는 겁니다. 그랬다간 정말 그렇게 될지도 모릅니다."

모두가 인상을 찌푸리고 있는 가운데 리외는 자리를 떴다.

몇 분 후, 튀김 냄새와 지린내가 나는 변두리에서 한 여인이 서 헤부가 피투성이가 된 채 죽을 듯이 비명을 지르면서 그를 향해 팔을 뻗고 있었다.

***

위원회 소집 다음 날, 열병의 기세는 약간 더 세졌다. 심지어 신문들도 보도했지만 그래도 논조는 가벼운 편이었다. 열병에 대한 암시 정도에 그쳤다. 그래도 회의 개최 이틀 후에 리외는 작은 흰색 공고문들을 보았는데, 하필이면 가장 눈에 띄지 않는 길모퉁이들에 붙어 있었다. 당국이 상황을 직시하고 있다고 보기 어려웠다. 조치들은 준엄하지 않았고, 여론을 불안하게 만들지 않으려고 많은 부분을 포기한 것 같았다. 실제로 포고령의 첫머리는 이렇게 시작했다.

「몇 건의 악성 열병 사례가 오랑에 발생했다. 아직 전염성인지는 확실하지 않다. 증상들이 대단치는 않으니 걱정할 필요는 없고, 당국은 시민들이 침착하게 대처해 주리라 확신한다. 다만 누구나 이해할 수 있듯 신중을 기한다는 차원에서, 도지사는 몇몇 예방 조치를 취한다. 이 조치들은 상응하는 이해와 협조가 있다면 전염병의 위협을 완전히 근절할 수 있는 성격의 것이다. 따라서 시민들이 도지사 본인의 개인적 노력들을 한마음으로 지지하고 헌신적인 협조를 아끼지 않으리라는 것을 한순간도 의심치 않는다.」

이어서 벽보에는 개괄적인 대책들이 공고되어 있었는데, 하수구에 독가스를 분사하는 과학적 쥐잡기나 수돗물의 철저한 감독 등의 조항들이 들어 있었다. 벽보는 주민들에게 극도의 청결을 권장했고, 몸에 벼룩이 있는 사람들은 시립 보건소들에 출두해 줄 것을 권고했다. 한편 환자의 가족들은 의사의 진단이 내려지면 이를 의무적으로 당국에 신고하고, 환자들을 병원의 특별 병실에 격리하는 데 동의할 의무가 생겼다. 이 병실들은 최단 기간에 최대의 완치 기회를 가질 수 있도록 환자를 위한 치료 설비를 갖췄다고 했다. 몇 가지 부가 조항에는 환자의 방과 운송 차량에 대한 의무 소독이 포함되어 있었다. 벽보의 나머지 부분은 환자를 돌보는 주위 사람들에게 위생 보호 관찰에 응하라고 권장하는 데 그쳤다.

의사 리외는 벽보를 읽다가 휙 몸을 돌려 진료실로 향했다. 조제프 그랑이 그를 기다리고 있다가 두 팔을 쳐들었다. 리외가 말했다.

"그래요. 나도 알아요. 수치가 늘어나고 있죠."

전날 밤, 시에서 십여 명의 환자가 죽었다. 의사는 그랑에게,

저녁에 코타르에게 가는 길에 들를 수 있다고 말했다.

"선생님 말씀이 옳습니다. 선생님이 가시면 좋아할 거예요, 내가 보기에 그 사람 변했거든요."

"어떻게요?"

"공손해졌어요."

"전에는 안 그랬나요?"

그랑은 주저했다. 그는 코타르가 공손하지 않았다고 말할 수는 없었다. 정확한 표현이 아닐 테니까. 코타르는 조용히 틀어박혀 지내는, 조금은 멧돼지 같은 사람이었다. 그의 방, 수수한 식당, 아주 수상한 외출, 이런 것이 코타르의 생활 전부였다. 그는 자신을 포도주와 주류 판매원이라고 소개했다. 드문드문 방문객이 두세 명 있었는데, 아마 고객들이었을 것이다. 저녁때는 가끔 집 맞은편에 있는 영화관에 갔다. 그랑은 코타르가 갱 영화를 좋아하는 것 같다는 지적도 했다. 그러나 대체로 이 주류 판매원은 늘 혼자였고 의심이 많았다.

그런데 지금은, 그랑에 의하면, 완전히 바뀌었다는 것이다.

"어떻게 말해야 할지 모르겠지만, 뭐랄까, 사람들과 잘 지내려고 애쓰고 모든 사람을 자기편으로 만들고 싶어 한다는 인상을 받았어요. 나한테 말을 자주 걸고 같이 외출하자고 제안하는데, 매번 거절할 수는 없잖아요. 게다가 나도 그 사람이 흥미로웠어요. 어쨌든 내가 그 사람의 목숨을 구했잖아요."

자살 시도 이후 코타르에게 방문객은 없었다. 거리에서, 가게에서 그는 환심을 사려고 했다. 잡화상 주인에게 그렇게까지 부드럽게 이야기하는 사람도, 담배 가게 여주인의 이야기를 그렇게까지 관심 있게 들어 주는 사람도 없었다.

"담배 가게 여주인은 진짜 독사거든요. 코타르한테 그런 말을 해 줘도, 내 편견이라면서 그 여자에게 좋은 면들이 있으니 그것들을 발견할 수 있어야 한다더군요."

어쨌든 코타르는 그랑을 두세 번쯤 시내의 호화로운 식당과 카페로 데려갔다. 최근에 그가 자주 드나든 곳들이었다. 코타르는 이렇게 설명했다.

"거기 분위기가 좋아요. 게다가 사람들도 괜찮고요."

그랑은 그곳 종업원들이 코타르를 특별히 신경쓰는 걸 알아차렸는데, 곧 그가 주는 과도한 팁을 보고 이유를 이해했다. 이 주류 판매원은 자신의 팁의 대가로 돌아오는 친절에 아주 민감한 것 같았다. 하루는 호텔 지배인이 그를 배웅하고 외투 입는 것을 거들자, 코타르는 그랑에게 이렇게 말했다.

"괜찮은 친구라서, 증인이 될 수 있겠어요."

"뭘 증언하는데요?"

코타르가 대답을 머뭇거렸다.

"음, 그게, 내가 나쁜 사람이 아니라는 거죠."

하지만 코타르는 변덕이 심했다. 잡화점 주인이 덜 친절했던 어느 날, 그는 지나치게 흥분해서 집으로 돌아와서는 이런 말만 반복했다.

"다른 놈들과 어울리고 있었어. 그 비열한 놈."

"누구 말이에요?"

"전부 다요."

그랑은 여주인의 담배 가게에서도 이상한 장면을 목격했다. 한참 이야기를 주고받다가 여주인이 알제에서 떠들썩했던 최근의 어떤 체포 건에 대해 말했다. 해변에서 아랍인을 살해한 어느 젊은 직장인의 이야기였다.

"그런 천한 작자들을 모두 감옥에 처넣어야 정직한 사람들이 마음껏 숨을 쉴 수 있다니까요."

그녀는 코타르가 양해도 구하지 않고 갑자기 가게 밖으로 몸을 내던지다시피 나가는 바람에 말을 멈춰야 했다. 그랑과 여주인은 달아나는 그의 뒷모습을 멍하니 바라보았다.

차후에 그랑은 코타르의 또 다른 바뀐 성격도 알려 주었다. 코타르는 아주 자유주의적인 의견을 표했었다. "큰 놈이 항상 작은 놈을 잡아먹는 거죠"라는 말을 자주 썼다. 그런데 얼마 전부터 그가 오랑의 온건파 신문만 구입하는 것이다. 아무래도 그 신문을 공공장소에서 약간 과시하듯 읽는 모양이었다. 또한 회복한 지 며칠 안 되었을 때, 그랑이 우체국에 간다고 하자 멀리 떨어져 있는 누이에게 우편환 100프랑을 대신 부쳐 달라고 간청했다. 자신이 매달 보내던 것이라면서. 하지만 그랑이 방을 나서는데 갑자기 이렇게 부탁했다.

"아뇨, 200프랑을 보내 줘요. 누이가 꽤 놀랄 거예요. 누이는 내가 자기 생각을 전혀 안 한다고 믿거든요. 하지만 사실 나는 누이를 아주 사랑해요."

그 일이 있고 얼마 안 지나서, 코타르는 그랑과의 대화 중에 이상한 말을 했다. 코타르가 그랑에게, 저녁마다 매달리는 개인적인 일이 뭔지 알려달라고 계속 조르는 중이었다.

"알겠어요! 책을 쓰는군요."

"그렇다고 할 수 있지만, 그보다 더 복잡해요."

"아! 나도 정말 당신처럼 해 보고 싶어요."

코타르는 한숨을 내쉬었다가, 그랑이 놀라는 듯하자 당황해서는 '문인이 되면 많은 일이 정리될 것 같다'고 더듬거렸다.

"왜요?"

"왜냐면, 작가는 다른 사람보다 더 많은 권리가 있잖아요. 그거야 다들 알죠. 사람들은 문인들의 사정을 더 많이 봐줘요."

벽보가 나붙은 그날 아침, 리외가 그랑에게 이렇게 말했다.

"쥐 사건 때문에 그도 다른 많은 사람들처럼 머리가 어찔해진 모양이죠. 그걸 거예요. 아니면 '열병'에 겁먹었든지."

"그건 아닐걸요, 선생님. 내 의견을 말해 보자면……."

쥐잡이 차가 큰 배기음을 내며 창 밑으로 지나갔다. 리외는 서로의 말을 들을 수 있을 때까지 입을 다물고 있다가 건성으로 시청 서기의 의견을 물었다. 그는 심각하게 리외를 보았다.

"그 사람 뭔가 죄가 있는 사람이에요."

의사는 어깨를 으쓱했다. 형사가 말했듯, 그 역시 다른 시급한 일들이 산적해 있었다.

리외는 그날 오후에 카스텔과 만났다. 혈청이 아직 도착하지 않은 것이다.

"그런데 그게 과연 효과가 있을까요? 이 간균이 원체 이상하니까요."

"내 의견은 다르네. 이 생물체들은 늘 독특한 모습을 갖고 있네만, 근본적으로는 같거든."

"선생님께서 최소한 그렇게 가정하시는 겁니다. 사실 우리는 그것에 대해 전혀 아는 바가 없습니다."

"맞아. 내 가설일 뿐이지. 하지만 모두가 가설을 세우잖나."

그날 하루 종일 리외는 의사로서 페스트를 생각할 때마다 일어나는 미세한 현기증이 점점 커져 가는 것을 느꼈다. 결국 그는 자신이 겁먹었음을 인정했다. 그는 사람들로 가득 찬 카페에 두 번이나 들어갔다. 코타르처럼 리외도 사람의 온기가 그리웠다. '어리석은 감정이야.' 하지만 적어도 그 덕분에 주류 판매원을 방문하기로 했던 약속을 기억했다.

그날 저녁 의사가 들어갔을 때, 코타르는 식탁 앞에 서 있었다. 식탁 위에 탐정 소설이 한 권 펼쳐져 있었다. 하지만 이미 저녁이 늦어서 책을 읽기에는 너무 어두웠다. 아마도 코타르는 벨 소리를 듣기 전까지 황혼 속에서 생각에 잠겨 있었을 것이다. 리외가 잘 지내느냐고 물었다. 코타르는 자리에 앉으며 '자신은 잘 지내고, 그 누구도 자기에게 관심을 가지지 않는다는 확신이 들면 훨씬 더 잘 지낼 것'이라고 투덜댔다. 리외는 사람이 항상 혼자일 수는 없는 법이라고 말했다.

"아, 그게 아닙니다. 그저 성가시게 하려고 남 일에 끼어드는 사람들을 말하는 겁니다."

리외가 가만히 있자, 코타르는 계속 변명했다.

"나는 그렇지 않습니다. 분명히 알아주세요. 이 탐정 소설을 읽고 있었거든요. 어느 날 아침에 느닷없이 체포된 불쌍한 사람 얘깁니다. 사람들이 죄다 그에 대해 이러쿵저러쿵해 왔는데, 정작 그는 그런 사정을 전혀 모르고 있었어요. 사무실에서 수군댔고, 결국 그의 이름이 요주의 인물 명단에 올랐죠. 자, 이게 옳다고 생각하십니까? 남에게 그런 짓을 할 권리가 있을까요?"

"음, 그야 경우에 따라 다르죠. 어떤 면에서야 누구에게도 그럴 권리는 없다고 생각합니다만, 그런 건 다 부차적인 문제예요. 지금 코타르 씨에게 가장 중요한 일은, 외출을 하는 겁니다. 너무 오랫동안 집에 틀어박혀 지내는 건 좋지 않아요."

코타르는 이 말에 흥분한 듯, 자기는 오히려 줄곧 외출해 있고, 만일 필요하다면 온 동네 사람들이 증인이 되어 줄 거라고 말했다. 게다가 그는 동네 밖에서도 많은 사람과 어울렸다.

"리고 씨라는 건축가를 아세요? 그 사람도 내 친구입니다."

방 안은 거의 완전히 어둠에 잠겼다. 바깥에서는 변두리 지역의 거리가 조금씩 활기를 띠다가, 가로등이 일제히 켜지는 순간 안도감이 섞인 탄성들로 웅성거렸다. 리외는 발코니로 나갔다. 코타르도 따라왔다. 바깥 거리는 우리 시 여느 동네의 저녁 풍경처럼, 부드러운 미풍에 실려 온 사람들의 속삭임과 고기 굽는 냄새, 그리고 가게와 사무실에서 쏟아져 나와 거리를 꽉 메운 시끌벅적한 젊은이들이 내뿜는 명랑하고 향기로운 자유의 파동이 번져 가고 있었다. 해 질 녘, 저 멀찍이 있을 만의 깊숙한 곳에서 선박들이 오가는 소리, 바다가 철썩대는 소리, 군중들의 행복한 웅성거림……. 어둠이 내린 직후의 바로 이 시간을 리외는 예전부터 특별히 좋아했었다. 그런데 오늘은 마음이 짓눌리는 것만 같았다. 그가 알고 있는 모든 것들 때문에.

방 안으로 되돌아왔을 때 리외가 말했다.

"불을 켤까요?"

불이 켜지자 땅딸막한 사내는 리외를 보며 눈을 깜박였다.

"저기요, 의사 선생님, 만일 내가 병들어 쓰러지면 선생님이 진료하는 병원에서 받아 주실 거죠?"

"당연하죠."

그러자 코타르는 진료소나 병원에 있는 환자가 체포된 적이 있느냐고 물었다. 리외는 그런 일이 있었다고 들었지만, 결국 전부 환자의 상태에 달려 있다고 답했다.

"아시죠, 선생님. 저는 선생님을 믿습니다."

그리고 나서 코타르는 의사에게 차로 시내까지 태워다 줄 수 있느냐고 물었다.

시내 중심가의 거리는 벌써 인적이 드물었고 불도 많이 꺼져 있었다. 아이들은 아직 문 앞에서 놀고 있었다. 의사는 코타르의 부탁대로 한 무리의 아이들 앞에 차를 세웠다. 아이들은 소리를 지르면서 사방치기 놀이를 하고 있었다. 그중 착 달라붙은 검은색 머리에 가운데 가르마를 탄 더러운 얼굴의 한 소년이 맑고 매서운 눈초리로 리외를 쳐다보았다. 의사는 시선을 돌렸다. 코타르는 차에서 내려서 의사와 악수를 했다. 그러고는 쉰 목소리로 힘겹게 말했다. 그 와중에도 두세 번이나 뒤돌아 어깨 너머를 살폈다.

"사람들이 전염병 이야기를 하던데요. 사실인가요, 선생님?"

"사람들은 무슨 얘기든 하잖아요. 늘 그렇죠."

"맞아요. 열 명만 죽어도 종말이 온 것처럼 떠들어 댈 겁니다. 지금 우리에게 필요한 건 그런 게 아닌데 말이죠."

자동차 엔진이 벌써 털털댔다. 리외는 기어에 손을 올리고 있었다. 그러다가 그 아이를 다시 보았다. 아이는 아직도 이상하리만치 침착한 눈빛으로 리외를 주시하고 있었다. 그때 갑자기 아이가 이가 다 드러나도록 활짝 웃었다.

"그래요? 지금 우리에게 필요한 게 뭔데요?"

리외는 이렇게 물으며, 자신도 아이에게 웃어 주었다.

코타르가 느닷없이 차 문을 움켜쥐었다가, 휙 돌아서서 가며 분노와 열정이 끓어오르는 목소리로 외쳤다.

"지진이요. 진짜 거대한 지진!"

지진은 일어나지 않았고, 그다음 날 리외는 하루 종일 시내 곳곳을 누비고 다니며 환자 가족들을 상대했고 환자들과 다퉜다. 자신의 직업이 그렇게 버겁게 느껴진 적이 없었다. 이제까지는 환자들은 의사의 일을 덜어 주려고 했고, 기꺼이 의사의 손길을 믿었다. 그런데 리외는 처음으로 그들이 냉담해졌고, 불신 섞인 적대감으로 무장한 채 자신의 병을 숨긴다는 인상을 받았다. 그것은 그가 아직 익숙하지 않은 싸움이었다. 그래서 그날 밤 10시쯤, 마지막 왕진인 천식 환자인 스페인 노인의 집 앞에 차를 세웠을 때 리외는 좌석에서 몸을 일으키는 것도 힘들었다. 그는 그대로 앉아서, 어두운 거리를 내다보고 검은 하늘에 나타났다 지는 별들을 바라보며 시간을 지체했다.

환자는 침대에서 일어나 앉아 있었다. 호흡은 나아진 듯했고, 병아리콩을 한 용기에서 다른 용기로 옮기면서 수를 세고 있었다. 환자는 즐거운 얼굴로 의사를 맞이했다.

"그래, 선생님, 콜레라예요?"

"대체 어디서 그런 말을 들으셨어요?"

"신문에서요. 라디오에서도 그러던데요."

"아닙니다. 콜레라가 아니에요."

노인이 낄낄 웃었다.

"하여튼 높은 양반들은 뻔뻔하다니까. 괜시리 간이 콩알만 해졌었다니까요!"

"그런 말들은 아무것도 믿지 마세요."

노인을 진찰하고 나서 이제 리외는 초라한 부엌 한가운데 앉아 있었다. 그렇다. 말은 저렇게 했지만, 그도 두려웠다. 내일 아침이면 이 변두리 지역에서만 십여 명이 림프샘의 멍울로 몸을 웅크린 채 자신의 왕진을 기다릴 것이다. 그중에서 두세 명만 멍울 절개술로 병세가 호전될 것이다. 대부분은 병원으로 이송될 텐데, 그는 가난한 자들이 병원을 어떻게 생각하는지 잘 알았다. "이 사람을 실험에 이용하지 말아 주세요." 한 환자의 아내는 이렇게 애원했었다. 하지만 이 환자들은 실험을 도와주지도 못한다. 그저 죽게 될 뿐이었다. 현재의 조치들로는 부족하다는 게 개탄스럽게도 명백해졌다. '특별히 설비된' 병실들이라는 것들을 리외는 아주 잘 알았다. 다른 환자들을 급히 옮기고 창문을 밀폐해 방역선을 친 외부 병동 2개였다. 기댈 거라고는 전염병이 저절로 소멸하는 것이었다. 당국이 고안해 낸 조치들로는 도저히 물리칠 수 없는 상황이었다.

하지만 그날 저녁의 공식 발표는 여전히 낙관적이었다. 그다음 날, 랑스도크 통신은 도청의 조치들이 차분하게 수용되었고, 벌써 30여 명의 환자들이 자진 신고했다고 보도했다. 카스텔이 리외에게 전화를 걸었다.

"병동에 병상이 몇 개인가?"

"80개입니다."

"환자가 확실히 30명은 훌쩍 넘지?"

"다른 경우들도 잊으면 안 됩니다. 겁먹은 환자들은 신고하지 않고, 대다수의 환자들은 시간이 없어서 신고를 못했을 겁니다."

"시신 매장은 감독되고 있나?"

"아닙니다. 제가 리샤르에게 전화해서 '말이 아니라 완벽한 조치가 필요하고, 전염병에 맞서 진짜 차단벽이 아니면 아무것도 세우지 말아야 한다'고 했습니다."

"그래? 그자가 뭐라던가?"

"자기는 권한이 없다더군요. 제 의견으론 수치가 곧 상승할 겁니다."

실제로 사흘 만에 병동 2개가 가득 찼다. 리샤르는 학교를 하나 징발해 보조 병원으로 쓸 수 있을지 알아볼 생각이었다. 리외는 백신을 기다렸고 림프샘의 멍울을 쨌다. 카스텔은 옛날

책을 다시 펼쳤고 도서관에 가서 오랫동안 앉아 있기도 했다. 그러고는 결론을 내렸다.

"쥐들은 페스트나 이와 아주 비슷한 뭔가에 의해 죽었네. 쥐들이 수만 마리의 벼룩을 퍼뜨리니까, 제때 막지 못하면 벼룩들이 기하급수적으로 병을 전염시킬 거야."

리외는 아무 말도 못 했다.

그 무렵 날씨가 좋아졌다. 태양이 지난번 소나기로 파인 웅덩이들의 물을 퍼내듯 말렸다. 매일 아침 쨍하게 맑은 파란 하늘에 황금빛이 넘쳐났고, 가끔 그 열기 속으로 비행기 소리도 들렸다. 세상이 다 괜찮아 보이는 계절이었다. 하지만 나흘 동안 열병은 네 단계나 튀어 올랐다. 사망자가 16명, 24명, 28명, 32명으로 늘어난 것이다. 넷째 날, 한 유치원에 보조 병원이 개설된다고 발표되었다. 그때까지 줄곧 농담 속에 불안감을 숨겨 왔던 시민들은 할 말을 잃고 우울한 얼굴로 갈 길만 재촉했다.

리외는 마음먹고 도지사에게 전화를 걸었다.

"그 조치들로는 충분하지 않습니다."

"네, 나도 통계치를 보았어요. 꽤나 우려가 됩니다."

"우려가 아닙니다. 결정적인 수치입니다."

"내가 총독부에 지시를 요청하지요."

다음번에 카스텔을 만났을 때까지도 리외는 화를 삭이지 못했다.

"지시라뇨! 융통성을 발휘해야 할 때에!"

"혈청은?"

"이번 주 내로 도착할 겁니다."

도청에서는 리샤르를 통해 리외에게 식민지 수도에 보낼 지시 요청 보고서 작성을 의뢰했다. 리외는 거기에 임상적인 설명과 수치를 적어 넣었다. 같은 날, 사망자 수는 40여 명에 이르렀다. 도지사는 자신이 말한 것처럼, 자기 책임 아래 그다음 날부터 해당 조치들을 더 강화했다. 의무 신고와 격리가 계속 이루어졌다. 환자의 집은 폐쇄되고 소독되어야 했고, 주변 사람들은 격리 보호에 따라야 했으며, 매장은 추후 정해질 조건에 따라 시에서 하기로 했다. 그다음 날, 혈청이 항공편으로 도착했다. 현재 발병 환자들 대상으로는 충분한 양이었으나, 병이 확산되는 경우라면 부족했다. 리외가 전보를 치자, 구급용 재고가 떨어져서 새로 생산하는 중이라는 답이 왔다.

그동안 인접한 모든 교외 지역으로부터 봄이 시장에 도착했다. 수천 송이의 장미꽃이 인도를 따라 늘어선 꽃장수들의 바구니 속에서 시들어 갔고, 그 달콤한 향기가 온 시내에 진하게 감돌았다. 겉으로는 여느 봄날의 풍경과 다르지 않았다. 전차는 여전히 러시아워에는 만원이었다가 낮에는 텅 비고 더러웠다. 타루는 키 작은 노인을 관찰했고, 이 노인은 고양이들에게 침을 뱉었다. 그랑은 신비로운 문학 작업을 위해 매일 저녁 집으로 돌아갔다. 코타르는 여전히 여기저기를 배회했고, 예심판사 오통 씨는 여전히 가족들(생쥐 같은 아내, 푸들 같은 아이들)을 끌고 다녔다. 늙은 천식 환자는 계속 콩을 옮겨 담았고, 사람들은 조용하면서도 호기심이 많은 표정의 신문기자 랑베르와 종종 마주쳤다. 저녁에는 인파가 시가를 메웠고, 영화관 앞에서 길게 줄을 섰다. 게다가 전염병이 물러가는 듯했다. 며칠 동안 사망자 수가 불과 십여 명에 지나지 않았다. 그러다가 갑자기, 숫자가 수직으로 치솟았다. 사망자 수가 다시 30명에 도달한 날, 베르나르 리외는 도지사가 내민 공식 전보를 받아 읽고는 이렇게 말했다.

"그들이 드디어 겁먹었군요."

전보에는 이렇게 적혀 있었다.

「페스트 사태를 공표하라. 도시를 폐쇄하라.」

제 2 부

그 순간부터 페스트는 우리 모두의 문제가 되었다고 말할 수 있다. 그때까지는 그 기이한 사건들이 야기한 놀라움과 걱정에도 불구하고 우리 시민들 각자는 제자리에서 가능한 한 제 일을 계속해 오고 있었다. 계속 그랬으면 분명 좋았을 것이다. 하지만 일단 도시의 관문(關門)들이 폐쇄되자, 서술자를 포함해서 우리 모두가 한 배를 탔고 이 새로운 상황에 각자 적응해야 한다는 것을 깨달았다. 그래서 보통은 아주 개인적인 감정인 '사랑하는 사람과 이별하는 아픔'을 갑자기 모두가 공유하게 되었고, 그것은 '공포'와 함께 앞으로의 기나긴 유배기 내내 겪는 주된 고통이 되었다.

관문 폐쇄 조치가 야기한 가장 두드러진 결과는, 전혀 마음의 준비를 하지 못하고 맞은 급작스러운 이별이었다. 며칠 전만 해도 엄마와 아이들, 연인들, 남편과 아내가 짧은 이별이라고 생각해서 기차역 승강장에서 두세 가지 당부만 하며 작별 인사를 나눴다. 며칠, 길어야 몇 주 후면 다시 만난다고 확신했기 때문이다. 가까운 미래에 대한 인간의 맹목적인 믿음에 속아서 그 작별 인사의 순간에도 일상의 화젯거리에서 거의 벗어나지 않았던 것이다. 그랬는데 졸지에 완전히 단절되며, 재회는 고사하고 서로 소식을 주고받을 길조차 막혀 버렸다. 그도 그럴 것이 사실상 관문 폐쇄는 도청의 시행령이 공시되기 몇 시간 전에 이뤄졌고, 당연히 개인 사정들은 고려되지 않았다. 정말이지 이 잔인한 병이 기습하면서 맨 처음 나타난 효과는, 우리 시민들이 강제로 각자의 개인 감정을 내세우지 않게 된 것이었다. 도시 봉쇄령이 발효된 날 이른 시각부터 도청으로 많은 항의 전화와 방문이 빗발쳤다. 그들의 사정들은, 하나같이 이해가 가지만 동시에 하나같이 봐줄 수 없는 것이었다. 시민들이 타협의 여지가 없는 상황임을 깨닫는 데 여러 날이 걸렸다. '양해', '호의', '특혜' 따위의 단어들은 더 이상 아무 의미가 없었다.

심지어 편지 쓰기 같은 가벼운 위안도 허용되지 않았다. 무슨 말이냐면, 이 도시는 세계의 나머지 부분들과 더 이상 통상적인 통신수단으로 연결이 되지 않았고, 거기에 후속 시행령으로 편지가 감염 매체가 되는 것을 막고자 모든 우편물의 왕래까지 전면 금지되었다. 초기에 운 좋은 몇 사람이 관문의 경비병들을 어찌저찌 설득해서 편지를 시 밖으로 내보냈다. 하지만 전염병의 초기라서 경비병들이 동정심에서 슬쩍 눈감아 줘도 괜찮다고 여기던 때라서 가능했다. 얼마쯤 시간이 지나자 그들도 상황의 심각성을 알게 되어, 파장을 예측할 수 없는 일의 책임을 지지 않으려고 단호하게 거절했다. 시외전화도 초기에는 허용되다가, 공중전화 부스가 지나치게 혼잡해지며 통화가 자꾸 지연되자 며칠간 완전 중단되는 사태를 겪은 후 사망, 출산, 결혼과 같은 긴급한 경우로 엄격하게 제한되었다. 그래서 전보가 유일한 방편이 되었다. 지성과 마음과 육체로 연결되었던 친구, 가족, 연인 들은 열 단어 안팎의 대문자 전문(電文)에서 그들의 지난 유대감의 징표들을 찾아내야 했다. 갈수록 전보에서 사용할 수 있는 문구들이 빠르게 동이 나, 함께해 온 오랜 삶과 뜨거운 갈망이 곧 이런 진부한 문구들로 축소되었다. '잘 지낸다', '너를 생각한다', '애정'.

　몇몇은 여전히 고집스럽게 편지를 써서 바깥 세계와 서신 교환을 하려고 쉬지 않고 꾀를 냈다. 하지만 거의 언제나 환상으로 끝났다. 몇 가지는 성공했을지도 모르지만, 답장을 받지 못하니 성공 여부도 알 수가 없다. 그래서 몇 주간 같은 소식, 같은 호소의 편지를 쓰고 쓰고 또 썼다. 그 결과 처음에는 심장에서 피를 뚝뚝 흘리며 나왔던 생생한 말들이 차츰 의미를 잃고 말라 버렸다. 그래도 그들은 기계적으로 그 말들을 다시 베껴

쓰면서, 죽은 문장을 통해서라도 자신들의 고된 시련을 전달하려고 애썼다. 하지만 결국 그들도 이러한 헛되고 고집스러운 독백, 텅 빈 벽에 대고 외치는 무의미한 대화보다, 차라리 전보문의 진부한 글귀가 더 낫다고 인정하게 되었다.

며칠 만에 아무도 우리 시에서 밖으로 나갈 수 없다는 것이 분명해지자, 이제는 사람들이 전염병 발병 이전에 떠난 이들의 귀가는 허용되는지 묻기 시작했다. 도청측은 사나흘 고심한 끝에 긍정적인 답을 했다. 다만 일단 돌아온 자는 어떤 경우에도 다시 시에서 나갈 수 없다는 조건이 붙었다. 일단 들어오면 어떤 경우에도 오랑에 머물러야 하는 것이다. 몇몇 가정은 상황을 여전히 가볍게 봐서, 신중을 기하기보다 가족을 다시 보고 싶은 욕망이 앞서서 이 기회에 들어오라고 권하기도 했다. 하지만 곧 페스트의 포로인 자신들처럼 가까운 이들도 위험에 노출되는 일임을 깨닫고, 이별의 고통을 감수하기로 했다. 이 병이 가장 절정기일 때, 인간적인 감정이 죽음의 공포를 넘어선 경우는 단 한 번뿐이었다. 흔히들 기대하듯, 서로를 너무나 갈망해서 어떤 대가를 치르더라도 감수하겠다는 그런 열정적인 두 젊은 연인이 아니었다. 결혼한 지 오래된 노의사 카스텔과 그의 아내 얘기다. 카스텔 부인은 전염병 발병 며칠 전에 이웃 도시에 방문했다. 이들은 행복한 부부의 전형을 보여주는 커플이 아니었다. 그 반대로, 서술자는 모든 면을 종합해 볼 때 이 부부가 그때까지 자신들의 결합에 만족한다는 확신이 없었다고 말하겠다. 그런데 가차 없이 길어진 생이별 덕분에 오히려 그들은 자신들이 서로 떨어져 살 수 없음을 깨달았고, 한순간 백일하에 드러난 이 진실에 비하면 페스트는 하찮다고 확신한 것이다.

이 부부는 정말 예외적이었다. 대부분의 사람들은 전염병이 끝나야 이별이 끝난다는 점을 받아들였다. 그러자 모두가 자신의 삶을 지배해 오던 감정에, 그토록 잘 안다고 자부해 왔던 마음에(오랑 시민들은 이미 말했듯이 단순한 열정을 지녔다) 낯선 변화를 경험하기 시작했다. 배우자를 무한히 신뢰하던 남편들이 놀랍게도 질투심을 드러냈다. 연인 사이에서도 비슷한 일이 벌어졌다. 사랑을 가볍게 여기던 '돈 후앙'들이 연인에게 충실해졌다. 내내 어머니 곁에 살면서도 무심하던 자녀들이 새삼 기억과 달라진 어머니 얼굴의 주름살 하나하나에 후회가 사무쳤다. 이 극적이고 가차 없는 박탈감과, 무엇이 닥칠지 전혀 모르는 깜깜한 미래에 우리는 당황했다. 부재하는 존재의 추억들에 어찌할 바를 몰랐다. 여전히 정말 가깝지만 벌써 너무 멀어져 버린 기억들이 우리를 하루종일 괴롭혔다. 사실 우리는 이중으로 고통스러웠다. 스스로의 고통에 더해서 부재자들, 즉 자녀들과 아내와 연인이 겪을 고통을 상상해 보는 것도 고통이었다.

다른 상황이었다면 우리 시민들은 어쩌면 더 외향적이고 더 적극적인 생활을 통해 탈출구를 발견했을 수도 있다. 하지만 페스트였기 때문에 우리는 아무것도 할 수 없었다. 맨날 똑같은 시내만 쳇바퀴 돌듯 지루하게 맴돌아야 했고, 그러다 보니 맨날 맥 빠지는 추억 놀이에만 몰두하게 되었다. 그도 그럴 것이 발길 닿는 대로 가 봤자 늘 똑같은 길만 나오고, 시내가 좁다 보니 대개는 그 길이 바로 지금 곁에 없는 이들과 예전에 함께 걷던 곳인 것이다.

따라서 우리 시민들이 겪은 페스트의 첫 단계는 귀양살이였다. 서술자는 자신이 겪었고 많은 친구들 역시 똑같이 겪었다고 고백하는 모든 감정들을 여기에 쓸 수 있다고 확신한다. 텅 비어 버린 공허한 마음, 예전으로 돌아가거나 아예 시간의 흐름을 미래로 재촉하고 싶은 비이성적인 갈망, 불화살처럼 따끔거리는 기억, 이 모두가 두말할 것도 없이 귀양살이의 감정이었다. 우리는 종종 재미로 식구들이 귀가하며 누른 초인종 소리나 계단을 올라오는 익숙한 발소리가 들리는 듯 상상했다. 하지만 저녁 급행을 타고 왔다면 동네에 도착할 즈음에 맞춰서 집에 있어도, 아무리 바로 그 순간 기차의 운행이 멈췄다는 것을 잊기로 마음 먹어도, 이 '그런 척하는 놀이'는 명백히 계속될 수 없었다. 어느 순간 기차가 오지 않는다는 사실이 너무나 또렷해졌으니까. 우리는 이별은 계속될 것이고 부재의 시간에 적응하려고 애쓰는 수밖에 없음을 자각했다. 한마디로, 다시 유배지로 돌아와 과거만 곱씹는 수감자가 되는 것이다. 혹 미래를 그리는 이가 있었더라도 급속도로 포기하게 되었다. 꿈꾸는 자가 얻는 것이 상처뿐임을 깨닫자마자 말이다.

우리 시민들이 매우 빠르게, 심지어 공공연하게 이 유배 기간의 끝을 가늠해 보기를 포기한 것에 주목해야 한다. 왜 그랬냐면, 어느 날 가장 지독한 비관론자가 소멸 시효를 6개월로 잡고, 이 막막한 6개월의 아픔을 미리 각오하고 밤낮으로 온 힘을 다해 악착같이 버텨 냈는데, 그때 갑자기 친구나 신문 사설, 의심스러운 기운, 번뜩하는 혜안 등이 '대체 무슨 근거로 6개월이지? 왜 1년이 아니고? 1년이 훌쩍 넘을 수도 있는데?' 하는 의문을 던지기 때문이었다.

바로 그 순간 그들은 용기, 의지, 인내가 순식간에 와르르 무너져서, 자신들은 앞으로 다시는 수렁에서 빠져나올 수 없다고 낙담하게 되었다. 그 결과 그들은 더 이상 해방될 날짜를 세 보지 않았고, 더 이상 미래를 쳐다보지 않고 항상 제 발 밑만 살피기 시작했다. 그렇다고 이런 신중함, 고통을 피하고 싸움을 거부하기 위해 방어 자세를 포기한 대가도 좋지는 않았다. 견디기 힘든 붕괴는 피했지만, 동시에 재회의 순간을 머릿속으로 그리며 페스트를 잊을 수 있는 순간들, 항상이라고 말해도 무방할 만큼 아주 빈번할 기쁨의 순간들까지 포기한 셈이기 때문이다. 그래서 그들은 심연과 절정의 중간에서 좌초되어, 산다기보다는 부유(浮遊)했다. 방향 없는 날들과 쓸데없는 추억에 내던져져, 고통의 흙 속에 뿌리를 내리는 것을 받아들여야만 힘을 얻을 수 있는 그런 방황하는 망령들이었다.

이리하여 그들은 모든 포로와 유형수의 심한 고통, 아무 데도 소용이 없는 기억을 간직한 채 살아가는 고통도 맛보고 있었다. 그들이 계속 생각하던 과거조차 회한의 쓴맛밖에 없었다. 자신들이 기다리던 이들과 함께 아직 뭔가를 할 수 있었을 때 하지 않았다고 개탄하는 모든 것을 그 과거에 덧붙이기를 계속 바랐던 것이다. 이와 마찬가지로, 포로 생활로는 상대적으로 행복한 상황인데도 괜시리 곁에 없는 이들을 연관지어 생각하기도 했다. 그러니 삶에 늘 빠진 구석이 있었다. 현재는 참을 수 없는데, 과거는 완강히 거부하고, 미래는 빼앗긴 우리의 처지가, 인간적인 정의 혹은 증오 때문에 철창에 갇혀 살게 된 자들과 많이 닮아 있었다. 결국 이 견딜 수 없는 휴가에서 벗어나는 유일한 방법이 상상 속에서 다시 기차를 운행시키고, 고집스럽게 침묵을 지키고 있는 초인종을 계속 눌러서 시간을 때우는 것이었다.

한편 이것이 귀양살이이긴 하지만, 대부분의 경우 자기 집에서 하는 귀양살이였다. 비록 서술자 본인은 다들 겪는 평범한 귀양살이만 겪었지만, 신문기자 랑베르 같은 이들이 더 가중된 이별의 고통을 겪던 모습을 잊을 수 없다. 왜냐하면 그들은 여행왔다가 페스트에 덜컥 발목이 붙잡혀 억류되었기에, 보고 싶은 사람들은 물론이고 집과도 생이별을 했던 것이다. 귀양살이 중에서도 그들의 처지는 더 비참했다. 그들은 남들처럼 시간이 야기하는 불안을 겪으면서, 동시에 공간적 제약에도 묶여 있었다. 그들은 자신들을 고향집으로부터 떼어 놓는 이 거대하고 낯선 감염지 거처의 벽에 매순간 연신 부딪치고 있었다. 하루 종일 먼지투성이 시내를 쓸쓸히 돌아다니며 말없이 자신들만 아는 고향의 밤과 아침 풍경을 더듬고 있다면, 틀림없이 그들이었다. 그들은 제비들의 비행이나 황혼의 이슬방울, 태양이 종종 텅 빈 시가에 쏟아붓는 기이한 빛과 같은 뜻모를 징조들과 황당한 계시들로 점점 낙담해 갔다. 언제든 모든 것으로부터 도망칠 수 있는 바깥 세계에는 눈을 감아 버리고, 너무 실재적인 자신들의 망상만을 어루만졌다. 어느 계절의 빛, 두세 개의 언덕, 좋아하는 나무, 연인의 미소…… 무엇으로도 대체할 수 없는 고향 땅의 이미지들을 전력을 다해 쫓는 것이 자기들의 일이라고 고집을 피웠다.

마지막으로, 가장 흥미롭기도 하고 서술자가 남들보다 더 나은 위치에서 언급할 수 있는, 헤어져 있는 연인들에 대한 이야기를 해 보겠다. 그들은 여러 다른 감정들로 고통받았는데, 단연 두드러진 것은 후회였다. 현 상황 때문에 자신들의 감정을 일종의 과열된 객관성을 가지고 들여다볼 수 있었기 때문이다.

이런 경우에 대개 자기 자신의 결함을 명백히 보게 된다. 맨 먼저 그들이 지금 곁에 없는 이의 일거일동이 정확히 기억나지 않는 점을 경험하며, 사랑하는 이의 하루 일과를 잘 모른다는 점을 개탄했다. 왜 미처 알려고 노력하지 않았던지, 둘이 함께 있지 않을 때 연인이 무엇을 하는지는 알 필요도 없고 알아 봐야 뭐가 기쁘겠느냐고 단정했던 경솔함을 자책했다. 일단 이런 자책이 들면, 자신들의 연애를 되짚어 보고 무엇이 부족했던지 발견하게 된다. 우리는 모두 평소에, 의식했든 아니든, 사랑은 늘 한계를 뛰어넘는다고 생각하고 있었다. 하지만 이제는 다소 담담하게 우리의 사랑이 보잘것없었음을 용인했다. 추억은 훨씬 더 까다로웠다. 아주 당연하게도, 외부에서 와서 시 전체를 강타한 이 불행은, 우리가 분개해야 할 부당한 고통만 안긴 것은 아니었다. 우리가 스스로를 괴롭히고 그 고통을 끌어안도록 자극하기도 했다. 이것은 페스트가 우리의 주의를 산만하게 해서 논점을 헷갈리게 만드는 속임수이기도 했다.

이처럼 우리들 각자는 지독히도 무심한 하늘 아래서 홀로 그저 하루하루 살아가는 것을 받아들여야 했다. 이런 전반적인 체념은, 나중에야 사람들의 인내심을 키워 줬지만, 처음에는 경박하게 만들었다. 예를 들어, 우리 시민들 몇몇은 태양과 비를 섬기는 또 다른 노예 상태에 빠져들었다. 그들의 모습을 보면, 난생처음 날씨의 영향을 인지하기 시작한 사람들 같았다. 황금빛 햇살이 났다고 얼굴이 밝아지는가 하면, 비가 오면 얼굴과 생각에 어둠이 내렸다. 몇 주 전만 해도 그들은 이런 허약하고 비이성적인 노예가 아니었다. 그도 그럴 것이 그들은 세계와 혼자 마주한 것이 아니었고, 어느 정도까지는 그들과 함께 지냈던 존재가 세상 앞에 자리 잡고 있었던 것이다. 그러나 이제는 하늘의 변덕에 자신들을 내맡겨 버렸다. 그러니까, 터무니없이 괴로워하고 터무니없이 희망했다.

게다가 이와 같은 극단적인 고독 속에서는 누구도 이웃의 도움을 기대할 수 없었고, 각자가 자신의 걱정거리들을 홀로 견뎌야 했다. 만약 누군가 우연히 제 감정에서 뭔가를 털어놓고 마음의 짐을 덜려고 해 봐야, 돌아오는 대답이라곤 대개 상처 주는 것들뿐이었다. 그러면 그때 자신과 상대방이 서로 다른 이야기를 하고 있음을 깨달았다. 왜냐하면 그는 오랫동안 심각하게 끙끙거리던 개인적인 고뇌를 털어놓은 것이기에, 그가 전달하고자 한 이미지는 열정과 후회의 불 속에서 서서히 달궈온 것인데, 대화 상대방은 그저 의례적인 감동, 시장에서 쉽게 교환되는 고통, 일반적인 우울함을 상상했던 것이다. 그러니 호의적이든 적대적이든 간에 대답은 언제나 과녁을 빗나갔고, 소통에 대한 기대를 접어야 했다. 혹은 적어도 침묵을 견디지 못하는 이들은, 남들이 마음에서 나오는 진실된 언어를 못 찾으니까 시장용어(市場用語), 그러니까 단순한 소식, 신변잡기, 신문 고정란 등에서 쓰는 용어들로 이야기하는 데 만족했다. 거기서도 가장 진솔한 고통이 진부한 대화의 표현들로 바뀌곤 했다. 이 정도 대가를 치른 후에야 페스트의 포로들은 건물 수위의 동정이나 듣는 이의 관심이라도 끌 수 있었다.

하지만 가장 중요한 사실은 이것이다. 그 고뇌가 아무리 쓰라렸어도, 텅 비었기에 더욱 무거운 마음이었어도, 페스트 발병 초기의 유형자들은 혜택 받은 자들이었다! 왜냐하면 시민들이 공포에 사로잡혀 냉정을 잃기 시작한 바로 그 순간, 그들의 마음은 온통 다시 보고 싶은 존재만을 향해 있었기 때문이다. 사랑의 이기적인 속성 덕분에 전반적인 슬픔은 느낄 겨를이 없었고, 페스트를 떠올려도 이별이 길어지면 어쩌나 하는 걱정만 떠올렸다. 그들은 전염병이 한창일 때도 건전한 무관심을 유지했는데, 평정심으로 착각될 정도였다. 그들의 절망이 그들을 공포로부터 구했으니, 불행에는 좋은 점도 없지 않았다. 예를 들어 이 병으로 목숨을 잃는 일이 생겨도, 그 병을 떠올릴 시간조차 없는 것이다. 그는 기억 속 유령 같은 존재와의 오랜 마음속 대화로부터 갑자기 끌려 나왔다가, 곧장 가장 두터운 대지의 침묵 속으로 내던져졌다. 뭐든 해 볼 시간이 전혀 없었다.

***

　페스트 때문에 우리 시민들이 난데없는 귀양살이에 적응하려고 애쓰고 있는 동안, 관문마다 보초들이 세워졌고, 오랑으로 오던 선박들은 방향을 틀었다. 관문 폐쇄 이후로 단 한 대의 차량도 시내로 들어오지 못했다. 그날부터 자동차들은 뱅글뱅글 맴도는 느낌을 주었다. 항구의 모습 또한 고지대의 대로에서 바라봤을 때 기이했다. 오랑을 가장 중요한 연안 항구로 만들어 주던 일상적 활기가 갑자기 싹 가라앉았다. 격리된 선박들이 몇 척 보이기는 했다. 하지만 부두에 빈 손으로 서 있는 거대한 기중기들이나 뒤집어진 소화물 운반차, 방치된 나무통과 부대 더미들이 이곳의 거래 역시 페스트로 죽어 버렸음을 증언하고 있었다.

　이런 평소와 다른 광경에도 불구하고 우리 시민들은 자기들에게 무슨 일이 일어나고 있는 건지 이해하지 못하는 게 분명했다. 이별이나 공포처럼 공통의 감정은 있었지만, 여전히 개인적 관심사에 우선순위를 두었다. 아직은 아무도 이 병이 내포한 의미를 정확히 깨닫지 못했다. 대개는 자신들의 일상적인 습관을 방해받고 이해관계에 영향을 받는 것에만 예민했다. 그들은 염려하고 짜증을 냈는데, 전혀 페스트와 맞서는 게 아니었다. 예컨대 그들의 첫 반응은 행정 당국을 비난하는 것이었다. 언론이 한목소리로 제기한 비판('예고된 조치들을 완화할 수는 없는가?')에 대해 도지사는 예상 밖의 답변을 했다. 그때까지 신문들도 랑스도크 통신사도 이 전염병의 공식 통계를 전달받지 못한 상황이었는데, 도지사가 매일 통계 수치를 전달할 테니 보도는 주1회로 자제해 달라고 요청했다.

이렇게 했는데도 대중의 반응은 예상보다 미지근했다. 그래서 페스트 발병 3주 차에 사망자 수가 302명이라고 발표해 버렸지만, 여전히 사람들의 상상력을 건드리지 못했다. 한편으로 생각하면, 302명 전원이 페스트로 죽은 게 아닐 수도 있었다. 또한 그 도시에서 평상시에 매주 평균 몇 명이 사망하는지 아는 이가 없었다. 오랑의 인구는 20만 명이었다. 현 사망률이 그렇게나 비정상인지 아예 몰랐던 것이다. 사실 이것은 그 중요성이 분명한데도 아무도 신경 쓰지 않는, 그런 종류의 통계였다. 한마디로, 대중은 비교 기준이 없었다. 시간이 가며 꾸준히 증가하는 사망자 수를 더 이상 간과할 수 없어졌을 때에야 대중은 비로소 진실에 눈을 떴다. 5주째에 321명, 6주째에 345명이었다. 이 수치들은 반향을 일으켰다. 하지만 여전히 충분히 강력하지는 않아서, 우리 시민들은 걱정은 하면서도 '대단히 불행한 사건이지만 일시적인 사고에 불과하다'는 확신을 버리지 않았다.

그래서 시민들은 계속 평소처럼 거리를 거닐고 노천카페에 앉아 있었다. 대체로 겁먹은 기색이 아니었고, 한탄보다 농담을 더 주고받았으며, 분명히 일시적으로 지나가는 불편함일 테니 기분 좋게 받아들이자는 태도를 보였다. 그러니까, 겉으로는 태연했다. 하지만 그달 말, 뒤에서 이야기하게 될 기도 주간 즈음에 이르자 상황이 훨씬 심각해져서 시의 모습이 완전히 바뀌었다. 우선 도지사가 차량 운행과 식량 보급 관련 시행령을 내렸다. 식량 보급이 제한되고 연료 배급제가 실시되었다. 절전 명령도 떨어졌다. 필수품만 육로와 항공로로 오랑에 반입되었다. 그러니 차량 운행은 거의 없다시피 줄었고, 사치품 가게들은 하룻밤 사이에 문을 닫았으며, 구매자들의 줄이 길게 늘어선 생필품 상점들의 진열장에는 '품절' 안내문이 나붙었다.

오랑의 모습은 기이해졌다. 거리에 행인들이 아주 많아졌는데, 상당수의 가게와 사무실이 폐쇄되는 바람에 할 일이 없어진 사람들이 평소에 한가하던 시간대에 거리와 카페를 채웠던 것이다. 당시 그들은 실직한 게 아니라 휴가 중이었다. 그래서 맑은 날씨의 오랑은, 가령 오후 3시경에, 공개 행사가 진행될 수 있도록 상점들이 문을 닫고 거리의 교통을 통제해서 주민들이 도로로 쏟아져 나와 축제를 즐기고 있는 도시처럼 보였다.

이 상황 덕분에 자연히 영화관들의 매출이 껑충 뛰었다. 하지만 상영작을 바꿀 수 없다는 게 문제였다. 새 필름의 유입도 막혀 있었기 때문이다. 2주가 지나자 영화관들끼리 상영작을 서로 맞교환할 수밖에 없었고, 시간이 더 흐르자 영화관별로 아예 계속 같은 영화를 상영했다. 그런데도 영화관들의 매출은 떨어지지 않았다.

끝으로, 주거래 품목이 와인과 술인 도시답게 비축량이 상당했기에, 카페들의 손님맞이는 예전과 변함이 없었다. 사실은, 음주량이 폭증했다. 한 카페에서 판촉용으로 '좋은 와인 1병이 감염을 막는 최선의 보호책입니다'라고 써 붙였는데, 술이 감염성 질병을 예방해 준다는 속설이 대중들에게 더욱 굳건히 뿌리내리게 되었다. 매일 새벽 2시쯤이면, 카페에서 쫓겨난 상당수의 주정꾼들이 거리를 메우고 낙관적인 전망들을 고래고래 외쳐댔다.

그러나 한편 이러한 모든 변화들은 너무 유별나고 너무 신속했기 때문에, 그것들이 정상적이고 지속될 것이라고 여겨지지 않았다. 그 결과 우리는 계속해서 개인적인 감정에 우선순위를 두었다.

관문들이 폐쇄된 지 이틀 후, 의사 리외는 병원에서 나오는 길에 코타르와 마주쳤다. 그 땅딸막한 사내는 매우 만족스러운 표정이었다. 리외는 그에게 안색이 좋다고 축하했다.

"예, 아주 최고로 잘 지내고 있습니다. 그런데 선생님, 이 망할 페스트! 점점 더 심각해지는 것 같은데, 어떤가요?"

의사가 고개를 끄덕이자, 그가 유쾌하다는 투로 단언했다.

"그게 지금 멈출 리가 없죠. 이 도시는 완전히 뒤죽박죽이 될 겁니다."

그들은 잠시 함께 걸었다. 코타르는 자기 동네의 한 식료품 상이 나중에 비싸게 팔려고 식료품을 사재기했는데, 구급대원 들이 그를 데려가려고 왔을 때 침대 밑에서 통조림 깡통들을 발견했다는 이야기를 했다.

"그 사람은 병원에서 죽었어요. 페스트에는 돈도 소용 없죠."

코타르는 전염병에 관해 사실인지 거짓인지 모를 풍문들을 쏟아냈다. 어느 날 아침 페스트 증상이 나타난 한 남자가 열이 펄펄 끓자 도로로 뛰어나가서 제일 처음 마주친 여자를 와락 껴안으며 "걸렸다"고 외쳤다는 이야기도 있었다.

"그에게 얼마나 잘된 일이에요!"

그러더니 헷갈리게 유쾌한 어조로 덧붙였다.

"어쨌든 우리 모두 머지않아 미칠 테니까요. 틀림없어요."

조제프 그랑이 의사 리외에게 개인적인 비밀을 털어놓은 것 도 같은 날 오후였다. 책상 위에 있는 리외 부인의 사진을 보더 니 의사에게 질문하는 듯한 시선을 보냈다. 리외는 아내가 도 시에서 꽤 떨어진 곳에서 요양 중이라고 대답했다.

"어떤 면에서는 다행이네요."

의사도 그 말에 동의했지만, 아내의 완쾌가 가장 중요하다는 말을 덧붙였다.

"네, 이해합니다."

그러더니 그랑은 리외를 알게 된 후 처음으로 수다스러워졌다. 여전히 적합한 말을 찾느라 끙끙대긴 했지만, 마치 수년간 생각해 온 속내인 것처럼 거의 매번 적합한 말을 찾아냈다.

그랑은 아주 어린 나이에 가난한 이웃집 처녀와 결혼했다. 학업을 중단하고 지금의 직장을 찾은 것도 결혼 때문이었다. 그도 부인 잔도 그 동네를 벗어나 본 적이 없었다. 연애할 때 가끔 잔의 집에서 데이트를 했는데, 그녀의 부모는 말이 없고 서투른 이 구혼자를 약간 비웃었다. 잔의 아버지는 역무원이었다. 비번인 날이면 창가 구석 자리에 앉아 큼직한 두 손을 펴서 허벅지에 얹고 행인들을 바라보며 생각에 잠겼다. 그녀의 어머니는 항상 집안일로 바빠서, 잔이 도와야 했다. 잔은 몸집이 아주 자그마해서 그랑은 그녀가 길을 건널 때마다 불안하게 쳐다보았다. 그녀에 비하면 차량들이 비정상적으로 커 보였다. 언젠가 크리스마스 며칠 전 함께 산책을 나갔을 때, 잔이 선물 가게 진열장 앞에서 멈춰 서서 한참을 바라보다가 "아, 참 아름다워요!" 하고 감탄하며 그랑에게 몸을 기댔다. 그가 그녀의 손목을 꼭 쥐었다. 그렇게 그들은 약혼했다.

나머지 이야기는 그랑의 생각에는 꽤 단순했다. 그냥 남들과 같았다. 결혼했고, 좀 더 사랑했고, 일했다. 일을 너무 많이 해서 사랑하는 것을 깜박 잊었다. 그랑의 국장이 약속을 지키지 않아서 잔도 일해야 했다. 여기서 그랑이 말하고자 하는 바를 이해하려면 약간 상상력이 필요하다. 만성피로가 쌓이면서 그는 조금씩 삶의 의욕을 잃었고, 차츰 말수가 줄어서, 젊은 아내에게 사랑받고 있다는 느낌을 주지 못했다. 일에 파묻힌 남편, 가난, 서서히 닫혀 가는 미래, 저녁 식탁에서 흐르는 침묵, 이런 세계에 열정이 파고들 여지는 없었다. 분명 잔은 괴로웠으리라. 그래도 그녀는 떠나지 않았다. 사람은 고통을 고통인 줄도 모르고 오랫동안 방치하기도 한다. 그렇게 몇 해가 흘렀다. 그리고 어느 날, 그녀는 그를 떠났다. 물론 그냥 떠나진 않았다. '당신을 많이 사랑했지만 이제는 피곤해요. 떠나는 게 기쁘진 않지만, 새 출발이 꼭 행복할 필요는 없어요.' 대략 이런 내용의 편지를 남겼다.

그랑 역시 괴로웠다. 리외의 말마따나, 그도 다시 시작할 수 있었다. 하지만 못 했다. 자신이 없었다.

그저, 그랑은 잔만 생각했다. 그가 바라는 거라곤, 그녀에게 자기 입장을 변명하는 편지를 한 통 쓰는 것뿐이었다.

"그런데 쉽지 않더군요. 수년째 생각만 하고 있어요. 서로 사랑할 때는 말없이도 서로를 이해할 수 있었는데……. 하지만 사랑은 영원하지 않죠. 제때 그녀를 붙잡을 말을 찾아냈어야 했는데, 그만 그러질 못했어요."

그랑은 주머니에서 체크무늬 냅킨 같은 것을 꺼내 요란하게 코를 풀었다. 그러고 나서 콧수염을 닦았다. 리외는 가만히 바라보고 있었다. 그랑이 급히 덧붙여 말했다.

"미안합니다, 선생님. 하지만 뭐랄까…… 선생님은 믿음이 가는 분이에요. 그러니까 이런 이야기도 털어놓게 되네요. 이거 참, 좀 당황스럽군요."

확실히 그랑은 페스트로부터 아주 멀리 떨어져 있었다.

그날 저녁 리외는 아내에게 전보를 쳤다. '도시가 봉쇄되었다, 나는 잘 지낸다, 당신도 꾸준히 스스로를 잘 돌봐야 한다, 항상 당신을 생각하고 있다.' 그런 내용이었다.

관문을 폐쇄한 지 3주쯤 지난 저녁, 리외가 퇴근할 때 병원 출입구에서 한 젊은 남자가 그를 기다리고 있었다.

"저를 기억하시지요?"

리외는 알 것 같았지만, 잠시 머뭇거렸다.

"이 사태가 벌어지기 전에 찾아뵈었지요. 아랍인들의 생활 여건 취재 건으로요. 레몽 랑베르라고 합니다."

"아, 맞아요, 그랬죠. 그래, 이제 좋은 기삿거리를 얻으셨네요."

상대방은 첫 방문 때보다 초조해 보였다. 그는 그것 때문에 온 게 아니라, 의사로서 도움을 줄 수 있는지 요청하러 왔다고 말하면서 이렇게 덧붙였다.

"죄송합니다. 이 도시에 아는 사람이 한 명도 없는 데다, 저희 신문사의 이 지역 통신원이 완전히 바보라서요."

리외는 도심에 있는 보건소에 몇 가지 지시 사항을 전하러 가는 길이니 같이 걷자고 제안했다. 그들은 흑인 거주 구역의 골목길로 가로질렀다. 저녁이 오고 있었다. 예전 같으면 시끌벅적할 시간대인데, 이상하리만치 고요했다. 아직 황금빛인 하늘에 몇 차례 나팔 소리만 울려퍼졌다. 군인들은 어쨌든 자신들의 일과를 수행하고 있는 모양이었다. 무어풍 가옥의 파랗고, 노랗고, 보라색인 벽들 사이의 좁고 가파른 길들을 따라 걸으며 랑베르는 쉼 없이 말을 했다. 아주 흥분한 듯했다. 아내를 파리에 두고 왔다는 것이었다. 사실 정식으로 결혼한 건 아니지만 아내나 같다고 했다. 그는 오랑이 폐쇄되자 즉시 그녀에게 전보를 쳤다. 원래는 일시적인 상황이려니 여겨서 그녀와 편지를 주고받을 생각이었다. 그런데 우체국은 그를 되돌려 보냈고, 오랑 주재 동료 기자들은 해 줄 수 있는 게 없다고 말을 잘랐으며, 도청의 한 여비서는 콧방귀를 뀌었다. 두어 시간 넘게 줄을 서서 기다린 끝에야 간신히 전보를 접수시켰다. '다 좋소. 곧 봅시다.'

하지만 다음날 아침, 랑베르는 잠에서 깨며 문득, 이 상황이 얼마나 오래갈지 알 수 없다는 생각이 들었다. 그래서 이 도시를 당장 떠나기로 결심했다. 그는 연줄로(기자라는 직업은 여러모로 편리했다) 도지사의 비서실장과 면담 약속을 잡았다. 그는 자신이 오랑에 온 것은 순전히 우연인데다가 이곳에 아무런 연고도 없어서 여기 머무를 이유가 전혀 없으니, 일정 기간 격리 수용되어야 한대도 자신에게는 일단 이곳을 떠날 권리가 있다고 말했다. 비서실장은 처지를 충분히 이해하지만 예외를 둘 수는 없으며, 검토는 해 보겠지만 상황이 심각해서 아무런 결정도 내릴 수 없다고 대답했다. 랑베르는 소리쳤다.

"하지만, 젠장, 나는 이 도시 사람이 아니라고요!"

"분명히 그렇죠. 여하튼 전염병이 곧 끝나기를 바랍시다."

비서실장은 '기자로서 오랑에서 굉장한 특종을 얻을 수 있지 않겠느냐'는 말로 랑베르를 달랬다. 아무리 나쁜 일에도 반드시 좋은 면이 있다는 말도 했다. 랑베르는 신경질적으로 어깨를 으쓱해 보이고는 자리를 박차고 나왔다.

"진짜 멍청한 말 아닙니까, 선생님? 나는 기사를 쓰려고 이 세상에 태어난 게 아닙니다. 사랑하는 여인과 살려고 태어났다는 편이 더 맞는 말이죠. 안 그래요?"

리외는 그게 더 합당한 말로 들린다고 조심스럽게 답했다.

중심가에 도착했다. 중심가의 대로들이 평소만큼 북적대지 않았다. 몇몇 행인들도 먼 귀갓길을 서둘고 있었다. 아무도 미소를 짓고 있지 않았다. 리외는 그날 랑스도크 통신사가 발표한 뉴스 탓일 거라고 짐작했다. 어차피 24시간만 지나면 시민들은 다시 희망을 품기 시작할 테지만, 통계 수치를 들은 당일에는 모두들 기억이 너무 생생했다.

랑베르가 다짜고짜 말했다.

"사실 그녀와 만난 지 얼마 되지는 않았어요. 그치만 서로 정말 잘 통했거든요."

리외가 잠자코 있었다. 랑베르가 말을 이었다.

"이런, 선생님을 귀찮게 하고 있군요. 죄송합니다. 그저 내가 그 망할 병에 걸리지 않았다는 확인서를 써 줄 수 있을지 여쭤보고 싶었습니다. 그게 도움이 될 것 같거든요."

리외는 고개를 끄덕였다. 작은 사내아이가 그의 다리로 돌진하더니 부딪쳐 넘어졌다. 그는 아이를 일으켜 주었다. 이제 아름 광장에 도착했다. 먼지를 뒤집어 써서 잿빛이 된 무화과나무와 종려나무의 가지들이 축 처져서 공화국을 상징하는 동상 주변에 서 있었다. 동상도 더럽게 때가 잔뜩 꼈다. 그들은 그 옆에서 멈춰 섰다. 리외는 신발에 덮인 먼지를 털어 내려고 돌바닥에 한 발씩 툭툭 구르고는 랑베르를 보았다. 펠트 모자를 뒤로 조금 젖혀 쓰고 셔츠 깃을 풀어헤쳐 넥타이를 느슨하게 맨채 면도도 제대로 하지 않은 그 신문기자는 뚱하고 고집스러운 표정을 짓고 있었다. 꽤 상처를 받은 모양이었다. 리외가 설명했다.

"물론 당신 사정은 이해합니다. 하지만 당신 얘기는 말이 안됩니다. 나는 당신에게 확인 증명서를 발급해 줄 수 없어요. 내가 당신이 그 병에 걸렸는지 아닌지 모를 뿐더러, 안다고 해도 내 진찰실을 나가서 도청에 들어가는 사이에 감염되지 않는다고 증명할 수는 없으니까요. 게다가…….”

“게다가?”

“내 확인서도 소용 없을 겁니다.”

“왜죠?”

“지금 이 도시에 당신 같은 처지의 사람이 수천 명입니다. 그들을 모두 떠나게 할 수는 없지요.”

“그들이 페스트에 걸리지 않았어도요?”

“그건 충분한 이유가 못 됩니다. 아, 저도 말도 안 되는 상황인 걸 압니다. 하지만 이건 우리 모두와 관계됩니다. 사태를 있는 그대로 받아들여야 합니다.”

“그래도 저는 오랑 사람이 아녜요!”

“유감스러운 일이지만, 당신은 지금부터 오랑 시민입니다. 다른 이들처럼요.”

랑베르는 언성을 높였다.

“그치만, 젠장, 선생님, 이건 인도적인 문제예요! 서로 좋아하는 사람들에게 이런 생이별이 뭘 의미하는지 도통 이해하지 못하시는 건가요?”

리외는 잠시 침묵하다가, 자신도 그것을 완전히 이해한다고 말했다. 자신도 랑베르가 아내와 재회하고 서로 사랑하는 모든 이들이 재결합하기를 가장 바라고 있지만, 법은 법이니 페스트가 발생한 이상 자신의 역할을 해야 한다고 했다.

랑베르는 쓸쓸하게 내뱉었다.

"아뇨. 선생님은 이해하지 못하세요. 지금 가슴이 아니라 이성으로 말하고 있잖아요. 당신은 추상의 세계에 살고 있어요."

의사는 공화국을 상징하는 동상을 흘낏 올려다보고는, 자신이 이성적으로 말하고는 있지만 매일 눈으로 보이는 사실을 말하고 있으며, 그 둘이 반드시 같은 것이 아니라고 말했다.

신문기자는 넥타이를 잡아당겨서 바로 맸다.

"그러니까, 선생님의 도움은 받을 수 없겠군요. 좋습니다. 하지만……."

그의 말투가 도전적으로 변했다.

"그래도 나는 이 도시를 떠날 겁니다."

의사는 그것 역시 이해하지만, 자기가 상관할 일이 아니라고 말했다. 랑베르가 다시 언성을 높였다.

"그렇지 않아요. 상관이 있죠. 내가 선생님을 찾아온 것은 이번 결정에서 큰 역할을 했다고 들었기 때문입니다. 그래서 그런 결정에 기여한 만큼 적어도 한 건쯤은 해결해 줄 줄 알았죠. 하지만 상관하지 않겠다는 거네요. 선생님은 다른 사람 생각따위는 전혀 않는군요. 생이별한 사람들의 상황을 고려하지 않고 있습니다."

리외는 어떤 의미에서는 사실이라고, 개별 사례들을 고려하지 않으려 했다고 인정했다. 랑베르가 외쳤다.

"아! 이제 알겠네. 공익적인 일이다, 이거군요. 하지만 공익은 개개인의 행복이 합쳐져서 이뤄지는 겁니다."

의사는 딴 생각을 하다가 정신이 번쩍 든 듯했다.

"아, 이봐요! 그런 면도 있지만, 그보다 훨씬 큰 문제입니다. 쉽게 단정지을 수 없는 문제입니다. 그러나 당신이 화내는 건 잘못된 겁니다. 당신이 이 곤경에서 벗어난다면 나도 진심으로 기쁠 겁니다. 다만 제 직무상 금지된 일들이 있습니다."

상대방은 초조하게 머리를 흔들었다.

"예, 예, 화낸 건 잘못이죠. 게다가 이미 선생님 시간을 너무 많이 뺐었군요."

리외는 랑베르에게 앞으로 상황의 진척을 공유해 주고, 자기를 원망하지 말아 달라고 당부했다. 또 분명 자신들이 의기투합할 수 있는 면도 있다고 덧붙였다. 랑베르는 당황한 듯했다. 잠시 침묵했다가 이렇게 말했다.

"네, 저도 그럴 생각입니다. 제 말과 선생님 말은 좀 부딪쳤어도 말이죠. 그게……."

그가 멈칫했다.

"그래도 선생님 말에 동의할 수는 없네요."

그는 펠트 모자를 눈까지 푹 눌러쓰고 빠른 걸음으로 가 버렸다. 리외는 랑베르가 장 타루가 투숙해 있는 호텔로 들어가는 것을 보았다.

잠시 후, 의사가 고개를 가볍게 끄덕였다. 마음속에 떠오른 생각들에 동의하듯이. 그렇다. 그 기자가 행복에 조바심을 내는 것은 옳다. 하지만 그가 리외 자신을 '추상의 세계에 산다'며 비난한 것은 옳은가? 페스트가 강타해서 이 도시의 주당 평균 사망자 수가 500명까지 올라가는 시기에 병원에서 보낸 나날들이 '추상'일까? 그렇다. 이런 재난에는 추상적인 면이, 현실과 괴리된 면이 분명히 있다. 그렇지만 추상이 당신을 집어삼키기 시작한다면, 그 추상을 공략해야 한다. 그리고 리외는 그것이 결코 쉽지 않다는 걸 잘 알고 있었다.

예를 들어 보조 병원(지금은 3개가 되었다)을 책임지고 운영하는 일은 결코 쉽지 않았다. 그는 이전에 대기실이었던 곳을 응급실로 꾸몄다. 바닥을 파서 크레졸액을 채워 얕은 욕탕으로 만들고, 그 중앙에 벽돌로 된 작은 섬을 지었다. 환자를 그 섬으로 옮겨 빠르게 옷을 벗기고, 그 옷은 크레졸액에 담갔다. 환자는 몸을 씻기고 거친 병원용 내의를 입혀서 리외에게 넘겨지고, 진찰 후 병동으로 옮겨졌다. 어쩔 수 없이 학교 건물을 빌려서 총 500개의 병상을 꾸렸는데, 지금 거의 다 찼다.

환자가 접수되면 리외의 감독 하에 백신을 주사하고, 림프샘 멍울을 째고, 수치를 다시 뽑아서, 다시 오후 진료를 보았다. 왕진은 밤이 되어서야 가능해서, 그는 아주 늦은 시각에야 귀가했다. 바로 전날 밤에 리외의 어머니는 며느리에게서 온 전보를 아들에게 건네주다가 그가 손을 떤다고 말했다.

"네, 떨리네요. 그래도 견디다 보면 서서히 안정될 거예요."

리외는 튼튼하고 강인해서 아직 심하게 피곤하지는 않았다. 하지만 왕진의 스트레스가 극심해졌다. 그가 유행성 열병이라는 진단을 내리면 환자가 곧바로 격리되어야 했다. 그래서 그때 소위 환자 가족과의 '추상'적인 몸싸움이 시작되는 것이다. 가족들도 이미 환자를 완치되거나 죽어야만 다시 만날 수 있는 줄 알고 있었기 때문이다. "제발 봐주세요, 선생님!" 타루가 묵는 호텔 객실 청소부의 어머니인 로레 부인의 말이었다. 대체 무슨 소용인가? 물론 의사도 동정이 갔다. 하지만 지금 동정이 누구에게 도움이 되는가? 그는 전화를 걸 수밖에 없다. 그러면 금세 거리에서 구급차의 경적이 울리고(이웃들이 창을 열고 내다보다가 곧 서둘러 창문을 닫는다) 언쟁과 눈물과 호소, 한마디로 '추상'적인 2차전이 시작되었다. 열병과 불안으로 과열된 아파트에서 난장판이 벌어졌다. 결과는 늘 똑같다. 환자는 끌려갔고, 그제야 리외도 떠날 수 있었다.

처음에 리외는 전화만 걸고 구급차를 기다리지 않고 다른 왕진을 갔었다. 하지만 환자의 가족들이 이제 결과가 빤한 이별보다는 차라리 페스트와 상대하기를 택해서 문을 잠그기 시작했다. 아우성, 비명, 문 두드림, 경찰의 개입, 나중에는 무장 군인까지 들이닥쳐서 환자를 체포하듯 끌고 가야 했다. 그래서 처음 몇 주간 리외는 구급차가 도착할 때까지 남아 있으라는 지시를 받았다. 이후에 의사의 왕진에 자원봉사 감독관이 동행하게 되어서, 리외는 다음 환자에게 서둘러 갈 수 있었다. 하지만 그래도, 매일 저녁이 로레 부인 집에 갔던 그날 저녁과 같았다. 리외가 부채와 조화로 장식된 조그만 아파트로 들어가면, 환자의 어머니가 어색한 미소를 띠고 말하는 것이다.

"아, 다들 얘기하고 있는 그 열병은 아니겠죠."

리외는 이불과 셔츠를 들추고 배와 넓적다리의 빨간 반점, 부푼 신경절을 말없이 들여다보았다. 딸의 다리를 바라보던 어머니는 참지 못하고 비명을 질렀다. 매일 저녁 어머니들은 치명적인 징후가 다 드러난 배 앞에서, 이 심란한 추상을 붙들고 넋 잃은 표정으로 울부짖었다. 매일 저녁 손들이 리외의 팔을 붙들고 늘어지며 소용없는 말들, 약속들, 눈물들을 쏟아 냈다. 매일 저녁 구급차의 경적에 헛된 경기를 일으켰다. 리외에게는 그런 비슷한 저녁 풍경이 지리하게 무한히 반복되었다. 그렇다. 페스트, 그것은 마치 추상처럼, 단조로웠다. 아마도 변한 건 딱 하나, 바로 리외 자신이었다. 그날 저녁 공화국의 상징물 아래에 서서, 그는 깨달았다. 랑베르가 사라져 버린 호텔 문을 바라보며, 자신의 마음을 서서히 채워가는 막막한 무관심을 느꼈다.

기진맥진한 몇 주를 지낸 후, 시민들이 거리로 쏟아져 나와 거리를 배회하던 그 모든 황혼 녘을 보낸 후, 리외는 더 이상 동정심을 몰아내려고 애쓸 필요가 없어졌다. 동정심이 소용없어지면 동정도 그치는 법이다. 그 며칠 짓누르는 듯한 부담감에 시달렸기 때문에, 의사는 마음의 감각이 서서히 닫히는 느낌에서 위안을, 유일한 위안을 얻었다. 앞으로 자기 일이 수월해질 거라서 기뻤다. 그의 어머니는 새벽 2시에 귀가한 아들의 시선이 텅 빈 것에 충격을 받았지만, 그녀가 마음 아파하는 바로 그 점이 그때 리외에게 유일한 위로였다. 추상에 맞서려면 어느 정도 추상과 닮아야 한다.

　그러나 랑베르가 그런 것을 어떻게 느낄 수 있겠는가? 그에게 추상이란 자신의 행복을 가로막는 모든 것이었다. 리외도 어떤 의미에서는 이 기자가 옳다고 인정한다. 하지만 때론 추상이 행복보다 더 강력하니, 그때만은 반드시 추상을 고려해야 한다. 앞으로 랑베르에게 이런 일이 일어나는데, 리외는 훨씬 나중에 랑베르가 털어놓은 속내 이야기를 듣고서야 알게 된다. 이에 리외는 완전히 다른 차원에서 개개인의 행복과 페스트라는 추상 사이의 지긋지긋한 투쟁을 이어갈 수 있었다. 이 투쟁은 그 기나긴 기간 동안 우리 시민들의 삶을 지배했다.

***

하지만 누군가는 추상을 보는 곳에서, 또 다른 누군가는 진실을 보았다. 페스트가 발발했던 첫 달은 이 전염병의 급격한 증가세와 파늘루 신부의 신랄한 설교로 암울하게 끝을 맺었다. 파늘루 신부는 미셸 영감이 앓을 때 도왔던 예수회 신부다. 오랑 지리학회 회보에 자주 기고해서 이미 학회의 주목을 받던 인물로 주로 금석문 복원에 권위를 인정받았다. 하지만 현대 개인주의에 대한 일련의 강연으로 전문가 집단뿐만 아니라 일반 대중들의 지지도 폭넓게 끌어 모은 바 있었다. 거기서 그는 현대의 방종 혹은 지난 세기들의 몽매주의와는 거리가 먼, 엄격한 기독교 교리의 열렬한 옹호자를 자처했다. 그는 청중에게 가혹한 진실을 돌려 말하지 않았다. 그래서 그는 지역의 명사가 되었다.

그달 말, 우리 시의 성직자들은 공동 기도 주간을 정해 그들 나름의 방법으로 페스트에 대항하기로 결정했다. 대중적 신앙심을 나타내려는 이 행사는 일요일, 페스트에 걸렸던 성(聖) 로크의 가호 아래 드리는 공식 미사로 막을 내릴 예정이었다. 파늘루 신부에게 강론이 맡겨졌다. 그는 성 아우구스티누스와 아프리카 교회에 대한 연구로 자신의 종파에서 특별한 직책을 맡고 있었는데, 2주일쯤 전부터 그 연구에서 손을 뗐다. 성정이 열정적이고 불 같은 사람이었기에, 자기에게 맡겨진 강론에 사명감을 느꼈던 것이다. 예정일보다 훨씬 전부터 사람들이 이 설교를 기대했고, 과연 그 시기의 역사에 한 획을 그었다.

기도 주간 내내 많은 사람들이 성당으로 몰려들었다. 평상시에 오랑 시민들의 신앙심이 특별히 깊었다고 볼 순 없다. 일요일 아침 미사를 해수욕 때문에 빠지는 경우가 빈번했으니까. 그들이 갑자기 깨달음을 얻고 신실해진 것도 아니었다. 일단 도시가 폐쇄되고 항구가 차단되어 해수욕이 불가능했다. 게다가 그들은 무척 낯선 심경을 겪고 있었으니, 자신들에게 들이닥친 사건을 정확히 이해하진 못했어도 뭔가 결정적으로 변해버렸음을 인지했던 것이다. 그렇지만 여전히 많은 이들은 전염병이 곧 멈춰서 자기 가족은 모두 무사하겠거니 했다. 그래서 생활 방식까지 강제로 바꿀 생각은 전혀 없었다. 페스트는 불시에 그냥 왔듯이 그렇게 불현듯 떠날 반갑잖은 불청객에 불과했다. 경각심은 가졌지만 절망하지는 않아서, 페스트가 새로운 생활양식이 되고 발병 전까지 영위했던 삶을 잊을 정도는 아니었다. 한마디로, 그들은 국면 전환을 기다리고 있었다.

다른 많은 문제들이나 마찬가지로 종교적인 면에서도, 페스트는 사람들을 열성도 아니고 무관심과도 거리가 먼 특이한 사고방식으로 이끌었다. '객관성'이라는 말이 가장 어울릴 듯하다. 기도 주간에 참석한 사람들 대부분은, 한 신자가 리외에게 진찰받으며 했던 표현과 같은 심정이었던 것이다. "뭐, 이게 해로워 봐야 얼마나 해롭겠어요." 타루조차 수첩에 중국인들은 페스트 귀신 앞에서 작은 북을 쳤었다고 적은 후, 북을 치는 것이 의학적인 예방 조치들보다 더 효과적인지는 결코 알 수 없다고 지적했다. 그러고는 이렇게 덧붙였다. 「그 문제에 결론을 내리려면 페스트 귀신이 진짜로 존재하는지부터 알아야 할 텐데, 그것을 알 수가 없으니 그에 대한 어떤 의견도 무의미하다.」

어쨌든 기도 주간 내내 대성당은 신자들로 거의 꽉 찼다. 처음 이삼일은 많은 시민들이 그냥 성당 문 앞에 늘어선 종려나무와 석류나무 정원에 자리를 잡고서, 거리까지 멀리 퍼져 나오는 청원과 기도를 들었다. 일단 참여하자, 점차 성당 안으로 들어가서 다른 사람들의 화답송에 소심하게 소리를 보탰다. 마침내 마지막 날인 일요일, 어마어마한 군중이 성당의 주랑을 가득 채우고 앞뜰과 마지막 계단까지 넘쳐났다. 전날 하늘에 구름이 잔뜩 끼더니 지금은 폭우가 쏟아지고 있었다. 야외에 있던 사람들이 우산을 펼쳤다. 성당 안에 향내와 젖은 옷 냄새가 감도는 가운데 파늘루 신부가 설교단에 올랐다.

파늘루 신부는 보통 키에 체격이 다부졌다. 설교단의 난간에 기대어 큰 손으로 나무틀을 쥐면 두텁고 시커먼 상체만 보였고, 그 위로 철테 안경이 걸쳐진 붉게 타오르는 양 볼이 눈에 띄었다. 목소리는 크고 열정적이어서 멀리까지 울렸다. 그가 단상에 올라 "형제들이여, 재앙이 닥쳤습니다. 형제들이여, 여러분은 당해도 쌉니다!"라는 신랄한 한 구절을 내뱉으며 강론을 시작하자, 술렁임이 성당 앞뜰까지 퍼졌다.

논리적으로 보면 그 뒤의 내용은 비장한 첫 구절과 어울리지는 않는 듯했다. 설교가 이어지고서야 청중은 비로소 이 신부가 능란한 웅변술로 설교 전체의 주제를 치명타를 가하듯 단번에 제시했음을 알아차렸다. 파늘루 신부는 첫 구절에 이어 곧바로 이집트의 페스트와 관계된 〈출애굽기〉의 구절을 인용하더니 이렇게 말했다.

"이 재앙이 역사 속에 처음으로 나타난 것은 하느님의 적을 치기 위해서였습니다. 파라오가 하느님의 영원한 계획에 대항하자 페스트가 그의 무릎을 꿇립니다. 모든 역사의 시작부터 하느님의 재앙은 오만한 자들과 눈먼 자들을 굴복시켰습니다. 이 점을 깊이 묵상하고, 무릎을 꿇으십시오."

빗줄기가 점점 더 거세졌다. 마지막 말이 유리창을 때리는 폭우 때문에 더 깊어진 침묵 한복판에서 강하게 메아리쳤다. 울림이 얼마나 컸던지 몇몇 청중이 멈칫하더니 곧 의자에서 미끄러져 내려와 기도대 위에 무릎을 꿇었다. 다른 사람들도 즉각 그들을 따라 해야 한다고 느꼈고, 결국 대성당의 끝에서 끝까지 모든 청중이 무릎을 꿇었다. 의자들의 삐걱거리는 소리 외에 어떤 말소리도 없었다. 그때 파늘루가 꼿꼿이 서더니 심

호흡을 크게 하고 설교를 이어 갔다. 어조가 점점 더 세졌다.

"오늘 페스트가 여러분에게 닥친 것은, 성찰할 때가 왔기 때문입니다. 정의로운 이들은 두려워할 필요가 없으나 악인들은 마땅히 두려움에 떨어야 합니다. 왜냐하면 페스트는 신의 도리깨고 세계는 그의 타작마당이니, 신께서 그의 수확인 인간을 타작해 알곡과 쭉정이를 엄정하게 구분하실 것이기 때문입니다. 알곡보다 쭉정이가 많을 것이요, 부름 받은 자들은 많아도 택함 받은 이들은 극소수일 겁니다.

하지만 이 재앙은 하느님이 원하신 것이 아닙니다. 너무 오랫동안 이 세상은 악과 타협했고, 너무 오랫동안 신의 자비에 의지했습니다. 회개하면 그만이니 뭐든 해도 된다고 생각했습니다. 적당한 때가 되면 죄에서 등을 돌리고 회개할 수 있다고 모두가 자신했습니다. 그때까지 되는대로 지내고 나중에 회개하는 게 제일 쉬운 방법이었습니다. 나머지는 하느님의 자비가 알아서 하실 테니까요. 과연 하느님은 오랫동안 이 도시를 연민의 눈길로 바라보셨습니다. 하지만 그는 지치셨고, 그의 무궁한 희망은 무너졌으니, 이제 우리를 외면하셨습니다. 그래서 우리가 이렇게 신의 광명을 잃고 암흑 속에서, 페스트라는 깜깜한 암흑 속에서 지내게 된 겁니다!"

성당 안의 누군가가 성미 급한 말처럼 콧바람 소리를 냈다. 신부는 잠깐 뜸을 들였다가 더 낮은 목소리로 말을 이었다.

"《황금 전설》에 이런 이야기가 나옵니다. 롬바르디아의 움베르토 왕 시대에 페스트가 이탈리아를 휩쓸었는데, 특히 로마와 파비아의 피해가 극심했습니다. 페스트가 어찌나 광폭한지 산 자들이 죽은 자들을 묻어 주기에도 역부족이었죠. 이때 선한 천사가 나타나, 멧돼지 사냥용 창을 든 악한 천사한테 집집마다 두드리라고 명령했습니다. 두드린 숫자만큼 사람들이 죽었습니다."

이 부분에서 파늘루는 짧은 두 팔을 성당 앞뜰 방향으로 뻗었다. 마치 쏟아지는 비의 장막 뒤에 있는 뭔가를 가리키듯이. 그가 외쳤다.

"형제들이여! 바로 그 죽음의 사냥이 일어나고 있습니다. 오늘 우리의 거리에서! 보십시오, 페스트라는 이름의 천사를! 루시퍼처럼 아름답고 악 그 자체처럼 빛나는 그를! 그가 오른손에 거대한 빨간 창을 들고 여러분 집의 지붕을 맴돌고 있습니다. 왼손으로는 어느 한 집을 가리키네요. 어쩌면 지금 이 순간 그의 손가락이 당신의 집을 가리키고 그의 붉은 창이 대문을 두들기고 있을지도 모릅니다. 페스트가 이미 당신의 집에 들어가 안방에 앉아서 당신의 귀가를 기다리고 있을지도 모릅니다. 페스트는 신중하고 끈기 있게, 마치 이 세계의 불가피한 질서인 것마냥 태연하게 거기 앉아 때를 기다리고 있습니다. 지상의 그 어떤 권능으로도, 심지어, 내 말 잘 들으십시오, 심지어 그 대단하다던 인간의 과학지식으로도 여러분에게 뻗친 그 손길을 피할 수 없습니다. 여러분은 피투성이가 된 고통의 타작마당에서 쭉정이로 내쳐질 것입니다."

이 대목에서 신부는 한층 더 강한 웅변조로 도리깨질의 이미지를 상기시켰다. 이 도시 위에서 거대한 나무 몽둥이가 소용돌이치며 닥치는 대로 후려쳐 피를 뒤집어쓰고, 그 피와 고통을 '진리를 수확하기 위한 파종을 위해' 땅 위에 뚝뚝 흩뿌렸다.

이 긴 구절을 끝내고 파늘루 신부는 말을 멈췄다. 머리카락이 이마 위로 흘러내렸고 몸은 전율로 떨렸는데, 그 떨림이 두 손을 통해 설교단에 전달되었다. 그가 다시 입을 열었을 때, 음성은 차분해졌지만 비난투는 강렬했다.

"그렇습니다. 성찰의 시간이 도래했습니다. 여러분은 주일에 하느님을 찾아뵈면 충분하니 다른 날들은 자유롭다고 믿었습니다. 형식적으로 몇 번 잠깐 무릎을 꿇는 것으로 죄악에 대한 무관심이 하느님께 충분히 사죄된다고 생각했습니다. 하지만 하느님은 미지근한 분이 아닙니다. 이런 소원한 관계는 그분의 집어삼킬 듯한 애정에 충분하지 않습니다. 그분은 여러분을 더 오래 더 자주 보고 싶어 하시니, 그것이 그분이 여러분을 사랑하는 방식이요, 사실 사랑하는 유일한 방식입니다. 그래서 여러분이 오기를 기다리다 지치신 그분이 이렇게 방문하신 겁니다. 역사 이래로 그에게 등을 돌린 모든 도시를 방문하셨듯이 말입니다. 이제야 여러분은 죄를 깨닫고 있습니다. 카인과 그의 후손들, 노아의 대홍수 이전의 사람들, 소돔과 고모라의 후손들, 파라오와 욥, 모든 저주받은 자들처럼 말이죠. 그들처럼, 이 도시가 여러분과 재앙을 함께 벽으로 가둔 그날 이래로 여러분은 정말 새로운 눈으로 모든 사람과 사물들을 보고 있습니다. 지금, 마침내, 태초의 근본적인 것으로 돌아가야 할 시간임을 깨닫고 있는 것입니다."

축축한 바람이 신도석을 휩쓸고 지나갔다. 양초 불이 너울거리며 지지직댔다. 진한 촛농 냄새, 기침 소리, 재채기 소리가 파늘루 신부에게까지 들렸는데, 신부는 대단한 반응을 일으킨 정교함을 보여 주는 자신의 설교로 되돌아와 차분한 음성으로 말을 이었다.

"여러분 대부분이 이 강론의 결론을 궁금해하는 걸 압니다. 나는 여러분이 진실을 보도록, 이 모든 것들에도 불구하고 기쁨을 누리도록 해 주고 싶습니다. 도움의 손길이나 몇 마디 좋은 조언만으로 선(善)으로 돌아서는 건 과거에나 가능했습니다. 오늘, 진리가 명령하고 있습니다. 붉은 창이 준엄하게 좁은 길, 바로 구원의 길을 가리키고 있습니다. 형제들이여, 마침내 하느님의 자비가 모습을 드러내어 선악을, 분노와 연민을, 페스트와 구원을 구분짓고 있습니다. 여러분을 죽이는 바로 이 재앙이 여러분을 고양하고 길을 보여 주고 있습니다.

아주 오래전 아비시니아의 기독교도들은 페스트를 영생을 얻는 확실한 신의 비법으로 보았습니다. 그래서 병에 걸리지 않은 자들은 페스트로 죽은 환자들이 사용했던 이불을 몸에 감았지요. 확실히 죽으려고요. 구원을 향한, 광기에 가까운 이런 격정은 바람직하지 않습니다. 오만에 가까운 지나친 조급함만 엿보여 개탄스럽습니다. 하느님보다 더 서둘러서는 안 됩니다. 하느님이 정한 불변의 순서를 앞당기려는 모든 시도는 이단에 이릅니다. 하지만 아비시니아 기독교도들의 격정은, 지나치긴 해도 교훈적입니다. 우리의 좀 더 나은 지성으로 보면 말도 안 되는 이야기로 들리지만, 고통의 암흑 바닥에 놓여 있는 영생의 황홀한 미광을 엿볼 수 있습니다. 이 미광은 어둑한 황혼의 길을 비춰서 해방으로 이끌어 줍니다. 악은 반드시 선으로 바꾸시는 하느님의 의지도 분명히 보여 줍니다. 그리고 오늘날 우리를 죽음, 고뇌, 비명의 어두운 골짜기를 지나 신성한 침묵, 모든 생명의 근원으로 인도하고 있습니다. 형제들이여, 이것이 바로 내가 여러분에게 주고 싶었던 커다란 위안입니다. 여러분이 이곳 하느님의 성전을 떠날 때 응징의 말씀은 물론이거니와 위로의 말씀 역시 품고 돌아가기를 바랍니다."

　사람들은 이제 파늘루의 설교가 끝났다고 느꼈다. 밖에는 비가 그쳐 있었다. 물기와 해가 뒤섞인 하늘은 광장 위에 더 싱싱한 햇살을 쏟고 있었다. 사람들의 소리와 차들이 미끄러져 가

는 소리, 깨어난 도시의 온갖 언어가 거리에서 올라왔다. 청중
은 나지막하고 어수선한 분위기 속에서 조심스럽게 소지품을
챙겼다. 하지만 신부는 몇 마디 더 이어 갔다. 그는 페스트가 신
의 형벌이고 징벌임은 명확히 밝혔으니, 더 이상 이 비극적인
주제에 웅변을 보태고 싶지는 않다고 말했다. 그가 보기에 다
들 이 상황을 올바로 이해한 것 같았다. 그러나 연단을 떠나기
전에, 자신이 읽었던 마르세유 대(大)페스트 창궐기의 연대기를
언급하고 싶었다. 연대기 기록자인 마티외 마레는 자신의 처지
를 한탄하며, 지옥에 던져져 구원도 희망도 없이 살아야 했다
고 적었다. 아, 마티외 마레는 하느님을 보지 못했다! 파늘루 신
부는 모두에게 주어진 하느님의 구원과 기독교적 희망을 오늘
보다 더 강렬하게 느껴 본 적이 없었다. 그는 매일매일의 참상
과 단말마의 비명에도 불구하고, 우리 시민들이 진정한 기독교
도의 기도, 사랑의 기도를 하늘에 고하기를 간절히 희망했다.
나머지는 하느님께서 알아서 하시리라.

* * *

이 설교가 우리 시민들에게 어떤 영향을 끼쳤는지 가늠하기

는 어렵다. 예심판사 오통 씨는 의사 리외에게 파늘루 신부 설교의 논점에 "전혀 이론의 여지가 없어 보인다"고 말했다. 하지만 모두의 의견이 그렇게 명쾌한 건 아니었다. 몇몇 사람은 그 설교를 듣고 그때까지 막연했던 생각, 그러니까, 자신들이 미지의 어떤 죄악 때문에 무기한의 감금형을 선고받았다는 생각을 굳혔다. 꽤 많은 이들이 감금 상태에 적응해 이전의 보잘것없는 일상을 이어 가기로 한 반면, 어떤 사람들은 반발해서 이 감옥에서 탈출해야겠다는 생각만 하게 되었다.

처음에 사람들은 외부와 단절되는 것을 몇몇 일상적 습관들이 방해받는 일시적 불편 정도로 받아들이고 견뎠다. 그러나 이제 그들은, 갑자기 이미 지글대기 시작한 솥뚜껑 같은 여름 하늘 아래에 유폐되었다고 느꼈고, 막연히 자신들의 삶 전체가 위협받는 것 같았다. 그래서 저녁에 서늘함과 더불어 기력을 되찾으면, 죄수처럼 갇혔다는 기분을 절망적인 행동으로 분출하기도 했다.

가장 두드러진 건, 완전히 우연일 수도 있는데, 바로 그 일요일부터 도시 전체가 심각한 공포로 뒤덮이기 시작했다. '이제서야 우리 시민들이 자신들이 처한 상황을 의식하기 시작했나' 싶을 정도였다. 확실히 도시의 공기가 약간 변했다. 하지만 실상 변한 게 도시의 분위기인지 사람들 마음인지는 애매했다.

설교가 있고 며칠 후 리외는 그랑과 이 변화에 대해 의견을 주고받으며 변두리 동네로 걸어가다가, 어둠 속에서 한 남자와 부딪쳤다. 그는 보도 중앙에 선 채 앞으로 나가지 않고 옆으로 비틀거리고만 있었다. 바로 그 순간, 점등 시간이 점점 늦어져서 어둡던 가로등에 불이 확 켜졌다. 리외와 그랑의 뒤쪽 높은 곳의 가로등 불빛이 그 남자의 얼굴을 정면으로 비췄다. 눈을 감고 소리 없이 웃고 있었다. 말 없는 조소로 일그러진 희멀건 얼굴에서 굵은 땀방울이 흘러내렸다. 그들은 그를 지나쳤다.

"미친 사람이네요."

그랑이 말했다. 리외는 얼른 그를 끌고 가려고 팔을 잡았다가, 그랑이 심하게 떠는 것을 느꼈다.

"머지않아 시내에는 미친 사람밖에 없게 되겠죠."

리외가 말했다. 피로가 더해져 목이 말랐다.

"뭐 좀 마십시다."

그들은 작은 카페에 들어갔다. 카운터 위의 램프만 켜져 있고, 손님들은 메케하고 불그스름한 실내에서 별다른 이유 없이 낮게 속삭이듯 이야기했다. 의사의 예상과 달리 그랑은 술을 한 잔 주문해서 단숨에 마셨다. "독한 술이 좋죠!" 그러더니 나가자고 했다. 리외는 카페 밖의 밤거리가 신음으로 가득한 듯했다. 가로등 저 위의 검은 하늘 어딘가에서 나는 나지막한 획획 소리를 들으면서 그는 지칠 줄 모르고 더운 공기를 휘젓고 있는 보이지 않는 재앙을 떠올렸다.

그랑이 중얼거렸다.

"다행이에요, 다행입니다."

리외는 무슨 말이냐고 물었다.

"다행히, 나는 할 일이라도 있다고요."

"그래요. 그건 장점이죠."

리외는 획획 소리를 듣지 않을 작정으로, 다시 그랑에게 그 일은 잘되어 가느냐고 물었다.

"뭐랄까, 네, 좀 진척되고 있기는 해요."

"아직 한참 걸리나요?"

그랑은 생기가 도는지, 술기운이 목소리에 섞였다.

"모르겠어요. 하지만 그게 중요한 게 아녜요, 선생님. 예, 확실히 문제는 그게 아니죠."

너무 어두워서 잘 안 보였지만 그랑이 양팔을 휘젓는 게 느껴졌다. 뭔가 할 말을 준비하고 있었던지, 갑자기 단숨에 이렇게 말했다.

"내가 원하는 거는요, 선생님, 이런 겁니다. 언젠가 내 원고가 출판사에 도착하면, 출판업자가 그것을 다 읽고 일어나서 직원들에게 말하는 겁니다. '다들 모자를 벗어 경의를 표합시다!'"

리외는 어리둥절했다. 그랑이 옆에서 진짜로 모자를 벗듯 손을 머리로 가져갔다가 팔을 앞으로 쭉 뻗는 동작까지 하는 것 같아서 더 놀랐다. 저 높은 곳의 기이한 획획 소리가 더 커졌다.

"아시겠죠, 그건 완전무결해야 해요."

문단의 관례를 거의 모르는 리외가 보기에도 일이 그렇게 간단하게 풀릴 것 같지 않았다. 예컨대 출판업자들이 사무실에서 모자를 쓰고 있겠느냐 말이다. 하지만 사실 그 역시 모를 일이니 리외는 차라리 침묵을 지켰다. 그런데 귀를 닫으려고 아무리 애를 써도 그 획획 소리, 페스트의 속삭임이 들렸다. 그랑의 동네에 가까워질수록 지대가 조금씩 높아졌다. 서늘한 밤바람이 상기된 두 볼의 열기를 식혀 주는 동시에 도시의 온갖 소음도 씻어내 주었다. 그랑은 계속 말했지만, 리외는 거의 다 이해하지 못했다. 그저 문제의 작품이 꽤 많은 분량에 이르렀고, 완벽하게 다듬느라 극심한 고생을 하는 중이라고만 알아들었다.

"단어 하나에 며칠 저녁, 몇 주를 꼬박 매달린다니까요! 그냥 접속사 하나일 때도 있고."

그랑이 딱 멈춰 서더니 의사의 겉옷 단추를 잡았다. 이가 거의 없는 입에서 말이 떠듬떠듬 새어 나왔다.

"잘 생각해 보세요, 선생님. '그러나'와 '그리고' 중에서 고르는 거야 쉬운 편이죠. '그리고'와 '그다음에' 사이에서 고르는 건 좀 더 어려워요. '그러고서'와 '이어서'가 되면 어려움은 더 커집니다. 하지만 가장 난해한 건, '그리고'를 쓸 필요가 있느냐 없느냐를 결정하는 겁니다."

"그렇군요, 알겠네요."

리외가 다시 걷기 시작했다. 그랑은 어리둥절해 하다가 금세 따라와 옆에서 나란히 걸으며 쭈뼛쭈뼛 사과했다.

"미안합니다, 오늘 저녁에 내가 왜 이러는지 모르겠습니다!"

리외는 그의 어깨를 가볍게 치며, 그를 돕고 싶고 그의 이야기가 아주 흥미롭다고 말했다. 그랑은 좀 안심했는지, 집 앞에 도착하자 조금 주저하다가 의사에게 잠깐 올라왔다 가라고 청했다. 리외는 승낙했다.

그랑은 리외를 식당으로 안내하더니 식탁 옆 의자에 앉으라고 권했다. 식탁에 깨알 같은 글씨 위에 첨삭 표시가 잔뜩한 원고지 더미가 놓여 있었다.

그랑은 문득이 쳐다보는 리외의 시선에 이렇게 답했다.

"맞아요, 이거예요. 근데 마실 것 좀 드릴까요? 와인이 좀 있거든요."

리외는 거절했다. 그는 원고지를 들여다보았다.

"아, 읽지 마세요. 첫 구절이에요. 이것 때문에 얼마나 애를 먹고 있는지 몰라요."

그랑 역시 원고지 더미를 물끄러미 보고 있었는데, 저항할 수 없는 힘에 이끌린 듯 손을 뻗더니 한 장을 집어 들고 갓 없는 전등 앞에 대고 보았다. 원고지를 든 손이 떨렸다. 리외는 시청 서기의 이마가 땀으로 축축해진 것을 알아차렸다.

"앉아서 제게 읽어 주세요."

그랑의 눈길과 미소에 희미한 감사가 배어 나왔다.

"네, 나도 그러고 싶네요."

그랑은 잠시 그대로 서서 계속 원고지를 응시하다가 자리에 앉았다. 그 동안 리외는 거리에서 들려오는 알 수 없는 윙윙 소리를 듣고 있었다. 마치 페스트의 휙휙 소리에 답하는 소리 같았다. 그 순간 불가사의하게도 그는 발 아래 펼쳐진 이 도시, 세계로부터 따돌려져 고립된 희생자, 그리고 그 심연에 억눌려 있는 끔찍한 울부짖음을 생생하게 지각했다. 그때 나지막하지만 또렷한 그랑의 목소리가 들렸다.

"5월, 그 달의 어느 아름다운 오전 나절, 한 우아한 여기사가 멋진 알레잔 암말을 타고 불로뉴 숲의 꽃이 만발한 오솔길을 누비고 있었다."

다시 침묵이 찾아왔다. 고통받는 도시의 웅얼거리는 소음도 함께 돌아왔다. 그랑은 원고지를 내려놓고 아직도 물끄러미 보고 있었다. 잠시 후 그가 눈을 들더니 물었다.

"어떻게 생각하세요?"

리외는 다음 부분이 궁금해지는 첫 문장이라고 대답했다. 그런데 그랑은 리외가 잘못 이해했다고 말했다. 그는 격앙된 듯 손바닥으로 원고를 탕탕 두들겼다.

"이건 대충 쓴 초안일뿐이에요. 내가 마음의 눈으로 보고 있는 그림을 완벽하게 그려내기만 한다면, 내 문장이 하나 둘 셋

하나 둘 셋, 가볍게 걷는 말을 타고 산책하는 모습을 띠게만 된다면, 아시겠죠? 그러면 나머지는 저절로 풀려갈 겁니다. 특히나, 떠오르는 모습이 너무 생생해서 시작부터 '모자를 벗어 경의를 표합시다!' 하는 소리가 나올 수 있을 만큼요."

하지만 그러려면, 그랑 자신도 인정했듯이, 아직 해야 할 작업이 많이 남아 있었다. 그는 이 문장 상태로 인쇄소에 넘길 생각이 추호도 없었다. 가끔은 만족스러울 때도 있지만 아직 딱 들어맞지 않는 것 같았고, 진부한 것까지는 아니지만 여전히 어느 정도 남아 있는 상투적인 어조들도 조절해야 했다. 그랑이 이런 설명들을 하고 있을 때, 창문 아래 거리에서 사람들이 뛰어가는 소리가 들렸다. 리외가 일어섰다.

"나중에 내가 어떻게 만들어 내는지 보세요."

그랑은 이렇게 말하고, 창문 쪽을 흘끔 보더니 덧붙였다.

"이 일이 다 끝나면 말입니다."

하지만 다급한 발소리들이 다시 이어졌다. 리외는 벌써 계단을 절반이나 내려가고 있었다. 거리로 나설 때 두 남자가 그의 코앞을 스쳐 지나갔다. 분명 관문 방향으로 뛰어가고 있었다. 사실 더위와 페스트 때문에 일부 시민들이 자제력을 잃고 있었다. 진즉 폭력을 쓰기 시작했고, 관문의 감시망을 뚫고 야간 탈출을 시도하고 있었다.

***

랑베르 같은 부류의 사람들도 점점 커지는 공황 분위기를 틈타 빠져나가려고 애썼다. 더 끈기 있고 수완 있게 노력했지만, 그래도 성공하지는 못했다. 랑베르는 한동안 관료 집단을 상대했다. 그의 말을 믿자면, '결국은 끈기가 해 낸다'가 그의 신념이었고, 위기 상황에서 요령을 발휘해야 하는 게 그의 직업이기도 했다. 따라서 그는 영향력 있는 모든 관리들과 유명인사들을 찾아갔다. 하지만 이런 비상 시국에서는 그들이 전혀 힘을 발휘하지 못했다. 수출입 관련 사무나 은행, 청과물이나 와인 거래에 관련해서는 대개 정확하고 체계적인 실력이 검증된 자들이었다. 보험이나 소송과 관련된 문제에서도 지식이 해박했다. 그리고 무엇보다도, 다들 대단히 호의적이었다. 그러나 페스트와 관련해서는 그들은 사실상 무능력했다.

그런데도 랑베르는 기회가 있을 때마다 한 사람 한 사람 찾아가 자신의 사정을 호소했다. 그의 주장의 핵심은 항상 똑같았다. '나는 이 도시의 이방인이니까 특별 검토 대상이다.' 대개 상대방들은 이 점을 기꺼이 인정했다. 하지만 곧바로 덧붙이기를, 랑베르와 같은 처지의 사람들이 꽤 많기 때문에 스스로 생각하듯 그렇게 특수한 사례는 못 된다고 말했다. 그때마다 랑베르는 '그렇다고 해서 내 주장의 본질이 바뀌는 건 아니다'라고 대답했다. 그러면, 안 그래도 '선례'라는 아주 꺼림칙한 사례를 낳을까 봐 일체의 특별 대우를 불허하고 있는 행정당국의 입장이 더 난처해진다는 대답이 돌아왔다. 랑베르가 리외에게 제시한 분류법에 따르면, 이런 부류의 추론가들은 형식주의자였다. 위로자는 현 상황이 지속될 리 없다고 랑베르를 안심시켰지만, 기한을 못박아 달라고 요청하면 곧 지나갈 불편에 너무 호들갑을 떤다며 말문을 막았다. 진짜 중요한 사람은 방문자에게, 사정을 쪽지에 간략히 적어서 남기면 조만간 결정해서 알려 주겠다고 말했다. 시시한 작자는 숙박권이나 저렴한 하숙집 주소를 주겠다고 했고, 원칙주의자는 서류를 작성시키고는 즉각 파일에 넣어 보관했다. 과로자는 두 손 들어 버렸고, 외면자는 눈 돌려 버렸다. 마지막으로 전통주의자가 있었는데, 압도적으로 수가 많은 이들은 랑베르에게 다른 기관을 알려 주거나 다른 길을 뚫어 보라고 권했다.

기자는 이런 헛수고들로 완전히 진이 빠졌다. 그나마 좋은 점은 시청이나 도청이 돌아가는 방식에 대해 혜안을 얻은 것이었다. 인조가죽 소파에 앉아서 면세 국채를 신청하라거나 식민지 군대에 지원하라고 권하는 대형 포스터들을 하염없이 쳐다보며 기다리고, 그러다가 들어가도 텅 빈 문서함이나 먼지 쌓인 서류함같이 무성의한 공무원들만 마주했던 적이 너무 많았던 까닭이었다. 랑베르는 리외에게 냉소적으로 말하길, 이렇게 진을 빼고 다니느라 현 사태의 심각성을 깜박 잊게 되는 게 유일한 소득이라고 했다. 실제로 페스트의 급속한 확산 속도는 그의 관심 밖이었다. 또한 시간이 더 빠르게 흘렀는데, 이 도시 전체가 처한 상황에서는 하루하루 지날 때마다 '살아남았으며, 시련의 종착점에 24시간 더 가까워졌다'고 느꼈다. 리외는 이 말에 동의할 수밖에 없었지만, 속으로는 약간 지나친 일반론이라고 여겼다.

한번은 랑베르가 희망을 품은 적이 있었다. 도청에서 정확히 기입해 달라는 요청이 딸린 신원 조회용 빈 서류를 보낸 때였다. 그의 신분, 가족 상황, 과거와 현재의 수입, 이른바 '이력'에 관해 묻는 문서였다. 원거주지로 송환될 후보자들을 조사할 목적의 설문지 같았다. 몇몇 불분명한 소식통들로 그 사실을 확인해 갔다. 그런데 탐색 끝에 이 서류를 보낸 정확한 부처를 찾아냈을 때, 그들은 "만일의 경우를 위한 정보 수집"이라고 했다. 랑베르가 물었다.

"어떤 만일의 경우요?"

페스트를 앓고 사망할 경우, 일단 가족에게 기별하고, 병원비를 시 예산으로 처리할지 친척에게 상환시킬지 알아보려는 목적이라고 했다. 표면적으로는, 당국이 랑베르와 애인 모두에게 관심을 기울이는 한 그들은 완전한 남남은 아니라는 의미가 있었다. 하지만 아무 위안도 못 되었다. 진짜 주목할 사실이자 랑베르 자신도 가장 놀란 점은, 재난의 한복판에서도 관청들은 묵묵히 제 업무를 이어가고, 원래 자신들이 그 일을 하려고 탄생한 부서라는 이유만으로 종종 최고 당국도 모르는 채로 시급하지도 않은 일들을 무작정 추진하더라는 것이다.

그때부터 랑베르는 가장 편하기도 하고 힘들기도 한 시기를 보냈다. 완전히 무기력한 시기였다. 모든 관계부처를 다 찾아다니고 모든 절차를 밟은 끝에 현재로서는 모든 활로가 막혔음만 절감하자, 이제 목적 없이 이 카페 저 카페를 전전했다. 아침에는 어느 테라스에서 미지근한 맥주 한 잔을 앞에 놓고 앉아 신문을 읽으며 전염병이 사그라들고 있다는 징조들을 찾았다. 행인들의 얼굴을 물끄러미 쳐다보다가 그 슬픈 표정에 질려 눈을 돌렸고, 거리 맞은편 상점들의 간판에서 이미 더 이상 팔지 않는 유명한 술 '아페리티프' 광고를 백 번째로 읽은 후에 자리에서 일어나 먼지로 누런 거리를 이리저리 무작정 걸었다. 이런 식으로 마을을 어슬렁거리고 불쑥 카페나 식당에 들르며 저녁 때까지 시간을 때웠다. 어느 날 저녁 리외는 랑베르가 한 카페 앞에서 들어갈지 말지 한참을 주저하다가, 마침내 들어가서 홀 안쪽 테이블에 앉는 것을 보았다. 공공장소의 점등 시간을 최대한 늦추라는 시행령이 내려진 때였다. 잿빛 황혼이 밀려들고 있었고, 장밋빛 석양이 벽의 거울에 반사되어 빛났으며, 테이블의 대리석 상판이 막 시작된 어둠 속에서 흐릿하게 반질거렸다. 텅 빈 카페에 앉아 있는 랑베르는 완전히 낙담해서 허깨비 같아 보였다. 리외는 그때가 그가 자포자기하는 시간이라고 생각했다. 하지만 이 시간에는 이 시의 모든 포로가 자포자기했고, 빨리 해방되려면 뭐라도 해야 한다고 조급해했다. 리외는 몸을 돌렸다.

랑베르는 기차역에서도 긴 시간을 보냈다. 승강장 접근은 금지되어 있었다. 하지만 외부로 나 있는 대합실은 열려 있었고 그늘지고 시원했기 때문에, 무더운 날이면 거지들이 와서 자리를 잡았다. 랑베르는 거기에서 옛 시간표, 침을 뱉지 말라는 팻말, 열차의 공안 규칙 등을 읽었다. 그런 다음 한구석에 앉았다. 실내는 어두웠다. 숫자 '8'자 패턴의 타일이 깔린 홀 중앙에 오래전에 물을 뿌린 흔적이 있는 낡은 주물 난로 하나가 차갑게 식은 채 놓여 있었다. 벽에서 몇 장의 홍보물이 칸이나 방돌에 가서 행복하고 자유롭게 살라고 부추겼다. 대합실 한구석에서 랑베르는 궁핍의 밑바닥에서 느끼는 씁쓸한 자유를 접했다. 그가 리외에게 말한 바에 따르면, 그때 가장 견디기 힘들었던 건 파리의 영상들이었다. 오래된 돌과 강물의 풍경, 팔레 루아얄의 비둘기, 북역, 팡테옹의 황량한 동네, 미처 좋아한 줄 몰랐던 파리의 여러 장소들이 랑베르를 쫓아다녀서 아무것도 할 수 없었다. 리외 생각에는 랑베르가 이 영상들과 그의 사랑의 기억들을 동일시하는 것 같았다. 그래서 랑베르가 자신은 새벽 4시에 일어나 사랑하는 파리를 생각하는 것을 좋아한다고 말했을 때, 의사는 그가 두고 온 여인을 그리워하는 거라고 이해했다. 실제로 그때 그는 그녀를 생생하게 떠올릴 수 있었다. 보통 새벽 4시면 사람들은 아무것도 하지 않으며, 비록 배반의 밤이더라도 잠들 시각이다. 그렇다, 모두가 잠든 시각이고, 그 사실에 안심이 되었다. 왜냐하면 불안한 마음이 가장 갈망하는 것은 사랑하는 이를 한없이 소유하는 것이고, 그게 안 된다면 헤어져 있는 동안 사랑하는 이를 재회의 날까지 깨지 않고 꿈도 없는 잠 속에 가라앉혀 두는 것이기 때문이다.

* * *

파늘루 신부의 설교가 있고 얼마 되지 않아 더위가 맹위를 떨쳤다. 6월 말이 되었다. 때늦은 폭우가 내렸던 그 일요일 직후, 그러니까, 월요일부터 여름이 하늘과 집들 위에서 작열했다. 우선 불타는 듯한 강한 바람이 하루 종일 불며 벽을 말렸다. 태양은 붙박이 같았다. 더위와 햇빛의 파도가 하루 종일 밀려와 도시를 뒤덮었다. 거리의 아케이드와 실내만 제외하고 도시의 모든 곳이 눈을 멀게 할 정도로 강렬한 반사광에 노출되어 있었다. 해가 거리 구석구석까지 시민들을 쫓았고, 그들이 멈춰 서면 덮쳤다. 첫 더위가 주당 거의 700명을 헤아리는 희생자 수의 급상승과 맞물려서, 우리 시는 엄청난 실의에 휩싸였다. 변두리 주거 지역의 길거리와 주택 테라스에 활기가 줄었다. 늘 사람들이 길에 나와 놀던 동네인데 문들이 다 닫혔고, 페르시아식 덧문들까지 잠겼다. 그들이 막으려는 게 페스트인지 햇빛인지 알 수가 없었다. 몇몇 집에서는 앓는 소리가 새어 나왔다. 얼마 전까지만 해도 이런 일이 생기면 궁금해서 거리에 서서 귀를 기울이는 이웃이나 행인이 많이 보였다. 하지만 길어지는 경계 상태 때문에 마음들이 무뎌졌는지, 다들 신음도 인간의 평범한 언어라는 듯 무심히 들었다.

관문에서 충돌이 발생하면 헌병들이 무기를 사용할 수밖에 없었는데, 그로 인해 무법지대 같은 기운이 번졌다. 분명 부상자는 나왔지만, 더위와 공포로 모든 것이 과장되던 시내에서는 사망자가 났다고들 수군댔다. 어쨌든 확실히 불만이 고조되고 있어서, 사태 악화를 염려한 당국자들은 재앙에 포로로 잡힌 주민들이 폭동을 일으키는 경우에 어떤 조치들을 취할지 진지하게 검토했다. 신문들은 연일 외출금지령 갱신 소식 및 위반자들은 투옥하겠다는 시행령을 보도했다. 시내에 순찰병들이 돌아다녔다. 황량하고 이글대는 거리에서, 포장도로를 밟는 말발굽 소리가 나면 곧 기마 경비병들이 줄을 지어 닫힌 창문들 사이로 지나가곤 했다. 순찰대가 지나가고 나면 더 무겁고 팽팽한 침묵이 내리깔렸다. 이따금 총성이 들렸다. 벼룩을 퍼뜨릴 수 있다는 이유로 개와 고양이를 죽이는 임무를 띤 특별 전담조의 발포 소리였다. 그 둔탁한 폭발음은 도시의 긴장감을 한층 고조시켰다.

더위와 침묵 속에서, 잔뜩 겁먹은 시민들의 마음은 사소한 소리도 심각하게 받아들였다. 계절의 변화를 나타내는 하늘빛과 흙냄새에 다들 전례 없이 민감해졌다. 모두들 더위가 전염병을 거들게 될지도 모른다는 것을 질겁하며 깨달았을 때는, 이미 여름이 진을 치고 있었다. 저녁 하늘 속의 귀제비 울음소리가 도시의 상공에서 점점 더 가냘파졌다. 우리 고장의 지평선을 멀리 후퇴시키는 6월의 황혼에 더 이상 어울리지 않는 소리였다. 꽃들은 더 이상 꽃망울이 아니라 만개한 상태로 시장에 도착했고, 아침 장이 끝나면 꽃잎들이 먼지투성이의 보도를 뒤덮었다. 봄은 기운이 다했다. 근방 곳곳에 만개한 수많은 꽃들과 함께 열렬히 피었다가, 이제 페스트와 더위라는 이중의 압박 아래에서 서서히 으스러지고 있었다. 우리 시민들에게 이 여름 하늘, 그리고 두텁게 먼지와 권태가 내려앉으며 잿빛으로 바래가는 거리들은, 연일 백여 구씩 쌓여가는 주검들만큼이나 불길한 의미가 배어 있었다. 끊임없이 내리쬐는 태양과 잠(시에스타), 휴가의 맛이 나는 빛나는 시간들도 더 이상 예전처럼 물과 육체의 향연으로의 초대가 아니었다. 이제는 그저 폐쇄된 도시의 침묵 속에서 공허하게 울렸다. 행복한 계절의 황금빛 광채를 잃었다. 페스트가 모든 색깔을 지우고, 모든 기쁨을 쫓아냈다.

이것이 바로 이 전염병이 가져온 혁명적인 변화였다. 종전에는 우리 모두가 환희에 들떠 여름을 환영했다. 오랑 시는 바다를 향해 활짝 열렸고, 젊은이들은 해변으로 달려갔다. 하지만 올여름에는 그와 정반대로 아무리 가까운 바다로도 통행이 금지되어 육체는 더 이상 기쁨을 누릴 권리가 없었다. 이런 상황에서 무엇을 할 수 있겠는가? 다시 한 번 타루가 그 당시 우리의 생활상을 가장 충실하게 전해 준다. 말할 것도 없이 그는 페스트의 전반적인 진행 상황을 추적했는데, 전염병이 새로운 국면에 접어든 시점을 라디오에서 사망자 수를 주당 몇백 명이 아니라 하루에 92명, 107명, 130명이라고 보도하기 시작한 때라고 적었다.

「신문들과 당국자들은 페스트를 상대로 잔재주를 부리고 있다. 130이 910보다 훨씬 적은 수니까 페스트를 상대로 점수를 얻었다고 상상하는 것이다.」

타루는 전염병의 놀랍고 비장한 측면도 기록했다. 예를 들어, 덧창이 다 닫힌 황량한 동네를 걷고 있는데 느닷없이 한 여성이 그의 머리 위에서 창문을 열어젖히고 두 번 비명을 지르더니 짙은 그늘이 진 방 쪽으로 덧창을 다시 세게 닫더라는 것이다. 약국에서 박하 정제(錠劑)가 동났는데, 그것을 빨아 먹으면 전염을 예방한다고 믿는 사람이 많아서라는 이야기도 적었다.

타루는 그가 즐겨 관찰하던 인물들도 계속 기록했다. 맞은편 발코니의 고양이 노인 역시 비참하게 지내는 모양이었다. 어느 날 아침 거리에서 총소리가 났는데, 타루의 표현에 의하면, 몇 발의 납 총알이 가래침같이 날아가 대부분의 고양이들을 죽였고 나머지는 혼비백산해서 달아났다. 고양이들이 그 거리를 떠나 버렸다. 그날 키 작은 노인은 평상시와 같은 시간에 발코니로 나왔다가 놀라더니 난간에 기대어 거리의 위아래를 샅샅이 살폈다. 그러고는 체념하고 앉아서 기다렸는데, 오른손으로 난간을 탁탁 두드렸다. 잠시 후 종이를 몇 장 찢더니 방으로 들어가 버렸다가 다시 나왔다. 시간이 꽤 흐르자 그는 버럭 화내며 다시 방으로 들어가 문을 탁 닫았다. 며칠 동안 같은 장면이 되풀이되었고, 노인의 얼굴에 슬픔과 혼란스러움이 점점 더 뚜렷해졌다. 한 주가 꼬박 지나고 여드레째, 아무리 기다려도 노인이 발코니로 나오지 않았고, 창문은 충분히 이해되는 모종의 비애를 안에 가둔 채 완강하게 닫혀 있었다. 타루의 결론은 이랬다.

「페스트가 돌 때는 고양이에게 침을 뱉지 말 것」

다른 한편, 타루는 저녁에 귀가할 때마다 홀을 이리저리 거니는 야간 경비원의 어두운 얼굴과 마주쳤다. 이 경비원은 만

나는 사람마다 붙잡고 자기는 무슨 일이 생길지 예상했었다고 계속 말했다. 타루는 그가 불행을 예언하는 것을 들은 것은 인정했지만, 그것이 지진이었다고 했다. 늙은 경비원은 이렇게 대답했다.

"아! 차라리 지진이었다면! 크게 한 번 흔들리고 나면 끝이니까요……. 사망자, 생존자의 수를 헤아리면 다 끝나잖아요. 하지만 이건 진짜 망할 병이에요! 병에 안 걸린 사람조차 속병이 난다니까요."

호텔 지배인이라고 해서 덜 괴로운 것은 아니었다. 초기에는 도시 봉쇄로 발이 묶인 여행객들이 호텔에 계속 묵었다. 하지만 전염병이 길어지자 많이들 친구 집에 신세를 지는 쪽을 택했다. 그래서 한때 호텔 방을 꽉 채웠던 바로 그 이유로, 지금은 예약이 텅 비었다. 오랑으로 오는 새로운 여행객들이 없었기 때문이다. 타루는 몇 안 남은 숙박자 중 한 명이었다. 지배인은 기회가 있을 때마다 타루에게, 자신이 마지막 손님에게까지 최선을 다하는 사람이 아니었다면 오래전에 호텔 문을 닫았을 거라고 강조했다. 그는 자주 타루에게 전염병이 얼마나 갈 것 같냐고 물었다. 그러면 타루가 말했다.

"추위가 이런 종류의 병을 막는다고 하던데요."

지배인은 미칠 지경인 듯했다.

"하지만 손님, 여기 날씨는 추운 때가 없어요. 그나마 추워진

대도 아직 여러 달이 있어야 하고요."

　게다가 그는 여행객들이 한참동안 오랑으로 오지 않을 것을 확신했다. 페스트는 관광업의 파산선고나 다름없었다.

　한동안 안 보이던 올빼미 신사 오통 씨가 호텔 식당에 다시 모습을 나타냈는데, 말 잘 듣는 푸들 같은 두 아이만 데리고 왔다. 알고 보니 그의 부인은 격리 상태였다. 페스트에 걸린 친정 어머니를 간호하고 장례까지 치르고 온 참이었다.

　"좀 마음에 안 들어요. 격리 상태건 아니건, 오통 부인도 감염이 의심되는 거잖아요, 그러니까 저들도 마찬가지고요."

　지배인이 타루에게 말했다. 타루는 그런 식이라면 모두가 감염 의심 환자라고 지적했다. 하지만 지배인은 단호했고, 이 문제에 대해서는 아주 단호한 관점을 가지고 있었다.

　"아뇨, 손님. 손님이나 저는 감염이 의심되지 않습니다. 하지만 저 사람들은 안 그렇습니다."

　그러나 오통 씨는 거의 달라진 것이 없었다. 그에게는 페스트가 헛수고를 한 셈이었다. 그는 여전한 태도로 식당에 왔고, 아이들보다 먼저 앉아 여전히 그들에게 특유의 나무라는 말을 했다. 어린 아들의 모습만 다소 달라져 있었다. 누이처럼 검은 옷을 입고 전보다 약간 더 웅크린 모습이 아버지의 미니어처같이 보였다. 오통 씨를 좋아하지 않았던 야간 경비원이 타루에게 이렇게 말한 적이 있었다.

"허! 저자는 정장을 차려입고 죽을 겁니다. 쫙 빼입고 갈 준비가 되어 있는 거예요. 옷을 갈아입힐 필요도 없지요."

타루는 파늘루 신부의 설교에 대해서도 이런 평을 달았다.

「나는 이런 열의를 이해하기 때문에 불쾌하게 생각하지 않는다. 재앙의 초기와 끝에 사람들은 항상 약간의 수사를 가미한다. 초기에는 아직 습관을 못 버려서, 끝에는 이미 습관이 되돌아와서다. 사람들은 진짜 불행한 순간에 이르러서야 진실에, 즉 침묵에 익숙해진다. 그러니 기다려 보자.」

타루는 의사 리외와 긴 대화를 나눴다고도 소개했는데 '결과가 괜찮았다'고만 간략히 적었다. 그러고는 리외 부인(의사의 어머니)의 눈이 맑은 밤색이고, 그렇게나 선의가 읽히는 시선은 항상 페스트보다 강할 것이라는 희한한 단정을 내렸다. 끝으로 리외의 치료를 받던 늙은 천식 환자에 대해 상당히 긴 글을 덧붙였다.

타루는 의사와 면담한 직후에 이 늙은 천식 환자의 왕진에 따라갔다. 노인은 타루를 맞으며 낄낄 웃었고 양손을 연신 비볐다. 그는 침대에서 일어나 베개에 기대어 앉아 있었는데, 여느 때처럼 말린 콩이 든 냄비 두 개가 앞에 놓여 있었다. 그가 타루를 보고 말했다.

"오! 한 분 더 오셨군. 세상이 거꾸로 됐어요. 환자보다 의사가 더 많으니. 병이 빠르게 번져서죠, 그렇죠? 신부가 옳아요,

우린 그래도 싸지."

이튿날 타루는 기별 없이 그 환자를 다시 찾아갔다. 타루의 수첩에 따르면 늙은 천식 환자는 잡화상이었는데, 쉰 살에 돌연 장사는 할 만큼 했다고 생각하더니 침대에 드러누워 다시는 일어서지 않았다. 천식 때문은 아닌 게, 천식이 못 일어날 병은 아니었다. 소액의 연금으로 일흔다섯 살까지 살았지만 활기를 잃지 않고 별다른 문제없이 생계를 꾸려 왔다. 단, 시계가 눈에 띄면 참지를 못해서 집에 시계가 하나도 없었다. "시계는 비싸기만 하지 영 멍청해." 그는 냄비 두 개로 시간을, 특히 그에게 유일하게 중요한 식사 시간을 쟀다. 아침에 잠에서 깨면 한쪽 냄비에 완두콩이 가득했다. 그는 신중하게 계산한 속도로 꾸준히 콩을 다른 냄비로 하나씩 옮겨 담았다. 이렇게 해서 그는 냄비로 측정되는 하루 속에서 그만의 지표를 얻었다. "열다섯 번째로 냄비가 채워지면 수저를 들 때지. 아주 간편하다오."

늙은 천식 환자 아내의 말을 믿는다면, 그에게는 아주 젊어서부터 그런 사람이 될 조짐들이 보였다. 일, 친구, 카페, 음악, 여자, 산책 등 그 어떤 것에도 흥미가 없었다. 집안일로 딱 한 번 알제로 가야 했을 때 말곤 고향 마을도 평생 떠난 적이 없었고, 그때조차도 간신히 오랑 바로 다음 정거장까지 갔다가 거기서 내려 첫 기차로 집으로 돌아와 버렸다.

자기가 영위해 온 칩거에 대해 놀라는 타루에게, 이 스페인 노인은 대략 이렇게 설명했다. 종교에서 말하길, 한 사람의 반생은 상승기고 나머지 반생은 하강기인데, 하강기의 하루하루는 더 이상 그의 것이 아니어서 언제라도 빼앗길 수 있으니, 어차피 아무것도 못 할 바에야 아무것도 하지 않는 게 최선이라는 것이다. 확실히 그는 모순도 두려워하지 않았다. 바로 몇 분 후에 타루에게 신은 없다면서, 신이 있다면 성직자가 왜 필요하냐고 말했던 것이다. 그런데 좀 더 듣다 보니, 노인의 이런 철학은 교구에서 끊임없이 헌금을 요구하는 것에 대한 짜증과 밀접하게 연관되어 있었다. 하지만 이 노인이 어떤 사람인지는, 그가 여러 차례 표현한 마음속 깊이 자리 잡은 소원에 가장 정확히 드러났다. 그는 아주 오래 살다가 죽고 싶어 했다.

「그는 성자(聖者)일까?」

타루는 자문했다. 그리고 스스로 답했다.

「그렇다. 성스러움이 습관들의 총체라면 말이다.」

한편 타루는 페스트에 휩싸인 도시의 하루 모습도 꽤 자세히 기록해 갔다. 그 여름 내내 동료 시민들의 생활상 전반을 관찰해 정확한 의견을 제시했다.

「주정꾼들 말고는 아무도 웃지 않는데, 그들은 지나치게 웃는다.」

그리고 묘사를 이었다.

「새벽녘 산들바람이 텅 빈 거리를 훑고 지나간다. 지난밤의 죽음은 가고 낮의 죽음 같은 고통은 아직 오지 않은 이 시간, 페스트가 잠시 손을 놓고 한숨 돌리는 듯하다. 모든 가게가 닫혀 있다. 하지만 '페스트로 휴무'라는 팻말을 내건 가게들은, 잠시 후 옆 가게들의 문이 열려도 열리지 않을 것이다. 잠이 덜 깬 신문팔이들은 아직 속보를 외치진 않고, 길모퉁이 가로등 불빛 아래에서 몽유병 환자 같은 동작으로 신문을 내밀고 있다. 잠시 후 첫 전차에 잠이 확 깨면, 온 도시로 흩어져 '페스트'라는 글자가 눈에 확 들어오는 신문을 팔을 쭉 뻗어 내밀 것이다.

'페스트는 가을까지 갈 것인가? B교수는 아니라고 대답.'

'사망자 124명, 페스트 발병 94일째 집계.'

종이 부족이 갈수록 심각해져서 몇몇 일간지들은 부득이 지면을 줄였을 정도인데도 〈전염병일보〉라는 신문이 창간되었다. '병세의 진행 또는 퇴조에 대해 엄정한 객관성을 중시하면서 우리 시민들에게 정보를 제공하고, 전염병의 전망에 대해 공신력 있는 의견을 전달하고, 유명 무명을 불문하고 재앙에 맞서 싸울 준비가 된 모든 사람을 지면을 통해 지지하고, 주민들의 사기를 진작하고, 당국의 지시를 전달하는 것, 한마디로 말해 우리를 강타하고 있는 불행에 효과적으로 대항하기 위해 모든 선의를 결집시키는 것'을 사명으로 내세웠다. 그러나 이 신문의 지면은 곧장 페스트 예방에 효력이 확실하다는 신상품들의 광고에 할애되었다.

아침 6시경, 모든 신문이 개점 한 시간 전부터 가게 문 앞에 늘어선 줄에서, 만원이 되어 도심에 도착하는 전차에서 팔리기 시작한다. 현재 전차가 유일한 교통수단이니까, 승강구의 계단과 바깥 난간이 깨질 정도로 승객을 많이 싣고 힘들게 달렸다. 신기하게도 모든 승객이 서로 등을 돌리려고 기를 쓰느라 이상한 자세로 몸을 뒤틀고 있었다. 물론 상호 전염을 피하기 위해서다. 정류장마다 남녀 승객이 한 무더기씩 내렸고, 그들은 서둘러 서로 떨어져 혼자가 되었다. 기분이 언짢아서 벌어지는 싸움이 잦았는데, 언짢은 기분이 일상이 되어 버렸다.

첫 전차가 지나가면 도시가 차츰 잠에서 깨어나고 간이음식점들이 문을 여는데, 카운터에 '커피 매진', '설탕 지참' 등의 팻말이 가득했다. 곧 가게들이 문을 열고 거리가 활기를 띤다. 한편 그렇게 이른 아침부터 태양빛이 대기에 가득차서 7월의 하늘이 더위에 납빛으로 물들어 간다. 이때가 할 일 없는 사람들이 마음먹고 큰길로 나오는 시간대다. 사치품을 과시해서 페스트를 물리치기로 결심이라도 한 모양새들이다. 매일 11시경 중심가에서 젊은 남녀들이 행렬을 이뤄 지나가는데, 큰 불행을 겪는 와중에도 만발하는 삶의 열정이 느껴진다. 전염병이 확산되면 윤리 의식도 느슨해진다. 우리는 밀라노의 묘지 근처에서 벌어지던 사투르누스 축제를 다시 보게 될 것이다.

정오, 눈 깜박할 사이에 식당들이 꽉 찬다. 문 앞에 대기 줄도 금세 길어진다. 강렬한 열기에 대기가 흐릿하다. 줄이 커다란 차양 아래 그늘에서, 한낮의 작열하는 태양에 타들어가는 거리까지 늘어선다. 식당들에 손님들이 넘쳐 나는 것은 식사 문제를 간단히 해결할 수 있어서다. 하지만 그렇다고 전염에 대한 불안까지 해결된 건 아니어서, 손님들은 자기 식기들을 몇 분씩 꼼꼼히 닦는다. 얼마 전까지 몇몇 식당은 이런 광고를 붙였다. '저희 식당은 식기들을 끓는 물에 소독합니다.' 하지만 점차 그 광고를 중단했다. 손님들은 안 그래도 어차피 식당에 왔기 때문이다. 게다가 씀씀이도 훨씬 커졌다. 추천 와인이나 최고급으로 알려진 와인들에 가장 비싼 안주까지, 다들 경쟁적으로 소비했다. 어떤 식당에서는 한 손님이 급기야 속이 불편해져서 얼굴이 창백해져 일어나 비틀거리며 급히 문밖으로 나가는 바람에, 대혼란이 연출되기도 한 모양이다.

2시경이면 거리가 서서히 한산해진다. 침묵, 광선, 먼지, 페스트만 거리에서 서로 조우한다. 열기의 파도가 커다란 회색 집들을 따라 지리하고 나른하게 흐른다. 오후가 더디게 흘러서, 사람과 소음으로 빽빽한 도시에 불붙은 듯한 저녁놀이 내려올 때에야 이 기나긴 감옥살이의 시간이 끝난다. 더위가 처음 시작된 며칠 동안은 저녁에도 거리가 황량했다. 하지만 이제 선선한 기운이 돌면 희망까지는 아닐지라도 안도감이 들어서, 모두 거리로 나와 대화에 빠지거나 서로 다투거나 서로를 갈구했다. 7월의 붉은 하늘 아래에서 쌍쌍의 남녀들과 고성을 지르는 사람들을 실은 도시는 숨 가쁜 밤을 향해 표류한다. 매일 저녁 신들린 한 노인이 펠트 모자에 나비넥타이를 매고 군중 사이를 헤치고 다니며 '하느님은 위대하십니다, 그분에게로 오십시오' 하고 계속 외쳤지만 헛수고였다. 오히려 정반대로, 자신에게는 하느님보다 더 시급한 과제인 하찮은 무언가를 향해 각각 발길을 서둘고 있었다. 페스트가 다른 전염병들과 똑같다고 생각했던 초기에는 종교가 제자리를 지켰다. 하지만 이 병의 심각성을 깨닫자 향락을 떠올렸다. 낮 동안 얼굴에 어렸던 모든 끔찍한 고뇌를, 뜨겁고 먼지투성이인 황혼 녘에는 일종의 광적인 흥분이나 모든 시민을 열에 들뜨게 하는 어설픈 자유로 해소시켰다.

　나 역시 다르지 않다. 하지만 그런들 어떠랴! 죽음은 나 같은 인간들에게는 아무것도 아니다. 죽음은 그들이 옳았음이 증명되는 사건이다.」

＊＊＊

앞서 언급된 리외와의 면담은 바로 타루가 요청한 것이었다.

그날 저녁 타루가 오기 직전, 리외는 부엌 한쪽의 의자에 차분히 앉아 있는 어머니를 쳐다보고 있었다. 그녀는 집안일을 끝내면 대개 거기 앉아서 시간을 보냈다. 그녀는 두 손을 모아 다리에 얹은 채 거기 앉아서 기다렸다. 어머니가 기다리는 게 과연 아들인 자신인지는 확실하지 않았다. 하지만 어쨌든 그를 보면 어머니의 얼굴에서 뭔가가 변했다. 고된 삶을 사느라 말하지 못한 채 얼굴에 새겨진 모든 것들에 반짝 불이 들어오는 듯했다. 그랬다가 그녀는 곧바로 다시 침묵으로 잠겼다. 그날 그녀는 창밖의 텅 빈 거리를 내다보고 있었다. 거리의 가로등이 3개 중에 2개가 꺼져서, 듬성듬성 아주 희미한 전등이 도시의 어둠을 어렴풋하게 비추고 있었다.

"페스트 기간 내내 전기를 제한할 모양이지?"

리외 부인이 말했다.

"아마도요."

"겨울까지는 안 갔으면 좋겠는데. 그러면 너무 서글플 게다."

"예."

그는 어머니의 시선이 자기의 이마에 놓인 것을 보았다. 그는 지난 며칠의 근심과 과로로 자기의 얼굴이 여윈 것을 알고 있었다. 리외 부인이 물었다.

"오늘 일이 잘 안됐니?"

"아, 늘 그렇죠."

늘 그렇다! 그러니까, 파리에서 보낸 새 혈청은 처음 것보다 효력이 떨어지는 것 같았고, 통계 수치는 증가 추세에 있었다. 감염자 가족들 이외의 사람들에게는 여전히 혈청을 예방 접종할 수 없었다. 그러려면 엄청난 양의 혈청이 필요하니까. 림프샘의 멍울이 경화기라도 온 듯 절개가 잘되지 않아서 환자들은 끔찍히 아파했다. 지난 24시간 사이에 페스트의 새로운 발현 사례가 두 건 발생했다. 페스트가 폐렴처럼 변해가고 있었다. 바로 그날 모임에서, 기진맥진한 의사들은 갈팡질팡하는 도지사에게 입에서 입으로 전염되는 폐렴형 페스트를 예방할 새로운 시행령을 내리라고 압박했다. 도지사는 의사들이 원하는 대로 했다. 하지만 늘 그렇듯, 여전히 아무것도 알 수 없었다.

리외는 어머니를 보았다. 그 아름다운 밤색 시선을 보자 리외의 마음속에 어린 시절, 정겨웠던 그 시절이 떠올랐다.

"무섭지 않으세요, 어머니?"

"내 나이가 되면 크게 무서운 게 별로 없단다."

"해가 긴데, 제가 거의 집에 함께 있질 못하니까요."

"네가 돌아올 걸 알고 있으니까 기다리는 건 큰일이 아니야. 그리고 네가 여기 없는 동안, 나는 네가 무엇을 하고 있을지 생각한단다. 네 처한테서 소식은 좀 들었니?"

"네, 다 괜찮대요. 지난번 전보에 따르면요. 하지만 저를 안심시키려고 그렇게 말했겠죠."

초인종이 울렸다. 의사는 어머니에게 미소를 지어 보이고는 가서 문을 열었다. 어두운 계단에서 타루는 커다란 회색 곰 같아 보였다. 리외는 방문객을 진료실의 책상 앞 의자에 앉히고, 자신은 안락의자 뒤에 그냥 서 있었다. 그들은 그 방의 유일한 불빛인 책상 램프를 사이에 두고 나뉘어져 있었다. 타루가 대뜸 말했다.

"선생님에게는 솔직하게 이야기해도 괜찮겠지요."

리외는 침묵으로 동의를 표시했다.

"2주, 길어도 한 달 안에 선생님은 여기서 쓸모 없게 될 겁니다. 상황이 걷잡을 수 없이 악화될 테니까요."

"사실입니다."

"보건위생과의 조직은 비효율적이고 인력도 부족해요. 그래서 선생님은 혹사당하다가 나가떨어질 겁니다."

리외는 이번에도 동의했다.

"도청에서 건강한 남자들을 페스트 방역에 의무적으로 참가시키는, 일종의 시민 봉사대를 조직할 거라고 들었습니다."

"잘 알고 있군요. 하지만 이미 너무 불만이 커서 도지사가 결정을 주저하고 있습니다."

"의무 가입을 강제하기가 주저된다면, 자원봉사자를 모집하면 되잖아요?"

"해 봤어요. 결과가 신통치 않았죠."

"사무적인 방식으로 별 성의 없이 했겠죠. 관료들은 상상력이 부족합니다. 그렇게는 진짜 재앙을 절대로 감당할 수 없어요. 그들이 고안해 내는 대책들이라는 게 일반 감기도 못 막을 수준이잖아요. 관료들에게 계속 맡겨 두었다가는 그들도 우리도 다 죽을 겁니다."

"그럴지도 모르죠. 그런데 그들이 소위 '험한 일'을 죄수들에게 시킬 생각까지 하고 있다는 사실을 말해줘야겠네요."

"자유인들이 하면 훨씬 좋겠는데요."

"저도 동감입니다. 그런데 당신은 왜 그렇게 생각하죠?"

"사형 선고는 질색입니다."

리외는 타루의 눈을 들여다보았다.

"그래서요?"

"내 말은, 내게 자원 보건위생대를 조직할 방안이 있습니다. 내게 권한을 줘 보세요. 행정 당국은 일단 빠져 있고요. 안 그래도 당국은 일에 치이고 있잖아요. 나는 거의 모든 곳에 친구들이 있어서, 그들이 첫 번째 구심점이 되어 줄 겁니다. 나도 당연히 참여할 거고요."

"나야 당연히 당신의 제안을 환영합니다. 도움의 손길이 많을수록 좋죠. 특히 이런 상황에 놓인 나 같은 의사들에게는요. 당국이 이 구상을 받아들이도록 내가 책임지겠습니다. 어쨌든 그들도 선택의 여지가 없으니까요. 하지만……."

리외는 잠시 뜸을 들였다.

"이게 목숨을 잃을 수도 있는 일인 건 당신도 이미 알고 있겠죠. 그래도 나는 당신에게 이 사실을 고지할 의무가 있습니다. 위험성을 충분히 생각해 본 건가요?"

타루의 회색빛 눈이 리외를 침착하게 바라보았다.

"의사 선생님, 파늘루의 설교를 어떻게 생각합니까?"

질문이 꽤 자연스럽게 나오자 리외도 자연스럽게 대답이 나왔다.

"병원에서 너무 많은 것들을 겪어서 그런지, 나는 집단적 처벌 같은 생각을 좋아하지 않습니다. 하지만, 알잖아요, 기독교인들은 가끔 그런 식으로 이야기하지만, 진짜로 그렇게 생각하지는 않아요. 보이는 것보다 좋은 사람들이에요."

"그러니까 선생님도 파늘루 신부처럼 페스트가 유익한 점이 있다고, 사람들이 눈을 뜨고 생각하게 만든다고 믿는 겁니까?"

리외는 답답하다는 듯 고개를 흔들었다.

"다른 모든 병들처럼요. 세상 모든 악의 속성이 페스트의 속성이기도 합니다. 분명히 사람을 성장시키기도 합니다. 아무리 그렇다고 해도, 그로 인한 비참함과 고통을 보고도 받아들인다면, 미쳤거나 눈이 멀었거나 비겁한 사람인 거죠."

리외가 언성을 올린 것도 아닌데, 타루는 그를 진정시키려는 듯한 손짓을 했다. 그는 미소를 짓고 있었다. 리외는 어깨를 으쓱해 보였다.

"그래요. 그런데 아직 내 질문에 대답하지 않았어요. 심사숙고한 겁니까?"

타루는 의자 등받이에 기대며 어깨를 쫙 펴더니, 불빛 속으로 고개를 쑥 내밀었다.

"의사 선생님, 신을 믿으세요?"

다시 한 번 질문이 자연스럽게 나왔다. 하지만 이번에는 리외가 망설였다.

"아뇨. 하지만 그게 무슨 의미가 있죠? 나는 어둠 속을 헤매고 있지만, 또렷이 보려고 애쓰고 있습니다. 이러는 게 유별나다는 생각조차 오래전에 그만뒀고요."

"그게 선생님과 파늘루 신부를 가르는 점이 아닐까요?"

"아닐 겁니다. 파늘루 신부는 학자예요. 사람이 죽는 것을 많이 못 봤죠. 그래서 자꾸 '진리'를 이야기하는 겁니다. 하지만 교구 내의 종부성사를 집전하고 임종하는 사람의 마지막 숨소리를 들어 온 신부라면, 아무리 촌마을 신부더라도 나처럼 생각할 겁니다. 고통의 장점을 증명하기 전에, 그 고통을 보살피겠죠."

리외가 일어섰다. 그의 얼굴이 그늘로 들어가 버렸다.

"이런 얘기, 관둡시다. 당신이 대답하기 싫어하니까."

타루는 의자에 앉은 채로 다시 미소를 지었다.

"하나의 질문으로 대답해도 될까요?"

이번에는 의사가 미소를 지었다.

"수수께끼를 좋아하는군요. 좋아요, 해 보세요."

"내 질문은 이겁니다. 왜 선생님은 신을 믿지도 않으면서 그렇게 헌신하는 겁니까? 선생님의 대답이 내 대답에 도움을 줄지도 모르겠네요."

리외는 여전히 그늘에 잠긴 채로, 이미 대답했다고 말했다. 자신이 전능한 신을 믿었다면, 치료를 그만두고 그 수고를 온전히 신에게 넘겼을 거라고 말이다. 하지만 세상 그 누구도, 파늘루 신부조차도 신에게 그런 전능함을 기대하지 않는다. 자기 자신을 포기하고 신의 섭리에 완전히 의탁하는 사람이 아무도 없는 걸 보면 알 수 있었다. 어쨌든 리외는 이런 관점에서 창조되어 있는 기존의 세계에 맞서 싸우면서 진리의 길을 걷고 있다고 믿었다.

"아! 그러니까 선생님은 자신의 직업을 그렇게 바라본다는 거죠?"

"거의 그렇습니다."

의사가 빛 쪽으로 나오며 말했다. 타루가 작게 휘파람을 불었다. 의사는 그를 바라보며 말했다.

"아마도 내가 직업에 대한 자긍심이 대단하다고 생각하는 모양이군요. 하지만 나는 딱 이 일을 계속해 가기 위해 필요한 정도의 자긍심만 있어요. 정말로요. 앞으로 어떤 일들이 벌어질지, 어떻게 끝날지 전혀 모르겠어요. 그저 당장 생각하는 건, 치료가 필요한 환자들이 있다는 사실뿐입니다. 나중에야 그들도 나도 이것저것 생각하게 되겠죠. 하지만 지금 필요한 건 그들이 낫는 겁니다. 나는 내 능력껏 그들을 보호할 뿐이에요."

"무엇으로부터요?"

리외는 창 쪽으로 몸을 돌렸다. 수평선 저 멀리, 더 짙은 어둠이 바다려니 짐작했다. 그는 극심한 피로를 느꼈다. 이와 동시에 특이하지만 우정을 느낀 이 남자에게 좀 더 털어놓고 싶은 돌발적이고 비이성적인 충동이 들어서 간신히 억눌렀다.

"그건 모르겠군요, 타루 씨. 정말 아무것도 모르겠어요. 나는 어찌 보면 이 직업에 '추상적으로' 들어섰어요. 내가 의사가 되고 싶었던 건, 직업이 필요했고, 의사가 젊은이들이 희망하는 직업의 하나였기 때문이에요. 어쩌면 나 같은 노동자의 자녀로서는 엄청나게 어려운 일이었기 때문인지도 모르겠습니다. 어쨌든 그렇게 의사가 되었는데 사람들이 죽어 가는 것을 봐야만 하는 겁니다. 죽기를 거부하는 사람들이 있는 걸 압니까? 숨이 끊어지는 순간 '절대 안 돼!'라고 외치는 여자의 목소리를 들어 본 적 있어요? 나는 있습니다. 그리고 곧 그런 것에 익숙해질 수 없다는 걸 깨달았죠. 그때 난 젊었기에, 이런 식의 세계 질서 자체에 격분했습니다. 적어도 그렇게 생각했어요. 나중에는 겸손해졌고요. 다만 죽는 것을 보는 것은 여전히 무뎌지지가 않아요. 그 이상은 아무것도 모릅니다. 하지만 결국에……."

리외는 입을 다물고 앉았다. 입이 마르는 느낌이었다.

"결국에?"

타루가 부드럽게 물었다.

"결국에……."

의사는 말을 이으려다가, 다시 망설이며 타루를 응시했다.

"어쩌면 당신은 이해할 수 있을 것 같네요. 그게, 세계의 질서는 죽음에 의해 좌우되니까, 어쩌면 신의 입장에서는 사람들이 자기가 침묵하고 앉아 있는 하늘만 바라보는 게 아니라, 자기를 믿지 않고 온 힘을 다해 죽음과 싸우는 걸 더 좋아하지 않을까요?"

타루가 고개를 끄덕였다.

"네, 무슨 말인지 알겠어요. 하지만 선생님의 승리는 늘 일시적일 뿐이죠. 영원하지 않고."

리외의 얼굴이 어두워졌다.

"네, 압니다. 그렇다고 싸워 보지도 않고 항복할 순 없어요."

"물론 그렇죠. 다만, 이제는 페스트가 선생님에게 어떤 의미인지 알겠어요."

"네. 끝없는 패배죠."

타루는 한동안 의사를 쳐다보다가, 일어나서 묵직한 걸음으로 문으로 향했다. 리외가 뒤따라왔다. 리외가 가까이 오자, 자기 발을 내려다보고 있던 타루가 불쑥 물었다.

"선생님, 이 모든 걸 어떻게 아셨습니까?"

즉시 대답이 돌아왔다.

"고통을 통해서요."

리외는 진료실 문을 열고 함께 나오며, 자기도 변두리 동네 환자에게 왕진을 가야 한다고 말했다. 타루가 동행하겠다고 하자 의사는 수락했다. 복도에서 그들은 리외 부인과 마주쳤다. 의사가 어머니에게 타루를 소개했다.

"친구예요."

"오! 만나서 아주 반가워요."

어머니가 지나가자 타루가 몸을 돌려 그녀의 뒷모습을 쫓았다. 의사가 계단에서 스위치를 켜려고 했으나 헛수고였다. 계단은 캄캄했다. 새로운 절전 조치의 결과겠거니 생각했지만 장담할 수는 없었다. 얼마 전부터 집이든 거리든 모든 게 망가져 있었다. 그저 다른 모든 시민들처럼 도통 일할 생각을 않는 수위 탓일지도 모른다. 하지만 의사는 더 따져 볼 시간이 없었다. 타루의 음성이 뒤에서 울려 왔기 때문이었다.

"한마디만 더요, 선생님. 좀 황당하게 들릴 수도 있는데, 그냥 말할게요. 선생님이 전적으로 옳습니다."

리외는 어둠 속에서 자기 혼자 어깨를 으쓱했다.

"정말이지 나는 아무것도 모릅니다, 정말요. 하지만 당신은 뭔가 알고 있지 않나요?"

"아, 나는 이제는 모르는 게 별로 없죠."

타루는 이런 말을 참 태연하게도 내뱉었다.

의사가 멈춰 섰다. 뒤따라오던 타루가 한 발을 헛디뎌서 균형을 잃으며 리외의 어깨를 잡았다. 리외가 물었다.

"정말로 삶에 대해 다 안다고 생각합니까?"

어둠 속에서 여전히 차분한 음성이 대답했다.

"네."

거리로 나서서야 그들은 시간이 꽤 늦었다는 걸 알았다. 아마 11시쯤이었을 것이다. 도시는 조용했고 희미하게 바스락거리는 소리들만 들렸다. 아주 멀리서 구급차의 경적이 울렸다. 둘은 차에 탔고, 리외가 시동을 걸었다.

"내일 꼭 병원에 들러서 예방 백신을 맞으세요. 그런데 그 일은, 착수하기 전에 살아남을 확률을 다시 한번 생각해 보시고요. 3분의 1입니다."

"그런 계산은 무의미합니다. 선생님도 이미 잘 아시면서. 백년 전 페스트가 페르시아의 한 도시를 전멸시켰는데, 딱 한 명만 살아남았죠. 쉼 없이 제 일을 해 온 염하는 사람이었어요."

"그가 3분의 1의 행운을 가졌던 겁니다. 하지만……"

리외가 착 가라앉은 목소리로 말했다.

"당신 말이 맞아요. 우리가 그 문제에 대해 아는 게 있나요."

그들은 변두리 동네로 접어들었다. 헤드라이트가 황량한 거리를 밝혔다. 차가 섰다. 자동차에서 내려 몇 발자국 걷다가 리외가 타루에게 물었다.

"같이 들어가겠습니까?"

"네."

희미한 달빛이 그들의 얼굴을 비췄다.

리외가 갑자기 웃음을 터뜨렸다. 다정함이 물씬 묻어났다.

"그만 털어놔 봐요, 타루 씨. 대체 왜 이런 일에 발 벗고 나서려는 거죠?"

"모릅니다. 어쩌면 내 도덕관이겠죠."

"도덕관? 어떤 도덕관이요?"

"이해심이요."

타루가 집 쪽으로 돌아서는 바람에, 리외는 늙은 천식 환자의 집에 들어갈 때까지 그의 얼굴을 볼 수 없었다.

* * *

타루는 그다음 날로 일에 착수해서 제1조를 모았고, 다른 많은 조가 그 뒤를 이어 조직되었다.

그러나 서술자는 이 보건위생대에 지나치게 큰 의미를 부여할 생각은 없다. 확실히 오늘날 많은 시민들이 보건위생대의 역할을 과장해서 기술하고 싶어 한다. 하지만 선한 행동에 지나친 중요성을 부여하면, 오히려 간접적으로 인간 본성의 악한 면에 대한 강력한 찬사가 된다고 믿는다. 왜냐하면 선한 행동은 대단히 드물고, 악의와 무관심이 인간 행동의 더 흔한 원동력이라고 암시하는 격이기 때문이다. 서술자는 그 생각에 공감하지 않는다. 이 세계에 존재하는 악은 항상 무지에서 생긴다. 아무리 의도가 선했어도 무지하면 악의만큼이나 큰 피해를 입힐 수 있다. 대체로 사람은 악하다기보다는 선한데, 그게 중요한 게 아니다. 이해와 몰이해가 미덕과 악덕을 가르는 것이다. 가장 절망적인 악덕은, 모든 것을 다 안다고 착각하며 자신에게 살해할 권리까지 인정하는 무지다. 살인자의 영혼은 이처럼 맹목적이다. 극도로 명민한 통찰력이 없이는 참된 선의도 진짜 사랑도 있을 수 없는 것이다.

정확히 이런 이유로, 타루의 주도로 조직된 우리의 보건위생대가 아무리 만족스러워도 객관적으로 평가할 필요가 있다. 그래서 서술자는 '의지, 헌신' 같은 말로 과도하게 칭송하지 않고, 딱 적절한 중요성만 부여할 생각이다. 하지만 페스트 때문에 찢기고 난폭해지는 우리 시민들의 심정은 계속 기록할 것이다.

보건위생대에 자원한 사람들은 사실 뭔가 대단한 보상을 바라고 그런 게 아니었다. 그저 할 수 있는 일이 그것뿐이었기에, 참여하는 게 당연하다고 생각했을 뿐이다. 보건위생대 덕분에 우리 시민들은 페스트를 더 진지하게 받아들였고, 페스트가 우리 안에 있으니 이 병과 싸워 물리치는 건 우리에게 달렸다는 것을 납득했다. 페스트가 몇몇 사람의 의무가 되자, 페스트의 실체가 드러났다. 바로, 모두의 문제라는 것이다.

여기까지는 잘된 일이었다. 하지만 사람들은 '2+2=4'라고 가르친다고 교사에게 찬사를 보내지 않는다. 이런 훌륭한 직업을 선택한 것에 찬사를 보내는 것일 게다. 그러니 타루와 다른 사람들이 '2+2=4'라고 증명하는 쪽을 선택한 것이 (선택하지 않은 것보다는) 칭찬받을 만한 행동이었다고 치자. 그런데 덧붙여 말할 점은, 그들의 이러한 선의는 교사의 마음과 같은데, 인류를 위해 참 다행스럽게도, 교사의 마음을 가진 사람들이 의외로 많다는 것이다. 적어도 서술자는 그렇게 믿는다. 당연히 '그들은 생명의 위협을 감수하지 않았냐'는 반론이 나올 것이다. 하지만 '2+2=4'라고 용기 내서 말했다고 사형당한 사람이 역사에서는 계속 있어 왔다. 교사는 이 사실을 잘 알고 있다. 그래서 중요한 건, 이런 수학적 논리에 따른 보상이나 벌을 아는 게 아니다. '2+2'가 과연 '4'인지를 아는 것이다. 그 당시 목숨을 걸었던 우리 시민들의 문제는, 자신들이 페스트 한복판에 있는 건지 아닌지, 페스트와 싸울지 말지를 결정하는 것이었다.

그때 우리 시의 많은 신도덕주의자들은, 백약이 무효하고 그 냥 무릎을 꿇는 수밖에 없다고 떠들고 다녔다. 타루도 리외도 그들의 친구들도 이런저런 대답을 할 수는 있었다. 하지만 결론은 항상 같았다. 방법이야 어쨌든 계속 싸워야지 그냥 굴복해서는 안 된다는 것이다. 핵심은 되도록 많은 사람이 죽음이나 영원한 이별을 겪지 않도록 하는 것이었다. 그러려면 한 가지 방법뿐이었다. 페스트에 맞서 싸우는 것. 칭찬받을 만한 태도가 전혀 아니었다. 논리적인 결론이었을 뿐이다.

그러니 노의사 카스텔이 임시변통한 재료로 현장에서 혈청을 만드는 데 온 힘을 기울인 것은 당연했다. 리외도 곁에서 지켜보며, 현재 오랑에 퍼져 있는 병원체를 배양해 만든 혈청이 외부에서 들여온 혈청보다 더 직접적인 효과가 있기를 희망했다. 왜냐하면 이 세균이 전통적으로 규정된 페스트 간균과 약간 달랐기 때문이다. 카스텔은 빨리 자신의 첫 혈청을 얻고 싶어 했다.

같은 이유에서, 영웅다운 면모라곤 전혀 없는 그랑이 보건위생대에서 서기 역할을 맡은 것도 당연했다. 타루가 편성한 보건위생대의 일부 조는 인구 과밀 지역에서 예방 보조 작업에 투입되었다. 그들은 그곳에 필요한 위생을 갖춰 주려고 노력했고, 소독반이 다녀가지 못한 헛간과 지하실의 수를 세었다. 다른 일부의 조는 의사들의 왕진을 보조했고, 페스트 환자의 이

169

송을 맡았으며, 나중에는 기술직원이 부족하자 환자와 사망자용 차량까지 직접 몰았다. 이 모든 일에 등록 및 통계 작업이 필요했는데, 그랑이 그것을 하겠다며 나섰다.

이런 관점에서, 서술자는 리외나 타루보다 그랑이 조용한 미덕으로 보건위생대에 활기를 불어넣은 인물이라고 본다. 그랑은 자기 안의 선의에서, 한시도 주저하지 않고 수락했다. 그가 내건 제약조건이라고는, 큰일을 맡기에는 너무 나이가 들었으니 자질구레한 일을 맡겠다는 것뿐이었다. 그는 저녁 6시부터 8시까지 시간을 냈다. 리외가 따뜻한 감사의 말을 하자 그랑은 놀란 듯했다.

"아니, 어려운 일도 아닌걸요. 페스트가 있으니, 스스로 지켜야 하는 게 당연하잖아요. 아! 만사가 이렇게 단순했으면!"

그러고는 자기가 쓰고 있는 문장 이야기로 되돌아갔다. 가끔씩 저녁때 목록 기록과 통계 산출이 끝나면 그랑은 리외와 이야기를 나눴다. 나중에 타루도 끼었고, 그랑은 점차 눈에 띄게 기뻐하며 두 동지에게 마음을 털어놓았다. 두 사람은 그랑이 페스트가 창궐하는 중에도 수고스러운 작업에 매달리는 것에 진짜 흥미를 느꼈고, 그들 역시 결국에는 거기에서 여유를 얻었다.

"그 여기사, 잘 지내죠?"

타루가 자주 물었다. 그러면 그랑은 늘 같은 대답이었다.

"걷고 또 걷고 있어요."

이렇게 말하며 그는 힘겹게 미소를 지었다. 어느 날 저녁, 그랑은 자신의 여기사에 대해 '우아한'이라는 형용사를 완전히 포기하고 '날씬한'으로 묘사했다고 말했다.

"더 구체적이니까요."

언젠가 한번은 두 명의 청중에게 다음과 같이 고친 첫 구절을 읽어 주었다.

"'5월의 어느 아름다운 오전 나절, 한 날씬한 여기사가 멋진 알레잔 암말을 타고 불로뉴 숲의 꽃이 만발한 오솔길을 누비고 있었다.' 어때요, 여인이 더 잘 보이지 않나요? 그리고 '5월의'로 적었어요. '5월, 그 달의'는 보폭이 좀 늘어지는 것 같아서요."

그랑은 후에 '멋진'으로 고심하는 모습이 역력했다. 이걸로는 뜻이 충분히 전달되지 않는다는 것이었다. 그는 자신이 상상하는 화려한 암말을 사진처럼 단번에 보여줄 수 있는 어휘를 찾고 있었다. '살이 오른'은 어울리지 않았다. 구체적이지만 약간 비하하는 어투였기 때문이다. '윤기 흐르는'에 잠깐 끌렸지만 운율이 맞지 않았다. 그러다가 어느 날 저녁, 그가 의기양양하게 '검은 알레잔 암말'이라는 표현을 발견했다고 말했다. '검은 빛깔'은 은밀하게 우아함을 드러낸다는 것이다.

"그건 불가능해요."

리외가 말했다.

"왜죠?"

"'알레잔'은 말의 품종이 아니라 색깔을 가리켜요."

"무슨 색깔인데요?"

"그게 어떤 색이냐면, 어쨌든 검은색은 아녜요!"

그랑은 아주 괴로워 보였다.

"고마워요, 선생님이 있어 다행이네요. 그건 그렇고, 알겠죠, 이게 얼마나 어려운 일인지요."

"'화려한'은 어때요?"

타루가 말했다. 그랑이 타루를 바라보며 곰곰이 생각하다가 말했다.

"좋은데요, 좋아요!"

그의 얼굴에 점차 미소가 번졌다.

그로부터 얼마 있다가 '꽃이 만발한'이라는 말 때문에 골치가 아프다고 털어놓았다. 그는 아는 곳이 오랑과 몽텔리마르뿐이었기 때문에, 가끔 두 사람에게 불로뉴 숲의 오솔길에 꽃이 어떤 식으로 만발하는지 예를 들어 달라고 부탁했다. 정확하게 말해서, 리외와 타루는 불로뉴 숲의 오솔길에서 '꽃이 만발한' 인상을 받은 적이 없는데 시청 서기의 확신에 기억이 흔들렸다. 그랑은 그들에게 확신이 없는 것에 놀라워했다.

"눈으로 제대로 볼 줄 아는 이들은 화가들뿐이지요."

하지만 어느 저녁 리외는 그랑이 몹시 들뜬 것을 보았다. '꽃이 만발한'을 '꽃이 가득한'으로 바꿨던 것이다. 그는 두 손을 연신 비벼 댔다.

"드디어 꽃이 보이고, 향기가 느껴져요. 여러분, 모자를 벗어 경의를 표하세요!"

그러고는 의기양양하게 그 구절을 읽었다.

"5월의 어느 아름다운 오전 나절, 한 날씬한 여기사가 화려한 알레잔 암말을 타고 불로뉴 숲의 꽃이 가득한 오솔길을 누비고 있었다."

하지만 막상 큰 소리로 읽자 속격(屬格) 세 개가 거슬리게 들려서 그랑은 약간 더듬거렸다. 그는 기운 빠진 모습으로 자리에 앉았다. 그러고 나서 집에 가도 되겠느냐고 의사에게 양해를 구했다. 혼자 생각할 시간이 필요했던 것이다.

나중에 안 일이지만, 그랑은 그 무렵 사무실에서 산만한 증세를 보였다. 시청으로서는 인원은 축소되는데 일거리는 자꾸 늘어나서 다들 업무에 짓눌리고 있었기 때문에 아주 유감스럽게 여겼다. 그의 부서가 원활히 돌아가지 않자, 국장이 그를 엄중하게 질책하며 '자네가 완수하지 못한 바로 그 일을 완수하라고 나라에서 봉급을 주는 것'이라고 지적했다.

"자네가 보건위생대에서 자원봉사를 한다고 들었는데, 업무 외 시간에 뭘 하든 내가 알 바 아니지. 하지만 이 끔찍한 상황에서 자네가 유익한 일을 해내는 최고의 방법은 자네가 맡은 일을 잘하는 것이네. 맡은 일도 못 해내면서 다른 일을 하는 게 무슨 소용이지?"

"국장 말이 맞아요."

그랑이 리외에게 말했다.

"그래요, 그가 옳아요."

의사가 동의했다.

"그런데 정신을 집중할 수가 없어요. 문장을 어떻게 끝내야 할지 모르겠어서요."

그랑은 모든 사람이 알아들을 것이라고 예상하면서 '불로뉴'란 단어를 지워 버릴까 생각했다. 하지만 그랬더니 '오솔길'에 연결되던 '숲'을 '꽃'에 연결시키는 모양새가 되었다. 그는 '꽃이 가득한 숲의 오솔길'이라는 표현도 검토했다. 하지만 임의로 갈라놓은 명사와 수식어 사이의 '숲'의 위치가 살에 박힌 가시였다. 며칠 밤을 고민하느라, 어느 날은 그가 리외보다도 훨씬 더 피곤해 보였다.

그렇다. 그랑은 문장 연구에 온통 정신을 빼앗겨서 완전히 지쳐 버렸다. 그런 와중에도 보건위생대에 필요한 합산과 통계 일은 묵묵히 해냈다. 그는 매일 저녁 목록을 간명하게 정리했고, 곡선 도표를 첨부했으며, 되도록 가장 정확한 상황도를 제시하려고 차분하게 심혈을 기울였다. 그는 아주 자주 리외를 만나러 병원으로 와서 아무 사무실이나 진료실 안에 책상 하나를 내달라고 부탁하고는, 정확히 시청의 자기 책상에 앉듯 서류를 가지고 앉아서 소독약과 병(病)으로 짙어진 공기 속에서 잉크를 말리려고 종잇장을 흔들어 대곤 했다. 그때는 '여기사'를 생각하지 않고 업무에만 집중하려고 애썼다.

그렇다. 만약 인간이 영웅적인 사람을 본보기와 귀감으로 삼는 것을 좋아하는 게 사실이라면, 그래서 이 이야기에서 '영웅'이 반드시 한 명 필요하다면, 서술자는 독자들에게 가진 거라곤 약간의 선한 마음과 보기에도 우스꽝스러운 이상뿐인 이 보잘것없고 존재감 없는 영웅을 추천하겠다. 그럼으로써 진리에는 그 본연의 마땅한 의미가, '2+2'에는 '4'라는 답이, 그리고 영웅주의에는 차선의 지위, 즉 행복이라는 고귀한 욕망보다 '절대로 앞서지는 않고 그 바로 뒤'라는 부차적 자리가 딱 주어진다. 또한 이 연대기에도 '좋은 기분으로 하는 이야기', 그러니까 두드러지게 불쾌해한다거나 저속한 흥행물처럼 과잉된 감정 없이 하는 진술이라는 특징이 부여된다.

어쨌든 의사 리외는, 외부 세계가 페스트에 휩싸인 오랑 시에 전달하고자 했던 후원과 격려를 신문이나 라디오로 접할 때 이렇게 생각했다. 항공로나 육로로 답지하는 구호품들과 함께, 전파와 인쇄물을 통해 동정과 찬사의 발언들이 매일 저녁 이 고립된 도시 위로 헤아릴 수 없이 쏟아졌다. 리외는 그것들의 서사시적 어투나 수상식용 연설조를 도저히 참을 수가 없었다. 분명 그 염려들이 가식이 아니라 진심인 걸 아는데도 말이다. 사람들이 자신들을 인류와 연결시키는 뭔가로 표현하려고 끙끙댈 때는 상투어로밖에는 표현할 수가 없다. 그런데 그 언어로는, 예를 들어, 그랑이 매일 기울이는 일상의 노력을 제대로 담아낼 수 없었고, 페스트의 와중에서 그랑 같은 사람이 의미하는 바를 설명해 줄 수도 없었다.

이따금 자정 무렵 도시가 잠으로 빠져들며 침묵할 때, 의사는 잠간 눈이라도 붙이려고 잠자리에 들며 라디오를 켰다. 그러면 세계의 끝에서부터 수천 킬로미터를 가로질러서 서툴게나마 연대감을 전하려고 애쓰는 생면부지의 우정 어린 음성들이 들려왔다. 하지만 동시에, 사람은 직접 겪지 않은 고통은 진정으로 공유할 수 없다는 끔찍한 무력감도 생생하게 밀려왔다. "오랑! 오랑!" 이런 부름이 바다를 건너왔지만 부질없었다. 주의를 기울이려고 애써도 소용없었다. 웅변이 고조될수록 그랑과 이 웅변가 사이의 도저히 건널 수 없는 본질적인 간격만 도드라졌다. 그들은 격앙되어 외쳤다. "오랑! 우리가 함께합니다!" 하지만 의사는 생각했다. '아니. 함께 사랑하거나 함께 죽거나 둘 중 한 가지 방법뿐인데, 당신들은 너무 멀리 있어.'

***

이때부터 페스트가 절정기에 이르기까지, 즉 재앙이 시를 완전히 탈취하려고 온 힘을 모아 쏟아붓던 기간에 대해 반드시 기록해 둬야 할 것은, 랑베르 같은 마지막 별종들이 잃어버린 행복을 되찾기 위해, 그리고 최후까지 모든 침해에 맞서 지켜온 자신의 일부를 페스트로부터도 구해내려고 오랫동안 기울인 절망적이고 단조로운 노력들이다. 그들은 자신들을 위협하는 속박을 이런 식으로 거부하고 있었다. 비록 이런 거부가 다른 거부만큼 보기에 효과적이지 않았지만, 서술자의 생각에는 충분히 의의가 컸고, 심지어 헛되고 모순되어도 그때 우리 모두의 마음속에 자리 잡고 있었던 자랑스러운 그 뭔가를 보여주는 것이었다.

랑베르는 페스트가 자기를 덮치지 못하도록 발버둥쳤다. 일단 합법적으로는 오랑을 빠져나갈 수 없다는 게 확실해지자, 리외에게 말했던 대로 다른 수단을 강구하기로 마음을 굳혔다. 신문기자는 먼저 카페 종업원들에게 접근했다. 그들은 대체로 이면의 소식들에 훤했다. 하지만 랑베르가 처음에 캐물었던 몇몇 종업원은 탈출 시도들에 가해지는 중벌에만 정통했다. 한번은 취재차 잠입해서 일부러 선동하는 걸로 의심까지 받았다. 리외의 집에서 코타르를 만나고서야 일이 진척되기 시작했다.

그날도 랑베르는 리외에게 관청에서 밟았던 헛된 절차들에 대해 불평했는데, 대화 끄트머리를 코타르가 들었다.

며칠 후 코타르는 거리에서 랑베르와 마주치자, 당시 그가 모든 인간관계에서 취하던 붙임성 있는 태도로 말을 걸었다.

"안녕하세요, 랑베르 씨. 여전히 별 성과 없나요?"

"네, 아무것도요."

"관청에는 기대 않는 게 좋을 겁니다. 도대체 그들은 이해해 주려고 하지를 않아요."

"사실이에요. 그래서 다른 방법을 찾고 있는데, 어렵네요."

"아! 그런 것 같네요."

그런데 코타르는 줄이 닿는 곳이 있었다. 그가 자신이 오래 전부터 오랑에 있는 모든 카페의 단골이고, 그곳 친구들에게 이런 종류의 일을 취급하는 조직이 있다고 들었다고 설명하자 랑베르는 더 놀랐다. 진실을 말하자면, 그 당시 코타르는 벌이에 비해 씀씀이가 너무 컸던 탓에 배급품의 암거래에 관여하고 있었다. 담배와 값싼 술을 되파는 것이었는데, 가격이 계속 올라서 재산을 쏠쏠히 모으는 중이었다.

"확실한가요?"

랑베르가 물었다.

"그럼요, 나한테 제안했었으니까요."

"근데 당신은 응하지 않았고요?"

코타르는 호인 같은 태도로 말했다.

"수상할 거 없어요. 내가 그 제안에 응하지 않은 건, 떠날 생각이 없기 때문이에요. 개인적인 사정이 좀 있죠."

그러더니 잠시 침묵한 후에 이렇게 덧붙였다.

"무슨 사정이냐고 묻지 않네요?"

"뭐, 나와는 상관없는 일일 것 같아서요."

"상관이야 없죠, 어떤 의미에서야, 확실히. 하지만 다른 의미에서…… 흠, 이렇게 말해 보죠. 나는 페스트와 함께 지내게 된 후부터 여기가 한결 더 편해졌다는 겁니다."

상대방은 그의 말을 잘랐다.

"그 '조직'이라는 곳과는 어떻게 접촉하죠?"

"아! 그건 절대로 쉬운 일이 아닙니다. 나랑 같이 가죠."

오후 4시였다. 도시가 무더운 하늘 아래에서 서서히 데워지고 있었다. 인적이 없고, 모든 상점에 발이 내려졌다. 코타르와 랑베르는 아케이드를 한참 말없이 걸었다. 페스트가 모습을 드러내지 않는 시간이었다. 색채와 동작까지 소멸된 이 침묵은 뙤약볕 때문일 수도 있고 전염병 때문일 수도 있었다. 무거운 공기는 위협 때문인지 먼지와 폭염 때문인지 알 수 없었다. 자세히 관찰하고 생각해 본 후에야 '페스트가 있지' 하고 깨달았다. 왜냐하면 페스트는 부정적 징후들로만 모습을 드러내기 때문이다. 예컨대 페스트에 친근감을 느끼는 코타르는 랑베르에게, 평상시라면 아케이드 복도의 그늘에서 옆으로 자빠져 몸을 식히려고 헐떡거리고 있어야 할 개들이 없음을 지적했다.

그들은 팔미에 대로로 들어섰다가 아름 광장을 가로질러 마린 동네 쪽으로 내려갔다. 왼쪽에 초록색으로 단장한 카페 하나가 도로 쪽에 노란 천으로 된 넓은 차양을 비스듬히 쳐놓았다. 코타르와 랑베르는 안으로 들어서며 이마의 땀을 훔쳤다. 초록색으로 칠한 작은 철제 테이블들에 접이식 의자들이 놓여 있었다. 텅 빈 홀에 파리들이 윙윙거렸다. 기우뚱한 스탠드바 위에 노란 새장이 있고 털 빠진 앵무새 한 마리가 횃대 위에 앉아 있었다. 벽에는 전투 장면을 담은 낡은 그림이 땟국과 촘촘한 거미줄에 덮인 채 걸려 있다. 랑베르가 앉은 곳을 포함해 모든 철제 테이블들에 닭똥이 말라붙어 있었다. 잠시 어리둥절해서 앉아 있는데, 곧 날갯짓 소리가 몇 번 나더니 멋진 수탉 한 마리가 어두운 한구석에서 팔짝대면서 나왔다.

그 순간 더위가 더 기승을 부리는 것 같았다. 코타르가 웃옷을 벗고 테이블의 철판을 두드렸다. 긴 파란 앞치마에 파묻힌 키 작은 남자가 뒷문에서 나오다가, 코타르를 보고 큰소리로 인사하고 수탉을 발로 세게 걷어차 쫓아 버리며 테이블로 다가왔다. 수탉이 꼬꼬댁거리는 소리에 그는 더 목청을 높여서 뭘 먹겠느냐고 물었다. 코타르는 백포도주를 주문하고는 가르시아는 어딨느냐고 캐물었다. 땅꼬마는 그 사람이 카페에 며칠째

안 보인다고 말했다.

"오늘 저녁에는 올까?"

"글쎄요! 그 사람 속을 어떻게 압니까? 보통 손님이 더 잘 아시잖아요?"

"알지, 하지만 그리 급한 일은 아니어서. 친구나 한 명 소개해 줄까 했지."

종업원이 앞치마 자락에 축축한 손을 닦고 있었다.

"아! 그 일 때문에요?"

"응."

땅꼬마는 코를 킁킁거렸다.

"좋아요. 오늘 저녁에 다시 오세요. 제가 그 사람한테 애를 보내서 기별해 놓을 테니."

밖으로 나오면서 랑베르는 '그 일'이 뭐냐고 물었다.

"거야 암거래죠. 시의 관문을 통해 물건이 들어옵니다. 아주 비싼 값에 팔아요."

"그렇군요."

랑베르는 잠시 생각하다가 다시 물었다.

"그럼 공모자들이 있겠군요?"

"바로 그겁니다."

그날 저녁, 차양은 걷혀 있었고, 앵무새는 새장 속에서 재잘거렸으며, 철제 테이블에는 셔츠 바람의 남자들이 둘러앉아 있었다. 그중에서 밀짚모자를 뒤로 젖혀 쓰고 검붉은 벽돌색으로 그을린 가슴을 드러낸 흰 와이셔츠 차림의 남자가, 코타르가 들어서자 일어섰다. 반듯하고 햇볕에 탄 구릿빛 얼굴, 검고 작은 눈, 하얀 이, 두세 개의 반지를 낀 그는 서른 살쯤으로 보였다.

그가 코타르에게 말했다. 랑베르는 본체만체했다.

"안녕하신가, 바에서 한잔해야지."

그들이 말없이 세 잔쯤 마셨을 때, 가르시아가 말했다.

"나가서 좀 걸을까?"

그들은 항구 쪽으로 내려갔다. 가르시아는 뭘 원하느냐고 물었다. 코타르는 랑베르를 소개하려는 게 정확히는 사업을 위해서가 아니라, 소위 '외출' 때문이라고 말했다. 가르시아는 담배를 피우면서 앞으로 곧장 걷고 있었다. 그는 랑베르를 '그'라고 지칭하며 코타르에게 여러 가지를 물었는데, 여전히 랑베르가 옆에 없는 듯이 굴었다.

"뭘 하려고?"

"프랑스에 아내가 있대."

"아하!"

조금 있다가 다시 물었다.

"그 사람 직업이 뭐야?"

"신문기자."

"그래? 말이 많은 직업이네."

"내 친구라니까."

랑베르는 입을 다물고 있었다.

그들은 아무 말 없이 앞으로 갔다. 높은 철조망으로 진입을 막아 놓은 부둣가에 이르자, 곧장 조그마한 간이식당 쪽으로 방향을 틀었다. 정어리 튀김 냄새가 거기까지 풍겨 왔다.

마침내 가르시아가 입을 열었다.

"어쨌든 그건 내가 아니라 라울이 관여하는 문제야. 내가 그에게 연락하지. 쉽지는 않겠지만."

"아! 라울이 아직도 숨어 지내?"

코타르가 흥미롭다는 듯이 캐물었다.

가르시아는 대답하지 않았다. 그는 간이식당 문 앞에서 멈칫하더니 처음으로 랑베르 쪽을 돌아보았다.

"모레 11시, 윗동네에 있는 세관 건물 모퉁이로 오시오."

그대로 자리를 뜰 듯하더니, 덧붙일 말이 있는지 돌아섰다.

"비용이 들 거요."

무심했지만 확인하는 투였다. 랑베르가 고개를 끄덕였다.

"당연하죠."

잠시 후, 돌아오는 길에 신문기자는 코타르에게 고맙다고 말했다.

"아, 고맙긴요, 친구. 도움을 줄 수 있어서 기쁠 뿐이에요. 그리고 뭐, 당신은 신문기자니까, 언젠가 저를 도와줄 수 있겠죠."

이틀 후, 랑베르와 코타르는 윗동네로 이어지는 그늘 하나 없는 큰길을 따라 올라갔다. 세관 건물의 일부분이 간병소로 변해 있었고, 꽤 많은 인파가 출입구에 진을 치고 있었다. 허락될 수 없는 면회를 기대하고 왔거나 시시각각으로 무효가 되어 버리는 정보들을 찾으러 온 사람들이었다. 어쨌든 그래서 세관 건물 모퉁이에는 항상 많은 사람들이 모였기 때문에, 가르시아가 랑베르와 만날 장소로 정했을 것이다.

코타르가 말했다.

"이해가 안 돼요. 왜 그렇게 떠나겠다고 고집을 부리는지. 정말이지 지금 여기서 벌어지는 일들이 이렇게나 재밌는데."

"내게는 그렇지 않아요."

"뭐, 그래요, 위험부담이야 당연히 있죠. 하지만 따지고 보면 페스트 이전에도 아주 복잡한 교차로를 건너려면 그런 정도의 위험부담은 있었어요."

바로 그때, 리외의 차가 그들 옆에 와서 멈춰 섰다. 타루가 운전을 하고 있었고, 리외는 반쯤 조는 것 같았다. 리외는 잠에서 깨서 그들을 인사시켜 주려고 했다.

"우리는 서로 구면이죠. 같은 호텔에 묶고 있어요."

타루는 이렇게 말하더니, 랑베르에게 시내까지 태워다 주겠다고 제안했다.

"감사하지만 됐습니다. 여기서 약속이 있어요."

리외가 랑베르를 뚫어지게 쳐다보았다. 랑베르가 말했다.

"네, 그 일입니다."

"아! 의사 선생님도 알고 있었어요?"

코타르가 놀라워했다. 타루가 코타르에게 넌지시 말했다.

"저기 예심판사가 오네요."

코타르의 안색이 변했다. 과연 오통 씨가 길을 내려와 힘차고도 절제된 걸음걸이로 다가오고 있었다. 그가 가까이 와서 모자를 벗었다. 타루가 인사했다.

"안녕하십니까, 판사님!"

판사는 차에 있는 사람들에게 답례를 하더니, 뒤로 물러서 있던 코타르와 랑베르에게도 정중하게 목례를 했다. 타루가 하숙인과 신문기자를 소개했다. 판사는 잠깐 하늘을 올려다보고 한숨을 쉬더니 서글픈 시기라고 말했다.

"타루 씨, 듣자 하니 선생께서 예방 조치를 실시하는 일에 전념하고 계신다더군요. 제가 선생을 모범적이라고 칭찬할 자격이나 있을지 모르겠습니다. 의사 선생께서는 병이 더 확산될거라고 보십니까?"

리외가 그렇게 되지 않기만 바랄 뿐이라고 말하자, 판사는 항상 희망을 가져야 한다고 답했다. 하느님의 불가해한 섭리를 누가 알겠느냐면서. 타루는 판사에게 이번 사태로 일이 늘었느냐고 물었다.

"그 반대입니다. 이른바 제1심 재판건이라고 부르는 형법 사건들은 줄었습니다. 사실 현재 제가 심리하는 건들은, 새로운 조치들에 대한 중대한 위반 사건들밖에 없습니다. 기존의 법들은 결코 이 정도로 잘 지켜지지 않았어요."

"그건 기존의 법들이 상대적으로 훌륭해서겠죠."

타루가 말했다. 하늘을 우러러보듯 시선을 위로 향하고 꿈꾸는 표정을 짓고 있던 판사가, 시선을 뚝 떨구더니 타루를 차가운 표정으로 훑어봤다.

"그런 것이 뭐가 대수죠? 중요한 건 법이 아니라 판결입니다. 그 사실이야말로 중요한 겁니다."

"저 자가 제1의 적이야."

판사가 자리를 뜨자, 타루가 멀어지는 그를 보며 말했다. 그리고 차를 출발시켰다.

잠시 후, 랑베르와 코타르는 가르시아가 다가오는 것을 보았다. 그는 아무 신호 없이 무심히 걸어오더니 인사 대신 이렇게 말했다.

"당신들 좀 기다려야겠어."

그들 주변이 완전히 고요했다. 군중의 대부분이 음식 바구니를 든 여자들인데, 그녀들은 이것을 병든 친척들에게 몰래 전달하거나 심지어 친척들이 먹을 수도 있으리라는 헛된 희망을 품고서 말 한마디 없이 서 있었다. 무장한 파수병들이 관문을 지켰고, 이따금 이상한 비명이 건물에서 정문 사이의 마당을 가로질렀다. 그때마다 불안한 눈동자들이 병동 쪽을 주시했다.

이 광경을 바라보고 있던 세 남자는 등 뒤에서 들리는 선명하고 굵은 인사 소리에 일제히 돌아섰다.

"안녕하십니까?"

라울은 무더위에도 불구하고 단정한 차림이었다. 어두운 색 더블 정장에 챙이 위로 말려 올라간 펠트 모자를 썼다. 큰 키에 건장한 체격인데, 얼굴은 꽤 핼쑥했다. 갈색 눈동자의 사내는, 얇은 입술을 거의 움직이지 않으면서 빠르고 정확하게 말했다.

"도심 쪽으로 갑시다. 가르시아, 넌 그만 가 봐."

가르시아는 담뱃불을 붙이더니, 그들을 따라 걷지 않고 그 자리에 남았다. 랑베르와 코타르는 양옆에서 라울의 보폭에 맞춰 빠르게 걸었다.

"가르시아한테 얘기 들었습니다. 가능합니다. 하지만 어쨌든 만 프랑은 족히 들 겁니다."

랑베르는 받아들인다고 대답했다.

"내일 점심이나 같이 합시다. 마린가의 스페인 식당."

"좋습니다."

라울이 랑베르에게 악수를 청하며, 처음으로 미소를 지었다.

그가 떠난 후, 코타르가 자신은 선약이 있어서 점심 식사에 동석하지 못하겠다고 양해를 구했다. 하지만 이제 랑베르는 그가 없어도 되었다.

그 이튿날 신문기자가 스페인 식당에 들어서자 모든 사람이 고개를 돌려 그를 보았다. 햇볕에 바싹 말라 누런 좁은 작은 길 아래쪽에 위치한 이 그늘진 동굴 같은 식당에 드나드는 손님은 대부분 스페인계 남자들이었다. 안쪽 탁자에서 라울이 신문기자에게 신호를 했다. 랑베르가 그를 향해 몸을 돌리자마자 다들 호기심을 잃고 접시로 얼굴을 돌렸다. 라울 옆에 수염이 덥수룩한 키 크고 마른 사내가 앉아 있었다. 어깨가 엄청 넓고, 얼굴은 말상에 머리숱이 적었다. 걷어 올린 소매 아래로 시커먼 털로 덮인 길고 가느다란 팔이 보였다. 랑베르를 소개받자 그는 고개를 세 번 끄덕였다. 그의 이름은 거론되지 않았고, 라울은 그를 그저 '우리 친구'라고 불렀다.

"우리 친구가 당신을 도울 수 있을 것 같다고 해요. 그가 곧 당신을……."

라울이 잠시 말을 멈췄다. 여종업원이 랑베르의 주문을 받아 갔다.

"이 친구가 당신을 우리 친구 두 사람과 곧 연결해 줄 거고, 또 그 친구들이 당신에게 우리가 매수해 놓은 경비병들을 소개해 줄 겁니다. 그걸로 다 끝난 건 아니고. 언제가 좋을지는 경비병들이 판단하게 맡겨야 합니다. 가장 간단한 방법은 그들 집에서 며칠 묵는 겁니다. 관문 근처에 살거든요. 하지만 그 전에 우리 친구가 필요한 접선을 해 줘야 합니다. 모든 준비가 끝나면 비용은 이 친구한테 지불하면 됩니다."

그 친구는 한입 가득 토마토와 피망 샐러드를 쉬지 않고 씹으며 말같이 생긴 머리를 다시 한 번 끄덕였다. 그러고는 가벼운 스페인 억양으로 말했다. 이틀 후 아침 8시에 대성당 정문으로 오라는 것이었다.

"또 이틀 후군요."

"쉬운 일이 아니니까요. 그 사람들을 찾아야 하니까."

라울이 말하자, 말상이 한 번 더 천천히 머리를 끄덕였다. 랑베르는 수락했지만 맥이 풀렸다. 나머지 식사 시간은 얘깃거리를 찾다가 지나갔다. 랑베르가 말상이 축구 선수였다는 것을 알게 되면서부터 대화가 쉽게 풀렸다. 랑베르도 축구를 많이 했던 것이다. 그들은 프랑스 전국 시합, 영국 프로 선수 팀의 실력, W형 전술에 대해 이야기를 했다. 점심이 끝날 무렵에 말상은 한창 신이 나서, 랑베르에게 축구팀에서는 미드필더가 제일 훌륭한 포지션이라고 납득시키려 할 때는 '자네'라고 부르며 말까지 놓았다.

"자네도 알지, 미드필더가 공을 배분한다구. 공을 배분하는 게 바로 축구고 말이야, 안 그래?"

랑베르는 항상 센터포워드를 맡았지만, 말상의 사내와 같은 견해였다. 이 토론은 라디오 방송 때문에 중단되었다. 라디오에서 서정적인 노래들이 연이어 나오다가, 전날 페스트 희생자가 137명 발생했다는 뉴스가 보도되었다. 손님 중 그 누구도 반응을 보이지 않았다. 말상이 어깨를 으쓱하더니 일어났다. 라울과 랑베르도 그를 따라 일어났다.

떠나면서 미드필더는 랑베르의 손을 힘차게 쥐고 흔들었다.

"내 이름은 곤살레스네."

랑베르에게 그 다음 이틀은 영원 같았다. 그는 리외를 찾아가서 일의 경과를 자세히 말했고, 왕진에 따라나섰다. 그는 페스트 의심 환자의 집 문 앞에서 리외와 작별 인사를 나눴다. 복도 안에서 뛰는 소리와 목소리가 들려왔다. 누군가 가족에게 의사가 왔다고 알리고 있었다.

"타루가 늦지 않으면 좋겠는데."

리외가 중얼거렸다. 너무나 피로해 보였다.

"전염병이 아주 빨리 진행되고 있죠?"

리외는 그렇지 않고, 실제로 통계 곡선도 전보다 덜 가파르다고 말했다. 다만 페스트에 맞설 수단이 부족할 뿐이었다.

"물자가 부족해요. 보통 세계의 어느 군대나 물자가 부족하면 인력으로 보충하죠. 하지만 우리는 인력도 부족합니다."

"타지에서 의사들과 보건부 직원들이 오지 않았나요?"

"의사 열 명과 백여 명 정도의 인력이 왔어요. 분명 많은 수예요. 하지만 현재 전염병의 기세를 감당하기에 빠듯한 정도예요. 병이 확산되면 턱도 없이 부족할 거고요."

내내 집 안의 소리를 살피고 있던 랑베르가, 리외에게 미소를 지었다.

"그래요. 어서 당신의 전투에 가세요."

얼굴에 그늘이 스치더니, 그가 가라앉은 목소리로 덧붙였다.

"아시죠. 제가 그런 이유 때문에 떠나려는 게 아닌 거."

리외가 잘 알고 있다고 답했으나, 랑베르가 계속 말을 했다.

"저는 비겁하지는 않습니다. 적어도 말이죠. 그걸 여러 차례 증명하기도 했고요. 단지 제가 참을 수 없는 생각들이 있을 뿐입니다."

의사가 랑베르의 눈을 똑바로 바라보며 말했다.

"연인을 다시 보게 될 겁니다."

"아마도요. 하지만 이런 상태가 계속 연장되고 그동안 그녀가 늙을지도 모른다고 생각하면 견딜 수가 없어요. 서른 살부터 늙기 시작하는데, 사람은 삶의 모든 기회들을 누려야 하거든요. 선생님이 이해하실는지는 모르겠어요."

리외가 이해할 수 있다고 중얼거릴 때 타루가 도착했다. 아주 신이 나 보였다.

"방금 파늘루 신부에게 우리와 합류해 달라고 부탁했어요."

"아, 그랬더니요?"

의사가 물었다.

"곰곰 생각하더니 그러겠다고 했어요."

"그거 흐뭇한 일이군요. 그가 자기 설교보다 더 나은 사람이라는 걸 알게 돼서 흐뭇하네요."

"사람은 대부분 그렇지요. 그들에게 기회만 주면 돼요."

그러더니 타루는 미소를 짓고 리외에게 한 눈을 찡긋했다.

"평생 내가 할 일이 그런 거죠. 기회를 제공하는 거."

"실례지만 가 봐야겠습니다."

랑베르가 말했다.

약속일인 목요일, 랑베르는 8시 5분 전에 대성당의 정문에 도착했다. 공기는 아직 선선했다. 치솟는 더위가 한 번에 삼켜 버릴 둥글고 작은 흰 구름들이 하늘에 떠다니고 있었다. 공기 중에 여전히 흐릿한 습기 냄새가 떠다녔지만 잔디는 말라 있었다. 아직 동쪽 집들에 가로막힌 태양이 금도금된 잔 다르크 동상의 투구만 비추었고, 그것이 대성당 광장에서 유일하게 번쩍였다. 시계의 종이 8시를 쳤다. 랑베르는 텅 빈 정문으로 몇 발자국 들어갔다. 안에서 희미한 잠언 낭송 소리가 향 냄새, 눅눅한 공기와 함께 훅 끼쳤다. 낭송 소리가 뚝 그쳤다. 자그마한 검은 형상 십여 개가 성당에서 빠져나가 도심을 향해 빠르게 걸어갔다. 랑베르는 초조해졌다. 다른 검은 형상들이 계단을 올라 정문으로 오고 있었다. 그는 담배에 불을 붙이려다가 이 장소에서는 어쩌면 흡연이 허락되지 않을 거라는 생각이 들었다.

8시 15분에 대성당의 오르간이 연주를 시작했다. 은은했다. 랑베르는 궁륭 아래로 들어섰다. 처음에는 어두침침한 실내의 조도에 아무것도 안 보였다가, 곧 앞쪽 신도석의 검은 형체들을 알아보았다. 그림자들은 이 지역 한 공방에서 급조한 성 로크 상이 놓인 임시 제단 앞의 한구석에 모여 있었다. 무릎을 꿇어서인지 그림자들은 더 오그라들어 보였다. 마치 응고된 어둠의 덩어리들이 안개보다 더 뿌연 배경 속을 떠다니는 듯했다. 그 위로 오르간이 끝없이 변주되어 울리고 있었다.

랑베르가 나왔을 때 곤살레스는 이미 계단을 내려가 시내 쪽으로 나가고 있었다. 그가 신문기자에게 말했다.

"자네가 가 버렸다고 생각했지. 보통 그랬거든."

그는 8시 10분 전에 거기서 멀지 않은 다른 장소에서 친구들을 만나기로 해서 기다렸는데, 20분을 기다렸지만 허탕이었다고 설명했다.

"무슨 사정이 생긴 게 분명해. 우리가 하는 일이 늘 쉬운 것은 아니니까."

곤살레스는 그다음 날 같은 시간에 전몰 용사 추모비 앞에서 다시 만나자고 했다. 랑베르는 한숨을 쉬더니 펠트 모자를 뒤로 젖혔다. 곤잘레스가 웃었다.

"심각하게 생각할 거 없어. 한 골 넣기 전에 해야 할 모든 작전, 기습 공격, 패스를 생각해 보라고."

"물론 그렇죠. 하지만 축구 경기는 한 시간 반이면 끝나잖아요."

오랑의 전몰 용사 추모비는 항구가 굽어보이는 낭떠러지를 짧게 끼고 도는 일종의 산책로에서 유일하게 바다가 보이는 장소에 있었다. 이튿날 랑베르는 약속 장소에 먼저 나와서 영예의 전사자 명단을 주의 깊게 읽고 있었다. 몇 분 후 두 남자가 다가와 무심하게 그를 보더니 산책로의 난간에 팔꿈치를 괴었다. 그들은 텅 빈 황량한 부두를 관망하는 데 빠져 있는 것 같았다. 둘이 비슷한 키였고, 푸른 바지에 수부용 줄무늬 웃옷을 입었다. 랑베르는 조금 더 가서 돌 벤치에 앉아 그들을 느긋하게 살폈다. 확실히 스무 살도 안 된 앳된 모습이었다. 바로 그 순간, 곤살레스가 사과를 하며 다가오는 모습이 보였다.

"우리 친구들이네."

그는 이렇게 말하면서 랑베르를 두 젊은이 쪽으로 데려갔고, 그들을 마르셀하고 루이라는 이름으로 소개했다. 앞에서 보니 서로 많이 닮아 랑베르는 그들이 형제라고 추측했다.

"자, 이제 인사는 끝났고. 본격적으로 일을 해야겠지."

마르셀인지 루이인지 누군가 자신들의 경비 순번이 이틀 후부터 일주일간이니 그 사이에 가장 유리한 밤을 골라야 한다고 말했다. 문제는 서쪽 관문 초소에 두 명의 직업군인이 더 있는 것이었다. 그들은 이 일에 끌어들일 수 없는데, 믿을 수도 없는

데다가 비용도 더 든다고 했다. 그런데 그들은 종종 저녁에 근처 단골 술집의 뒷방에서 몇 시간씩 지내곤 했다. 마르셀인지 루이인지 누군가가 랑베르에게, 관문 근처의 자기들 집에 와 있다가 자기들이 부를 때 나오면 어떻겠냐고 제안했다. 그렇게 되면 관문 통과는 아주 용이할 수 있을 터였다. 하지만 서둘러야 했다. 얼마 전부터 시외에 이중 감시초소를 설치한다는 소문이 돌기 때문이었다.

랑베르는 동의를 표하고 남은 담배 몇 개비를 그들에게 권했다. 두 명 중에서 그때까지 말이 없던 자가 곤살레스에게 비용 문제가 해결되었는지, 선금을 받을 수 있는지를 물었다.

"아니. 그럴 필요 없어. 이 사람은 친한 친구야. 비용은 출발할 때 낼 거야."

다음 약속이 정해졌다. 곤살레스가 이틀 후에 스페인 식당에서 저녁 식사를 하자고 제안했다. 거기에서 보초병들의 집으로 갈 수도 있었다. 랑베르가 이렇게 덧붙였다.

"첫날 밤엔 내가 동행해 주겠네, 이 친구야."

그다음 날 랑베르는 방으로 올라가다가 호텔의 계단에서 타루와 마주쳤다. 타루가 말했다.

"리외 선생님에게 가는 길입니다. 같이 갈래요?"

잠깐 망설이다가 랑베르가 말했다.

"그분한테 방해가 안 될지 모르겠네요."

"그런 걱정은 할 필요 없어요. 당신 얘기를 많이 하는걸요."

신문기자는 곰곰이 생각하더니 말했다.

"이건 어때요? 저녁 식사를 마친 후에, 시간이 늦어도 괜찮으면 호텔 바로 같이 오세요. 한잔합시다."

"그거야 의사 선생님, 그리고 페스트에 달렸죠."

하지만 그날 밤 11시, 리외와 타루가 작고 비좁은 호텔 바로 들어왔다. 서른 명가량의 손님들이 팔꿈치를 맞대고 큰 소리로 떠들고 있었다. 페스트에 휩싸인 도시의 침묵 속에서 온 두 손님은 어리둥절해 멈춰 섰다. 그러다가 아직 술을 파는 것을 보고 이 소란함을 이해했다. 랑베르가 바 끄트머리의 스툴에 앉아 있다가 신호를 했고, 두 사람이 옆에 오자 떠들썩한 옆자리 사람을 팔꿈치로 밀쳐서 자리를 만들었다.

"두 분, 술이 겁나진 않죠?"

"천만에. 그 반대입니다."

타루가 말했다. 리외는 자기 잔의 씁쌀한 허브 향을 맡았다. 시끄럽기도 했지만 랑베르가 특히 술을 열심히 마셔서 이야기하기가 어려웠다. 그가 취한 건지 아닌지 헷갈렸다. 반원형 바 외의 비좁은 공간을 차지한 두 테이블 중의 하나에 해군 장교 하나가 양팔에 여자를 끼고 앉아서, 얼굴이 불그레한 뚱뚱한 사람에게 카이로의 장티푸스 전염병 이야기를 하고 있었다.

"수용소 말이야. 원주민들을 위해 환자용 천막으로 수용소를 세우고 둘레에 보초선을 삥 둘렀거든? 가족이 몰래 민간요법 약을 가져오려 하면 총을 쐈어. 좀 가혹하지. 나도 아네. 하지만 그게 옳았어."

다른 탁자에는 멋쟁이 청년들이 앉아 있었는데, 그들의 대화는 알아들을 수가 없었고, 그들 머리 위에 스피커에서 쏟아지는 〈세인트 제임스 치료소〉의 박자 속으로 사라지고 있었다.

"잘되어 갑니까?"

리외는 목소리를 높여야 했다.

"되어 가는 중입니다. 아마 이번 주 중일 거예요."

랑베르가 말했다.

"유감이네요."

타루가 외쳤다.

"왜요?"

리외가 대신 대답했다.

"아! 타루 씨는 당신이 여기서 우리에게 도움을 줄 수 있다고 기대했기 때문에 그렇게 말한 겁니다. 하지만 나는 개인적으로 당신이 떠나겠다는 욕망을 아주 잘 이해해요."

타루는 한 잔 더 돌렸다. 랑베르는 의자에서 내려와 처음으로 그의 눈을 바라보았다.

"제가 어디에 쓸모가 있을까요?"

"그야, 우리 보건위생대에서죠."

타루가 서두르지 않고 술잔으로 손을 뻗으며 말했다.

랑베르는 예의 그 막다른 고민에 부딪힌 듯한 표정을 짓더니 다시 스툴에 앉았다.

"우리 단체가 사람들에게 도움을 줄 수 있어요. 안 그런가요?"

막 잔을 비우고서 랑베르를 유심히 쳐다보던 타루가 말했다.

"물론이죠."

이렇게 말하고 신문기자도 잔을 비웠다.

리외는 랑베르의 손이 떨리는 것을 보았다. 그래, 확실히 취했군.

그다음 날, 랑베르는 그 스페인 식당에 두 번째로 갔다. 입구에 의자를 놓고 선선해지기 시작하는 초록빛과 황금빛의 밤을 즐기는 사람들 무리를 지나갔다. 그들은 매콤한 냄새가 나는 담배를 피우고 있었다. 식당 홀은 거의 텅 비었다. 랑베르는 곤살레스를 처음 만났던 안쪽의 탁자로 가서 앉고, 여종업원에게 사람을 기다린다고 말했다. 저녁 7시 반이었다. 차츰차츰 남자들이 들어와 테이블에 자리를 잡았다. 식사가 시작되자, 낮은 반원형 천장이 식기 부딪치는 소리와 조용한 대화로 채워져 갔다. 8시, 랑베르는 여전히 혼자였다. 불이 켜졌다. 새 손님들이 그가 있는 탁자에 와서 앉았다. 그는 저녁을 시켰다. 8시 반, 그는 곤살레스도 두 젊은이도 보지 못하고 저녁 식사를 마쳤다.

담배를 여러 대 피웠다. 식당은 서서히 비어 가고 있었다. 밖에는 밤이 아주 빠르게 깔리고 있었다. 바다에서 불어온 미지근한 바람이 창문의 커튼을 슬며시 들어 올리곤 했다. 9시, 랑베르는 식당이 비었고 여종업원이 그를 이상하게 쳐다본다는 것을 알아차렸다. 그래서 계산을 하고 나왔다. 식당 맞은편에 문을 연 카페가 하나 있었다. 랑베르는 바에 앉아서 식당 입구를 주의 깊게 보았다. 9시 30분, 그는 호텔을 향해 터벅터벅 걸었다. 어디 사는지도 모르는 곤살레스를 어떻게 찾을지 막막했고, 이 번거로운 절차들을 처음부터 다시 밟을 생각에 낙담했다.

그 순간, 구급차들이 질주하는 어두운 거리를 따라 걷던 바로 그때, 랑베르는 후일 의사 리외에게 털어놓기를, 자신과 그녀를 갈라놓은 벽에서 틈을 찾는 데 몰입해서 정작 사랑하는 그녀를 까맣게 잊고 있었음을 깨달았다. 그러나 동시에, 출구가 또다시 막히자 그녀를 향한 욕망이 되살아났다. 너무나 갑작스럽고 격렬한 불길이었기에, 그는 마치 화상을 피하려는 듯 뛰기 시작했다. 그런데도 타는 듯한 고통은 들불처럼 핏줄을 타고 달리며 그를 관통했다.

이튿날 랑베르는 아주 일찍이 리외를 방문해서 코타르를 만날 방법을 물었다.

"남은 방법이 놓친 실마리를 다시 찾아드는 것뿐입니다."

"내일 저녁에 오세요. 타루 씨도 코타르 씨를 불러 달라고 부탁했거든요. 이유는 모르겠어요. 10시에 오기로 했으니, 10시 반에 오세요."

그다음 날 코타르가 의사의 집에 도착했을 때, 타루와 리외는 병세의 호전을 전혀 기대하지 않았는데 완치된 리외의 한 환자에 대해 말하고 있었다. 타루가 말했다.

"열에 하납니다. 그 사람은 운이 좋았어요."

"그럼, 애초에 페스트가 아니었던 거네요. 틀림없이."

코타르의 이 말에, 둘은 페스트가 분명했다고 장담했다.

"그건 불가능하죠, 완치되었으니까요. 두 분도 잘 알잖아요, 페스트는 용서가 없다는 것 말입니다."

"일반적으로는 그렇죠. 하지만 좀 더 집요하게 물고 늘어지면 놀라운 일도 생깁니다."

리외가 말했다. 코타르가 웃었다.

"그래 보이지 않는데요. 오늘 저녁 수치를 들으셨어요?"

타루는 코타르를 호의적인 시선으로 보면서, 수치를 들었고 상황의 심각성도 알지만, 그것들이 시사하는 건 결국 더 비상한 대책들의 필요성뿐이라고 말했다.

"에이! 그런 대책들은 벌써 세웠잖아요. 여기서 뭘 어떻게 더 해요?"

"해야죠. 시민들 하나하나가 그것들을 실천하는 겁니다."

코타르는 이해하지 못해서 타루를 바라보았다. 타루가 설명하기를, 너무 많은 사람이 아무것도 하지 않고 있는데 전염병은 모두의 문제고 모두가 제 의무를 다해야 한다고 했다. 예를 들어 보건위생대는 모두에게 열려 있다고 말이다.

"그거 좋은 생각입니다만, 헛수고일 겁니다. 페스트가 너무 강하니까요."

코타르의 반대에도, 타루는 차분한 어조를 유지했다.

"두고 보면 알겠죠. 우리가 모든 노력을 다 해 본 후에요."

그동안 리외는 책상에서 수치를 옮겨 적고 있었다. 타루는 여전히 의자에 앉아 불안하게 몸을 흔들고 있는 하숙인을 보고 있었다.

"이봐요, 코타르 씨, 왜 우리와 함께하지 않습니까?"

상대방은 둥근 모자를 집어 들더니, 불쾌감을 드러내며 일어섰다.

"그건 내 일이 아닙니다."

이어서 허세 가득한 태도로 덧붙였다.

"더군다나 나는 여기 페스트 속에서 지내는 게 좋거든요. 그러니 왜 굳이 그것을 멈추게 하는 데 가담해야 하는지 모르겠네요."

타루는 문득 진실을 깨달은 듯 이마를 치더니 이렇게 말했다.

"아! 맞아요. 깜박 잊고 있었네요, 페스트가 아니었으면 당신은 체포되었겠죠."

코타르는 몸이 뻣뻣해져 의자 등받이를 꽉 잡았다. 금방이라도 쓰러질 것 같았다. 리외는 필기를 멈추고 진지하고 관심 어린 태도로 그를 보았다.

"누가 말해 줬어요?"

코타르는 거의 비명을 질렀다. 타루가 놀라서 말했다.

"그야 당신이 했죠. 아니, 어쨌거나 의사 선생님과 나는 그렇게 이해했습니다."

코타르는 완전히 자제력을 잃고서 느닷없이 종잡을 수 없는 말을 주절댔다. 타루가 그를 달랬다.

"진정하세요. 의사 선생님이나 나나 당신을 경찰에 고발할 사람들이 아닙니다. 우리는 당신 개인사에 아무런 관심이 없어요. 게다가 경찰을 좋아해 본 적도 없고요. 자, 좀 앉아요."

하숙인은 의자를 쳐다보더니, 한 번 주춤한 후에 앉았다. 그는 깊은 한숨을 내쉬었다.

"아주 오래된 이야기인데, 그들이 다시 끄집어냈어요. 다 잊힌 일이려니 했는데…… 누군가가 떠벌렸어요. 빌어먹을! 그들이 나를 호출하더니 조사가 끝날 때까지 꼼짝 말라더군요. 그래서 기어이 나를 체포하겠구나 확신했죠."

"중죄인가요?"

타루가 물었다.

"당신이 의미하는 바가 뭐냐에 따라 달라요. 어쨌든 살인은 아닙니다."

"금고형, 아니면 징역형?"

코타르는 완전히 풀이 죽었다.

"금고형이겠죠. 운이 좋으면……."

하지만 잠시 후 그는 드세게 말을 이었다.

"실수였어요. 누구나 실수를 하잖아요. 그것 때문에 끌려가서 내 집, 내 일상, 내가 아는 모든 것과 떨어져야 한다고 생각하면 견딜 수가 없어요."

"아! 그래서 목을 맬 생각을 했던 거예요?"

"네, 바보짓이었죠. 나도 알아요."

리외가 처음으로 입을 열었다. 그는 코타르에게 그의 불안은 이해하지만 어쩌면 모든 것이 잘 정리될 수도 있다고 말했다.

"오! 지금 당장이야 두려울 게 없죠."

"보아하니 우리 보건위생대에는 안 들어올 것 같네요."

코타르는 두 손으로 모자를 만지작거리면서 타루에게 켕기는 시선을 보냈다.

"저를 탓하지는 말아 주십시오."

"그럼요. 그런데 최소한 병균을 고의로 퍼뜨리지는 마세요."

타루가 미소를 지으며 말했다.

코타르는 자기가 페스트를 원한 것이 아니라 그냥 벌어진 일인데, 우연히 자기 상황이 유리해진 것일뿐 자기 잘못이 아니라고 항의했다. 그러더니 더 용기를 내서 거의 도전적으로 목청을 높이는데, 그때 랑베르가 도착했다.

"어쨌거나 제 생각에 여러분은 아무것도 못 해낼 겁니다."

유감스럽게도 코타르는 곤살레스의 주소를 몰랐지만, 랑베르에게 그 작은 카페에 다시 가 보자고 제안했다. 그들은 그다음 날 만나기로 약속했다. 리외가 소식을 알고 싶다는 뜻을 표해서, 랑베르는 주말 저녁에 타루와 함께 들르마고 했다. 리외는 늦어도 괜찮으니 아무 때나 자기 방으로 오라고 했다.

아침에 코타르와 랑베르는 그 작은 카페로 가서 가르시아에게 저녁, 혹은 곤란하면 그다음 날 만나자는 메시지를 남겼다. 저녁에 가서 기다렸지만 허사였다. 그다음 날에 가르시아가 나타났다. 그는 말없이 랑베르의 이야기를 듣더니, 자신은 그런 사정을 전혀 몰랐지만 도시의 일곱 개 구역에서 집집마다 다니며 호별 검사를 할 목적으로 24시간 통행금지가 시행되었다고 들었다고 했다. 곤살레스와 두 젊은이가 차단선을 통과하지 못했을 가능성이 다분했다. 그가 할 수 있는 일은 다시 그들을 라울과 접촉시켜 주는 것뿐이었다. 당연히 이틀이 걸릴 일이었다. 랑베르가 말했다.

"알겠어요. 맨 처음부터 전부 다시 시작하라는 거군요."

이틀 후, 한 길모퉁이에서 라울은 가르시아의 추측을 확인시켜 주었다. 아래쪽 동네의 통행이 차단되었다고 말이다. 곤살레스와 다시 연락을 취해야 했다. 다시 이틀 후, 랑베르는 그 축구 선수와 점심 식사를 하고 있었다.

"바보 같았어. 서로 다시 만날 방법을 정했어야 했는데."

곤살레스가 말했다. 랑베르가 깊이 동의하는 바였다.

"내일 아침에 그 애들한테 가 보자고. 다시 조정해 봐야지."

그런데 그다음 날, 애들은 집에 없었다. 랑베르는 이튿날 정오에 리세 광장에서 만나자는 메시지를 남겼다. 호텔로 돌아왔을 때, 타루는 그의 안색을 보고 깜짝 놀랐다.

"어디 몸이 안 좋아요?"

"또 다시 처음부터 시작하려니 맥이 풀려서요. 오늘 저녁에 오실거죠?"

그날 저녁 리외와 타루가 랑베르의 방에 방문했을 때, 그는 침대에 누워 있다가 일어나서 준비해 둔 술잔에 술을 따랐다. 리외가 잔을 받으면서 진척이 있는지 물었다. 신문기자는 다시 한 바퀴를 삥 돌아 같은 지점에 도달했다고, 하루나 이틀 후에 최후의 만남을 가질 거라고 말했다. 그는 잔을 비우더니 이렇게 덧붙였다.

"물론 그들은 안 오겠죠."

"단정 짓지는 마세요."

타루가 위로했다. 랑베르가 어깨를 으쓱했다.

"아직 이해를 못 하셨군요."

"뭘요?"

"페스트요."

"아!"

리외가 탄성을 발했다.

"그래요. 처음부터 다시 시작하고 시작하고 시작하는 게 정확히 페스트의 속성이란 걸, 당신은 이해하지 못한 겁니다."

랑베르가 방구석으로 가더니 작은 전축을 틀었다.

"이 판이 뭐죠? 들어 본 적이 있는데."

타루가 물었다. 랑베르가 〈세인트 제임스 진료소〉라고 알려주었다. 판이 절반쯤 돌아갔을 때 멀리서 두 번의 총소리가 들렸다. 타루가 말했다.

"개 아니면 탈주자군."

잠시 후, 판이 다 돌아간 후에 구급차 소리가 뚜렷해지며 점점 커지다가 호텔 방의 창 밑을 지나며 점점 작아져서 이윽고 사라졌다. 랑베르가 말했다.

"이 판은 별로네요. 게다가 오늘만 열 번째 듣는 걸 거예요."

"그 정도로 이 판을 좋아하세요?"

"아뇨. 가진 게 이것뿐이에요."

그리고 잠시 후에 이렇게 말했다.

"자꾸 다시 시작하는 게 속성이라니까요."

랑베르는 리외에게 보건위생대는 잘 굴러가느냐고 물었다.

활동하는 건 다섯 팀이고, 다른 팀들도 하나씩 꾸려지는 중이었다. 신문기자는 침대 위에 앉아서 손톱에 정신을 팔고 있는 듯 보였다. 리외는 침대 가에 웅크리고 앉은 다부진 실루엣을 보고 있었다. 문득 랑베르의 시선이 느껴졌다.

"저기요, 선생님. 선생님 조직에 대해 많이 생각해 봤습니다. 내가 함께하지 않는 것은 그만한 이유가 있어서입니다. 절대로 목숨이 아까워서가 아니에요. 스페인 전쟁에도 종군했던걸요."

"어느 편이었죠?"

타루가 물었다.

"패배한 쪽이었죠. 하지만 그 후에 생각을 좀 해 봤어요."

"뭐에 대해서요?"

"용기에 대해서요. 지금 나는 인간이 위대한 행동을 할 수 있다는 것을 압니다. 하지만 만일 그 인간이 위대한 감정을 가질 수 없다면, 글쎄요, 그런 인간에 대해서는 흥미가 없습니다."

"인간은 자신이 모든 것을 할 수 있다고 생각하죠."

"그렇지 않아요. 인간은 오랫동안 고통을 버텨 내거나 행복해하는 능력이 없습니다. 그러니까, 가치 있는 일에는 아무런 능력도 없죠."

랑베르는 두 사람을 번갈아 쳐다보더니 이렇게 물었다.

"자, 타루 씨, 사랑을 위해 죽을 수 있습니까?"

"글쎄요. 아마 못 할 것 같은데요. 지금으로서는요."

"바로 그거예요. 그런데 당신은 관념을 위해서는 죽을 수 있어요. 그게 지금 맨눈에도 보이거든요. 음, 나는 관념을 위해 죽는 사람들이라면 지긋지긋하게 많이 봤어요. 나는 영웅주의를 믿지 않아요. 그건 쉬운 일이면서, 아주 살인적인 일이라는 걸 배웠거든요. 저는 사랑을 위해 살고 죽는 것에만 관심이 있습니다."

리외는 신문기자의 말을 주의 깊게 들었다. 계속 그를 바라보는 채로 부드럽게 말했다.

"인간은 관념이 아닙니다, 랑베르 씨."

상대방은 격정에 얼굴이 상기되어 침대에서 튀어 올랐다.

"인간은 관념입니다. 사랑에 등을 돌리는 순간, 아주 어설프고 초라한 관념이 되어 버리죠. 내 말은, 우리 인류가 사랑할 능력을 잃어버렸다는 겁니다. 그걸 인정하고, 사랑할 능력을 되찾기를 기다립시다. 그것이 불가능하다면, 영웅이 되려 하지 말고 전체의 해방을 기다립시다. 저는 그 이상 나아가지 않겠습니다."

리외는 갑자기 피로를 느낀 모습으로 몸을 일으켰다.

"당신 말이 옳아요, 랑베르 씨. 절대로 옳아요. 이 세상에 무슨 일이 벌어져도 내 눈에는 지금 당신이 하고자 하는 일이 정당하고 좋아 보이니 그 일에서 당신을 떼어 놓고 싶지 않습니다. 하지만 이건 말해야겠네요. 이 모든 일은 영웅주의와는 아무런 관계가 없어요. 이건 도의의 문제예요. 웃기게 보일지 모르지만, 페스트와 싸우는 유일한 방법은 바로 도의뿐입니다."

"대체 도의가 뭐죠?"

랑베르가 돌연 진지한 태도로 물었다.

"전체적으로 그게 뭔지 나는 모릅니다. 하지만 내 경우, 그것은 내 본분을 다하는 데 있다고 믿습니다."

"아! 저는 어떤 것이 제 본분인지 모르겠어요. 어쩌면 결국 사랑을 택하는 제가 잘못을 저지르는 거군요."

랑베르가 격렬하게 말했다. 리외는 그를 마주 보며 힘주어 말했다.

"아니요. 잘못을 저지르는 게 아니에요."

랑베르가 리외와 타루를 찬찬히 보았다.

"두 분은요, 이 모든 일에서 아무것도 잃을 것이 없다고 추측됩니다. 착한 편에 서는 게 더 쉬운 일이죠."

리외가 잔을 비우고 말했다.

"가죠. 우리는 할 일이 있어요."

그가 나갔다. 타루가 그를 따라갔는데, 문을 나서다가 생각이 바뀌었는지 몸을 돌려서 이렇게 말했다.

"리외 씨 부인이 여기서 수백 킬로미터 떨어진 요양소에 있다는 걸 아나요?"

랑베르는 놀란 몸짓을 했지만 타루는 이미 떠났다.

이튿날 꼭두새벽에 랑베르는 의사에게 전화를 걸었다.

"제가 시를 떠날 방도를 찾을 때까지 함께 일하는 걸 허락해 주시겠습니까?"

잠시 수화기 저쪽에서 침묵이 흐르다가 곧 이런 답이 들려왔다.

"그럼요, 랑베르 씨. 고마워요."

제 3 부

이렇게 한 주 또 한 주 페스트의 포로들은 저마다 발버둥을 쳤다. 랑베르 같은 몇몇 사람은 심지어 자신들이 여전히 자유인이고 선택의 자유도 있다고 상상하려고 애썼다. 하지만 사실상 8월 중순에는 페스트가 모두를, 모든 것을 집어삼켰다고 볼 수 있다. 더 이상 개인의 운명은 없었다. 오직 집단의 운명만 있었다. 페스트가 빚어낸 운명과 감정을 모두가 공유했다. 가장 강력했던 건 생이별과 귀양살이에서 오는 감정으로, 공포와 반항이 교차했다. 그래서 서술자는 한여름 폭염과 질병이 절정에 달하던 바로 이때가 전반적인 상황, 예컨대 생존자들의 폭거, 사망자들의 매장, 생이별한 연인들의 고통을 묘사하기에 적절하다고 생각한다.

  페스트가 강타한 도시에 강풍이 여러 날 세차게 불었던 것도 이즈음이다. 오랑의 주민들은 특히 바람을 두려워했다. 도시가 자연 장애물 하나 없는 고원에 서 있어서 바람이 거리로 아주 난폭하게 들이쳤기 때문이다. 지난 몇 달간 이 도시는 비 한 방울 내리지 않아서 온통 잿빛 먼지로 뒤덮여 있었는데, 그것이 바람에 비늘처럼 벗겨져서 먼지 구름을 이뤘다. 먼지와 종잇조각까지 섞인 돌풍이 보행객들의 다리를 때려대니 거리는 더 휑해졌다. 가끔 눈에 띄는 행인들은 몸을 앞으로 숙이고 손수건이나 손으로 입을 막은 채 서둘러 지나갔다. 저녁에도 매일이 마지막 날인 듯 하루를 길게 늘리려고 떼를 지어 거리로 나왔던 예전과 달리, 기껏해야 서너 명 정도씩만 서둘러 집이나 카페로 들어가 버렸다. 그 결과 황혼 무렵이면, 안 그래도 해가 점점 일찍 져서 깜깜한 거리가 텅 비었고, 적막 속에서 찔찔 끄는 바람 소리만 귀에 거슬리게 울렸다. 저쪽 어딘가에 있는 보이지 않는 바다에서 높은 파도 소리에 섞여 해초와 소금 냄새가 풍겨 왔다. 점점 짙어지는 어둠 속에서 인적이 끊긴 도시, 먼지 구름에 뒤덮이고 짠 바다 냄새에 절고 바람의 비명 소리로 소란한 이 도시는, 마치 불행한 자들의 버려진 섬 같았다.

지금까지 페스트는 도심보다 인구밀도는 높고 살기는 더 불편한 외곽 지역에서 더 많은 희생자를 냈다. 그런데 단번에 번화가까지 공략했다. 주민들은 바람을 감염의 주범으로 비난했다. 호텔 지배인은 '병균 살포기'라고 비꼬았다. 이유야 어쨌든 이제 도심 지역 주민들은 매일 밤 창문 아래로 지나가는 구급차의 사이렌 소리, 페스트의 음산하고도 무정한 그 호출 소리가 계속 잦아지자 자신들의 차례가 왔음을 알았다.

행정 당국은 시내에서도 피해가 극심한 동네들을 격리하고 오직 불가피한 일을 맡은 사람들에게만 출입을 허락하는 조치를 내렸다. 이에 그 지역 주민들은 특별히 자신들을 겨냥한 박대라고 생각했고, 따라서 자기들보다 타 지역 주민들을 어쨌든 더 자유롭다고 여겼다. 타 동네 주민들도 이 위로가 절실한 시기에 위안거리를 찾아내려고 자신들보다 자유롭지 못한 이들을 상상했다. '항상 나보다 훨씬 더 못한 사람이 있는 법이다.' 이것이 그 시절에 품을 수 있는 유일한 희망을 요약하는 구절이었다.

거의 같은 시기에 화재가 잇따랐는데, 특히 서문 근교에서 잦았다. 수사 결과, 격리에서 풀려난 사람들의 방화라는 것이 밝혀졌다. 가족과의 사별과 불행으로 제정신이 아닌 이들이 페스트를 태워 없앴다는 환상에 빠져 자기 집에 불을 지른 것이었다. 불길을 잡기가 매우 힘들었는데, 방화 시도가 워낙 빈번했던 데다가 거센 바람을 타고 동네 전체로 순식간에 퍼져 나갔기 때문이다. 당국에서 실시하는 가옥 소독으로 모든 전염 위험이 충분히 제거된다고 아무리 설명해도 소용이 없자, 그런 선의의 방화자들에게 아주 중형을 부과하는 법령을 공포해야 했다. 그때 이 불행한 사람들이 주춤했는데 감옥에 갈까 봐 두려워서가 아니라, 시 교도소에서 집계된 과도한 사망률을 보고 투옥은 곧 사형 선고나 같다는 믿음이 공공연하게 퍼져 있었기 때문이다. 아예 근거 없는 믿음도 아니었다. 당연하게도(전염병이니까) 페스트는 군인들, 수도승들, 죄수들처럼 단체로 생활하는 사람들을 특히 물고 늘어지는 것으로 보였다. 일부 독방 격리 수감자가 있어도 감옥은 전체로 하나의 공동체를 이뤘는데, 우리 시 감옥의 간수들이 죄수들만큼이나 많이 페스트로 죽는 점이 바로 그 증거였다. 페스트라는 전제 군주는 차별 없이 형무소장에서부터 말단 죄수에 이르기까지 모든 사람에게 유죄를 선고했으니, 어쩌면 처음으로 하나의 절대적 정의가 감옥 안에서 실현된 셈이었다.

행정 당국이 직무 수행 중에 순직한 간수들에게 훈장을 수여해서 이러한 평준화에 위계질서를 세우려고 시도했지만 허사였다. 계엄령이 선포된 만큼 감옥 간수들을 군무 수행 중으로 볼 여지도 있어서, 그들에게 사후 무공훈장을 수여했다. 수감자들의 항의는 없었는데, 의외로 군부에서 반발하며 이 조치가 시민 정신에 대단히 혼란을 초래할 수 있다고 지적했다. 충분히 타당한 지적이었다. 당국은 이들의 요구를 받아들여 가장 간단한 해결책으로써 간수들에게는 '방역 표창장'을 수여하기로 결정했다. 하지만 이미 수여한 무공훈장을 간수들에게서 회수할 수는 없는 노릇이니, 군부는 여전히 강하게 반발했다. 한편 방역 표창장은 페스트 시기에 누구나 받을 수 있는 흔한 것이었기에, 사기 진작 효과가 딱히 없었다. 결국 모두가 불만이었다.

게다가 교정국 행정은 종교계처럼, 혹은 더 낮은 단계의 군부대처럼도 작동될 수 없었다. 시내에 있는 두 수도원의 수도승들은 당분간 신자들의 집에 분산, 기거하도록 조치되었다. 이와 마찬가지로 소대들도 사정이 허락되는 한 병영에서 분리되어 학교나 공공건물에 주둔하도록 조치되었다. 이처럼 시민들에게는 함께 포위된 자들끼리의 결속을 강요했던 그 병은, 동시에 전통적인 결사(結社)들을 해체해 개개인을 고독으로 내몰고 있었다. 이것 역시 혼란의 감정을 증폭시켰다.

이 모든 정황들이 강한 바람을 타고서 어떤 정신들에까지 불을 지폈다고 말할 수 있겠다. 시 관문들이 밤사이에도 수차례씩 공격받았는데, 이제는 무장한 집단들의 소행이었던 것이다. 총격전이 벌어져 부상자들과 도망자들이 생겼다. 경비 초소들을 강화하자 이런 시도는 삽시간에 중단되었지만, 이런 시도가 있었다는 사실만으로도 시중에 격변의 기운 같은 것이 돌아서 폭력적인 장면이 몇 차례나 연출되었다. 방역상의 이유로 소각되거나 폐쇄된 집들이 약탈당했다. 하지만 솔직히 이런 폭거들은 계획적이었다고 보이지 않는다. 대개는 점잖은 이들이 돌발상황에서 우연히 한 행동을 다른 이들이 곧바로 모방했을 뿐이다. 예컨대 한 사람이 알 수 없는 충동에 사로잡혀 집주인 앞에서 불길에 싸인 집으로 뛰어드는데, 집주인이 슬픔으로 멍해져서 그냥 가만히 보고만 있으면 수많은 구경꾼이 앞다퉈 따라들어갔다. 어른거리는 화재의 불빛에 어깨에 든 물건들이나 가구들로 변형된 그림자들이 어두운 밤거리에서 사방으로 달려서 도망쳤다. 이런 불미스러운 사건들로 인해 당국은 페스트 사태를 계엄 사태와 동일시해서 그에 입각한 법을 적용했고, 절도범 두 명을 총살했다. 하지만 시민들이 경각심을 느꼈는지는 의문이다. 매일의 수많은 죽음들 사이에서 두 건의 사형 집행은, 바다에 떨어진 물 한 방울에 불과했다. 실제로 약탈은 행정 당국이 개입할 엄두도 내지 못할 정도로 빈번히 일어났다. 모든 주민에게 충격을 준 유일한 조치는 등화관제인 것 같다. 11시부터, 완전한 암흑 속에 잠긴 오랑은 마치 거대한 공동묘지 같았다.

달이 뜬 하늘 아래에서 오랑 시에는 희끄무레한 담들과 곧은 거리들이 일렬로 늘어서 있을 뿐 검은 나무 그림자 하나 생기지 않았고, 발소리나 개 짖는 소리도 없었다. 침묵에 잠긴 이 도시는 거대하고 활기 없는 입방체들의 조립에 불과했고, 그 사이에서 영원히 청동 속에 갇혀 버린 옛 위인들의 동상들만이 돌이나 쇠로 된 가짜 얼굴로 생전에 지녔던 모습을 보여주려고 애쓰고 있었다. 이 하찮은 우상들이 낮게 내리누르는 하늘 아래 생명이 없는 교차로에서 으스대며 서 있었다. 그것들은 우리에게 부과된 부동의 질서, 혹은 어쨌든 그런 질서, 그러니까 페스트와 돌과 어둠이 모든 소리를 침묵시키는 어느 지하 묘지와 같은 질서를 잘 보여 주는 무감각한 괴물들이었다.

하지만 밤은 모두의 마음속에도 자리 잡았다. 매장과 관련해 사람들 사이에 떠도는 풍문들의 진실은 우리 시민들을 안심시킬 만한 것이 아니었다. 매장에 대한 이야기를 하지 않을 수 없기에, 서술자로서 이 점에 대해 양해를 구한다. 사람들이 비난할 수 있음을 잘 알고 있지만, 변명을 해 보자면 그 시절 내내 매장이 끊이지 않았기 때문에 서술자 역시 모든 시민들과 마찬가지로 매장에 대해 염려할 수밖에 없었던 것이다. 서술자가 그런 의식(儀式)들에 비뚤어진 관심을 가지고 있어서가 아니다. 오히려 정반대로 서술자는 살아 있는 자들의 사회, 구체적인 예를 들자면 해수욕 같은 것을 더 좋아한다. 하지만 해수욕장이 접근 금지 구역이니, 살아 있는 자들은 날이 갈수록 부득이하게 죽은 자들에게 밀려날까 봐 종일 근심하는 터였다. 이것은 대단히 자명했다. 물론 불쾌한 사실을 안 보려고 눈을 감아 버리고 마음에서 몰아낼 수야 있지만, 자명한 것들은 그 자체로 지독한 설득력을 가지고 있어서 결국에는 모든 방어 기제를 무너뜨리고야 만다. 예를 들어 사랑하는 사람을 매장해야 할 때 어떻게 그 장례 의식을 외면할 수 있는가?

페스트의 초기에 장례 의식에서 가장 놀라운 점은 그 신속함이었다! 모든 형식이 간소화되어, 사실상 장례식을 폐지한 것이나 다름없었다. 페스트 환자는 가족과 떨어진 곳에서 죽고 시신 옆에서의 의례적인 밤샘도 금지되니, 저녁에 죽은 자는 홀로 밤을 보냈고 낮에 죽은 자는 즉각 매장되었다. 물론 가족에게 통보는 했지만, 대개는 고인이 가족과 지냈었기 때문에 다들 격리되어 이동할 수 없는 상황이었다. 고인과 따로 살았던 가족이라면 지정된 시각, 즉 시신의 염이 끝나 입관되어 묘지로 떠나는 시각에 입회할 수 있었다.

이런 절차가 의사 리외가 담당하고 있는 보조 병원에서 행해졌다고 가정해 보자. 그 학교는 본관 뒤에 출구가 하나 있었다. 복도에 있는 커다란 창고에 관들이 보관되었다. 가족은 이 복도에서 이미 뚜껑이 닫힌 관만 볼 뿐이다. 그러고 나서 곧바로 가장 중요한 일, 즉 가족 대표가 여러 가지 서류에 서명하는 일로 넘어간다. 그다음에 관이 자동차에 실리는데, 화물차나 개조한 대형 구급차다. 가족이 아직은 운행이 허가된 몇 안 되는 택시를 잡아타면, 차들은 도심을 피해서 외곽 도로로 전속력으로 달려서 묘지에 도착한다. 묘지 정문에서 헌병들이 운송차를 세워 정식 통과증에 도장을 찍어 주는데, 이 직인이 없으면 우리 시민들은 소위 '마지막 거처'라고 말하는 곳을 얻을 수 없었다.

헌병들이 물러서면 차들은 가까운 매장지로 가는데, 거기에 수많은 빈 구덩이들이 관이 들어오기를 기다리며 파헤쳐져 있다. 신부가 나와 가족을 맞이하는데, 성당에서의 상례가 폐지되었기 때문이다. 기도를 하고 있을 때, 관을 화물차에서 끌어내려 밧줄을 감아 구덩이로 옮기고 밧줄을 풀어서 구덩이 바닥에 내려놓는다. 신부가 성수를 뿌릴 때 이미 첫 흙이 덮개 위에 떨어지면서 튀고 있다. 구급차는 조금 먼저 출발해 소독약 살포를 받고, 흙 삽질 소리가 점점 더 낮아지는 동안 가족은 택시 안으로 들어간다. 15분 후 가족은 집에 도착한다.

모든 과정이 정말 최대한의 신속함과 최소한의 위험성 속에서 진행되었다. 초기에는 이렇게나 간소화된 장례 의식에 가족들의 감정이 상한 게 사실이었다. 하지만 확실히 페스트가 창궐한 때에 이런 감정은 배려할 수 없었고, 효율성을 위해 전부 다 희생시켰다. 게다가 처음에는 '격식을 갖춘 장례식'에 대한 욕망이 생각보다 만연해 있어서 간추린 과정들로 민심이 꽤나 술렁였는데, 다행히 얼마 지나지 않아 식량 부족 문제가 불거져서 시민들의 관심이 보다 직접적인 민생으로 쏠렸다. 음식을 구하기 위해 줄을 서고 수속을 밟고 서류를 갖추는 데만도 진이 빠져서, 주변 사람들이 어떻게 죽어 가는지, 또 자신은 어떻게 죽게 될지 생각할 겨를이 없었다. 그래서 고통스러운 일이었을 물질적 결핍이 결과적으로는 다행스러운 일이 되었다. 전염병이 앞서 설명했던 대로 그토록 심해지지만 않았더라면, 정말 전부 다 괜찮았을 것이다.

갈수록 관이 귀해지고, 수의를 만들 천과 묘지까지 부족해졌던 것이다. 방법을 강구해야 했다. 가장 확실한 방법은, 효율성의 측면에서라면, 장례 의식을 합동으로 치르고 필요하다면 병원과 묘지를 몇 번이고 오가는 방법이었다. 리외가 담당한 병원의 경우에 그 당시 관이 다섯 개밖에 없었다. 거기에 시신이 다 차면 그것들을 한꺼번에 구급차에 실었다. 공동묘지에서 관이 비워지고 쇳빛 시신들은 들것에 실려 대기실용으로 급히 지은 헛간으로 옮겨져 매장될 차례를 기다렸다. 빈 관들은 살균제 세례를 받고 다시 병원으로 운반되어 필요한 횟수만큼 다시 운구 작업을 반복했다. 아주 잘 조직되어서 도지사는 만족감을 표했다. 심지어 리외에게, 페스트에 대한 옛 기록에 나온 흑인들이 끌던 시체 운반 수레보다 훨씬 낫다고까지 말했다.

"그렇습니다. 매장하는 방식은 거의 유사하지만, 우리는 목록을 만들고 있으니까요. 진보했다는 건 부정할 수 없습니다."

리외는 이렇게 말했다.

행정적으로는 성공했지만, 이 장례 절차가 지니게 된 불쾌한 성격 때문에 도청은 이제 어쩔 수 없이 가족의 의식 참석을 막았다. 가족은 공동묘지 정문까지만 올 수 있었고, 이것도 공식적인 허가는 아니었다. 왜냐하면 의식의 마지막 단계도 좀 바꿰었기 때문이다. 공동묘지 맨 끝, 유향나무들로 뒤덮인 빈터에 커다란 구덩이를 두 개 팠다. 남자용 구덩이와 여자용 구덩이였다. 행정 당국이 어떤 면에서는 여전히 예의를 지키고 있었고, 불가항력적으로 이런 마지막 품위의 시늉마저 사라져 남녀 주검들을 한데 섞어 매장한 것은 훨씬 뒤의 일이다. 다행히도 이런 극한의 굴욕은 재앙의 말기에만 나타났을 뿐이다. 지금 언급하고 있는 이 시기에는 구덩이들이 구별되어 있었고, 도청에서도 이를 아주 중시했다. 구덩이 밑바닥에서 두꺼운 생석회 층이 김을 내며 끓었다. 구멍의 둘레 위에서 같은 생석회 더미로부터 거품이 노출되어 터졌다. 구급차가 도착하면 들것으로 날라 줄지어 놓았다가, 살짝 뒤틀린 벌거벗은 시신들을 거의 나란히 붙여 구덩이로 미끄러뜨리고, 먼저 생석회를 뿌리고 그다음에 흙을 덮었는데, 그것도 다음에 올 주인들의 자리를 마련해 두려고 아주 얕게만 덮었다. 그다음 날 가족을 불러 서류에 서명을 받았는데, 이것이 이를테면 사람과 개 사이의 차이점이었다. 사람의 죽음은 확인되고 관리된다는 것 말이다.

당연히 이 모든 작업에 상당한 인력이 필요했는데, 항상 모자라기 일보 직전이었다. 처음에는 정식으로, 나중에는 그때그때 채용된 많은 간호사들과 묘 파는 인부들이 페스트로 죽어 갔다. 조심을 한다고 해도 어느 날 감염되고 말았다. 하지만 이 모든 일을 잘 되돌아보면, 정말 놀라운 건 전염병이 창궐하는 내내 인력이 결코 모자라지 않았다는 점이다. 페스트가 정점을 찍기 바로 직전에 고비가 왔었고, 당연히 의사 리외는 걱정했다. 관리직이든 잡역직이든 인력이 결코 충분하지 못했다. 하지만 대단히 역설적이게도, 페스트가 사실상 도시 전역을 장악하자 이 병의 과도함이 아주 편리한 결과들을 낳았다. 페스트로 모든 경제활동이 붕괴되자 상당한 숫자의 실업자가 발생한 것이다. 관리직 충원 인력이야 거의 없었지만, 잡역직은 쉽게 메꿔졌다. 사실 그때부터 사람들은 빈곤이 공포보다 강력한 동기임을 확인했으니, 위험한 일일수록 임금이 높아졌던 것이다. 보건위생과에서는 취업 희망자 목록을 이용할 수 있어서 결원이 생기면 이 목록의 맨 위에 올라 있는 사람에게 알렸고, 그는 그 사이에 죽지만 않았다면 빠지지 않고 출근했다. 유기수든 무기수든 죄수들을 활용하기를 오랫동안 주저했던 도지사는 이렇게 해서 그런 극단적 조치를 취하는 것을 피할 수 있었다. 그는 실업자들이 있는 한은 견딜 수 있다며 안도했다.

그럭저럭 8월 말까지는, 우리 시민들이 아주 예의를 갖추지는 못하더라도 최소한 질서 있게 그들의 마지막 안식처로 옮겨졌기 때문에, 행정 당국이 고인과 유족에게 의무를 다하고 있다고 여겨졌다. 하지만 최후의 조치들이 어땠는지를 말하려면 그 후에 사건이 어떻게 진행되었는지부터 조금 소개할 필요가 있다. 8월부터 페스트의 사망자 수가 계속 정점을 찍으니까 시의 조그만 공동묘지는 진즉에 한계에 다다른 상황이었다. 담을 헐어 주변 땅으로 매장지를 넓혀 보았지만 역부족이었고, 신속하게 다른 방도를 강구해야 했다. 첫 번째 조치는 시신을 야간에 매장하는 것이었다. 이렇게 하면 확실히 몇 단계가 줄었다. 시신들을 구급차 안에 점점 더 많이 쌓았다. 그래서 규칙을 어기고 통행금지 시간에 외곽 동네를 돌아다니던 몇몇 늦장 보행객들(또는 직업상 그곳에 온 사람들)은 경적을 울리지 않고 쉬쉬하며 텅 빈 밤거리를 전속력으로 달리는 백색의 구급차들을 자주 목격했다. 시신들은 서둘러 구덩이에 던져졌다. 예전보다 더 깊게 판 구덩이에 시신들이 굴러떨어지며 채 자리를 잡기도 전에, 삽으로 푼 석회가 얼굴에 쏟아지고 흙이 마구 덮였다.

하지만 금세 또 다른 장소를 찾아 더 넓은 공간을 확보해야 했다. 도지사의 특령으로 영구 임대 묘지의 소유권을 수용해서 모든 유해를 파내 화장터로 보냈다. 그리고 곧 페스트 사망자들도 화장터로 보내졌다. 동문 바깥에 있는 옛 화덕을 써야 했다는 뜻이다. 그래서 일단 상설 경비대를 더 멀리 퇴각시켰다. 예전에 바닷가 언덕을 오갔지만 지금은 운행되지 않고 있는 전차를 이용하면 어떠냐는 어느 시청 공무원의 제안으로 당국의 일이 아주 수월해졌다. 즉시 전차 좌석들을 뜯어내고 차량들과 기관차들의 내부를 개조했고, 선로도 화덕까지 우회시켜서 이제 그곳이 노선의 종착역이 되었다.

그 여름 끝자락 내내, 그리고 가을비가 한창일 때도 역시, 매일 한밤에 승객 없는 이상한 전차 차량들이 바다 위 해안 언덕을 가로질러서 덜컹거리며 지나가는 것을 볼 수 있었다. 그 지역 주민들이 곧 상황을 알게 되었다. 그래서 바닷가 언덕에 접근을 금지시키는 순찰대를 뚫고, 정말 여러 무리의 사람들이 파도를 굽어보는 바위 사이에 몰래 숨어 있다가 전차가 지날 때 차량 안으로 꽃을 던져 넣었다. 그때 꽃과 시신을 실은 열차가 여름밤의 따뜻한 어둠 속에서 더 크게 덜컹거렸다.

처음 며칠은 아침 무렵에 짙고 구역질 나는 수증기가 도시의 동쪽 지역 대기에 떠다녔다. 모든 의사들의 견해에 따르면 이 발산물은 불쾌하기는 하나 해롭지는 않았다. 하지만 페스트가 그런 식으로 하늘에서 자기들 위로 떨어질 거라고 믿는 지역민들이 집단으로 이주하겠다고 위협했고, 당국이 복잡한 배관 장치를 통해 배기 방향을 다른 쪽으로 돌리고나서야 진정되었다. 큰 바람이 부는 날에만 동쪽에서 어렴풋한 냄새가 풍겨 왔고, 그러면 주민들은 자신들이 새로운 질서 속에서 살고 있고 페스트의 불길이 매일 저녁 그들의 야간 공물을 집어삼키고 있다는 것을 떠올렸다.

이 모든 것이 그 전염병이 끼친 극단적인 영향이었다. 더 악화되지 않은 것은 다행이었다. 안 그랬으면 각 부서들의 재치와 도청의 대책들로도 대처할 수 없었을 테고, 화장용 화덕의 처리 능력도 한계치를 넘어섰을 것이다. 리외는 그 당시에 시체를 바다에 버리는 등의 절망적인 해결책들도 고려된 것을 알기에, 절벽 아래 푸른 파도 위에서 둥둥 떠다니는 끔직한 시체 거품을 쉽게 상상할 수 있었다. 만일 통계 수치가 더 상승했다면 제아무리 우수한 조직도 못 버텼을 것이다. 도청이 무슨 수를 써도 사람들이 첩첩이 죽어서 거리에서 쌓여 썩어 갔을 테고, 오랑 시는 공공장소에서 죽어 가는 자들이 당연한 증오심과 어리석은 희망이 뒤섞인 광기에 휩싸여 산 자들을 붙들고 늘어지는 것을 보았을 것이다.

이러한 광경들과 우려들 속에서도 우리 시민들의 귀양살이와 생이별의 감정은 계속되고 있었다. 이런 점에서 서술자도 이쯤에, 옛이야기 속 영웅적인 업적이나 훌륭한 행동 같은 대단히 극적인 것들을 적지 못하는 것이 얼마나 유감스러운지 모르겠다. 사실 재앙만큼 볼거리 없이 밋밋한 것도 없다. 너무 오래 끌기 때문에 큰 불행도 단조롭게 만들어 버린다. 페스트라는 끔직한 재앙을 겪은 사람들에게, 이날들은 화려하고 잔인하며 거대한 화염이 아니라, 오히려 그 여정 위에 놓인 모든 것을 뭉개 버리는 한없는 제자리걸음으로 기억되었다.

그렇다. 페스트는 발생 초기에 의사 리외를 괴롭힌 극도로 자극적인 엄청난 영상들과는 아무런 관계도 없었다. 페스트는,

말하자면, 재빠르고 지치지 않는 적수였다. 유능한 계획자로서 신중하고 빈틈없이 일을 수행해 나갔다. 여담이지만 덧붙이자면, 바로 그렇기 때문에 서술자는 사실을 왜곡하지 않으려고, 무엇보다도 스스로에게 속지 않으려고 객관성을 고집하는 것이다. 서술자는 서술에 일관성을 부여하기 위해 필요한 기본적인 조정을 빼고는, 예술적 효과를 위해 바꾸거나 하지 않았다. 그리고 더 객관적이기 위해서 다음과 같이 말해야만 한다. 비록 그 시절의 커다란 고통, 가장 깊고도 가장 일반적인 고통은 단연 이별이고, 페스트의 현 단계에서 이별에 대해 있는 그대로 말하는 것이 양심상 꼭 필요한 일이긴 하나, 이 고통조차 그 비장감을 잃고 있었음도 부정할 수 없는 사실이라고 말이다.

그렇다면 우리 시민들, 적어도 사랑하는 이와의 생이별로 가장 괴로웠던 사람들은 혼자가 된 상황에 좀 익숙해졌을까? 꼭 그렇다고 단정할 수는 없다. 그들이 육체적으로나 정신적으로나 헐벗어 고통을 받았다고 말하는 편이 더 정확할 것이다. 페스트의 초기 때, 그들은 잃어버린 존재를 생생히 기억했고 쓰라린 상실감을 느꼈다. 하지만 사랑하는 얼굴을, 그 웃음과 음성을, 나중에야 무척 행복했었음을 알게 된 이런저런 날들을 또렷이 기억하고 있었다고 해도, 자신들이 지난날을 회상하고 있는 바로 그 시간에 너무나 먼 곳에 있는 상대방은 무엇을 하고 있을지 상상하기란 힘든 일이었다. 한마디로, 그때 그 순간 그들은 기억은 있었지만 상상력은 부족했다. 페스트의 제2단계에서 그들은 기억까지 잃었다. 얼굴을 잊었다는 게 아니라, 결국 같은 이야기가 되겠지만, 그 얼굴에서 살을 잃어서 더 이상 기억의 거울에 비춰지질 않았다. 그래서 처음 몇 주는 자신들의 사랑이 이제 그림자로만 남았다고 불평했다가, 이제는 이 그림자들도 사라지고 추억 속에 간직해 왔던 희미한 빛깔들마저 상실될 수 있음을 깨달았다. 기나긴 이별의 끝에서 그들은 한때 자신들의 것이었던 친밀감을 잃었고, 언제라도 그들이 손을 얹고 감싸안을 수 있는 존재와 함께 사는 친밀감을 떠올리는 상상력마저 잃었다.

이런 시각에서 보면, 그들은 평범해서 더욱 강력한, 바로 그 페스트의 질서에 이미 들어와 있는 것이다. 우리 중 누구도 더 이상 거창한 감정을 느끼지 못했다. 모두가 진부하고 단조로운 감정을 경험하고 있었다. 다들 "이거, 끝날 때도 됐는데……" 하고 말했다. 재앙의 시절에는 당연히 집단적 고통이 끝나기를 바라고, 그들 역시 그랬다. 그러나 어조에 더 이상 페스트 초기의 뜨거운 갈망이나 신랄한 분개는 담겨 있지 않았다. 아직 뚜렷이 남아 있는 빈약한 약간의 이성에서 중얼거린 목소리일 뿐이었다. 처음 몇 주간의 맹렬한 저항감이 수그러들고 완전히 낙담하는데, 그것을 체념으로까지 보지는 않더라도, 수동적으로 잠정적 동의를 했다고 볼 수밖에 없다.

우리 시민들은 보조를 맞췄고, 또 흔히 말하듯이 적응했는데, 다른 방법이 없었기 때문이다. 당연히 슬픔과 고통의 태도는 여전히 남아 있었지만, 다만 그 아픔을 더 이상 날카롭게 느끼지는 않았다. 한편, 의사 리외를 포함한 몇몇 사람들에게는 이런 것이야말로 불행이었다. 절망에 익숙해지는 것이 절망 그 자체보다 더 나쁘다고 여겼다. 종전에는 생이별한 사람들도 완전히 불행하지는 않았는데, 고통의 밤에도 희망의 빛 같은 것이 깜박였기 때문이다. 그런데 지금은 그 빛이 꺼졌다. 길모퉁이에서, 카페나 친구 집에서 보는 그들의 눈길이 어찌나 무기력하고 무심하고 따분한지, 그들 때문에 도시 전체가 마치 기차역 대합실 같았다. 직장인들은 페스트의 속도에 맞춰, 꼼꼼하지만 따분하게 일했다. 모두들 겸손해졌다. 처음으로 부재자에 대해 편하게 말하게 되었는데 남들 다 쓰는 말투를 썼고, 자신들의 이별을 돌림병의 최신 통계 수치를 검토하듯 바라보았다. 놀라운 변화였다. 왜냐하면 그들은 이제까지는 한사코 자신들의 고통을 집단적인 불행에서 떼어 냈는데, 이제는 그 병합을 받아들인 것이다. 기억도 희망도 없이 그들은 오직 그 순간만을 살았다. '지금, 여기'가 전부였다. 페스트가 우리에게서 사랑의 힘은 물론이고 우정의 힘까지도 앗아갔음은 부정할 수 없었다. 너무나 당연하게도, 사랑은 미래를 그리려 하는데 우리에게는 현재의 파편들밖에 남아 있지 않았기 때문이다.

그렇지만 이러한 설명은 개략적인 것일 뿐이다. 생이별한 모든 사람이 그런 상태에 이른 것은 사실이나, 모두가 동시에 그런 상태에 이른 것은 아니고, 더군다나 일단 완전히 무심해졌대도 여전히 섬광 같은 기억, 추억의 깨진 파편들이 남아 있어서 더 생생하고 더 날카로운 감수성이 깨어나기도 했다고 덧붙여 두어야겠다. 이런 일은 페스트가 끝나리라는 것을 전제로 모종의 계획을 세워 본다거나 하는 기분 전환의 순간에 일어났다. 혹은 아주 느닷없기는 한데, 약간의 가호가 있어 대상 없는 질투심에 깨물린 아픔을 생생하게 느낄 때였다. 특정 요일에 여러 차례 갑작스러운 갱생을 경험하는 이들도 있었는데, 일요일과 토요일 오후는 대개는 종전에 부재자들과 함께했던 여러 의식들 때문이었다. 가끔은 하루가 저물 무렵에 그들의 마음을 사로잡던 어떤 우수가 밀려와서 옛 기억들이 떠오를 거라는 일종의 경고를 보냈는데, 항상 이뤄진 건 아니었다. 신자들에게는 양심을 들여다보는 시간인 저녁 시간은, 들여다볼 게 오직 제 마음속 공허밖에 없는 죄수나 유배객에게는 가장 가혹한 시간이었다. 그들은 그 시간에 잠시 붙잡히지만, 곧 무기력의 늪으로 가라앉아서 페스트의 감옥에 다시 틀어박혔다.

이 모든 것들은 명백히 자신들의 삶에서 가장 사적인 것을 포기한다는 의미다. 페스트의 초기에는 남들에게는 아무것도 아닌데 자신에게는 아주 중요한 사소한 것들이 많다는 것에 놀라고, 그러면서 아마도 난생처음 사생활의 중요성을 인식했었다면, 이제는 오히려 반대로 남들이 관심을 가지는 일에만 관심을 가졌고, 보편적인 생각만 했으며, 심지어 가장 다정한 애정마저도 (마치 주식 같은) 추상성을 띠었다. 페스트의 지배에 지독하게 사로잡혀서, 때로 그들이 원하는 건 페스트가 가져다줄 잠뿐일 때도 있었고, 스스로 '페스트에 걸리면 다 끝내 버릴 수 있으니, 잘된 일이야!'라고 생각할 정도였다. 하지만 실상 그들은 이미 잠들어 있어서, 그 모든 시간은 긴 잠에 불과했다. 오랑 시는 몽유병 환자들로 가득했고, 그들은 한밤에 다 아문 줄 알았던 상처가 다시 벌어지는 드문 순간 제정신을 차렸다. 그렇게 소스라쳐 깨어난 그들은 도진 상처에 무심코 손가락을 대고 입술을 삐죽거리다가, 순식간에 슬픔이 생생해지고 눈앞에 자신들 사랑의 슬픈 얼굴이 떠올랐다. 그랬다가 아침이면 다시 평상시로, 그러니까 전염병으로 되돌아갔다.

생이별한 사람들은 어떤 모습이냐고 묻는다면, 답은 간단하다. 아무 모습도 아니었다. 남들과 똑같은 모습, 완전히 일반적인 모습을 하고 있었다. 그들은 도시의 평온함과 유치한 소란스러움을 공유했다. 비판적 감각을 다 잃고 차분함을 얻었다. 예컨대 가장 지성적인 사람이라도 그저 남들과 똑같이 신문이나 라디오방송에서 페스트의 조속한 종말을 믿을 만한 단서들을 찾는 척했다. 어떤 신문기자가 하품을 해 대며 되는대로 썼던 기사를 읽고 허황된 희망, 혹은 터무니없는 공포를 느끼는 척했다. 그러면서 내내 남들과 전혀 다를 바 없이 맥주를 마시고, 환자들을 치료하고, 게으름을 피우거나 일에 파묻혔고, 사무실 서류를 정리했고, 레코드판들을 들었다. 다시 말해서, 그들은 더 이상 아무것도 선택하지 않았다. 페스트가 판단력을 없애 버렸다. 심지어 구입할 옷이나 식품의 품질도 전혀 살피지 않았다. 뭐든 주어지는 대로 받아들였다.

마지막으로, 생이별한 사람들은 처음에 자신들을 보호해 주던 신기한 특권을 더 이상 갖고 있지 않았다고 말할 수 있다. 사랑의 이기주의와 거기서 나오던 혜택을 모두 상실해 버렸다. 적어도 이제는 상황이 명백했다. 이 재앙은 모두의 일이 된 것이다. 관문들에 울리던 총성, 생사에 박자를 주던 도장 찍는 소리, 화재와 목록 작성, 공포와 수속 절차, 무시무시한 화장터의 연기와 구급차의 단조로운 경적 사이에서, 굴욕적이지만 장부에 등록되는 죽음을 약속 받은 우리 모두는 자기도 모르는 사이에 똑같은 벅찬 재회와 똑같은 벅찬 평화를 기다리면서 귀양살이라는 같은 빵으로 자양분을 섭취하고 있었다. 우리의 사랑은 분명 여전히 거기에 있었지만 사용할 수 없었고, 지니기에는 너무 무거웠고, 마음속에서 무기력했고, 범죄나 사형 선고처럼 무익했다. 미래가 없는 인내와 좌절된 기다림에 불과했다. 이런 시각에서 볼 때, 몇몇 시민들의 태도가 도시 곳곳의 식료품 가게들 앞에 늘어선 긴 줄을 생각나게 했다. 무제한적인 동시에 환상이 없는 똑같은 체념과 똑같은 자제심이라는 점에서 말이다. 다만 식료품 구입자들과 유일하게 다른 점은, 이별한 자들의 감정 수위가 천 배 이상 높았다. 그 감정은 또 다른 굶주림이자 모든 것을 삼켜 버릴 수 있는 굶주림과 관련되었기 때문이다.

어쨌든 우리 시의 생이별한 사람들이 처한 정신 상태를 정확히 알고 싶다면, 먼지가 자욱한 황금빛 석양 속에 나무 한 그루 없는 거리로 남녀의 무리가 쏟아져 나오는, 저 음울한 저녁들을 떠올려 보면 된다. 마지막 햇살이 내리쬐는 테라스에 앉아 있으면, 평상시라면 도시에서 내내 들렸을 자동차와 기계 소리가 없는 대신, 낮은 음성과 바쁜 발걸음들로 된 거대한 웅성거림, 무거워진 하늘 아래 페스트가 내는 휘파람 소리에 맞춰서 움직이는 수천의 구두창들의 울림이 들렸다. 그 끝없고 숨 막히는 제자리걸음 소리가 점점 커져서 도시를 가득 메웠고, 우리의 마음속에서 사랑 대신 자리를 잡은 맹목적인 인내의 가장 진실하고도 슬픈 의미를 매일 저녁 드러내 주었다.

제 4 부

9월과 10월 두 달 동안, 오랑 시는 페스트의 발 아래 굴복했다. 페스트가 정체 상태니까 수십만의 사람들이 제자리걸음밖에 할 수 없었고, 그렇게 수주일이 끝나지 않을 듯 지루하게 이어졌다. 안개, 더위, 비가 차례로 거리를 채웠다. 남쪽에서 찌르레기와 개똥지빠귀 떼가 몰려와서 아주 높이 날았는데, 항상 도시를 조용히 우회해 지나갔다. 마치 파늘루 신부가 집들의 지붕 위에서 휙휙 소리를 내며 회전하는 이상한 나무 도리깨 같다고 말했던 그 이상한 재앙이 새들을 멀리 쫓기라도 하는 듯했다. 10월 초에 큰 폭우가 거리를 깨끗이 쓸어 냈다. 그 기간 내내 무수한 제자리걸음보다 더 중요한 일은 일어나지 않았다.

그제서야 리외와 친구들은 자신들이 얼마나 지쳤는지 깨달았다. 사실 보건위생대 사람들도 더 이상 피로를 감당해 낼 수 없었다. 리외는 동료들이, 그리고 자기 자신이 변해가고 있음을 알아차렸다. 매사에 기이하리만큼 시큰둥하고 무관심해지고 있었다. 예컨대 이전에는 페스트와 관련된 소식이라면 무엇이든 날카롭게 촉각을 곤두세우고 주목했었는데, 이제는 전혀 관심을 보이지 않았다. 랑베르는 자신이 묵는 호텔에 설치된 예방격리소의 관리직을 임시로 맡았는데, 자신이 감호하는 사람들의 수를 완벽하게 알고 있었다. 갑자기 병세가 나타난 사람들을 즉각 퇴실시키는 시스템을 직접 만들어서 가장 사소한 사항들까지 외우고 있었다. 예방격리자들에게 미친 혈청 효과에 대한 통계도 그의 기억 속에 새겨져 있었다. 하지만 그는 페스트 사망자들의 주간 집계는 몰랐고, 심지어 수치가 상승세인지 하락세인지도 알지 못했다. 그리고 그 와중에도 만사 불구하고 곧 탈출하리라는 희망을 여전히 품고 있었다.

다른 사람들은 어쩌냐면, 밤낮으로 일에 몰입해서 신문도 읽지 않고 라디오도 듣지 않았다. 누군가 어떤 결과를 알려 주면 흥미롭다는 시늉은 하지만 실상 건성으로 대응했다. 흡사 끝없는 중압감과 일상의 의무들에 진이 빠져서, 큰 전쟁에 참전했으면서도 결전의 날도 휴전의 날도 더 이상 기대하지 않는 병사들에게서나 나오는 무관심이었다.

페스트와 관련된 수치들을 계산해 왔던 그랑도, 그 숫자들이 가르키는 바를 종합적으로 바라볼 여력은 없었을 것이다. 리외와 랑베르와 타루가 피로를 잘 견뎌 온 것과 달리, 그랑은 건강이 별로 좋지 않았다. 그런데도 시청에서의 근무 외에 리외의 서기직과 자신의 야간작업을 겸했다. 그러니 계속 탈진 상태였고, 페스트가 끝나자마자 최소한 일주일은 완전히 휴가를 내서 작업 중인 원고에 "모자를 벗으시오" 소리를 들을 정도로 전념하겠다는 등의 두세 가지의 생각으로 버티고 있었다. 그는 수시로 감상에 빠졌고, 그럴 때면 굳이 리외에게 잔 이야기를 털어놓았다. 그녀가 지금 어디에 있을지, 신문을 읽으며 그의 안부를 걱정하기는 할지 궁금하다고 했다. 그래서인지 어느 날 리외는 그랑에게 예사롭게 아내에 대해 털어놓다가 깜짝 놀랐다. 그때까지 결코 없던 일이었다. 그는 아내의 전보에 늘 안심되는 내용만 적혀 있는 것이 의심스러워서 요양소 원장에게 직접 전보를 쳤다가, 환자의 병세는 악화되었으나 병의 진행을 막기 위한 최선의 치료들을 다 하고 있다는 답신을 받은 참이었다. 이제껏 혼자만 간직했던 소식을 어째서 그랑에게 털어놓았는지, 리외는 극심한 피로를 탓했다. 시청 서기가 잔 이야기 끝에 리외에게 아내의 안부를 묻더니, 리외의 대답을 듣고 이렇게 답했던 것이다.

"알다시피 그거 요새 잘 완치된다고 하던데요."

이 말에 리외는 순순히 수긍하며, 별거가 길어지는 게 마음에 걸리고, 무엇보다도 자기가 곁에서 투병 생활을 도왔어야 했는데 그러지 못해서 아내가 지금 지독하게 외로워하고 있을 게 틀림없다고 말했다. 그러고 나서 리외는 입을 다물고 그랑의 질문에 대답을 얼버무렸다.

다른 이들도 거의 같은 형편들이었다. 타루가 가장 잘 이겨 내고 있었지만, 그의 수첩을 보면 호기심의 깊이는 줄지 않았지만 다양성을 잃었음이 보였다. 실제로 그 기간 내내 그는 유난히 코타르에게만 관심을 가졌다. 그는 호텔이 예방격리소로 바뀌어서 리외의 집에 묵고 있었는데, 그랑이나 의사가 그날의 상황 변화에 대해 말해도 거의 듣지 않고 대화를 곧장 자신의 주요 관심사, 시시콜콜한 오랑 시의 생활사로 몰아갔다.

아마 가장 힘겨워한 사람은 노의사 카스텔일 것이다. 그가 혈청이 준비되었다고 알려 주러 간 날, 리외의 환자로 갓 입원했으나 증상이 절망적이던 오통 씨의 어린 아들에게 첫 시험 투약을 하기로 결정했다. 리외는 최신 통계치를 설명해 주다가, 그가 안락의자에 앉은 채 곯아떨어진 것을 보았다. 친구의 얼굴은 충격적으로 변해 있었다. 자상하면서도 냉소적인 미소가 감돌아 영원히 청춘 같아 보이던 얼굴이, 지금은 제멋대로 반쯤 벌어진 입술에서 흘러나온 침으로 피로하고 노쇠해 보였다. 리외는 목이 조여드는 느낌을 받았다.

바로 이런 약한 모습들을 보며 리외는 자신의 피로도를 가늠했다. 감정이 점점 통제되지 않았다. 그저 거의 언제나 억눌러서 경직되고 날카로워질 뿐이고, 가끔씩 폭발해서 어찌할 수 없는 격정에 휘둘리곤 했다. 하지만 이런 경직성 속으로 피신해 마음속 매듭을 더 조이는 것 외에는 방법이 없었다. 이것만이 계속해 나갈 수 있는 유일한 방법이었다. 어차피 기대하는 바도 별로 없는데, 피로가 그마저도 앗아갔다. 그는 끝이 어디인지 내다볼 수 없는 그 기간에는 자신의 역할이 병의 치유가 아니라 진단임을 알고 있었다. 발견하고, 관찰하고, 설명하고, 등록하고, 선고를 내리는 것, 이것이 그의 일이었다. 부인들이 그의 손목을 잡고 울부짖곤 했다.

"선생님, 저 사람 좀 살려 주세요!"

하지만 그는 목숨을 살리기 위해서가 아니라 격리를 명령하기 위해 간 것이다. 그때 저들의 얼굴에서 읽어 냈던 증오심은 얼마나 컸던가! "인정머리 없는 치." 언젠가 한 여자는 그에게 이렇게 내뱉었다. 그녀가 틀렸다, 그는 인정이 넘쳤다. 바로 이 인정 때문에, 그는 살아야 할 사람들이 죽어 가는 모습을 매일 스무 시간씩 참아냈고, 매일 새롭게 시작했다. 딱 이 정도의 인정밖에 남아 있지 않았다. 대체 어떻게 이런 인정이 생명을 살리기에 충분했겠는가?

그렇다, 리외가 하루 내내 나눠 준 것은 치료가 아니라 정보뿐이었다. 물론 그런 것을 사람의 본분이라고 부를 수는 없다. 하지만 어쨌든 공포에 질려 대량으로 죽어 가던 군중 사이에서 사람의 본분을 다할 여유가 대체 누구에게 남아 있었겠는가? 그나마 리외로서는 녹초가 된 게 다행이었다. 만일 덜 지쳐서 감각들이 깨어 있었다면, 도처에 퍼져 있는 죽음의 냄새 때문에 감상적이 되었을 것이다. 하지만 네 시간밖에 못 잔 사람은 감상적이지 않다. 매사를 보이는 그대로, 가증스럽고 하찮은 정의(正義)의 불빛에 비춰지는 대로 본다. 죽음의 선고를 받은 이들도 어렴풋이나마 그것을 느꼈다. 페스트로 판명되기 전에 사람들은 리외를 구원자처럼 맞이했다. 약 세 알과 주사 한 대로 병을 고치는 그의 팔을 잡고 병실까지 안내했다. 그건 흐뭇했지만 위험했다. 지금은 반대로, 그가 군인들을 대동하고 가서 가족들이 문을 열 때까지 개머리판으로 두들겨야만 했다. 그들은 리외와 인류 전체를 자신과 함께 무덤으로 끌고 들어가고 싶은 마음이 간절했으리라. 아! 정말 사람은 다른 사람들 없이 지낼 수 없고, 의사도 이 불행한 자들만큼이나 속수무책이니, 리외가 그들의 집을 나오며 느끼는 울컥하는 동정을, 그 역시도 받아야 마땅했다.

어쨌든 이상이 그 끝날 것 같지 않던 여러 주 동안 의사 리외가 아내와의 이별 문제 빼고 주로 떠올렸던 생각들이다. 그가 친구들의 얼굴에서 읽어 낸 생각들도 거의 같았다. 하지만 재앙에 맞서 투쟁하던 이들이 조금씩 피로에 무너져 탈진했을 때 가장 위험한 결과는, 외부 사건이나 타인의 감정에 대한 무관심함이 아니라, 스스로의 생활이 망가지는 것을 방치하는 나태함이었다. 그들은 꼭 필요한 것이 아니거나 힘에 벅차 보이는 모든 행동을 회피하는 경향이 생겼다. 그래서 점점 더 자주, 자신들이 세운 위생 규칙에 소홀해지고, 스스로 시행했어야 할 소독 조치들을 까먹고, 심지어 페스트 환자의 집에 감염 예방 조치도 전혀 않고 방문하기도 했다. 그도 그럴 것이 감염된 집들에 간다는 통지를 마지막 순간에야 받으니까 몸에 소독약을 뿌리러 소독 센터(때론 꽤나 떨어진 곳이었다)까지 가는 일이 아주 번거로웠다. 바로 이 점이 진짜 위험했다. 페스트와의 투쟁에 힘을 쏟을수록 그들은 페스트에 취약해졌다. 결국 그들은 운에 내기를 건 셈인데, 운은 누구의 편도 아니다.

하지만 이 도시에서 단 한 사람만은 탈진하거나 낙담해 보이지 않고 오히려 만족감의 살아 있는 표상으로 남아 있었다. 코타르였다. 그는 리외나 랑베르와 연락은 주고받았지만 여전히 거리를 두고 지냈다. 반면에 타루와는 자주 만났다. 타루가 바쁜 일정 중에 잠깐이라도 짬이 나면 만나러 갔다. 타루가 코타르의 형편을 잘 알면서도, 언제나 변함없이 호의적으로 반겨줘서 마음이 편해졌기 때문이다. 그것은 타루의 놀라운 점이었다. 아무리 일을 많이 해서 피곤해도 늘 기꺼이 듣고 세심하게 챙겼다. 완전히 녹초가 되었다가도 그다음 날이면 다시 기운을 차렸다. 언젠가 코타르는 랑베르에게 이렇게 말했다.

"타루 씨는 누구와도 대화할 수 있어요. 인간적이니까요. 언제나 이해해 주죠."

정확히 이런 이유로 그 시기의 타루의 기록은 점차 코타르라는 인물에 집중되었다. 타루는 코타르가 자기에게 털어놓았거나 해석을 가한 대로의 반응과 고찰을 다 기록하려고 노력했다. 그것들은 '코타르와 페스트의 관계'라는 표제 아래 수첩의 여러 쪽을 차지하고 있다. 여기서 그 개요를 소개해 보면 유익할 것 같다. 다음의 문장에 그 시기 이 키 작은 하숙인에 대한 타루의 전반적인 생각이 집약되어 있다.

「그는 성장하고 있는 인물이다. 온정과 유머가 늘고 있다.」

코타르는 현재 상황들이 진행되는 추이에 전혀 불만이 없었다. 가끔 타루 앞에서 자신의 본심을 이런 식으로 표현했다.

"매일 더 나빠지네요, 안 그래요? 뭐, 그래도, 다들 한 배에 탄 처지니까요."

타루는 이렇게 덧붙였다.

「물론 그도 다른 사람들처럼 위협을 받고 있는데, 그게 핵심이다. 남들과 함께 겪고 있다는 것 말이다. 확신컨대, 그는 자신이 페스트에 걸릴 수도 있다고 진지하게 생각하지 않는다. 큰 병이나 깊은 불안에 사로잡혀 있는 사람은 다른 모든 병과 고민을 면제받는다는, 어찌 보면 그다지 어리석지 않은 생각을 하면서 살아가는 모습이다. 그가 내게 말했다.

"병을 겹쳐서 앓는 사람이 없다는 거, 눈치챘나요? 당신이 암이나 급성 폐렴 같은 불치병을 앓는다면, 결코 페스트나 장티푸스에 안 걸려요. 신체적으로 불가능해요. 범위를 더 넓혀도 돼요. 교통사고로 죽는 암 환자도 본 적 없죠?"

맞든 틀리든 이런 생각이 코타르를 명랑하게 만든다. 그가 가장 원치 않는 것은 다른 사람들과 떨어져 있는 일이다. 그는 혼자서 죄수가 되느니 차라리 모두와 함께 포위당하고 싶어 한다. 페스트 때문에 사찰, 서류, 체포 영장, 수수께끼 같은 심리 등의 문젯거리가 중단되었다. 쉽게 말해서 요즘은 더 이상 경찰도, 해묵은 혹은 새로운 범죄도, 범죄자도 없다. 오직 가장 종잡을 수 없고 변덕스러운 사면만 바라고 있는 사형수들이 있는데, 경찰관들도 거기에 포함되어 있는 것이다.」

(우리가 타루의 분석을 믿는다면) 코타르가 주변 사람들의 불안과 혼란의 징조들을 매우 너그럽고 포용적으로 만족스럽게 바라본 것도 다 나름의 근거가 있었다. 그가 말한 적도 있다.

"얼마든지 떠들어 봐요. 난 당신보다 먼저 다 겪었으니까."

타루의 기록은 계속 이어진다.

「남들과 떨어지지 않는 가장 확실한 방법은 결국 양심을 갖는 데 있다고 말했을 때, 그가 인상을 쓰며 나를 빤히 보았다.

"그렇다면 그 누구도 결코 누군가와 함께 있을 수 없죠."

그러더니 잠시 후에 이렇게 덧붙였다.

"타루 씨, 말하고 싶은 대로 얼마든지 말하세요. 하지만 내가 장담합니다. 사람들을 함께하도록 만드는 한 가지 방법이 그들에게 페스트의 저주를 내리는 겁니다. 주위를 좀 둘러보세요."

사실을 말하자면 나는 그가 무슨 말을 하고픈지, 현재의 생활을 얼마나 편안하게 느끼는지 잘 이해한다. 다른 사람들의 반응이 한때 자기가 겪어 봤던 것들인데 어떻게 모르겠는가? 서로가 서로의 마음에 들어 보려고 기를 쓰는 노력, 길 잃은 행인을 언제는 억지로 도왔다가 언제는 불쾌함을 드러냈다가 하는 기분, 고급 식당으로 몰려가서 거기에 있다는 만족감에 젖어 떠나기를 주저하는 발걸음, 매일같이 영화관 앞에 줄을 서고 모든 공연장과 심지어 댄스홀을 채우다가 모든 광장과 거리로 사슬 풀린 물결처럼 퍼져 가는 떠들썩한 인파, 모든 접촉 앞에서 움찔하고 뒷걸음질치면서도 다른 사람에게, 다른 몸뚱이에게, 다른 이성에게 밀치는 인간적인 체온의 갈망 등등. 코타르는 그들보다 앞서 이 모든 것을 경험한 것은 확실하다. 단, 여자만은 예외였는데, 왜냐하면 그의 생김새가……. 그리고 내 짐작에 그는 매춘부를 만나러 가려다가도 나중에 자신에게 피해가 올 수 있을 나쁜 취미는 갖지 않으려고 단념한 것 같다.

결국 페스트는 그에게 이롭게 작용했다. 페스트는 고독하지만 고독을 원치 않던 사람을 공범으로 만들었다. 그래, '공범'이 딱 맞는 표현이다. 공모를 즐기고 있지 않은가. 코타르는 자신을 둘러싼 주변의 모든 것, 즉 갖가지 미신, 맹목적인 공포, 항상 경계하는 영혼들의 신경과민에 기꺼이 동참한다. 되도록 페스트 이야기는 안 하고 싶어 하면서도 페스트 이야기만 끊임없이 하는 괴벽, 그 병이 두통으로 시작된다는 것을 안 다음부터 조금만 머리가 아파도 질색하며 파리해지는 심경, 대수롭지 않은 과실에 노했다가 바지 단추 하나 잃어버린 것에 눈물을 쏟는 신경질적이고 날선 감수성, 이 모든 것의 공범이다.」

타루가 코타르와 함께 저녁에 외출하는 일이 잦아졌다. 그는 뒤이어 수첩에, 어떻게 그들이 어깨를 맞대고서 황혼 녘부터 밤에 거리를 채우는 어두운 군중 속으로 섞여 들었는지, 드문드문 가로등의 희미한 빛에 희었다 검었다 하는 덩어리 속에 잠겨, 페스트의 냉기를 막아 주는 뜨거운 쾌락을 향해 가는 무리들에 휩쓸리게 되었는지 적었다. 몇 개월 전에 코타르가 공공장소에서 찾던 것, 가령 사치스럽고 풍족한 생활, 만족시킬 수 없이 꿈만 꾸던 고삐 풀린 향락, 그것을 이제는 전체 시민이 추구하고 있었다. 물가가 걷잡을 수 없이 올랐지만 사람들이 그때만큼 돈을 낭비한 적이 없었고, 또한 생필품조차 부족한 때에 그 어느 때보다 과소비가 횡행했다. 여가 시간이라지만 사실상 실업 상태일 뿐인데도 유흥을 수십 배로 즐겼다. 타루와 코타르는 가끔 수많은 연인들 중 한 쌍씩 정해서 눈으로 좇기도 했다. 전에는 서로의 관계를 감추려고 애쓰던 남녀가, 이제는 서로 꼭 붙어서, 주위의 군중은 보이지도 않는 듯 약간 무례할 정도로 열정적으로 끌어안고 고집스럽게 거리를 걸어 다녔다. 코타르는 흡족해 하며 외쳤다. "아! 청춘들!" 그는 집단적 흥분, 커피숍 테이블 위에 짤랑거리며 떨어지는 큰 액수의 팁, 눈앞에서 벌어지는 연애 등의 한복판에서 얼굴이 밝아졌다.

타루는 코타르의 태도에 악의는 거의 없다고 본 듯하다. "난 그들보다 먼저 그런 것을 경험했다"라는 그의 말을 승리보다는 연민을 더 많이 내포한 표현으로 본 것이다.

「그가 하늘과 성벽 사이에 갇힌 이 사람들을 사랑하기 시작한 것 같다. 만약 그에게 직접 설명할 기회가 있었다면, 생각만큼 그렇게 끔찍하지는 않다고 말했을 것이다. 내게 이렇게 말했으니 말이다.

"저들이 말하는 소리 들었죠? 페스트가 끝나면 이걸 할 거야, 저걸 할 거야……. 저들은 가만히 있지 못해서 자신들의 삶을 갉아먹고 있어요. 자신들이 가진 특권을 전혀 몰라요. 날 봐요. 체포된다면 이걸 할 거야, 하고 말할 수 있겠어요? 체포는 시작이지 끝이 아니거든요. 반면에 페스트는……. 내 생각을 말할까요? 저들은 일이 흘러가는 대로 그냥 놔두지 못해서 불행한 거예요. 다 근거가 있으니까 이렇게 말하는 겁니다."」

타루는 이렇게 덧붙였다.

「맞다. 그의 말에는 근거가 있다. 코타르는 오랑 시민들의 모순을 정확하게 꿰뚫어 보고 있다. 그들은 인간적인 친밀감을 갈망하지만 동시에 서로를 편가르는 불신 때문에 감히 그렇게 하지 못한다. 이웃을 신뢰할 수 없다는 게 상식이다. 이웃이 당신도 모르는 사이에 페스트를 옮기고, 당신이 잠깐 방심한 틈에 당신을 감염시킬 수 있기 때문이다. 코타르처럼 모두를 밀고자로 의심하면서, 심지어 마음이 끌리는 상대까지도 의심하면서 하루를 지내보면 이런 감정을 이해할 수 있다. 페스트가 불시에 자신의 어깨에 손을 얹을 수 있다는 생각에 시달리는 사람들에게, 그것도 아직 자신은 건강하고 안전하다고 안도하는 바로 그 순간에 덮칠 수 있다는 걱정에 좌불안석인 사람들에게 동지애를 느낄 것이다. 코타르는 지금까지는 가능한 한 공포 아래서도 편안하게 지낸다. 하지만 그는 그들보다 앞서 그 모든 감정을 겪었기 때문에, 한시도 잊을 수 없는 불확실성의 고통을 남들과 완전히 똑같이 공유하는 건 불가능하다.

결론적으로, 아직은 페스트로 죽지 않은 우리 모두와 마찬가지로 코타르도 자신의 자유와 생명이 언제라도 파괴될 수 있음을 온전히 인식하고 있다. 다만 그는 지속적인 공포 속에서 사는 것이 뭔지 알기 때문에, 남들이 이 공포를 겪는 것을 정상으로 여긴다. 더 정확하게 말하자면, 그는 공포를 오롯이 홀로 짊어졌을 때보다 지금 이 상황이 훨씬 견디기 수월하다. 바로 그 점에서 그가 틀렸기 때문에, 그를 이해하는 것이 다른 사람들을 이해하는 것보다 더 어렵다. 하지만 어쨌든 바로 이런 점에서 그는 더 이해하고자 애써 볼 가치가 있는 사람이다.」

마지막으로 타루의 수기는 코타르와 페스트에 걸린 사람들에게서 발견되던 독특한 마음 상태를 보여 주는 어떤 에피소드로 막을 내린다. 당시의 이상하게 과열된 분위기를 거의 그대로 재현해 주기 때문에 중요한 에피소드라 하겠다.

어느 날 저녁 그들은 〈오르페우스와 에우리디케〉를 공연하고 있던 시립 오페라 극장에 갔다. 코타르가 타루를 초대했다. 한 오페라단이 봄에 오랑으로 순회공연을 왔다가, 페스트가 창궐해서 발이 묶여 버렸다. 이에 오페라단과 오페라 극장측은 추후 통보가 있을 때까지 매주 1회씩 공연을 열기로 협의했다. 이렇게 해서 몇 달째 매주 금요일 저녁마다 시립극장에서 오르페우스의 음악적 탄식과 에우리디케의 무력한 호소가 울려 퍼졌다. 그런데도 이 공연은 거의 항상 매진이 되었다. 코타르와 타루가 앉은 로얄석에서 오랑 시의 사교계 명사들로 꽉 찬 1층 일반석이 내려다보였다. 그들이 좌석을 찾아갈 때 우아하게 걸으려고 조심하는 모습을 보는 재미가 쏠쏠했다. 무대에 악사들이 올라 조용히 악기를 조율하는 동안, 실루엣들이 뚜렷하게 드러나며 이 열에서 저 열로 지나가거나 고상하게 허리를 굽히곤 했다. 점잖은 대화 정도의 가벼운 웅성거림 속에서 사람들은 몇 시간 전 캄캄한 시가를 걸어오며 잃어버린 안정을 되찾았다. 정장 차림이 페스트를 쫓아 버리고 있었다.

1막 내내 오르페우스는 능숙하게 탄식했고, 그리스 튜닉을 입은 몇몇 여자가 우아하게 오르페우스의 불행을 설명했으며, 사랑은 아리에타 형식으로 노래되었다. 관객들은 신중한 박수로 은근한 열기를 표했다. 오르페우스가 2막의 노래에서 임의로 떨리는 목소리를 집어넣어, 지옥의 주인에게 자신의 눈물에 감동해 달라고 조금 지나칠 정도로 비장하게 부탁하는 것을 눈치챈 사람은 거의 없었다. 그가 자기도 모르게 한 발작적인 몇몇 몸짓들을 아주 주의력이 깊은 사람들은 연기를 극대화하는 세련된 스타일로 보았다.

3막에서 오르페우스와 에우리디케의 이중창(에우리디케가 연인을 떠나는 순간!)이 되어서야 모종의 놀라움이 장내에 감돌았다. 그리고 마치 관객의 술렁임을 기다렸다는 듯이, 아니, 그보다는 일반석에서 오는 웅성거림에 자신의 느낌을 확신했다는 듯이, 바로 그때 오르페우스가 튜닉 아래로 드러난 팔다리를 어기적거리는 기괴한 몸짓으로 바닥조명 장치 쪽으로 걸어 나오더니, 양 떼 목장 한복판에 쓰러졌다. 줄곧 안 어울렸지만, 그제서야 관객의 눈에 소름끼치게 시대착오적인 무대장치가 보였다. 이와 동시에 오케스트라가 연주를 멈췄기 때문에 일반석의 사람들이 일어나 천천히 장내를 비우기 시작했다. 처음에는 조용히 예배가 끝나고 교회에서 나오듯이, 혹은 문상을 하고 빈소에서 나오듯이, 여자들은 치마를 여미고 머리를 숙인 채로 나갔고, 남자들은 같이 온 여자들의 팔꿈치를 잡아 관람석에 걸리지 않도록 안내하면서 나갔다. 하지만 점차 동작이 급해지고, 수군거리는 소리가 외침으로 변하더니, 군중이 출구 쪽으로 몰려 달려가 마침내 비명을 지르면서 서로를 밀쳤다. 코타르와 타루는 그저 자리에서 일어선 채 당시 그들 삶을 극적으로 보여 주는 영상을 응시했다. 무대 위에는 전신이 풀린 광대 모양을 한 페스트가, 객석에는 버려진 부채며 붉은 의자 위에 내팽개친 레이스 숄 등 아무 쓸모가 없어진 사치가 널려 있었다.

* * *

9월 초순에 랑베르는 리외 옆에서 진지하게 일했다. 곤살레스와 두 청년을 남자고등학교 앞에서 만나기로 한 날에만 반차를 요청했다.

곤살레스는 정오에 정확히 나타났다. 신문기자가 그와 이야기를 나누고 있을 때, 두 녀석이 웃으면서 다가오는 게 보였다. 그들은 지난번에는 운이 없었지만 충분히 예상할 수 있었던 돌발상황이라고 했다. 어쨌든 이번 주에 그들은 경비 당번이 아니었다. 다음 주에 다시 시도하자고 하니 랑베르는 그때까지 참아야 했다. 랑베르는 이 일에 인내심이 얼마나 필요한지 되새겼다. 곤살레스가 다음 월요일로 만나자고 제안하며, 이번에는 랑베르가 마르셀과 루이의 집으로 가는 게 좋겠다고 했다.

"자네랑 나는 따로 만나자고. 혹시 내가 못 오면, 저 애들 집으로 곧장 가 있게. 주소를 알려줄 테니."

하지만 마르셀인지 루이인지가 지금 이 친구를 데려가는 것이 가장 간단하다고 말했다. 랑베르의 입맛이 까다롭지 않다면 먹을 것은 있다고 했다. 곤살레스가 그게 좋겠다고 동의했고, 그들은 항구 쪽으로 내려갔다.

마르셀과 루이는 마린 동네의 끝, 해안 기슭 쪽으로 난 동네 근처에 살았다. 벽은 두껍고, 창에는 페인트칠을 한 나무 덧창이 달렸으며, 방에는 아무 장식이 없는 어둡고 작은 스페인식의 집이었다. 청년들의 어머니는 웃는 낯에 주름이 많은 늙은 스페인 여자였는데, 쌀밥을 대접했다. 곤살레스는 깜짝 놀랐다. 시내에는 쌀이 떨어졌기 때문이었다. "관문에서 가져온 거예요." 마르셀이 말했다. 랑베르가 실컷 먹고 마시자, 곤살레스는 이제 그가 진짜 친구라고 말했다. 신문기자는 앞으로 지내야할 1주일에 대해서만 생각하고 있었다.

실은 2주를 기다려야 했다. 경비원의 수를 줄이려고 교대가 보름으로 연장된 것이다. 2주일 동안 랑베르는 몸을 아끼지 않고, 그야말로 눈 딱 감고 새벽부터 밤까지 일했다. 그는 밤늦게 잠자리에 들어 곯아떨어졌다. 거의 빈둥거리며 지내다가 갑자기 강도 높은 노동을 하다 보니 잠념도 기력도 없어졌다. 임박한 탈출에 대해서도 별 말이 없어졌다. 단 하나 특기할 만한 사건은, 1주가 지나서 리외와 만나 그 전날 처음으로 술에 취했다는 이야기를 털어놓았던 일이다. 그런데 바에서 나올 때 그는 문득 서혜부가 붓고 겨드랑이 주위에서 두 팔을 놀리기가 힘든 느낌이 들었다.

'나도 걸렸구나.'

그는 페스트라고 생각했다. 그때 그의 유일한 행동은, 리외에게 어리석었다고 인정했듯이, 언덕을 뛰어 올라가 바다는 안 보이지만 하늘이 조금 더 보이는 조그만 광장에서 도시의 벽 너머를 향해 큰 소리로 아내를 부른 것이었다. 집으로 돌아오는 길에 더 이상 아무런 감염 증세가 없자, 그는 그런 식으로 무너졌던 게 부끄러웠다. 하지만 리외는 잘 이해한다고 말했다.

"뭐, 얼마든지 그러고 싶을 수 있죠."

그러더니 갑작스럽게 말했다.

"오통 씨가 오늘 아침에 당신을 아느냐고 묻더군요. '알면 그에게 충고해 주세요. 암거래꾼들하고 자주 접촉하지 말라고요. 주시의 대상이 되고 있어요.' 그렇게 말했어요."

"그게 무슨 뜻인가요?"

"서둘러야 한다는 뜻이죠."

"고맙습니다."

랑베르가 의사의 손을 잡고 악수했다. 그러다가 문가에서 불쑥 몸을 돌렸다. 리외는 페스트가 시작된 후 그가 처음으로 미소를 짓고 있음을 깨달았다.

"그런데 왜 내가 떠나는 것을 막지 않죠? 그럴 수 있잖아요."

리외는 습관적인 동작으로 고개를 끄덕이고서, 랑베르 개인의 일이자 행복을 택한 선택인데 자신이 반대할 근거가 없다고 말했다. 리외는 랑베르의 문제에 있어서 무엇이 옳고 무엇이 나쁜가를 판단할 능력이 자신에게 없음을 느끼고 있었다.

"그렇다면 왜 내게 탈출을 서두르라고 하죠?"

이번에는 리외가 미소를 지었다.

"어쩌면 나 역시 행복을 위해 뭔가 하고 싶기 때문일 거예요."

그다음 날, 그들은 말없이 함께 일했다. 그다음 주 일요일에 랑베르는 마침내 그 작은 스페인식 집에 자리를 잡았다. 그를 위해 거실에 침대를 하나 들여놓았다. 젊은이들이 식사를 하러 집에 오는 일은 없었고, 되도록 밖에 나가지 말라는 당부를 받았으므로, 랑베르는 대부분의 시간을 혼자 거실에서 지내거나 그들의 노모와 이야기를 나눴다. 그녀는 무뚝뚝하고 활동적이었는데, 검은 옷을 입었고 아주 깨끗한 흰 머리칼 아래의 얼굴은 갈색에다 주름이 많았다. 말수가 없어서 랑베르를 쳐다볼 때 두 눈 가득 미소만 지었다.

언젠가 그들의 노모가 랑베르에게 페스트를 아내에게 옮길까 봐 두렵지 않느냐고 물었다. 그는 분명 그런 위험성이 있지만 실제로 가능성이 매우 낮은 반면, 도시에 남으면 그들이 영원히 헤어지게 될 위험성은 다분하다고 대답했다. 노모가 미소를 지었다.

"부인은 상냥하죠?"

"아주 상냥합니다."

"예쁘고?"

"그런 것 같아요."

"아! 그래서군요."

노모가 고개를 끄덕였다. 랑베르는 곰곰이 생각해 봤다. 분명 그래서이긴 하지만, 그게 전부는 아니었다.

매일 아침 미사에 가는 노모가 물었다.

"하느님은 안 믿죠?"

랑베르가 안 믿는다고 하자 노모는 또다시 고개를 끄덕였다.

"아! 그래서군요. 그래요, 당신이 맞아요. 그녀에게 돌아가야겠네요. 그러지 않으면 당신에게 뭐가 남겠어요?"

그 외의 시간에 랑베르는 장식 없는 초벽칠이 된 벽을 따라 거닐면서 칸막이에 못으로 박아 둔 부채들을 어루만지거나 탁자보에 달린 양모 술을 헤아렸다. 젊은이들은 저녁에 돌아왔다. 그들은 아직 때가 아니라고 말할 때 말고는 거의 말이 없었다. 저녁 식사 후에는 마르셀이 기타를 쳤고, 그들은 아니스 향의 술을 마셨다. 랑베르는 생각에 잠긴 표정이었다.

수요일 저녁에 돌아온 마르셀이 이렇게 통보했다.

"내일 저녁 자정이에요. 준비하세요."

그들과 함께 근무를 서던 두 사람 중 한 명이 페스트에 걸려서, 그와 한 방을 쓰던 다른 한 명이 격리 관찰을 받고 있었다. 그래서 이삼일 동안 초소에 마르셀과 루이만 있을 예정이었다. 그 밤에 자신들이 마지막 세부 사항들을 점검해둘 테니 이튿날 자신들을 믿고 실행하자는 것이다. 랑베르가 고맙다고 말했다.

"기뻐요?"

노모가 물었다. 랑베르는 그렇다고 대답했으나 다른 것을 생각하고 있었다.

그다음 날, 무거운 하늘 아래 축축하고 숨이 막힐 듯이 더웠다. 사망자 수가 치솟았다. 하지만 스페인 노모는 평온했다.

"세상이 죄를 지은 거예요. 그러니 어쩌겠어요!"

마르셀과 루이처럼 랑베르도 웃통을 벗고 있었다. 하지만 어떻게 해도 어깨 사이와 가슴팍 위로 땀이 흘러내렸다. 그래서 덧창을 닫아 반쯤 그늘진 집 안에서 갈색 상반신들이 번들거렸다. 랑베르는 말없이 방 안을 뱅뱅 돌았다. 오후 4시, 그가 갑자기 옷을 입더니 외출을 하겠다고 말했다. 마르셀이 말했다.

"잊지 마세요. 자정이니까. 다 준비됐어요."

랑베르는 의사의 집으로 갔다. 리외의 어머니가 아들이 윗동네 병원에 있을 거라고 말했다. 정문 앞에는 여전히 같은 군중이 제자리를 돌고 있었다. "저리들 가요!" 눈이 튀어나온 한 하사가 말했다. 군중은 움직였으나 계속 제자리를 맴돌았다. "여기서 이래 봐야 소용없다니까요." 하사의 코트가 땀에 흠뻑 젖어 있었다. 그들도 소용없는 줄 알고 있었다. 그래도 그냥 머무르며 살인적인 더위를 견뎠다. 랑베르가 하사에게 통행증을 내보이자 하사가 타루의 사무실을 가리켰다. 마당 쪽에 사무실 입구가 있었다. 그는 사무실에서 나오던 파늘루 신부와 스쳤다.

타루는 검은색 나무 책상 뒤에 앉아서 소매를 걷고 팔오금에서 흘러내리는 땀을 손수건으로 닦아 내고 있었다. 사무실은 작고 하얬으며 약품과 축축한 이불 냄새가 났다. 그가 랑베르를 보고 말했다.

"아직 있었네요?"

"네, 리외 씨와 할 얘기가 좀 있어서요."

"병실에 있어요. 그런데 리외 씨 없이도 해결되는 일이면 좋겠군요."

"왜요?"

"너무 혹사당하고 있어서요. 되도록 그의 일을 덜어주는 게 내 일이죠."

랑베르는 타루를 지그시 바라보았다. 많이 야위었다. 피로로 눈이 충혈되고 표정은 흐트러졌다. 넓은 어깨도 오그라들어 있었다. 노크 소리가 나더니, 흰 마스크를 쓴 남자 간호사가 들어왔다. 그가 타루의 책상 위에 한 묶음의 목록을 놓고는 마스크 천에 눌린 목소리로 "여섯입니다"라고 말해 주고 나갔다. 타루가 신문기자를 보고는 목록을 부채처럼 펴서 보여 줬다.

"종이는 멋있죠, 그렇죠? 근데, 죽음들이에요. 지난밤의 사망자들."

그가 이마를 찌푸리며 목록 묶음을 접었다.

"우리가 할 수 있는 일은 통계 작성밖에 안 남았어요."

타루가 탁자를 짚고 일어섰다.

"곧 떠날 건가요?"

"오늘 밤 자정에요."

타루는 랑베르에게 축하한다고, 몸조심하라고 말했다.

"진심이세요?"

타루가 어깨를 으쓱했다.

"내 나이가 되면 솔직해질 수밖에 없어요. 거짓말하는 게 너무 피곤하거든요."

"타루 씨, 죄송한데 의사 선생님을 꼭 만나고 싶어요."

"압니다. 그가 나보다 인간적이죠. 갑시다."

"그런 건 아닙니다."

랑베르는 어렵사리 더듬거리며 말하다가 말문이 막혔다.

타루가 그를 물끄러미 보다가, 돌연 활짝 미소를 지었다.

그들은 좁은 복도를 걸어갔다. 벽이 밝은 초록색이어서, 마치 수족관 속을 걷는 듯 빛이 청록색으로 어른거렸다. 복도끝에 이중 유리문이 있고 그 뒤로 움직이는 형체들이 보이는데, 타루가 그 바로 앞에 있는 방으로 랑베르를 데려갔다. 온통 벽장으로 둘러싸인 아주 작은 방이었다. 그가 벽장 하나를 열어 소독기에서 수성 붕대로 된 마스크를 두 개 꺼내 랑베르에게 하나를 내밀며 쓰라고 했다. 신문기자가 그게 진짜 효과가 있느냐고 묻자, 타루는 효과는 없지만 남들에게 신뢰감을 준다고 답했다.

그들은 유리문을 밀었다. 커다란 방이었는데, 이런 계절에도 불구하고 창문은 밀봉되어 있었다. 천장 가까이 달린 환풍기들이 윙윙 돌아가며 두 줄로 놓인 회색 침대들 위의 걸쭉하게 데워진 공기를 휘젓고 있었다. 여기저기에서 높고 낮은 날카로운 신음 소리들이 들려 왔는데, 전체적으로 단조로운 탄식으로 들렸다. 흰 옷을 입은 남자들이 철책이 달린 높은 유리창으로 쏟아져 들어오는 잔인한 햇살 속에서 느리게 움직이고 있었다. 랑베르는 이 방의 끔찍한 더위 속에서 거북함을 느꼈고, 신음하는 한 형체 위로 몸을 수그리고 있는 리외를 겨우 알아보았다. 의사는 침대 양쪽에서 두 간호사가 활짝 벌려 붙잡고 있던 환자의 서혜부를 째고 있었다. 집도를 마친 후 몸을 일으켜 수술 도구를 조수가 내민 쟁반에 떨어뜨리더니 잠시 우두커니 서서 붕대를 감고 있는 그 남자를 물끄러미 보았다.

타루가 다가가자 리외가 물었다.

"새로운 소식이 있나요?"

"파늘루 신부가 랑베르 대신 예방 격리소를 맡겠다고 했어요. 그는 벌써 일을 많이 했죠. 이제 남은 일은 3팀을 재정비하는 거예요. 이제 랑베르가 가니까요."

리외가 고개를 끄덕였다. 타루가 계속 말을 이었다.

"카스텔 선생님이 첫 혈청 제조를 마쳤답니다. 당장 시험해보자더군요."

"아! 잘됐네요."

"그리고 랑베르 씨가 여기 와 있어요."

리외가 몸을 돌렸다. 신문기자를 보자 마스크 위로 보이는 눈이 찌푸려졌다.

"여기서 뭐 해요? 지금 다른 곳에 있어야 하잖아요."

타루가 오늘 밤 자정이라고 말하자, 랑베르가 덧붙였다.

"그렇죠, 원래는."

다들 말할 때 붕대 마스크가 불룩해지고 입 있는 부분이 축축해졌다. 그래서 그들의 대화는 약간 비현실적으로 들렸다. 조각상들끼리 대화하는 듯했다. 랑베르가 계속 말했다.

"드릴 말씀이 있어서요."

"좋아요. 곧 갈 테니, 타루의 사무실에서 기다려요."

잠시 후, 랑베르와 리외는 의사의 자동차 뒷좌석에 자리를 잡았다. 타루가 운전을 했다. 그가 시동을 걸며 말했다.

"휘발유가 동이 났어요. 내일부터는 걸어 다녀야 해요."

"선생님, 떠나지 않을 겁니다. 여러분과 함께 남겠어요."

랑베르가 불쑥 말했다. 타루는 미동도 없이 계속 운전을 했다. 리외는 피로를 떨쳐 낼 기력도 없는 듯했다.

"그러면 부인은요?"

리외가 가라앉은 목소리로 물었다.

랑베르는 아무리 진지하게 생각해 봐도 떠나는 게 맞지만, 이런 식으로 떠난다면 자기 자신에게 부끄러울 것 같다고 말했다. 사랑하는 아내를 만나서도 거북할 것 같다고 했다. 리외가 정색하며 몸을 곧추세우고 앉더니, 정말 말도 안 되는 소리다, 행복을 우선시하는 것은 절대로 부끄러운 일이 아니다, 하고 말했다. 랑베르가 대답했다.

"압니다. 하지만 혼자만 행복하다는 게 부끄러울 겁니다."

입을 꾹 다물고 있던 타루가 계속 정면을 응시한 채로, 만일 랑베르가 남들의 불행을 공유하고자 한다면 행복을 위한 시간은 더 이상 없을지 모른다고 지적했다. 선택을 해야 하는 문제였다.

"그런 게 아닙니다. 지금까지는 줄곧 내가 이 도시의 이방인이고, 여러분과 아무 상관 없다고 생각했어요. 하지만 볼 거 다 보고 난 지금, 내가 원했든 아니든 나는 이곳 사람이 되었습니다. 이 일은 우리 모두의 일인 거죠."

아무도 답을 하지 않자 랑베르는 초조해했다.

"여러분도 잘 알고 있는 사실이잖아요! 아니, 그렇지 않다면 대체 두 분이 이 병원에서 뭘 하고 있는 거죠? 행복을 단념하는 것을 선택하기라도 했다는 겁니까?"

타루도 리외도 여전히 답을 하지 않았다. 의사의 집에 가까워질 때까지 침묵이 이어졌다. 랑베르가 더 힘을 주어 마지막 질문을 반복했다. 그러자 리외가 쿠션을 짚고 애써 몸을 일으켜서 그를 보았다.

"미안하지만, 랑베르 씨, 글쎄요, 난 모르겠어요. 하지만 원한다면 우리하고 남아 있어요."

자동차가 한 번 흔들려서 그가 입을 다물었다. 그러고 나서 앞을 보면서 말을 이었다.

"사랑하는 것에 등을 돌려도 될 만큼 가치 있는 건 이 세상에 없어요. 하지만 나도 그러고 있죠. 도무지 이유는 모르겠지만."

그가 몸을 다시 등받이에 기대고 녹초가 된 어조로 말했다.

"그냥 그렇게 된 것뿐, 달리 뭘 어쩌겠어요. 그러니 사실은 사실대로 인정하면서 결과를 끌어내 봅시다."

"무슨 결과를요?"

"아! 치료와 동시에 결과를 알 수는 없습니다. 그러니 가능한한 빨리 치료부터 합시다. 이게 급선무예요."

자정에 타루와 리외는 랑베르에게 그가 조사를 맡을 지역의 약도를 그려 주고 있었다. 타루가 흘끔 시계를 보고 고개를 들다가 랑베르의 시선과 마주쳤다.

"안 간다고 알려 줬어요?"

신문기자는 시선을 피하며 힘주어 말했다.

"한마디 적어 보냈어요. 두 분을 만나러 오기 전에요."

***

10월 말에 카스텔의 혈청 실험이 시작되었다. 현실적으로 이것이 리외의 마지막 희망이었다. 이게 실패하면, 전염병이 기약 없이 기승을 부리든 어느 날 느닷없이 멈추든, 오롯이 페스트의 변덕에 도시 전체가 내맡겨진다고 리외는 확신했다.

카스텔이 리외를 방문하기 전날, 오통 씨의 아들이 발병해서 온 가족이 예방격리소로 들어가야 했다. 얼마 전에 격리소에서 나온 아이 엄마는 두 번째로 격리되는 상황이었다. 공식 규정을 준수하던 판사는 아이의 몸에서 병의 증세를 보자마자 의사 리외에게 연락했다. 리외가 도착했을 때 부모는 아이의 침대 발치에 서 있었다. 어린 딸은 멀리 떨어져 있었다. 아이는 탈진 단계여서 보채지 않고 검사를 받았다. 눈을 들었을 때 리외는 판사의 시선과 그 뒤 어머니의 창백한 얼굴을 보았다. 그녀는 손수건을 입에 대고 눈이 휘둥그레져서 의사의 동작을 하나하나 주시하고 있었다.

"그거군요, 그렇죠?"

판사가 나지막하게 말했다.

"예."

리외가 다시 아이를 내려다보면서 대답했다.

어머니는 두 눈이 더 커졌지만 여전히 말은 없었다. 오통 씨도 한동안 침묵하다가 더 나지막한 소리로 이렇게 말했다.

"그럼, 의사 선생, 우리는 지침대로 해야겠군요."

리외는 아이 엄마를 외면하려고 애썼다. 그녀는 여전히 손수건을 입에 대고 있었다. 그가 주저하면서 말했다.

"오래 안 걸립니다. 제가 전화를 걸 수 있다면요."

오통 씨가 그를 안내하겠다고 말했다. 하지만 가기 전에 리외가 부인 쪽을 돌아보며 말했다.

"무척 유감입니다. 부인께서도 필요한 것들을 챙겨 두셔야 할 겁니다. 이게 뭔지 아시잖아요."

오통 부인은 신경이 마비된 양 꼼짝 않고 땅을 노려보았다. 그러더니 천천히 고개를 끄덕이며 중얼거렸다.

"알죠. 네. 곧 할게요."

헤어지기 전에 리외는 충동적으로, 혹시 자신이 해 줬으면 하는 게 있는지 물었다. 부인은 말없이 그를 응시했다. 이번에는 판사가 외면했다.

"없습니다. 하지만 제 자식 좀 살려 주십시오."

그는 이렇게 말하고 나서 마른침을 삼켰다.

초기에는 예방 격리래야 그저 형식적이었는데, 지금은 리외와 랑베르가 만든 아주 엄격한 절차를 따랐다. 특히 그들이 주장한 건 가족 구성원 전체의 격리였다. 모르는 사이에 가족 구성원 중 한 명이 감염되었을지도 모르니, 다른 구성원의 발병 가능성을 증폭시켜서는 안 되었다. 리외가 그렇게 설명하자 판사는 절차에 동의 의사를 표했다. 하지만 그와 부인이 주고받는 시선에서 그들에게 닥친 이 이별이 얼마나 쓰라린 것인지 느껴졌다. 오통 부인과 어린 딸은 랑베르가 관리하는 예방 격리 호텔로 갈 수 있었다. 하지만 예심판사에게는 도청이 도로 관리과에서 빌린 천막을 쳐서 시립운동장에 마련 중이던 격리 수용소 외에는 자리가 없었다. 리외가 이 점을 사과하자, 오통 씨는 규칙은 모두에게 똑같으니 따르는 것이 옳다고 말했다.

아이는 교실이던 곳에 열 개의 침대를 놓은 보조 병원으로 이송되었다. 스무 시간 정도가 지나자 리외는 아이의 증세가 아주 절망적이라고 판단했다. 병균이 저항 한 번 못하는 그 작은 몸을 집어삼키고 있었다. 절반쯤 형성되었지만 예리한 통증을 동반하는 림프샘의 멍울이 가냘픈 사지의 마디를 꼼짝 못하게 했다. 아이는 일찌감치 패배 상태였다. 정확히 이런 상태여서 리외는 카스텔의 혈청을 이 소년에게 시험해 보기로 한 것이었다. 그날 저녁, 저녁 식사 후에 접종을 실시했다. 오래 걸리는 과정이었는데, 아이에게서는 미세한 반응조차 얻지 못했다. 그다음 날 새벽, 모두가 그 결정적 실험을 평가하기 위해 아이 곁에 모였다.

아이는 마비 상태에서 벗어나 이불 속에서 경련하듯이 몸을 뒤틀고 있었다. 리외, 카스텔, 타루는 새벽 4시부터 소년의 곁을 지키면서 병세의 진전이나 후퇴를 꼼꼼히 지켜보았다. 타루는 침대 머리맡에 큰 덩치를 약간 구부정하게 하고 있었다. 카스텔은 침대 발치에 서 있는 리외의 곁에 앉아 모든 면에서 침착한 모습으로 낡은 책을 읽고 있었다. 점차 해가 옛 교실 안에 넓게 퍼져 가자 다른 사람들이 한 명씩 도착했다. 먼저 파늘루 신부가 와서 침대 다른 쪽에 타루와 마주해 자리를 잡고 벽에 등을 기댔다. 표정에 슬픔이 드러났는데, 몸을 바쳐 일해 온 이 며칠 동안의 피로가 상기된 이마에 주름을 새겨 놓은 상태였다. 7시에 조제프 그랑이 도착했다. 시청 서기는 미안해 하며 가쁜 숨을 내쉬었다. 그는 잠시밖에 머물 수 없었지만, 그래도 확실한 결과가 나왔는지 알고 싶어 했다. 리외가 말없이 아이를 가리켰다. 아이는 일그러진 얼굴로 눈을 감은 채 있는 힘껏 이를 악물었고, 몸은 고정한 채 베갯잇도 씌우지 않은 베개 위에서 머리를 좌우로 반복해서 흔들었다. 날이 충분히 밝아져서 방 안 깊숙이 걸린 칠판에서 예전에 쓴 방정식의 흔적을 분간할 수 있을 정도가 되었을 때 랑베르가 도착했다. 그는 옆 침대의 발치에 기대서서 담뱃갑을 꺼냈다가, 아이를 한 번 쳐다본 후 다시 호주머니 속에 넣었다.

계속 앉아 있던 카스텔이 안경 위로 리외를 보았다.

"아이 아버지 소식은 있나?"

"아닙니다. 격리 수용소에 있거든요."

리외는 아이가 신음하고 있는 침대의 가로대를 힘껏 움켜쥐고, 어린 환자에게서 눈을 떼지 않았다. 갑자기 아이의 몸이 뻣뻣해지더니, 다시 이를 악물고 허리를 약간 굽히며 팔다리를 서서히 벌렸다. 군용 이불 아래의 벌거벗은 작은 몸에서 젖은 천과 시큼한 땀 냄새가 올라왔다. 아이는 조금씩 몸이 늘어지더니 팔다리를 침대 가운데로 모았다. 여전히 눈도 못 뜨고 말도 못하면서 숨이 더 가빠지는 듯했다. 리외가 타루와 눈이 마주쳤다. 타루는 시선을 떨궜다.

그들에게 아이가 죽는 모습이 낯설지는 않았다. 요 몇 달 동안 죽음은 사람을 가리지 않았으니까. 하지만 그날 아침처럼, 아이의 고통을 시시각각 관찰해 본 적은 없었다. 물론 그들은 죄 없는 아이들에게 가해진 고통을 정말로 용납될 수 없는 추한 현실로 보았다. 하지만 그때까지는 어찌 보면 추상적으로 울분을 느껴 왔을 뿐이다. 죄 없는 한 아이가 겪는 극한의 고통을 이처럼 오래 정면으로 바라본 적이 없었기 때문이다.

바로 그때 아이가 갑자기 위를 깨물린 듯 꿈틀하더니, 가냘픈 신음을 하며 다시 몸을 구부렸다. 몇 초 동안 몸을 구부린 채로 마치 연약한 뼈대가 페스트의 광풍 아래 꺾이고 반복되는 신열의 입김에 깨지는 듯이 아이의 몸은 경련과 오한으로 뒤흔들렸다. 돌풍이 지나가자 아이의 몸이 축 처졌는데, 신열이 물러서며 헐떡거리는 아이를 휴식이 이미 죽음을 닮은 곳, 즉 습하고 독이 서린 모래사장 위에 내버리는 것 같았다. 타오르는 파동이 세 번째로 아이를 공격해 약간 들어 올렸을 때, 아이는 몸을 다시 바싹 오그리며 그를 태우던 불꽃이 무서워 침대 깊숙한 곳으로 물러났다가 담요를 젖혀 버리면서 미친 듯이 머리를 내저었다. 벌겋게 된 눈꺼풀 아래에서 굵은 눈물이 솟아 납빛 얼굴 위로 흐르기 시작했고, 발작이 끝나갈 무렵 탈진한 아이는 48시간 만에 살이 녹아 버려 뼈만 앙상해진 팔다리를 오그라뜨리며 헝클어진 침대 속에서 십자가에 못 박힌 듯한 기이한 자세를 취했다.

타루가 몸을 굽혀 육중한 손으로 눈물과 땀으로 흠뻑 젖은 조그만 얼굴을 닦아 주었다. 얼마 전부터 카스텔은 책을 덮고 환자를 바라보고 있었다. 뭔가를 말하려다가, 갑자기 음성이 갈라져 기침을 하고서 말을 이었다.

"아침에 증상 완화 현상은 없었지, 안 그런가, 리외?"

리외가 증상 완화는 안 보였고, 아이가 보통 때보다 더 오래 버티고 있다고 말했다. 벽에 쓰러질 듯이 기대어 있던 파늘루 신부가 나지막하게 말했다.

"그러니까, 이 아이가 죽을 거라면, 더 오래 고통을 겪는 셈이군요."

리외가 돌연 그에게로 몸을 돌려 뭔가 말하려고 입을 벌렸다가, 자기를 억제하려고 눈에 띄게 애를 써서 다시 아이에게로 시선을 돌렸다.

병실이 햇빛으로 더 환해졌다. 다른 다섯 개 병상의 주인들이 몸을 뒤척이며 신음했는데, 서로 합의라도 한 듯이 하나같이 나직한 소리였다. 저 끝의 한 환자만 일정한 간격으로 비명을 질렀는데, 고통보다는 차라리 놀라움을 표하는 작은 탄성 같았다. 사실 환자들에게조차 발병 초기의 공포는 지나간 것 같았다. 현재 그들이 병을 대하는 태도에는 일종의 애절한 체념이 보였다. 오직 이 아이만이 온 힘을 다해서 발버둥 치며 싸우고 있었다. 리외는 때때로 아이의 맥을 짚었는데, 필요해서라기보다는 아무것도 못하고 있는 무력한 기분에서 벗어나고 싶어서였다. 눈을 감으면 어린아이의 맥이 자신의 피의 맥박과 뒤섞이는 것이 느껴졌다. 이때 그는 고통받는 아이와 하나가 되어 아직 성한 자신의 모든 힘으로 이 아이를 받쳐 주려고 했다. 하지만 1분쯤 지나면 둘의 심장 박동이 엇갈리며 아이가 그에게서 빠져나갔고, 그는 또다시 무력감을 느꼈다. 그는 그 가느다란 손목을 놓고 제자리로 돌아왔다.

석회로 바른 벽이 햇빛에 장밋빛에서 노란빛으로 바뀌고 있었다. 창문 너머에서 더운 아침이 타닥거리기 시작했다. 그들은 그랑이 떠나면서 다시 오겠다고 한 말소리도 흘려들었다. 모두 기다리고 있었다. 아이는 여전히 눈을 감은 채 조금 진정된 것 같았다. 짐승의 발톱처럼 세운 손가락들이 침대 가를 힘없이 긁적대고 있었다. 그 손을 위로 올려 무릎 근처의 이불을 긁다가, 갑자기 두 무릎을 접어 허벅지를 배 근처로 당기고 움직이지 않았다. 그때 아이가 처음으로 눈을 뜨고 자기 바로 앞에 서 있는 리외의 눈을 보았다. 잿빛 찰흙 가면처럼 굳은 그 작은 얼굴에서 서서히 입술이 벌어지더니 긴 비명이 흘러나왔다. 호흡에도 거의 변화가 없이, 단조로운 불협화음으로 내뱉는 사나운 분노의 항의가 병실을 가득 채웠다. 그렇게 작은 아이가 내는 것이라기보다 마치 전 인류로부터 솟구쳐 나오는 항변 같았다.

리외는 이를 악물었고, 타루는 얼굴을 돌렸다. 랑베르는 카스텔 곁의 침대로 다가갔고, 카스텔은 무릎 위에 펼쳐져 있던 책을 덮었다. 파늘루 신부는 병의 고통에 더럽혀지고 모든 세대의 비명으로 가득 찬 그 앳된 입을 바라보았다. 그가 무릎을 꿇고서 약간 목멘 음성으로, 그러나 멈추지 않는 그 이름 모를 신음 속에서도 또렷이 들리게 이렇게 말한 것도 당연했다.

"주여, 이 아이를 구해 주소서."

하지만 아이는 계속 비명을 질렀고, 주위의 환자들이 동요하기 시작했다. 방 저쪽 끝에서 줄곧 탄성을 발하던 환자의 탄식 속도가 더 빨라지더니 마침내 진짜 비명으로 바뀌었고, 다른 환자들의 신음도 점점 커졌다. 방 안에 오열의 물결이 일어나 파늘루의 기도를 뒤덮었다. 리외는 침대의 가로대를 움켜쥐고 피로와 혐오에 치여 두 눈을 감아 버렸다.

다시 눈을 뜨자 타루가 옆에 와 있었다. 리외가 말했다.

"난 가야겠어요. 저 소리를 더 이상 못 견디겠어요."

그런데 갑자기 다른 환자들이 입을 다물었다. 의사는 그때 아이의 비명이 점점 약해지다가 방금 뚝 멎었다는 것을 깨달았다. 주위에서 탄식들이 재차 이어졌지만, 그 소리는 아주 낮아 막 끝난 싸움의 머나먼 메아리 같았다. 그도 그럴 것이 이 싸움은 실제로 끝났기 때문이다. 카스텔이 침대의 다른 쪽으로 가며 다 끝났다고 말했다. 입은 벌리고 있지만 말을 못하는 아이는 헝클어진 이부자리에 파묻혀 누워 있었는데, 갑자기 더 작아져 있었고 얼굴에는 눈물 자국이 가득했다.

신부가 침대로 다가가 성체 강복식의 동작을 했다. 그러고는 사제복을 다시 여미고 중앙 통로를 통해 밖으로 나갔다.

"전부 다시 시작해야 하나요?"

타루가 카스텔에게 물었다.

노의사는 고개를 끄덕이며 쓸쓸한 미소를 지었다.

"아마도. 아이가 오래 버티긴 했는데."

리외는 벌써 방에서 나가고 있었다. 너무 서두르는 걸음걸이에 표정이 심상치 않아서, 파늘루 신부는 복도에서 자신을 스쳐 지나가려는 의사의 팔을 붙잡았다.

"저기, 의사 선생."

리외가 거칠게 홱 몸을 돌리더니 이렇게 내뱉었다.

"아! 적어도 저 아이는 아무 죄가 없었어요. 물론 잘 알고 계시겠죠!"

그가 파늘루를 지나쳐서 학교 운동장을 성큼성큼 가로질러 갔다. 교정 한구석에 먼지가 내려앉은 나무들 사이의 벤치에 앉아서, 이미 눈 속까지 흘러내린 땀을 닦아 냈다. 심장을 조르는 격렬한 매듭을 풀기 위해 시원하게 욕설이든 뭐든 내지르고 싶었다. 무화과나무 가지들 사이로 더위가 서서히 내려앉고 있었다. 아침나절에 푸르던 하늘에 희멀건 안개가 끼어서 대기가 더 숨 막혔다. 리외는 벤치에 몸을 늘어뜨리다. 나뭇가지와 하늘을 바라보며 서서히 호흡을 가다듬고 조금씩 피로를 삭이고 있었다. 뒤에서 한 음성이 들렸다.

"왜 내게 그렇게 화를 내십니까? 저도 그 광경은 견딜 수 없었습니다."

리외가 파늘루를 돌아보았다.

"맞습니다. 용서하세요. 피곤해서 정신을 잃은 겁니다. 그리고 이 도시에서는 내가 반항심 외에는 아무것도 느낄 수 없는 때가 있습니다."

파늘루가 차분하게 대꾸했다.

"이해합니다. 그런 일에는 정말 반항심이 입니다. 인간의 능력을 벗어나니까요. 하지만 어쩌면 우리는 이해할 수 없는 것을 사랑해야만 합니다."

리외가 벌떡 몸을 일으켰다. 그리고 자신이 쥐어짤 수 있는 모든 힘과 열정을 모아 파늘루를 바라보다가 고개를 흔들었다.

"아니요, 신부님. 나는 사랑을 매우 다른 것으로 생각합니다. 그리고 아이들이 고문당하도록 창조된 세상을 사랑하는 건 죽어도 거부하겠습니다."

파늘루의 얼굴에 격동의 그림자가 스쳤다.

"아, 의사 선생님, 은총이 무엇인가를 나는 방금 깨달았습니다."

신부가 서글프게 내뱉었다.

하지만 리외는 다시 벤치에 몸을 늘어뜨렸다. 다시 밀려온 피로 때문에 말투가 부드러워졌다.

"그것이 내게는 없네요. 알고는 있는데. 하지만 그런 문제를 신부님과 따지고 싶지는 않네요. 우리는 신성모독이나 기도를 초월해서 우리를 한데 뭉치게 하는 뭔가를 위해 함께 일하고 있어요. 중요한 건 그것뿐이에요."

파늘루가 리외의 곁에 앉았다. 그는 감동한 모습이었다.

"그래요, 맞습니다. 당신 역시 인간의 구원을 위해 일하고 있습니다."

리외는 미소를 지으려 애썼다.

"인간의 구원이라니 너무 거창한 말입니다. 그렇게까지 고상한 목표는 없어요. 내 관심은 인간의 건강이에요. 건강이 최우선입니다."

파늘루가 머뭇거렸다.

"의사 선생님……."

하지만 말을 멈췄다. 그의 이마에도 땀이 흐르기 시작했다.

"또 뵙죠."

그가 이렇게 웅얼거리며 일어섰다. 그의 눈가가 젖어 있었다. 그가 막 떠나려 할 때, 생각에 잠겨 있던 리외 역시 일어나 그에게로 한 걸음 다가갔다.

"다시 사과드립니다. 그렇게 화내는 일은 다시는 없을 겁니다."

파늘루는 손을 내밀고 서글프게 말했다.

"하지만 나는 당신을 납득시키지는 못했습니다!"

"그게 뭐 어떻습니까? 내가 미워하는 게 죽음과 악이라는 건 잘 아시잖아요. 그리고 원하시든 그렇지 않든, 우리는 동맹입니다. 함께 그것들을 겪고 함께 싸우고 있죠."

리외는 여전히 파늘루의 손을 잡은 채로 말을 이었다.

"아시죠. 이제 하느님도 우리를 갈라놓을 수 없습니다."

하지만 그는 파늘루의 시선은 피했다.

***

보건위생대에 들어간 후로 파늘루는 병원과 페스트가 스쳐 간 장소를 떠난 적이 없었다. 그는 동료들 사이에서 마땅히 자신이 있어야 한다고 생각한 자리, 즉 가장 선두에 섰다. 그때부터 줄곧 그는 죽음의 광경들을 빠짐없이 보았다. 이론적으로야 주기적으로 혈청을 맞으니까 면역이 된다지만, 죽음이 언제든 자신도 덮칠 수 있음을 잘 알고 있었다. 그는 겉으로는 항상 침착함을 유지했다. 하지만 소년이 죽어 가는 모습을 지켜본 그날, 그의 내면에서 뭔가가 변한 것 같았다. 그리고 얼굴에 긴장하는 기색이 점점 드러났다. 그가 리외에게 웃으며 자신이 지금 '사제가 의사의 진찰을 받는 게 정당한가?'라는 주제로 짧은 논문을 준비하고 있다고 말한 날, 의사는 파늘루의 말 속에 훨씬 더 심각한 무언가가 있다는 인상을 받았다. 의사가 논문을 보고 싶다며 크게 관심을 표하자, 파늘루는 곧 남자들을 위한 미사에서 강론을 할 건데 그때 몇 가지 견해를 포함시킬 생각이라고 말했다.

"의사 선생님도 오셨으면 합니다. 당신에게 흥미로운 주제일 겁니다."

강한 바람이 불던 어느 날, 신부가 두 번째 강론을 했다. 청중석은 첫 번째 강론 때보다 한산했다. 이런 행사들에 우리 시민들을 끌어당기는 새로운 것이 더 이상 없었기 때문이다. 비정상적인 상황에 처해 있는 그들에게 '새로움'이라는 단어 자체가 의미를 잃었다. 게다가 대부분의 사람들은, 종교적 의무를 완전히 저버리거나 아예 아주 부도덕한 삶으로 돌아선 건 아니었지만, 꾸준히 성당에 나가는 대신 다소 허황된 미신들에 빠져들었다. 그래서 그들은 미사에 참석하기보다는 수호용 목걸이나 성 로크의 부적을 지니는 데에 더 적극적이었다.

시민들이 온갖 종류의 예언에 열광한 모습이 단적으로 드러난 예가 있다. 실제로 봄에는 금방이라도 전염병이 끝날 것 같았기 때문에, 굳이 병이 언제까지 갈 것 같냐고 남에게 묻지 않았다. 모두가 곧 끝난다고 확신했다. 하지만 사태가 길어지자 이 불행이 어쩌면 영원히 끝나지 않을지도 모른다는 두려움이 커졌고, 페스트의 종식이 모두가 바라는 목표가 되었다. 그러자 점성가나 가톨릭교회 성인 들의 다양한 예언서가 이 손에서 저 손으로 돌아다녔다. 시의 인쇄업자들은 이런 열광적인 분위기가 큰돈이 되겠다는 것을 재빨리 간파하고 구전되는 이야기들을 묶어서 대량으로 발행했다. 대중의 호기심이 식을 줄 모르자, 시립 도서관 등에서 예언과 관련된 모든 야사들을 조사해서 시중에 퍼뜨렸다. 발굴한 야사들도 다 떨어지자 기자들에게 예언을 쓰라고 주문했는데, 기자들은 이런 일에서는 그들이 모방하려는 지난 시대의 인물들 못지않은 능력을 발휘했다.

심지어 어떤 예언적 기사들은 신문에 연재되었고, 건강하던 시대에 신문 지면을 뒤덮었던 스캔들만큼이나 게걸스레 읽혔다. 몇몇은 그해의 연도, 사망자의 수, 페스트가 발병한 개월 수를 합친 괴상한 계산에 근거를 두고 있었다. 역사상 대규모 페스트들과의 비교표를 작성해서 거기서 비슷한 점(예언들이 '불변의 사실'이라고 부른 것)을 추출한 다음, 앞의 것들에 버금가는 괴상한 계산법을 고안해서 현재의 시련과 관련된 교훈을 끌어내는 예언들도 있었다. 하지만 대중에게 가장 유행한 것은 두말할 나위 없이 묵시록적 언어로 일련의 사건들을 예고한 것들인데, 각 사건들은 당시 오랑 시민들이 겪고 있는 현상으로 볼 수도 있지만 복잡해서 온갖 해석에 다 맞아떨어지기도 했다. 그래서 매일 노스트라다무스와 성 오딜을 끌어댔고, 그러면 항상 통했다. 사실 모든 예언들은 공통적으로, 결국 마음을 안심시켜 주었다. 그러나 불행히도 페스트는 그렇지 않았다.

따라서 우리 시민들은 미신들로 종교를 대신하고 있었고, 바로 이런 이유로 파늘루 신부의 강론에 신도석이 4분의 3밖에 차지 않았다. 그날 저녁 리외가 도착했을 때, 입구의 여닫이문들을 통해 가는 줄기로 스며든 바람이 청중 사이를 유유히 휘젓고 다녔다. 리외는 싸늘하고 고요한 교회 안에서 남자만으로 구성된 청중 사이에 앉아서 신부가 설교대에 오르는 것을 보았다. 신부의 어조는 이전보다 더 부드럽고 더 신중했고, 수차례 모종의 망설임마저 감지되었다. 더욱 기이한 일은 그가 이제는 '여러분'이 아니라 '우리'라고 말하고 있었다는 것이다.

하지만 파늘루의 음성은 점차 단호해졌다. 페스트가 벌써 수개월째 우리 사이에 있음을 상기시키며 설교를 시작하더니, 페스트가 식탁이나 사랑하는 이의 침대 머리맡에 앉아 있고, 옆에서 함께 걷고, 일터에서 우리가 출근하기를 기다리고 있는 것을 목격해 왔다고 했다. 그래서 지금은 우리가 페스트를 훨씬 잘 알게 되었다고, 페스트가 줄곧 우리에게 말해 왔는데 우리가 처음에는 놀라서 잘 알아듣지 못했던 메시지를 지금은 훨씬 더 적절히 받아들일 수 있다고 했다. 파늘루 신부는 자신의 첫 번째 강론 내용은 여전히 유효하고 그게 자신의 신념이나, 어쩌면 우리 모두에게 닥칠 수 있는데 (여기서 그가 가슴을 쳤다) 아무런 자비심 없이 말과 생각을 내뱉었다고 했다. 그러나 이 것만은 부정할 수 없는 사실이니, 어떤 상황에서도 항상 배울 점이 있다는 것이었다. 가장 잔인한 시련조차 기독교도에게는 특별한 은총이었다. 당연히 기독교도는 이런 종류의 시련에서 자신의 은총을 찾아내야 하고, 그 은총이 어디 있고 어떻게 가장 잘 활용할 수 있는지 알아야 했다.

이때쯤 리외의 주위 사람들이 의자 팔걸이에 팔을 걸치며 편한 자세를 찾아 몸을 뒤척였다. 가죽을 덧댄 출입문 하나가 부드럽게 덜거덕거렸다. 누군가 그것을 고정시키려고 일어섰다. 리외는 어수선한 분위기 때문에 파늘루가 다시 이어 가던 설교에 집중하지 못했다. 대강 요약하자면, 우리는 페스트 때문에 생긴 현상들을 설명하려고 애쓰고 있는데, 사실은 페스트가 우리에게 주는 교훈을 얻어야 한다는 말이었다. 리외는 신부가 페스트는 설명할 필요가 전혀 없다고 생각한다고 막연히 이해했다.

신부가 더 단호한 어조로 세상에는 하느님에 비추어 설명할 수 있는 것과 그렇지 않은 것이 있다고 말했을 때, 리외는 다시 흥미를 느껴서 설교에 집중했다. 세상에는 분명히 선과 악이 존재하는데, 대체로 그것은 구분하기가 쉽다. 문제는 악의 속성을 들여다볼 때, 그중에서도 인간의 고통이 포함되어 있는 악을 들여다볼 때 발생한다. 그러니까 필요악과 불필요한 악이 있는 것이다. 지옥에 빠진 돈 후안과 어린아이의 죽음처럼. 난봉꾼이 벼락을 맞는 것은 옳은 일이지만, 어린아이가 고통받는 것은 이해할 수 없기 때문이다. 정말이지 이 지구상에서 한 아이의 고통, 그 고통을 지켜볼 때 느끼는 공포, 이 모든 상황을 설명해 줄 이유를 찾아내는 것보다 더 중대한 것은 없다. 삶의 다른 측면들은 신이 우리에게 용이하게 해 주었기 때문에 딱히 종교의 필요성을 느끼지 않는다. 하지만 이 지점에서 신은 우리를 궁지로 몰아넣었다.

지금 우리는 페스트의 담벼락에 둘러싸였고, 이 담벼락의 치명적인 그림자에서 은총을 찾아내야 한다. 파늘루 신부는 그 벽을 간단히 뛰어넘게 해 줄 안이한 장치를 거부했다. 아이의 앞에 놓인 영원한 축복이 그 고통을 보상해 준다고 말하면 청중은 쉽게 안심했을 것이다. 그러나 그가 이 점에 대해 확신이 없는데 어떻게 안심시켜 줄 수 있겠는가? 대체 누가 영원한 행복이 한순간의 인간적 고통을 충분히 보상해 준다고 감히 단정할 수 있는가? 그런 사람은 진정한 기독교도가 아니다. 육신과 영혼의 모든 고통을 겪은 '주 예수 그리스도'를 섬기는 진정한 제자들이 아니다. 그렇다, 신부는 모든 인간적 고통의 상징, 십자가에서 사지가 찢기는 고통을 충실히 믿기에, 벽을 기대고 굳건히 서서 아이의 끔찍한 고통을 직시하겠다고 말했다. 그리고 오늘 자신의 설교를 듣는 이들에게 과감하게 이렇게 말하고 싶다고 했다.

"형제님들, 때가 왔습니다. 모든 것을 믿거나 모든 것을 부정해야 합니다. 여러분 중 대체 누가, 감히 모든 것을 부정할 수 있겠습니까?"

그 순간 신부가 이단에 가까워지고 있다는 생각이 리외의 마음에 스쳤지만, 상대는 이미 힘차게 설교를 이어가서 '이런 무조건적 요구가 곧 기독교도의 특권이자 미덕'이라고 단언했다. 신부는 자기가 말하고자 하는 기독교의 미덕이 지나치게 과격해 보이기 때문에, 더 관대하고 전통적인 도덕에 길들여진 많은 영혼들은 다소 충격적일 수 있다고 말했다. 하지만 페스트 시대의 종교는 여느 때의 종교일 수 없으니, 하느님은 행복한 시절에는 인간들이 영혼의 안식과 기쁨을 누리기를 염원하시지만, 극도의 재난 시기에는 영혼에 극한의 요구를 부과하신다고 했다. 오늘날 하느님이 그런 은총을 베풀어, 자신의 피조물들이 '전부 아니면 무'라는 가장 위대한 미덕을 되찾아 누리기를 바라고 계신다고 했다.

수세기 전에 한 세속의 작가가 교회의 비밀을 폭로하겠다면

서 '연옥'은 없다고 선언했다. 그는 중도안이란 없고 오직 '천
당'과 '지옥'만 있음을, 구원을 받거나 저주를 받거나 둘 중 하
나뿐임을 암시한 것이다. 파늘루에 따르면, 이것은 눈멀고 방
종한 마음에서만 생겨날 수 있는 이단이었다. 연옥은 존재하기
때문이다. 다만 연옥을 기대하면 안 되는 시대가 있으니, 죄의
경중을 따질 수 없기 때문이다. 모든 죄가 치명적인데, 무관심
도 죄였다. 전부, 아니면 전무인 것이다.

  파늘루가 말을 멈췄다. 문 아래로 성당 밖의 몇 배 더 심해
지는 것 같은 바람의 탄식이 더 또렷이 들렸다. 신부는 바로 그
때, 자신이 말하는 완전 수용이라는 미덕을, 사람의 언어에 실
린 제한된 의미로 이해하면 안 된다고 말했다. 그것은 비천한
체념이 아니고, 그렇다고 고도의 겸손도 아니었다. 굴종이었고,
굴종하는 사람이 동의하는 굴종이었다. 어린아이가 고통받는
것은 정신적으로나 심적으로나 당연히 굴욕적이다. 하지만 정
확히 이런 이유로 우리는 그 고통을 끌어안아야 했다. 파늘루
는 지금 이 말을 꺼내기가 쉽지 않음을 청중에게 분명히 하고
서, 신의 뜻이 그러하다면 그래야 한다고, 신이 바로 그 고통을
원하면 받아들여야만 한다고 말했다. 그래서 오직 기독교도만
이 문제를 정확히 직시하고, 어떤 속임수도 없이 '근원적 선택'
이라는 중대한 주제에 도달할 수 있는데, 그 선택은 모든 것을
믿는 쪽이라고 했다. 모든 것을 부정하는 지경에 이르지 않기

위해서 말이다. 림프샘의 멍울이 인간의 몸이 감염을 물리치는 자연의 이치임을 알게 되자 교회에 와서 "하느님, 그에게 림프샘의 멍울을 주세요"라고 기도하는 용감한 여인들처럼, 기독교도는 신의 의지에 오롯이 자신을 내맡길 줄 알아야 한다는 것이다. 비록 이해되지 않더라도 말이다. "이해는 하지만 받아들일 수는 없다"는 말은 틀렸다. 우리는 받아들일 수 없는 것들로 곧장 뛰어들어야 한다. 그래야만 비로소 선택할 수 있기 때문이다. 어린아이들의 고통은 우리의 쓰디쓴 빵이나, 이 빵이 없이는 우리의 영혼이 굶주려 죽는다.

파늘루 신부가 잠시 숨을 고를 때마다 나던 가라앉은 소음이 귀에 들린다 싶었는데 갑자기, 그가 소리를 높여서 청중을 대신해 묻는다는 듯이 '그럼 어떻게 행동해야 올바르냐'고 소리쳤다. 그는 사람들이 틀림없이 자신의 말에 '숙명론'이라는 한심한 단어를 붙일 거라고 말하더니, 그 앞에 '능동적'이라는 형용사만 붙여 준다면 자신도 수용하겠다고 했다. 말할 것도 없이 그가 이번에도 아비시니아 기독교도들을 흉내내서는 안 된다고 강조했다. 기독교도 방역 반원들에게 자신들의 헌 옷을 던지며 신이 보낸 병에 대항하려는 불신자들에게 페스트를 주라고 큰 소리로 하늘에 기도했던 페르시아인들도 따라해서는 안 됐다. 그렇다고 도시 전역에 페스트가 돌 때 축축하고 따뜻한 입술에는 감염균이 잠복해 있을 수 있다며 성체를 집게로 집어서 영성체를 준 카이로의 수도승들처럼 해도 안 됐다. 페르시아의 페스트 환자들과 수도승들은 똑같이 죄를 지었다. 전자는 어린아이의 고통을 헤아리지 않았고, 후자는 반대로 고통을 피하려는 인간적인 두려움에만 사로잡혔던 것이다. 둘 다 진짜 문제를 회피했다. 둘 다 신의 목소리에 귀를 막았다.

파늘루는 다른 선례도 상기시켰다. 마르세유의 대(大)페스트 창궐 당시의 연대기를 믿자면, 메르시 수도원에서 81명의 수도사 중 4명만 살아남았다. 그리고 넷 가운데 셋이 도망쳤다. 기록자들은 이 사실들만 기록하고 그쳤다. 하지만 이것을 읽을 때 파늘루 신부의 생각은 온통, 77명 동료들의 시신과 세 형제들의 도주에도 불구하고 홀로 남아 있던 수도승에게로 향했다. 신부는 주먹으로 설교대의 가장자리를 내리치며 외쳤다.

"형제님들, 남아 있는 사람이 되어야 하는 겁니다!"

물론 한 사회가 무질서한 재앙의 시기에 도입한 조치나 현명한 규율을 거부하라는 말이 아니었다. 도덕론자들의 말처럼 무조건 무릎을 꿇고 항복하라는 것도 아니었다. 아니, 우리는 어둠 속에서 더듬으며 조금씩 전진해서, 간혹 발부리가 걸려 넘어지더라도 선을 행하려고 노력해야 한다. 하지만 그 밖의 것들에 대해서는, 어린아이의 죽음에 대해서조차 개인적 구제를 모색하지 않고 가만히 하느님의 손에 내맡겨야 한다.

여기서 파늘루 신부는 페스트가 창궐하던 마르세유의 벨쵱스 주교를 대표 사례로 언급했다. 전염병이 종식될 무렵, 이 주교는 해야 할 모든 일을 다 해 본 후에, 먹고 마실 것을 가지고 손수 쌓은 높은 담 안에 칩거했다. 그를 우상화했던 마르세유 주민들은 극한 시련의 시기에 종종 그러하듯 감정이 격변해서, 이제 주교에게 분개해서 그의 집 주변을 환자 시체들로 둘러서 감염시키려 했다. 더 확실하게 그를 파멸시키려고 시체들을 담 너머로 던져 넣기까지 했다. 마지막 순간에 마음이 약해져 세상에서 떨어지려 했더니, 머리 위로 시체들이 비처럼 떨어지게 되었다! 우리도 마찬가지로, 페스트의 시대에 도망갈 섬이란 없다고 다짐해야 한다. 그렇다, 중간은 없다. 딜레마를 인정하고서, 신을 증오할 것인지 아니면 신을 사랑할 것인지 택해야 한다. 그런데 누가 감히 신에 대한 증오를 택할 수 있겠는가?

파늘루의 설교는 결론으로 치닫고 있었다.

"형제님들, 하느님에 대한 사랑은 힘든 사랑입니다. 전적인 자기 포기, 자기 인격의 무시를 전제로 하니까요. 그래도 그 사랑만이 우리가 어린아이들의 고통과 죽음을 받아들이고 인정하게 해 줍니다. 안 그러면 도저히 이해할 수 없기 때문입니다. 오직 하느님의 의지를 우리의 것으로 받아들일 수밖에 없습니다. 바로 이것이 제가 여러분과 나누고 싶은 힘든 교훈입니다. 인간의 눈에는 잔인하고 신의 눈에는 결정적인, 바로 이 신앙에 도달하려고 애써야 합니다. 우리는 우리 자신을 뛰어넘어

저 높고 경외로운 이상을 갈망해야 합니다. 그 꼭대기에서는 모두 다 한데 섞이고 동등해지며, 표면적으로 불의로 보이는 먹구름에서 진리의 번개가 칠 것입니다. 그래서 프랑스 남부의 많은 성당의 지하에 수세기 전부터 페스트로 쓰러진 자들이 잠들어 있으니, 지금 많은 사제들이 그들의 무덤 위에 서서 전하는 신의 메시지는, 어린아이들조차 보탠 죽음의 재로부터 솟아 나오는 겁니다."

리외가 밖으로 나오려 하자 반쯤 열린 문 사이로 거센 바람이 들이쳐 신자들의 얼굴을 정면으로 덮쳤다. 비와 젖은 보도의 냄새가 바람에 실려 교회 안으로 들어와 신자들은 밖으로 나가기도 전에 거리의 모습을 짐작할 수 있었다. 리외보다 앞서 밖으로 나가던 한 늙은 신부와 젊은 부제가 모자를 붙잡느라 애를 먹고 있었다. 그렇지만 노신부가 쏟아내는 불평을 방해할 정도는 아니었다. 그는 파늘루의 웅변에는 경의를 표했지만, 파늘루가 보여 준 대담한 사유를 받아들이기는 주저했다. 자기 생각에 강론이 힘보다는 불안을 더 많이 보여 줬는데, 파늘루 정도 연배의 사제가 불안해하면 안 된다는 것이다. 젊은 부제는 바람을 피해 머리를 수그린 채, 자기는 파늘루 신부를 자주 뵈서 그의 변화를 잘 아는데, 그의 다음번 논문은 훨씬 더 대담해서 분명 교회의 '출판 허가'를 얻지 못할 것이라고 장담했다. 노신부가 물었다.

"그래, 그의 사상이라는 게 어떤 건가?"

그들이 성당 앞뜰에 다다르자 바람 소리가 커져서 나이 어린 사람이 말을 끊었다. 바람이 잦아들자 그는 이렇게만 말했다.

"신부가 의사의 진찰을 받는다면, 그건 모순이라는 겁니다."

타루는 리외가 파늘루의 강론 내용을 들려주자, 전쟁 때 두 눈이 파인 한 청년의 얼굴을 보고 신앙을 잃은 신부가 있었다고 말했다.

"파늘루가 옳아요. 죄 없는 사람이 두 눈을 파인 경우 기독교인이라면 신앙을 잃거나 눈이 파인 것을 받아들이거나 해야죠. 파늘루는 신앙을 잃고 싶지 않으니까 끝까지 갈 겁니다. 그는 그걸 말하고 싶었던 거예요."

이런 타루의 고찰이, 파늘루의 행동을 주위 사람들이 이해할 수 없던 와중에 발생한 불행한 사건을 조금이나마 해명해 줄지도 모르겠다. 각자 판단해 보길 바란다.

그 설교 후 며칠이 지난 다음 파늘루는 이사를 하느라 바빴다. 병의 확산으로 도심지 사람들의 이사가 빈번하던 시기였다. 타루가 호텔을 떠나 리외의 집에서 묵어야 했던 것과 마찬가지로, 신부 역시 교구에서 마련해 줬던 아파트를 떠나 아직 페스트에 감염되지 않은 독실한 노부인의 집으로 가야 했다. 신부는 이사를 하면서 몸도 마음도 예전에 비해 훨씬 큰 피로감을 느꼈다. 그래서 민박집 여주인의 존경을 잃었다. 어느 날 저녁 그녀가 성 오딜의 예언을 열렬히 칭찬하는데 그가 분명 피로한 탓에 조금 바쁜 기색을 보였기 때문이다. 노부인에게서 최소한 너그러운 중립적 태도라도 얻기 위해 곧바로 노력했지만 소용이 없었다. 노부인의 마음에는 그의 인상이 나쁘게 맺혀 버렸다. 해서 매일 저녁 그는 뜨개질한 레이스들로 가득한 방으로 돌아가기 전에, 그녀가 거실에 등을 돌리고 앉아서 어깨 너머로 무뚝뚝하게 "안녕히 주무세요, 신부님" 하고 건네는 밤 인사를 받아야 했다. 그러던 어느 날 저녁 잠자리에 들 때, 그는 머리가 쑤시고 여러 날 전부터 있던 신열이 걷잡을 수 없이 손목과 관자놀이로 빠져나오는 느낌을 받았다.

그다음 일은 후일 여주인의 입을 통해 알려졌다. 아침에 그녀는 평소처럼 일찍 일어났다. 몇 시간이 지나도 신부가 방에서 나오지 않자, 놀란 그녀는 한참 망설인 끝에 방문을 두드리고 문을 열었다. 신부는 밤새 잠을 설치고 아직 자리에 누워 있었다. 호흡이 가빴고 평소보다 눈이 충혈되어 보였다. 그녀가 '공손하게'(그녀의 표현이다) 의사를 부르겠다고 했는데, 그가 '꽤나 무례하리만치' 매몰차게 거절하는 통에 방에서 물러 나오는 수밖에 없었다. 잠시 후 신부가 벨을 눌러 그녀에게 와 달라고 청했다. 그는 자신의 예의 없는 행동을 사과하더니, 다른 증세는 전혀 없으니 이게 페스트일 리는 없다고, 그저 일시적인 피로일 거라고 말했다. 노부인은 의젓하게 자기는 그런 불안감에서 제안한 게 아니고, 자신의 안전은 하느님의 손에 있으니 염려치 않지만, 자기 집에 머물고 있는 손님인 신부에게 책임감을 느껴서였다고 대답했다. 신부가 아무 대꾸도 하지 않자, 자기 의무를 다하고 싶어(그녀의 말을 믿자면) 여주인은 한 번 더 의사를 부르자고 제안했다. 신부는 딱 잘라 거절하더니 설명을 덧붙였는데, 노부인이 듣기에 터무니없을 정도는 아니지만 앞뒤가 안 맞는 말이었다. 그녀는 신부가 자신의 원칙과 어긋나기 때문에 거부하는 것으로 대강 이해했을 뿐이다. 그녀는 신열 때문에 세입자의 생각이 흐트러졌다고 결론짓고 그에게 차를 갖다 주는 데 만족했다.

그러한 상황에서 발생하는 의무를 아주 정확하게 완수하리라 결심한 그녀는 두 시간마다 규칙적으로 환자를 들여다보았다. 신부가 하루 종일 쉴 새 없이 뒤척이는 모습이 가장 눈에 띄었다. 그는 연신 이불을 젖혔다 끌어당겼다 했고, 계속 손을 땀으로 번들거리는 이마에 갖다 댔다. 가끔 몸을 일으켜 거칠고 축축하고 막힌 기침을 쥐어짜듯 뱉어내 보려고도 했다. 그를 숨 막히게 하는 듯한 솜 같은 덩어리를 목구멍 저 안쪽에서 뽑아낼 수 없는 것처럼 보였다. 이런 발작이 지나자, 그는 완전히 탈진한 모습으로 뒤로 나자빠졌다. 끝으로, 그는 다시 반쯤 일어나더니 잠시 동안 이전의 모든 흥분 상태보다 더 강하게 집중해서 정면을 바라보았다. 하지만 의사를 부르면 환자의 기분이 나빠질까 봐 노부인은 계속 망설였다. 아주 심해 보이지만 단순한 발열 증세일 수도 있는 것이다.

늦은 오후, 노부인은 신부에게 다시 말을 붙여 보았다. 하지만 그저 혼란스러운 말만 들었다. 다만 의사를 부르자고 거듭 제안했을 때는, 신부가 몸을 일으켜 반쯤 막힌 목소리지만 또박또박 '나는 의사를 원치 않는다'고 말했다. 그 순간 집주인은 이튿날 아침까지 기다려 봐도 신부의 상태에 차도가 없으면 랑스도크 통신사에서 라디오를 통해 하루에도 열 번씩 반복해서 읊어대는 번호로 전화를 걸리라 결심했다. 여전히 의무감에서, 그녀는 환자를 밤샘 간호하리라고 다짐했다. 하지만 그날 저녁 신부에게 막 끓인 차를 갖다 주고 나서 잠깐 눈만 감고 있다는 것이 그만, 이튿날 새벽에야 눈을 떴다. 그녀는 그의 방으로 달려갔다.

신부는 미동도 없이 누워 있었다. 전날 극도로 충혈되어 있던 얼굴에는 납빛 기운이 돌았는데, 얼굴의 윤곽이 날카로워져서 그 기운이 더 뚜렷하게 느껴졌다. 신부는 침대 위에 걸려 있는 여러 색의 작은 유리구슬들로 된 샹들리에를 응시하고 있었다. 노부인이 들어서자 그가 그녀 쪽으로 고개를 돌렸다. 밤새 병마와 싸워 모든 기력이 쇠한 모습이었다. 그녀는 그에게 몸이 좀 어떠냐고 물었다. 그는 비정상적으로 무심한 음성으로 '상태가 안 좋은데, 의사는 필요 없고 규정대로 나를 병원으로 옮겨 달라'고 말했다. 질겁한 노부인은 전화로 달려갔다.

리외가 정오에 도착했다. 여주인의 말에 그는 파늘루의 말대로 너무 늦은 것 같다고만 대답했다. 신부는 여전히 초연한 태도로 그를 맞았다. 의사는 그를 진찰해 보고, 목이 붓고 호흡이 힘든 것을 제외하고는 폐페스트의 주요 증상이 하나도 없어서 놀랐다. 어쨌든 맥박이 너무 낮았고 전체적으로 몸 상태가 너무 위태로워 가망이 거의 없었다.

"그 병의 주요 증상은 하나도 없습니다. 하지만 사실대로 말하자면 석연치 않으니 격리를 해야만 합니다."

리외가 파늘루에게 말했다. 신부는 예의를 갖추려는 듯 이상하게 미소를 지었는데 말은 하지 않았다. 리외는 나가서 전화를 걸고 돌아왔다. 그가 신부를 쳐다보며 부드럽게 말했다.

"제가 곁에 있겠습니다."

상대방은 약간 생기가 되돌아온 듯한 눈빛으로 의사를 보았다. 그러고 나서 힘들게 한마디씩 끊어가며 말했는데, 슬픈 건지 아닌지 가늠할 수 없는 어투였다.

"감사합니다. 하지만 성직자에게 친구란 없습니다. 모든 것을 신께 맡겼죠."

그는 침대 머리맡에 걸려 있는 십자가를 달라고 부탁했고, 그것을 쥐자 고개를 돌려서 그것만 바라보았다.

파늘루는 병원에서도 이를 꽉 물고 입을 열지 않았다. 마치

한몸인 것처럼, 자기에게 행해지는 모든 치료의 와중에도 십자가를 손에서 놓지 않았다. 신부의 검사 결과는 여전히 애매했다. 리외의 머릿속에서 계속 의문이 일었다. 페스트이기도 했고 아니기도 했다. 얼마 전부터 페스트는 진단을 엇갈리게 하는 데 재미가 붙은 것 같았다. 하지만 파늘루의 사례에서는, 이후의 경과를 보건대 진단의 불확실성은 중요하지 않았다.

신열이 높아졌다. 기침이 거칠어져 온종일 환자를 고문했다. 마침내 그날 저녁, 신부는 호흡을 방해했던 솜 같은 덩어리를 토했다. 새빨간 색이었다. 신열이 들끓는 와중에도 파늘루는 초연한 시선을 유지했다. 이튿날 아침 침대 밖으로 몸을 반쯤 내놓고 죽은 채 발견되었을 때, 그의 시선에는 아무런 표정도 없었다. 그의 병상일지에는 이렇게 기록되었다.

「병명 미상.」

* * *

그해 위령의 날All Soul's Day은 예전과 매우 달랐다. 분명 날씨는 제철 날씨였다. 늦더위가 대번에 선선한 공기로 급변했다. 이제는 예년처럼 찬바람이 하루 종일 불었다. 큼직한 구름들이 이쪽 지평선에서 저쪽 지평선으로 달려가면서 집들에 그늘을 드리웠고, 그것들이 지나가면 11월의 쌀쌀한 금빛 햇빛이 내리쬐었다. 처음으로 우비가 등장했다. 유독 번들거리는 고무질의 천들이 눈에 많이 띄었다. 신문들이 2백 년 전 프랑스 남부를 휩쓸었던 대페스트 때 의사들이 감염으로부터 보호하기 위해 기름 먹인 천을 둘렀다는 기사를 내보냈기 때문이었다. 상점들은 그 틈을 타서 유행이 지난 재고품들을 방출했고, 구매자들은 덕택에 면역력이 생기기를 기대했다.

하지만 이런 모든 계절적인 징후도, 위령의 날에 공동묘지를 찾는 이가 없다는 사실을 감출 수는 없었다. 예년에는 텁텁한 국화꽃 냄새가 전차에 가득했고, 여자들이 친지들의 무덤에 헌화하려고 줄을 지어 갔다. 여러 달 동안 고립되어 망각 속에 지낸 고인들을 위로하려고 애쓰는 날이니 말이다. 하지만 이번 해에는 그 누구도 더 이상 죽은 사람들을 생각하고 싶어 하지 않았다. 그도 그럴 것이, 이미 죽은 자들을 지나칠 정도로 생각하고 있었다. 약간의 회한과 가득한 우수에 잠겨 고인을 찾는 것이 더 이상 중요한 일이 아니었다. 죽은 사람들은 더 이상 산 사람들이 일 년에 하루 변명을 하러 찾아가는 소외된 자들이 아니었다. 오히려 잊고 싶은 침입자들이었다. 정확히 이런 이유로 그해 '망자들의 축제'는 암묵적이고 의도적으로 기피되었다. 타루가 보기에 말투가 점점 야유조로 변해 가던 코타르에 의하면, 매일매일이 '망자들의 축제'였다.

실제로 페스트의 신명 난 불꽃이 더 크게 흥을 내며 화덕 속에서 여전히 타오르고 있었다. 사망자 수가 늘고 있지는 않았다. 하지만 페스트가 정점에 안착해서는, 착실한 공무원처럼 매일 규칙적으로 정확한 사망자 수를 달성하는 격이었다. 이론적으로는 좋은 징조였고, 전문가들의 견해도 같았다. 긴 상승 곡선 끝에 평평해진 그래프의 모양은 많은 이들을 안심시켰다. 예컨대 의사 리샤르는 두 손을 비비며 이렇게 말했다. "좋아, 오늘 그래프가 멋지군." 그는 스스로 마지막 계단이라 부르는 곳에 병이 도달했다고 평가했다. 이제부터 병은 감소할 수밖에 없을 것이다. 그는 이것을 카스텔이 제조한 새 혈청의 공으로 돌렸는데, 혈청은 실제로 얼마 전에 예상외로 몇 건의 성공을 거두었다. 노의사는 이를 부인하지는 않았지만, 전염병의 역사에서 예기치 못한 변화가 많았으므로 실상 아무것도 예단할 수 없다고 신중한 자세를 취했다. 도청은 오래전부터 민심을 진정시킬 뭔가를 주고자 원했지만 페스트 때문에 그러지 못하다가, 의사들을 모아서 혈청에 대해 발표해 달라고 부탁할 작정이었다. 그런데 불행히도 바로 그 무렵에 의사 리샤르가 페스트로 세상을 떠나는 일이 발생했다. 정확히 이 병이 마지막 계단에 있을 때였다.

분명 충격적인 일이었지만 그렇다고 뭔가를 증명하는 사례는 아니었음에도, 행정 당국은 초기에 낙관론을 환영했던 것만큼이나 경솔하게 비관론으로 돌아섰다. 카스텔은 최대한 정성을 다해 혈청을 준비하는 일에만 전념했다. 어쨌든 병원이나 검역소로 개조되지 않은 공공장소는 이제 한 곳도 없었고, 도청을 손대지 않은 채 그대로 둔 것은 분명 모일 장소를 한 군데는 남겨 둬야 했기 때문이었다. 하지만 전체적으로 보아 그시기에는 페스트가 비교적 소강상태에 있었으므로 자원 보건위생대는 조금도 무력해지지 않았다. 의사들과 의료진은 탈진할 정도의 노력을 쏟고 있기는 했지만, 더 큰 노력을 생각해야할 정도는 아니었다. 다만 그들은 규칙적으로 초인적이라고 할수 있는 일을 소화해 내고 있었다. 이미 나타난 폐페스트 감염이, 마치 바람이 사람들의 가슴속에 불을 지핀 것처럼, 시의 여기저기서 확산일로에 있었다. 환자들은 객혈을 하다가 더 빨리세상을 떠났다. 이 새로운 전염병의 형태는 더 치명적일 뿐만아니라 전염성도 더 큰 듯했다. 사실 전문가들의 의견은 이 점에서 늘 갈렸다. 하지만 공공의 안전을 위해 보건위생 관계자들은 계속 소독된 붕대 마스크를 썼다. 표면적으로만 보면 병은 확산일로에 있어야 했다. 하지만 선페스트의 사례가 줄고있어서 총계는 평형 상태였다.

하지만 갈수록 물자 보급이 어려워지면서 다른 걱정거리들이 생겨났다. 투기가 극성을 부려서 일차적 필수품들이 일반

상점에서 거래되지 못하고 터무니없는 가격에 판매되었다. 그 결과 부유층들은 부족한 것이 거의 없이 누리는 반면, 빈곤한 가정들은 무척 괴로운 상황에 처하게 되었다. 페스트는 감염의 무차별성으로 인해 우리 시민들 사이의 평등을 조장해야 했을 텐데, 이와 반대로 저마다의 이기심들이 충돌하며 사람들의 마음속에서 불공정이라는 감정을 더 첨예하게 만들었다. 물론 죽음이라는 나무랄 데 없는 평등은 여전했지만, 아무도 그런 평등은 원치 않았다. 배고픔에 고통을 받던 가난한 사람들은 더 향수에 잠겨 삶이 자유롭고 빵이 비싸지 않은 이웃 도시나 시골을 생각했다. 그래서 그들은 자기들을 충분히 먹일 수 없으면 떠나는 것을 허용해 주어야 한다는, 어찌 보면 그다지 이성적이지 않지만 자연스러운 생각을 품었다. 이는 하나의 구호가 되어 담벼락에 쓰여졌고, 지사가 지나가는 길에서 외쳐졌다. "빵 아니면 공기를." 이런 비꼬는 문구는 몇몇 시위의 기폭제가 되었다. 비록 빠르게 진압되었지만, 모두가 그 심각성을 인지하게 되었다.

당연히 신문들은 '무조건적 낙관론'이라는 하달된 지침을 철저히 따랐다. 신문을 그대로 믿자면, 그 당시 주민들은 '침착함과 냉철함의 모범 사례'를 보여주고 있었다. 하지만 그 어떤 것도 비밀이 될 수 없는 고립된 한 도시인데, 공동체가 '모범'을 보여주고 있다는 말에 속을 사람은 아무도 없었다. 그리고 기자가 언급한 '침착함과 냉철함'을 정확히 알려면, 행정 당국이 세운 예방 격리소나 격리 수용소 중 한 곳만 들어가 봐도 충분했다. 다른 일에 바빴던 서술자는 그런 곳에 대한 경험이 없었다. 그러니 여기서는 타루의 목격담을 인용할 수밖에 없다.

타루는 수첩에 시립 운동장에 설치된 수용소를 랑베르와 함께 방문했던 이야기를 적었다. 운동장은 도시 관문들 가까이에 있었는데, 한쪽에는 전차가 지나다니는 거리가, 또 한쪽에는 도시가 건설된 고원의 끝까지 뻗은 공터가 있었다. 사방에 높은 콘크리트 담이 둘러 있어서 네 군데의 출입구에 보초병을 세워 두는 것만으로도 충분히 탈주는 어려웠다. 그와 동시에 그 담은 외부인들의 불편한 호기심으로부터 예방 격리된 불행한 사람들을 막아 주었다. 하지만 그 불행한 사람들은 보이지도 않는 전차가 지나가는 소리를 하루 종일 듣고 있었고, 전차 소리의 강약으로 출퇴근 시간을 짐작하기도 했다. 그들은 몇 미터 떨어진 곳에서 자신들이 배제된 삶이 계속 이어지고 있고, 콘크리트 담이 마치 서로 다른 별인 양 두 세계를 낯설게 가르고 있음을 상기했다.

타루와 랑베르가 그 운동장에 간 것은 어느 일요일 오후였다. 축구 선수인 곤살레스와 동행했는데, 랑베르가 그에게 연락을 취해서 교대로 운동장의 경비를 서는 일을 맡아달라고 설득한 참이었다. 그래서 곤살레스를 수용소 소장에게 소개해 주러 갔다. 그날 오후 만났을 때 곤살레스는 첫마디로, 페스트 발병 이전에는 그때쯤이 경기를 시작하기 위해 유니폼을 갈아입는 시간이었다고 말했다. 지금은 경기장이 징발되었으니 다 옛일이었다. 곤살레스는 완전히 무료해 보였고, 실제로 그렇게 느꼈다. 그가 주말에만 한다는 조건으로 감시 업무를 받아들인 이유 중 하나였다. 하늘이 반쯤 구름에 덮여 있었는데, 곤살레스는 공기 냄새를 맡더니 아쉽다는 표정으로 비도 안 오고 덥지도 않은 이런 날씨가 경기를 제대로 치르기에 제격이라고 말했다. 그는 탈의실의 찜질약 냄새, 무너질 듯한 관람석, 엷은 황갈색 경기장 위의 산뜻한 빛깔의 유니폼, 중간 휴식 시간의 레몬이나 바싹 마른 목구멍을 수천 개의 바늘처럼 시원하게 해주는 레모네이드 탄산수 등을 상기시켜 주었다. 타루가 거기에 더해 기록한 바로는, 이 선수는 변두리의 푹 꺼진 길을 가던 내내 돌멩이가 보이는 족족 계속 발길질을 해 댔다. 돌멩이를 정통으로 하수구를 향해 찼고, 성공하면 "1 대 0!"이라고 외쳤다. 담배를 다 피우면 꽁초를 내뱉고는 재빨리 몸을 날려 떨어지는 꽁초를 발로 차려고 하기도 했다. 운동장 근처에서 놀던 아이들의 공이 길을 가던 그들 쪽으로 날아오자 곤살레스는 몸을 움직여 그것을 정확하게 돌려보냈다.

드디어 그들은 운동장으로 들어섰다. 관중석은 사람들로 꽉 차 있었다. 하지만 운동장은 수백 개의 붉은 천막으로 덮여 있었

고, 멀리서도 천막 안의 침구들과 보따리들이 보였다. 관중석은
몹시 덥거나 비가 오는 날에는 수용자들이 그곳으로 피할 수 있
도록 그대로 뒀다. 그들은 다만 해 질 녘에 각자의 천막으로 되
돌아가야 했다. 관람석 아래에는 얼마 전에 설치한 욕실과 예전
의 선수용 탈의실을 개조한 사무실과 병실이 있었다. 수용자들
대부분은 관중석에 자리를 잡았고, 일부는 터치라인 근처에서
서성거렸다. 몇몇 사람은 천막 입구에 쭈그리고 앉아 흐릿한 시
선으로 두리번거렸다. 관중석에서 많은 사람이 털썩 주저앉아
뭔가를 기다리는 것처럼 보였다. 타루가 랑베르에게 물었다.

"저 사람들은 하루 종일 뭘 하죠?"

"아무것도 안 해요."

거의 대부분의 사람들이 사실 맨손에 두 팔을 떨구고 있었
다. 이 거대한 인간 집단은 이상하리만큼 조용했다.

"처음 며칠 동안은 자기 말소리가 안 들릴 정도로 시끌시끌
하거든요. 그러다가 날이 갈수록 말수가 줄더군요."

수첩에 적힌 바로는, 타루는 그들을 이해했던 것으로 보인
다. 초기에 그들이 겹겹이 쌓인 천막 속에서 파리 소리를 듣거
나 몸을 긁적거리다가, 기꺼이 귀를 기울여 줄 사람을 찾게 되
면 큰 소리로 분노와 공포를 이야기했을 모습이 눈에 선했다.
하지만 수용소의 인원이 초과된 때부터 기꺼이 들어 주는 사람
들의 수가 점점 줄어들었다. 따라서 입을 다물고 모두를 경계

하는 것 외에는 더 이상 남은 일이 없었다. 사실 거기에는 잿빛으로 빛나는 하늘에서부터 붉은 수용소 위로 쏟아져 내린 이슬 같은, 일종의 경계심이 있었다.

그렇다. 모두의 눈에 경계심이 담겨 있었다. 강제 격리를 당했으니, 아무 이유 없이 그러는 것은 아니었다. 그들은 이유를 찾으려 하고 두려워하는 자의 얼굴을 하고 있었다. 타루가 본 사람들은 하나같이 텅 빈 눈이었고, 자신의 삶에서 의미있던 모든 것과 단절되어서 눈에 띄게 고통받는 모습이었다. 그리고 항상 죽음에 대해 생각할 수는 없는 노릇이니, 그들은 아무것도 생각하지 않았다. 그들은 휴가 중인 셈이었다. 타루는 이렇게 적고 있다.

"하지만 최악은, 그들이 잊혀졌고, 그들 스스로 그 사실을 안다는 것이다. 그들의 친구들은 다른 것들을 생각하느라 그들을 잊었는데, 충분히 그럴 수 있다. 그들을 사랑하는 이들도 그들을 잊었는데, 그들을 빼내기 위한 절차나 계획에 온 힘을 쏟아부었기 때문이다. 항상 빼낼 궁리에만 골몰하다 보니, 막상 그들이 안전하게 빼내고자 하는 사람에 대한 생각은 멈췄다. 이것 또한 당연하다. 그리고 결국에 가서는 그 누구도 어떤 누군가를 정말로 생각할 수는 없음을 깨닫게 된다. 심지어 가장 처참한 불행에 처했다 해도 말이다. 누군가를 정말로 생각한다는 것은, 식사나 날파리, 집안일, 가려움 등의 걱정거리에 산만해

지지 않고 매순간 그 사람을 생각한다는 의미다. 하지만 파리나 가려움은 늘 있다. 그렇기 때문에 삶다운 삶을 산다는 것은 어려운 일이다. 그리고 이 사람들은 그것을 잘 알고 있다."

소장이 다가와서, 오통 씨가 만나고 싶어 한다고 말했다. 곤살레스는 사무실에 두고, 그들은 소장이 안내하는 대로 관중석의 한 모퉁이로 갔다. 오통 씨가 혼자 떨어져 앉아 있다가 그들을 맞기 위해 일어섰다. 판사는 과거와 똑같은 옷차림으로, 깃도 여전히 빳빳했다. 하지만 타루는 그의 관자놀이 부분의 머리털이 더 곤두섰고 한쪽 구두끈이 풀려 있는 것에 주목했다. 지쳐 보였고, 말하는 동안 단 한 번도 상대방을 정면으로 쳐다보지 않았다. 그는 그들을 만나서 기쁘고, 리외 의사에게 그가 베풀어 준 것에 대한 감사 인사를 전해 달라고 말했다. 두 사람은 잠자코 있었다. 잠시 침묵이 흐른 후에, 판사가 힘겹게 말을 이었다.

"필리프가 너무 고통받지 않았기를 바랍니다."

타루는 판사가 자기 아들의 이름을 부르는 것을 처음 들었다. 그는 뭔가 변했다. 해가 지평선으로 기울어 두 개의 구름 사이로 햇살이 비스듬히 관중석을 비추며 세 사람의 얼굴을 금빛으로 물들였다.

"아닙니다, 그러지 않았어요. 정말 고통받지 않았습니다."

그들이 떠난 뒤에도 판사는 햇빛이 비치는 쪽을 계속 바라보고 있었다.

그들은 곤살레스에게 작별 인사를 하러 사무실에 들렀다. 그는 감시 교대 일정표를 보고 있었다. 축구 선수는 그들과 악수를 하며 웃었다.

"적어도 탈의실은 되찾았소. 그게 어디요."

잠시 후, 소장이 타루와 랑베르를 배웅할 때 관람석에서 지직거리는 커다란 소음이 들렸다. 곧이어 좋은 시절에는 경기 결과를 알리거나 선수 명단을 소개하는 데 사용된 확성기가 코맹맹이 소리를 내며 저녁 식사가 배급될 수 있도록 수용자들은 각자의 천막으로 돌아가야 한다고 알렸다. 사람들이 천천히 관중석을 떠나 발을 끌며 천막 안으로 들어갔다. 모두 제자리로 돌아가자 기차역에서 볼 수 있는 조그만 전기 자동차 두 대가 천막들 사이로 커다란 냄비를 싣고 다녔다. 사람들이 팔을 내밀자 국자 두 개가 두 냄비에 담겼다 나오더니 두 개의 식기로 옮겨갔다. 차가 다시 움직였다. 다음 천막에서 같은 일이 반복되었다. 타루가 소장에게 말했다.

"과학적이네요."

"그렇죠? 우리는 이곳을 매우 과학적으로 운용하고 있어요."

소장은 그들과 악수를 하며 만족스러운 듯이 대답했다.

황혼 녘이 되자 하늘이 개었다. 부드럽고 신선한 햇빛이 수용소를 감쌌다. 저녁의 평화 속에서 숟가락과 그릇 소리가 여기저기서 들렸다. 박쥐들이 천막 위에서 이리저리 날다가 급히 사라졌다. 전차 한 대가 벽 저쪽에서 분기선(分岐線) 위를 지나며 시끄럽게 삐걱대고 있었다.

타루가 문을 나서면서 중얼거렸다.

"오통 씨가 안됐어. 뭘 좀 도와주고 싶은데. 하지만 판사인 사람을 어떻게 돕지?"

***

시내에는 이처럼 다른 수용소가 몇 개 더 있었는데, 서술자는 직접적인 정보도 부족한데다 마음에 걸리기도 해서 덧붙일 이야기가 없다. 다만 확실히 말할 수 있는 사실은, 이런 수용소들의 존재 자체, 거기서 나는 사람들의 냄새, 황혼 녘에 들리는 커다란 확성기 소리, 비밀스러운 공기, 금지된 장소에 대한 두려움 등이 우리 시민들의 사기를 무겁게 짓눌러서 걱정과 염려를 더욱 가중시키고 있었다는 것이다. 행정 당국과의 분규와 충돌이 더 늘어났다.

11월 하순이 되자 아침 기온이 뚝 떨어졌다. 억수 같은 비가 내려서 도로가 반질거렸고 선명하고 맑은 하늘에 구름 한 점

없었다. 매일 아침 약해진 햇빛이 도시 위로 차갑게 반짝였다. 그래도 밤이 다가오면 다시 공기가 훈훈해졌다. 타루가 의사 리외에게 속내를 조금 털어놓은 것도 바로 그런 밤이었다.

어느 날 저녁 10시경, 길고 힘든 하루를 보낸 후 타루는 늙은 천식 환자에게 왕진을 가는 리외를 따라갔다. 오래된 동네의 집들 저 위로 하늘은 부드럽게 윤기가 흘렀다. 산들바람이 어두운 교차로를 소리 없이 가로지르며 불었다. 조용한 거리를 지나온 두 사람은 노인의 장광설에 걸려들었다. 이제나저제나 벼르는 이들이 있더라, 좋은 건 늘 같은 자들이 싹 긁어간다더라, 절대로 그렇게 될 수가 없는 일이라더라, 십중팔구(여기서 그는 손을 비벼 댔다) 기어이 무슨 사달이 날 거라더라⋯⋯. 노인이 여러 사건에 계속 토를 다는 와중에 의사는 그를 치료했다.

위층에서 발자국 소리가 크게 들렸다. 타루가 궁금해하는 모습을 눈치채고, 노인의 부인이 이웃집 여자들이 테라스에 나와 있다고 알려 주었다. 그들은 저 위쪽은 전망만 좋은 게 아니라, 대부분 테라스끼리 서로 잇닿아 있어서 동네 여자들이 밖으로 나가지 않고도 다른 집을 방문할 수 있다는 것을 알았다.

"올라가 봐요. 저 위는 공기가 좋아요."

노인이 말했다.

테라스에는 인적이 없고 의자만 세 개 놓여 있었다. 한쪽으로는 시선이 닿는 곳까지 테라스만 보였고, 그 끝이 어두운 바위 더미였다. 그들은 이 바위 더미가 첫 번째 언덕임을 알아보았다. 다른 한쪽으로는 몇몇 거리와 보이지 않는 항구 너머로 하늘과 바다가 희미한 약동 속에서 서로 섞여 있는 수평선이 보였다. 벼랑으로 알고 있는 쪽에서는 어디서 나오는지 알 수 없는 섬광이 규칙적으로 나타났다 사라졌다를 반복했다. 봄부터 해협의 등대가 다른 항구로 항로를 바꾸는 선박들을 위해 계속 돌아가고 있었던 것이다. 바람에 쓸리고 닦인 하늘에서는 맑은 별이 빛났고, 멀리서 등대의 섬광이 잠시 그치며 반짝했다가 사라지는 잿빛을 하늘에 더했다. 미풍에 향료와 돌 냄새가 실려 왔다. 완전한 침묵이었다.

"날씨가 좋군요. 여기까지는 페스트가 못 올라온 모양이네요."

리외가 의자에 앉으면서 말했다.

타루는 그에게 등을 돌리고 바다를 한참 동안 보고 있다가, 이렇게 대꾸했다.

"네, 날씨가 좋네요."

그는 의사 옆에 와서 앉아 그를 유심히 보았다. 섬광이 세 번 하늘에 다시 나타났다. 저 아래 거리 안쪽 깊숙한 곳에서 접시 부딪치는 소리가 그들에게까지 들려왔다. 집 안에서 문 닫히는 소리도 들렸다. 타루가 아주 자연스럽게 화제를 꺼냈다.

"리외 씨! 내가 어떤 사람인지 알려고 해 본 적이 한 번도 없지 않나요? 나를 친구로 여기죠?"

"그럼요, 친구로 여기죠. 하지만 지금까지 그럴 만한 시간이 없었어요."

"좋아요, 그럼 안심이네요. 지금 우정의 시간을 가져보면 어때요?"

리외는 대답으로 그에게 미소를 지었다.

"자, 그럼……."

조금 떨어진 거리에서 자동차 한 대가 젖은 포장도로 위를 미끄러져 달리는 소리가 한동안 들렸다. 자동차가 멀어지자 이번에는 멀리서 시끄러운 고함들이 또 한 번 침묵을 깨뜨렸다. 그러고 나서 침묵이 다시 하늘과 별들의 무게처럼 무겁게 두 사람 위에 드리웠다. 타루가 일어서더니 여전히 의자에 몸을 깊이 묻고 있는 리외의 맞은편 난간에 걸터앉았다. 까만 하늘을 배경으로 육중한 형태의 윤곽이 또렷이 보였다. 타루는 아주 오랫동안 이야기를 했는데, 그가 털어놓은 바를 간추리면 대략 이랬다.

"간단히 말하자면, 리외 씨, 나는 이 도시로 와서 이 전염병을 만나기 훨씬 전에 이미 페스트로 고통을 받았다고 할 수 있습니다. 나도 이곳 사람들과 똑같다는 말이에요. 다만 그런 줄도 모르고 편하게 지내는 사람이 있는가 하면, 그 사실을 인지하고 얼른 거기서 빠져나오고 싶어 하는 사람도 있는 거죠. 나는 항상 후자였어요.

젊었을 때 나는 순진한 생각으로, 다시 말해 아무 생각 없이 지냈습니다. 고민하는 성격도 아니었고, 사회생활의 시작도 순조로웠어요. 모든 게 성공적이었죠. 머리도 괜찮았고, 연애도 잘했고, 혹여 고민거리가 생겨도 쉽게 해결하고 털어냈어요. 그런데 어느 날부터 곰곰 생각해 보기 시작했죠. 지금은…….

당신과 달리 내가 가난하지 않았다는 것은 말해 둘 필요가 있습니다. 아버지가 차장검사였으니 좋은 환경이었죠. 하지만 정말 마음씨 좋고 친절한 분이어서, 겉으로는 검사 같은 분위기가 전혀 없었어요. 어머니는 단순한 성격에 얌전한 분으로, 내가 늘 사랑했죠. 하지만 어머니 이야기는 하고 싶지 않네요. 아버지는 내게 늘 자상했고, 심지어 나를 이해하려고 노력한다고까지 느껴졌어요. 좋은 남편은 아니었죠. 지금이야 확실히 알겠는데, 어쨌든 그렇다고 특별히 놀랐던 것 같지는 않아요. 바람을 필 때조차 그는 신뢰가 가게 행동해서 결코 추문이 일어나지 않았어요. 한마디로, 그렇게 개성이 강한 인물은 아니었어요. 돌아가시고 난 지금 생각해 보면 성자처럼 살지도 않았지만 또 악인도 아니게, 적당히 점잖았던 것 같아요. 중도를 지킨 건데, 사람들은 바로 이런 부류의 사람에게 적당한 애정을 느끼고 그 애정을 계속 유지한답니다.

그런데 딱 한 가지 특이한 버릇이 있었어요. 아버지는 종합 열차 시간표를 머리맡에 두고 읽었죠. 기차를 자주 타서 그런 건 아닙니다. 브르타뉴까지 가는 게 거의 유일한 여행이었는데, 거기에 작은 시골별장이 있어서 가족끼리 여름 휴가 때마다 간 거예요. 어쨌든 아버지는 걸어 다니는 시간표였죠. 파리-베를린 노선의 출발 및 도착 시각, 리옹에서 바르샤바로 가기 위한 환승 시각, 어떤 나라 어떤 수도든 그 사이의 정확한 킬로미터까지 말해 줄 정도였어요. 브리앙송에서 샤모니까지 어떻게 가는지 술술 말할 수 있겠어요? 역장이라도 머리를 긁적일 질문인데, 아버지는 척척 대답했죠. 그런 데다가 거의 매일 저녁 연습해서 지식을 넓혀 갔고 뿌듯해 했어요. 나는 너무 재미있어서 아버지한테 자주 문제를 냈고, 안내서에서 아버지의 대답을 보고 안 틀렸다는 것을 확인하면 기뻤어요. 이런 자질구레한 장난으로 우리 부자는 더 가까워졌어요. 아버지는 자신의 청중이 되어 주는 나를 기특해 했고, 나는 철도에 대한 아버지의 뛰어난 능력을 다른 성취들만큼이나 가치 있게 여겼고요.

이런, 내가 별 생각 없이 그 양반한테 너무 큰 비중을 두며 말하고 있는 게 아닌가 싶군요. 사실 아버지는 내가 지금 당신에게 말하려는 그 큰 변화에 간접적인 영향만 미쳤는데 말이죠. 기껏해야 일련의 생각들에 영감을 준 정도예요. 열일곱 살이 되었을 때, 아버지가 법정에 와서 당신의 논고를 들어 보라고 권했습니다. 당시 지방법원에서 중대한 사건을 공판 중이었는데, 분명 자신의 가장 훌륭한 모습을 보여 주고 싶은 생각이었을 겁니다. 또한 내가 자신처럼 법조계로 들어섰으면 하는 기대도 했던 것 같고요. 나는 가겠다고 했죠. 일단 아버지가 무척 기뻐할 것 같았고, 또 가족이 아니라 판사인 아버지의 모습을 보고 싶은 호기심도 있었거든요. 진짜 그게 법정에 간 이유의 전부예요. 나에겐 법정에서 일어나는 일은 7월 14일(혁명 기념일)의 열병식이나 상장 수여식처럼 아주 자연스럽고 당연해 보였습니다. 법정에 대한 나의 인식은 그 정도로 추상적이었고, 별로 깊이 생각해 본 적이 없었죠.

그런데 그날의 공판에서 내 뇌리에 한 영상이, 죄인의 모습이 강렬하게 남았습니다. 나는 그가 정말 유죄였다고 생각했는데, 죄목은 중요하지 않았어요. 서른 살쯤 된 키가 작은 빨강 머리 남자가 모든 것을 어서 자백하려고 굳게 결심한 모습이었는데, 자기가 저지른 짓과 자기에게 닥칠 일에 너무 겁을 먹은 게 느껴져서, 몇 분만에 내 눈에는 오직 그 사람만 보였습니다. 아주 강한 빛을 받아 질겁한 올빼미 같았어요. 넥타이의 매듭도 옷깃에 반듯하게 맞춰져 있지 않았고, 연신 한쪽 손의 손톱만 깨물어 댔는데 아마도 오른쪽이었을 거예요……. 이 정도로만 해도 아시겠죠. 당신은 그가 살아 있는 사람인 걸 이해했을 겁니다.

하지만 나로서는 느닷없는 생각이었습니다. 그때까지는 그를 '피고'라는 공식 직함으로만 보았거든요. 아버지의 법정이라는 것까지 완전히 잊은 건 아니었지만, 뭔가가 내 숨통을 조여서 내 정신은 온통 그 작은 사내에게만 쏠려 버렸어요. 주위에서 뭐라고 하는지도 거의 안 들렸죠. 그저 사람들이 살아 있는 이 사람을 죽일 거라는 생각만 들었고, 그러자 어떤 본능이 마치 파도처럼 맹렬하게 솟구쳐서 나는 고집스럽고 맹목적으로 그의 편에 섰습니다. 아버지의 논고가 시작될 때에야 제정신이 들었습니다.

붉은 옷을 입은 아버지는 아주 달라 보였어요. 착한 사람도, 다정한 사람도 아니었죠. 아버지의 입에서 엄청난 말들이 우글대다가 마치 뱀들처럼 계속 튀어나왔습니다. 나는 아버지가 사회의 이름으로 그 사람의 죽음을, 심지어 목을 치라고 요구한다는 것을 깨달았습니다. 사실 아버지가 했던 말은 이거예요. '그는 교수형(최고형)을 받아야 합니다.' 하지만 별 차이 없잖아요, 어차피 결과가 같은데. 아버지는 원했던 그의 머리를 얻었거든요. 다만 아버지가 그 일을 직접 실행하지 않았을 뿐이죠. 나는 그 과정을 처음부터 끝까지 지켜본 것만으로 그 불행한 남자에게 현기증이 날 정도로 아주 강렬한, 아버지는 결코 느끼지 못했을 친밀감을 느꼈어요. 아버지는 통상의 관례에 따라 사람들이 완곡하게 최후의 순간이라고 부르는 일, 가장 비열한 살인이라고 불러야 할 일에 입회까지 했을 겁니다.

그날부터 나는 종합 열차 시간표만 봐도 역겨웠어요. 그날부터 나는 치를 떨면서도 사법 재판, 사형 선고, 사형 집행 따위에 관심을 갖게 됐고요. 그런데 아버지가 내가 눈으로 목격했던 그날을 비롯해서 이미 여러 번 살인에 입회했고, 그가 아침에 일찍 일어났던 날들이 바로 그런 날이었음을 깨닫고 아찔했습니다. 그날마다 자명종이 울렸던 걸 떠올렸지요. 나는 차마 어머니에게 이런 이야기를 꺼내지는 못하고, 그 대신 어머니를 자세히 관찰했어요. 그리고 두 분 사이에 더 이상 아무것도 없고, 어머니가 그냥 체념하고 살아간다는 것을 알았죠. 그래서 어머니를 용서할 수 있었고, 그 시절에 자주 그렇게 되뇌었습니다. 나중에야 어머니는 용서받아야 할 것이 없었다는 것을 알았어요. 결혼하기 전까지 평생 가난했고, 가난으로부터 체념을 배웠을 뿐이니까요.

내가 그 당시에 즉시 집을 떠났을 거라고 생각하죠? 아네요. 나는 그대로 수개월을, 거의 1년 동안 집에 남아 있었어요. 하지만 마음은 병이 들어 있었습니다. 그러던 어느 날 저녁 아버지가 일찍 일어나야 하니 자명종을 가져오라고 하더군요. 나는 그날 밤을 뜬눈으로 지새웠습니다. 그다음 날 아버지가 돌아왔을 때 나는 집을 떠나고 없었습니다.

간단히 말하자면, 네, 나는 아버지의 편지를 받았습니다. 사람을 시켜 나를 찾은 거예요. 나는 그를 찾아가서 아무런 설명을 하지 않고 침착하게, 만일 강제로 나를 끌고 간다면 자살하겠다고 말했어요. 아버지는 성격이 온순한 분이었기에 결국 수락했고, 왜 제멋대로 사는 것(아버지는 내 행동을 그런 식으로 해석했는데, 별로 그를 납득시키고 싶은 생각도 없었어요)이 어리석은지에 대해 일장연설을 하면서 수천 가지 주의를 주더니 진심에서 우러나오는 눈물을 눌러 참았어요. 그 후에, 제법 오랜 시간이 지난 후에 나는 정기적으로 어머니를 보러 집에 들렀고 그때 아버지도 보았어요. 내 생각에 아버지는 이런 만남으로 만족했던 것 같아요. 나도 아버지에게 적대감은 없었고, 다만 약간 슬픈 마음이었습니다. 아버지가 돌아가시자 어머니를 모셨는데, 돌아가시지 않으셨다면 여전히 모시고 있었을 겁니다.

내가 첫출발 시기의 이야기를 길게 늘어놓은 것은, 거기서 모든 것이 나왔기 때문입니다. 이제 이야기를 더 빨리 해 보죠. 나는 열여덟 살에 안락한 생활에서 벗어나 가난을 맛보았습니다. 먹고살기 위해 별의별 일을 다 했고, 그때마다 웬만큼 해냈죠. 하지만 여전히 내가 골몰해 있던 문제는 '사형 선고'였습니다. 그 빨강 머리 외톨이 올빼미의 문제를 해결하고 싶었어요. 그래서 소위 말하는 '정치'라는 것을 하게 되었습니다. 페스트 환자는 되고 싶지 않았으니까. 그뿐이었죠. '이 사회가 사형 선고에 기반하고 있으니, 사회를 바로잡으면 살인을 물리치게 되겠지.' 그게 내 믿음이었고, 남들도 내게 그렇게 말했습니다. 여전히 그 믿음이 맞다고 봅니다. 나는 그때 내가 좋아했고 쭉 좋아해 온 사람들과 한편이 되었습니다. 수년간 계속 그편에 섰고, 유럽에서 내가 대항해 싸우지 않은 국가는 없었어요. 이 얘기 이쯤에서 끝내죠.

물론 우리도 경우에 따라 사형 선고를 내린다는 건 압니다. 사람들이 내게, 몇몇 사람의 죽음은 더 이상 누구도 살해당하지 않을 세계를 짓기 위해 꼭 필요한 일이라고들 말하더군요. 어느 정도는 그것도 진실인데, 나는 이런 종류의 진실을 견지할 능력이 없나 봅니다. 내가 흔들렸던 건 확실합니다. 하지만 외톨이 올빼미 씨를 생각했고, 처음의 마음을 다잡았죠. 그러다가 사형 집행을 처음 본 날(헝가리에서였어요), 어린 나를 사로잡았던 것과 똑같은 바로 그 현기증이 어른이 된 내 눈을 멀게 만들었습니다.

사람이 총살당하는 것, 본 적 없죠? 물론 없을 겁니다. 선별된 사람들만 참관하는, 초청장이 필요한 개인 파티 같은 것이거든요. 그러니까 우리는 기껏해야 그림이나 책에서 본 정보를 종합해 보는 거죠. 말뚝, 눈가리개를 한 사람, 멀찍이 있는 몇 명의 병사들. 아, 그런데 사실은 꽤 다릅니다! 멀찍은커녕 총살 집행자들의 열(列)이 사형수로부터 1.5미터 거리라는 것을 아셨나요? 사형수가 두 걸음만 앞으로 나가면 총부리에 가슴이 부딪힐지 모른다는 것을요. 이런 짧은 거리에서 사격수들이 굵직한 탄환으로 한꺼번에 심장 근처를 집중사격해 주먹도 들어갈 큼지막한 구멍을 만든다는 것도 아십니까? 아니요, 몰랐을 겁니다. 그런 세부 사항은 아무도 거론하지 않으니까요. 페스트 환자들에게는 마음의 평화가 목숨보다 더 신성하죠. 선량한 사람들은 밤에 푹 자야죠, 안 그래요? 그런 세부 사항에 매달리는 건 끔찍한 악취미고, 곱씹을수록 나쁜 맛이 나니까 그러면 안 된다는 것쯤은 상식이에요. 하지만 나는 그 무렵부터 잠을 설쳤습니다. 나쁜 맛이 입속에서 가시질 않았고, 계속 그 맛을 곱씹고 되새겼어요.

그러다가 그때 이해하게 되었습니다. 그러니까 내가, 그 긴 세월 동안 페스트에 걸려 있었다는 것을요. 분명 페스트에 걸리지 않으려고 혼신의 힘을 다해 싸우고 있다고 생각해 왔는데 말입니다. 나는 직접은 아니었지만 간접적으로 수천 명의 사람들의 죽음에 동의해 왔던 겁니다. 숙명적으로 이런 죽음에 이를 수밖에 없는 행위나 원칙을 선(善)으로 여김으로써 심지어 그것을 야기하기까지 했던 겁니다. 다른 사람들은 이런 일로 거북한 것 같지 않았고, 그것을 거론하는 경우도 절대로 없더군요. 하지만 나는 목이 콱 잠겼어요. 나는 그들과 같이 있었지만 혼자였습니다. 내가 나의 꺼림칙함을 표현하기라도 하면, 그들은 나더러 너무 결벽증적으로 굴지 말라고, 무엇이 쟁점인지를 잘 생각하라고 말했습니다. 그리고 엄청난 이유들을 갖다

315

대면서 나로서는 도저히 소화시킬 수 없는 것을 삼키게 하려고 했습니다. 나는 이렇게 대답했죠. '중증의 페스트 환자들, 붉은 법복을 입은 그들에게도 훌륭한 이유들이 있으니, 만일 내가 경미한 페스트 환자들이 주장하는 불가항력적 이유와 필요성을 인정한다면, 중증 환자들의 그것도 거부할 수 없는 것 아니겠는가.' 그들은 붉은 법복들은 사형 선고 독점권을 행사하니까 경우가 다르다고 쏘아붙였습니다. 내 대답은 이거였죠. '한번 소신을 굽히기 시작하면 계속 굽힐 수밖에 없다.' 역사는 내가 옳다는 것을 증명해 주는 것처럼 보여요. 오늘날 마치 누가 더 많이 죽이나 경쟁이라도 하는 분위기 아닙니까. 다들 살인에 광분하고 있고, 이젠 멈추고 싶어도 도저히 멈출 수 없는 지경입니다.

어쨌든 내 관심사는 논쟁에서 이기는 게 아니었습니다. 빨강 머리 외톨이 올빼미가 문제였고, 그 비열한 절차가 문제였죠. 페스트에 걸린 더러운 입이 수갑을 찬 사람에게 죽게 될 거라는 선고를 내리고, 그가 확실히 죽도록 과학적으로 치밀하게 준비하는 동안에, 그는 매일 밤 뜬 눈으로 살해되기를 기다리며 처절한 밤들을 보내는 아주 고약한 상황입니다. 나는 그 남자의 가슴에 뻥 뚫리는 그 구멍을 해결해야만 했습니다. 그러면서 한편으로 그 역겨운 도살 행위에 정당성을 부여하는 것은 절대로 거부하겠다고 다짐했죠. 그래요, 나는 눈감고 버티면서,

어떻게 해야 할지 더 명확해질 때까지 꾹 참고 기다리기로 했던 것입니다.

지금도 그런 마음입니다. 멀리에서건 선의에 의해서건 일단 내가 한 명의 살인자였다는 것을 부끄러워한 지가, 죽을 정도로 부끄러워한 지가 꽤 오래됩니다. 그리고 시간이 갈수록 또렷이 깨닫습니다. 남들보다 훌륭한 사람들조차 죽이거나 죽는 일을 피할 수 없는데, 그게 그들이 사는 논리라는 것을요. 누군가를 죽일 수 있는 위험을 무릅쓰지 않고서는 오늘날 이 세상에서 아무것도 할 수 없다는 것을요. 그래요, 나는 우리 모두가 페스트 환자라는 것을 알고 내내 부끄러웠고, 마음의 평화를 잃어버렸습니다.

그래도 오늘도 여전히 평화를 찾아헤매고 있습니다. 그들 모두를 이해하고 그 누구와도 치명적인 적이 되지 않는 법을요. 페스트에서 낫기 위해서는 우리가 할 수 있는 일을 해야 할 뿐입니다. 바로 그것이 평화를 되찾는 유일한 방법이고, 그러지 못해도 떳떳한 죽음을 맞을 수 있습니다. 이것이, 오직 이 방법만이, 사람들을 편하게 해 줄 수 있고, 그들을 구원하지는 못한다 해도 어쨌든 최대한 해를 끼치지 않고, 심지어 종종 약간의 선까지도 행하도록 해 줍니다. 그리고 정확히 이런 이유로 나는 직접적이건 간접적이건, 선의에서건 아니건, 사람을 죽이거나 살인을 정당화하는 모든 것과 타협하지 않기로 결심한 겁니다.

　또한 이런 이유로, 당신 편에 서서 싸운다는 것 말고는 이번 페스트가 나에게는 별다를 게 없습니다. 나도 당신만큼이나 명백히 알고 있거든요(그래요, 리외 씨, 나는 세상에 대해 속속들이 알고 있어요). 우리 각자가 모두 페스트를 지니고 있다는 것을요. 누구도, 이 세상에 그 누구도 페스트에 걸리지 않은 사람은 없습니다. 그러니까 우리는 잠시 방심해서 감염균을 다른 사람의 얼굴에 내쉬지 않으려고 계속 스스로를 경계해야 하는 겁니다. 병균은 자연스러운 것입니다. 그 이외의 것, 그러니까 건강이나 온전함, 무결점 등은 의지에 달려 있어요. 결코 멈춰서는 안 될 의지예요. 선량한 사람, 거의 누구도 감염시키지 않는 사람이란 가능한 한 방심하지 않는 사람입니다. 그런데 방심하지 않으려면 의지가, 긴장의 끈을 놓지 않는 의지가 있어야 합니다! 그래요, 리외 씨, 페스트 환자로 있는 것은 매우 피곤한 일입니다만, 페스트 환자로 있지 않으려는 것은 더 피곤한 일입니다. 이런 이유로 오늘날 모든 사람이 피곤해 보이는 거예요. 오늘날 모든 사람이 심하든 약하든 조금씩은 페스트에 걸려 있으니까요. 하지만 바로 그 이유로, 이런 상태를 끝내고 싶어 하는 몇몇 사람이 죽음 이외에는 아무것도 그들을 해방시켜 주지 않을 극도의 피로를 자진해서 겪는 겁니다.

　지금부터 죽을 때까지, 나는 이 세계에 내 자리는 없다는 걸 압니다. 살인을 단호하게 거부했던 그 순간부터, 나는 스스로를 영원히 끝나지 않는 추방형에 처한 것입니다. 역사를 만들어 가는 건 다른 사람들 몫입니다. 내게 그들을 판단할 자격도 없지요. 나에게는 이성적인 기질이 부족해서, 그들 같은 이성적인 살인자가 될 수가 없어요. 그러니까 말하자면 결핍되었다는 겁니다. 우월하다는 말이 아니라. 하지만 이대로 좋습니다. 나는 지금의 나에 만족해요. 겸손을 배운 거죠.

내가 줄곧 말하고자 한 건 이겁니다. 이 세상에는 매번 재앙과 희생자가 있고, 무엇이 되느냐는 우리가 얼마나 재앙의 편이 되기를 거부하느냐에 달렸습니다. 이런 논리가 당신의 눈에는 어쩌면 지나치게 단순해 보일지도 모르겠어요. 나는 이런 것이 단순한 것인지 아닌지도 잘 모르겠어요. 다만 이게 진실인 걸 압니다. 그게요, 나는 엄청나게 많은 이론들을 들었습니다. 내 머리가 이상해질 뻔한 적도 있었고, 어떤 사람들은 살인행위에 동의하게 될 정도로 머리가 이상해지기도 했어요. 그러면서 깨달았는데, 우리의 모든 불행은 명쾌하고 간결한 언어를 사용하지 못하는 데서 기인한다는 겁니다. 그래서 나는 올바른 길로 가기 위해서 항상 명쾌하게 말하고 행동하자고 결심했습니다. 내가 재앙과 희생자가 있다고 말하고, 다른 말을 덧붙이지 않는 이유입니다. 그러면 내 자신이 '병균'을 옮기는 재앙이 되겠지만, 적어도 내 의지로 하는 것은 아니지요. 한마디로, 나는 차라리 결백한 살인자로 있으려 합니다. 아시겠지만, 뭐 대단히 큰 야망에서 이러는 게 아닙니다.

물론 제3의 범주, '진정한 의사'도 있어야겠죠. 하지만 그들을 만나는 건 사실 쉽지 않습니다. 힘든 천직이니까요. 그래서 내가 어떤 고난이 닥칠 때마다 희생자 편에 서려고 하는 겁니다. 그렇게라도 피해를 줄여야죠. 그러면서 나는 제3의 범주에, 즉 평화에 이를 수 있는 길을 찾아볼 생각입니다."

이야기를 마치면서 타루는 한쪽 다리를 흔들어서 발로 가볍게 테라스를 두드리고 있었다. 잠시 침묵이 흐른 뒤, 의사는 몸을 약간 일으켜 마음의 평화에 도달하기 위해 가야 할 길을 찾은 것 같냐고 물었다.

"네, 그 길은 공감입니다."

먼 곳에서 구급차의 경적이 두 번 울렸다. 조금 전에는 흐릿하던 아우성이 바위 언덕 근처, 시의 경계 쪽으로 모였다. 이와 동시에 폭발음 비슷한 소리가 들렸다. 그러고 나서 다시 조용해졌다. 리외는 등대불이 두 번 깜빡거리는 것을 헤아렸다. 미풍이 더 강해지는 듯하면서 동시에 바다에서 불어온 바람이 소금 냄새를 풍겼다. 이제 낭떠러지에 부딪히는 둔탁한 파도의 숨소리가 뚜렷이 들렸다.

"결국 내 관심사는 어떻게 성자가 되는지를 아는 겁니다."

타루가 솔직한 어조로 말했다.

"그러나 신은 안 믿잖아요."

"맞아요. 신 없이 성자일 수 있느냐, 이것이 오늘날 내가 겪고 있는 단 하나의 구체적인 문제입니다."

고함 소리가 들려오던 쪽에서 갑자기 큰 섬광이 일더니 바람결을 거슬러 뭔지 모를 함성이 두 사람에게까지 왔다. 섬광은 바로 꺼졌고, 테라스의 경계에 불그스레한 빛만을 남겼다. 바람이 잠시 멈추자 사람들의 고함, 이어서 발포음과 군중의 함성이 뚜렷하게 들렸다. 타루가 일어서서 귀를 기울였다. 더 이상 아무것도 들리지 않았다.

"또 관문에서 싸운 모양입니다."

"이제 끝났나 보네요."

리외가 말했다. 그랬더니 타루가 중얼거렸다. 절대 끝이 아니죠, 희생자가 더 생길 거예요, 원래 그런 거거든요…….

"어쩌면요. 그런데 나는 성자들보다는 패배자들과 더 연대감을 느껴요. 나는 영웅주의나 신성함에는 취미가 없는 것 같습니다. 내 관심사는 인간이에요."

"그래요. 우리는 같은 것을 추구하고 있어요. 하지만 내 야심이 덜하죠."

리외는 타루가 농담을 한다고 생각하고 그를 쳐다보았다. 하지만 하늘에서 내려오는 희미한 미광 속에서 타루의 얼굴은 슬프고 심각했다. 바람이 다시 불어왔다. 리외는 피부에 닿는 바람이 미지근하다고 느꼈다. 타루가 몸을 흔들더니 말했다.

"우리 우정을 위해서 지금 뭘 하면 좋을지 아세요?"

"타루 씨가 원한다면 뭐든지요."

"해수욕을 하러 갑시다. 미래의 성자를 위해서도 그건 합당한 쾌락입니다. 안 그래요?"

리외는 또 미소를 지었다.

"우리의 통행증이면 방파제까지 갈 수 있어요. 정말이지 아무리 상황이 이렇다지만 페스트 속에서, 페스트만 생각하며 사는 건 너무 어리석어요. 물론 희생자들을 위해서는 싸워야 하지만, 아무것도 사랑하지 않는다면 그 싸움이 무슨 의미가 있겠어요?"

"그래요. 갑시다."

잠시 뒤, 자동차는 항구의 철책 근처에 멈춰 섰다. 달이 떠 있었다. 우윳빛 하늘이 도처에 옅은 그늘을 드리우고 있었다. 두 사람 뒤에 오랑 시는 층계 형태로 서 있었고, 그곳에서 뜨겁고 병든 바람이 불어와 두 사람을 바다 쪽으로 밀었다. 그들은 경비병에게 신분증을 제시했다. 경비병은 그것을 한참 동안 검사했다. 그들은 그곳을 지나자 큰 통들로 뒤덮인 살짝 높게 다진 평지를 가로질러 포도주와 생선 냄새가 진동하는 방파제 쪽으로 향했다. 다가갈수록 요오드와 해초 냄새가 짙어지며 바다가 있음을 알렸다. 이어서 바다 소리가 들렸다.

바다는 방파제의 커다란 돌덩어리들 발치에서 부드러운 숨소리를 내고 있었고, 그들이 방파제 위로 기어 올라가자 우단처럼 두툼하고 짐승처럼 유연하고 매끈한 모습을 드러냈다. 그들은 대양을 마주한 바윗돌 위에 자리를 잡았다. 물은 서서히 차오르고 가라앉고 다시 차올랐다. 바다의 이 고요한 숨결이 수면에 기름기처럼 번지르르한 반사광을 만들었다가 사라지게 하고 있었다. 그들 앞의 밤은 무한했다. 손바닥으로 울퉁불퉁한 바위 표면을 느끼던 리외에게 이상한 행복감이 가득 차올랐다. 타루를 돌아보니 친구의 침착하고 심각한 얼굴에서도 같은 행복이 보였다. 아무것도 잊지 않는, 심지어 살인 행위조차도 잊지 않는 행복.

그들은 옷을 벗었다. 리외가 먼저 물로 뛰어들었다. 차갑다고 생각했던 물이, 다시 떠오를 때는 이미 미지근하게 느껴졌다. 몇 번 팔을 젓고 나서 그는 그날 저녁 바다가 여러 달 동안 축적된 열을 대지로부터 되받은 가을 바다의 온도 정도로 따뜻하다는 것을 알았다. 그는 꾸준히 헤엄쳐 나갔다. 발짓이 솟구치는 물거품을 뒤에 남겼고, 물살이 팔을 스쳐 다리로 흘러내렸다. 무거운 풍덩 소리가 들렸다. 타루도 바다로 뛰어든 모양이었다. 리외는 바다에 등을 대고 누워서, 달과 별들로 가득 찬 뒤집어진 하늘을 마주하고서 미동도 하지 않았다. 그러고는 길게 숨을 내쉬었다. 점점 더 선명하게, 밤의 침묵과 고요 속에서 이상하리만치 맑은 물 튀기는 소리를 느꼈다. 곧 타루의 숨소리가 들렸다. 리외는 몸을 돌려 친구와 나란히 같은 리듬으로 헤엄을 쳤다. 타루가 힘차게 전진해서 그는 속도를 올려야 했다. 몇 분 동안 똑같은 힘과 리듬으로 전진하며, 단둘이서 세상과 동떨어진 먼 곳에 온 것 같았다. 도시와 페스트로부터 해방된 기분이었다. 리외가 먼저 멈췄고, 그들은 천천히 되돌아왔다. 얼음 같은 조류를 만난 한순간은 예외였다. 바다의 돌변에 후려 맞은 그 순간 둘 다 말없이 동작을 서둘렀다.

다시 옷을 입고 발길을 돌렸다. 말 한마디 없었지만 완벽하게 똑같은 마음인 걸 느꼈다. 둘 다 이날 밤의 추억을 소중히 간직할 것이다. 멀리 페스트의 경비병이 시야에 들어왔을 때, 리외는 타루도 자신처럼 '그 병에서 잠시 한숨돌려서 좋았는데 이제 다시 시작이군' 하고 생각한 것을 알았다.

***

그렇다. 다시 시작해야 했다. 페스트는 그 누구라도 너무 오랫동안 잊는 적이 없었다. 12월 내내, 페스트는 우리 시민들의 가슴속에서 타올랐고, 화장터의 화덕을 타오르게 했고, 수용소 가득 허깨비 같은 인간들이 떠다니게 했다. 한마디로, 페스트는 덜컹거리지만 망설임 없는 보폭으로 멈추지 않고 전진했다. 당국자들은 동절기에는 그 속도가 좀 줄기를 기대했지만, 페스트는 조금의 물러섬도 없이 겨울의 첫 혹한을 뚫고 지나갔다. 우리에게 남은 일이라곤 더 기다리는 것뿐이었다. 하지만 너무 오랜 기다림에 포기하는 사람들이 생겨났다. 오랑 전체가 내일은 없는 것처럼 살아갔다.

의사 리외로 말하자면, 그에게 주어졌던 짧은 평화와 우정의 시간은 다시는 돌아오지 않았다. 병원이 하나 더 개설되어서 리외는 이제 하루 종일 환자들하고만 대화했다. 그렇지만 그는 지금 단계에서 페스트는 점점 더 폐 질환 형태로 나타나고, 환자들이 다소 의사에게 협조하려는 자세를 보인다고 느꼈다. 초기에는 허탈이나 광기로 자포자기했었다면, 이제는 점차 자기들에게 무엇이 더 이로울지 올바르게 생각하는 듯 보였고, 실제로 자기들에게 가장 득이 될 만한 것들을 스스로 요구했다. 그들은 끊임없이 마실 것을 요구했고, 모두가 따뜻한 것을 원했다. 의사로서 피곤하기는 마찬가지지만, 외로움은 덜했다.

12월 말경, 리외는 여전히 수용소에 있던 예심판사 오통 씨로부터 편지 한 통을 받았다. 예방 격리 기간이 지났는데 아직도 자신이 격리 수용소에 억류되어 있으니, 입소 날짜에 행정상 착오가 있는 게 분명해 보인다는 내용이었다. 얼마 전에 퇴소한 그의 아내가 도청에 항의해 봤지만 냉대만 받았고, 결코 그런 실수는 없다는 말을 들었다고 했다. 리외는 랑베르에게 중재를 부탁했고, 며칠 후에 오통 씨가 리외를 방문했다. 실제로 실수가 있었기 때문에 리외가 그것에 대해 분개했다. 하지만 많이 야윈 오통 씨가 힘없는 손을 들어 올리더니 신중하게 '누구나 실수할 수 있다'고 말했다. 의사는 그에게서 뭔가가 결정적으로 변했다고 느꼈다.

"뭘 하실 겁니까, 판사님? 처리할 사건들이 많겠군요."

"그게, 사실은, 휴직을 하려고 합니다."

"이해합니다. 좀 쉬셔야 해요."

"그런 게 아닙니다, 수용소로 다시 돌아가려고요."

리외는 놀랐다.

"아니, 거기서 나오셨잖아요!"

"오해하게 했군요. 수용소 내에 행정 자원봉사자들이 있다고 들었는데……."

판사는 그의 둥근 눈을 약간 굴리고서 한쪽 머리칼을 눌러 두려 애를 썼다.

"그러면 바쁠 테니까요. 좀 어리석은 말로 들리겠지만, 그러면 아들과 헤어졌다는 느낌이 덜해질 것 같아요."

리외는 그를 바라보고 있었다. 그 딱딱하고 멋없는 눈 속에 갑자기 어떤 부드러움이 깃들 수 있을까? 그랬다. 그의 두 눈이 촉촉했고 금속 같은 날카로움도 사라졌다. 리외가 말했다.

"물론이죠. 원하시니 곧 알아보겠습니다."

의사는 이 일을 알아봐 주었다. 페스트에 휩싸인 도시의 삶은 성탄절까지 이어졌다. 타루는 어떤 일이 생겨도 계속해서 차분하게 효과적으로 일했다. 랑베르는 두 젊은 보초들을 통해서 아내와 비밀리에 서신을 주고받을 방편을 마련했다. 드문드문 아내의 편지도 받았다. 랑베르는 이 사실을 털어놓으며, 리외에게도 이 방법을 권했다. 의사는 받아들였다. 그는 몇 달 만에 처음으로 편지를 썼다. 생각보다 대단히 어려운 작업이었다. 마치 이미 다 까먹은 언어를 구사하려고 끙끙대는 기분이었다. 편지는 발송되었다. 답장은 늦게 도착했다. 코타르는 장사가 잘되었고 자질구레한 투기로 돈을 벌었다. 그랑에 대해 말하자면, 그에게는 좋지 못한 명절이 되었다.

그해 성탄절은 복음의 축제라기보다는 차라리 지옥의 축제였다. 텅 빈 불 꺼진 가게들, 진열장 속의 모형 초콜릿이나 빈 상자들, 어두운 얼굴들로 가득 찬 전차, 그 어느 것에서도 지난 성탄절을 떠올릴 수 없었다. 과거에는 그래도 부유하건 가난하건 모두가 함께 이 명절의 흥겨움을 즐겼다. 지금은 극소수 특권층들만 거금을 치르고 이 축제를 샀으니, 꾀죄죄한 가게 뒷방 깊숙이에서 그들만의 자리가 있었을 뿐이다. 성당에는 감사보다는 오히려 탄식이 넘쳐났다. 아직 자신들을 위협하는 것이 뭔지도 모르는 어린 아이들만 몇몇이서 음울하고 얼어 버린 시내에서 뛰어놀고 있었다. 하지만 감히 누구도 그 아이들에게 신을, 인간의 고통만큼이나 오래되었지만 젊은이의 희망만큼이나 새로운, 선물을 가득 싣고 오는 예전의 신을 알려 주지 못했다. 이제 모두의 마음속에는 아주 늙고 우울한 희망을 위한 자리밖에 없었다. 그것은 사람들이 자신들을 죽음에 방치하는 것을 막는, 삶에 대한 단순 집착에 불과한 희망이었다.

성탄 전야에 그랑이 약속 시간을 어겼다. 걱정이 된 리외는 이른 새벽에 그의 집에 갔으나 만나지 못했다. 모든 사람이 촉각을 곤두세웠다. 11시경 병원에 온 랑베르가, 그랑이 '매우 초췌한' 모습으로 거리를 헤매는 것을 먼발치에서 보았는데, 잠깐 사이에 시야에서 놓쳤다고 말했다. 의사와 타루는 차를 타고 그랑을 찾으러 나섰다.

정오쯤에 리외는 차에서 내렸다. 얼어붙는 듯 추운 날씨였다. 저 멀리, 조잡하게 조각된 나무 장난감들로 가득 찬 어느 가게 진열장 앞에 바싹 붙어 선 그랑이 보였다. 이 늙은 공무원의 얼굴에 눈물이 하염없이 흘러내리고 있었다. 리외는 울컥했다. 이 눈물의 의미를 알고 있었기에, 그 역시 목구멍 깊숙한 곳에서 왈칵 눈물이 솟았던 것이다. 리외의 눈앞에, 아주 오래 전에 한 젊은이가 성탄절에 맞게 차려입고 이 가게 앞에서 약혼하던 모습, 잔이 그를 돌아보며 기쁨을 터트리며 너무 행복하다고 말하는 모습이 떠올랐다. 먼 세월을 건너, 그 깊은 절망과 광기로부터, 그랑의 귓가에 잔의 생생한 목소리가 들리고 있는 게 분명했다. 리외는 이 늙은 남자가 그 순간 울면서 하고 있는 생각을 알 것 같았다. 그도 같은 것을 생각하고 있었다. 사랑이 없는 이 세상은 죽은 세상이나 마찬가지라는 것, 감옥, 일, 용기 등에 정말이지 진절머리가 난다는 것, 갈망하는 건 오직 사랑하는 이의 얼굴, 그 따스하고 감동적인 사랑의 마음뿐이라는 것을 말이다.

그랑이 유리에 비친 리외를 알아봤다. 계속 울면서 그는 돌아서서 진열장 유리에 등을 기대고 리외가 다가오는 것을 바라보았다.

"아, 선생님! 아, 선생님!"

리외도 아무 말도 할 수가 없었다. 그저 은근하게 고개를 끄덕여 다 이해한다는 마음을 표했다. 그 순간 리외는 그랑의 슬픔에 함께 슬펐다. 리외의 마음을 가득 채운 건 모두가 함께 겪는 고통과 마주했을 때 솟구치는 참을 수 없는 분노였다.

"네, 그랑 씨."

"아, 시간을 내서 그녀에게 편지를 쓸 수만 있다면! 그녀가 알 수 있게…… 그녀가 회한 없이 행복하게 살 수 있게……."

리외는 거의 강제로 그랑을 앞세우고 걸었다. 상대는 거의 끌려가듯이 몸을 내맡기더니 더듬거리며 말을 이었다.

"너무 길어! 너무 오래되었잖아요. 될 대로 되라는 생각이 들어요. 이러다가 언젠가 정말 그럴 걸요. 아! 선생님! 내가 남들처럼 그런대로 침착해 보이죠. 하지만 나는 늘 그저 남들처럼 보이는 것에 얼마나 노력했는지 몰라요. 그런데 이제는, 음, 그것도 지쳤어요."

그는 딱 멈춰 섰다. 사지를 심하게 떨었고, 정신 나간 눈을 하고 있었다. 리외가 그의 손을 잡았다. 펄펄 끓었다.

"그랑 씨, 집에 돌아가야죠."

하지만 그랑이 그의 손길을 뿌리치더니 달리기 시작했다. 몇 발짝 못 가서 멈춰 서서는 두 팔을 벌리고 앞뒤로 휘청휘청 흔들었다. 그러고는 제자리에서 돌다가 차디찬 인도로 고꾸라졌다. 얼굴은 계속 흐르는 눈물로 범벅이 되어 있었다. 행인들이 급히 서더니 감히 더 다가가지 못하고 멀찍이서 그를 바라보고 있었다. 리외가 두 팔로 그 늙은 남자를 부축해야 했다.

그랑은 이제 자기 침대 속에서 숨을 가쁘게 쉬고 있었다. 폐 감염 증세였다. 리외는 곰곰 생각했다. '이 사내는 가족이 없는데, 병원으로 이송한다고 뭐 좋을 게 있을까? 나와 타루 씨가 그를 돌볼 수 있는 유일한 사람들일 텐데…….'

그랑의 머리는 베개에 푹 파묻혀 있었는데, 볼이 푸르스름하고 눈에 광채가 없었다. 그가 흐리멍텅한 눈빛으로 타루가 오래된 상자 부스러기들로 벽난로에 지핀 약한 불을 응시하고 있었다.

"몸이 안 좋아요."

그랑이 말했다. 그가 말할 때마다 불붙은 폐 깊숙한 곳에서 타다닥 불꽃이 튀는 듯한 이상한 소리가 났다. 리외는 그에게 말을 하지 말라고 타이르고, 곧 다시 오겠다고 말했다. 환자의 얼굴에 묘한 미소가 일더니, 아픈데도 불구하고 모종의 다정함이 얼굴에 나타났다. 그는 애써 윙크했다.

"만일 내가 여기서 벗어나면, 모자를 벗어 경의를 표해요, 선생님!"

하지만 그러고는 곧바로 탈진 상태에 빠졌다.

리외와 타루가 몇 시간 후에 다시 와 보니, 환자는 침대에서 반쯤 일어나 앉아 있었다. 리외는 그의 얼굴에 병세의 진전이 너무나 또렷하게 드러나 있어서 두려움을 느꼈다. 병의 불꽃이 그를 빠르게 태우는 듯했다. 하지만 환자의 정신은 훨씬 맑아진 듯해서, 그들을 보자마자 곧장 항상 서랍 속에 넣어 두는 원고를 좀 가져다 달라고 부탁했다. 타루가 원고를 건네주자 그는 그것을 쳐다보지도 않고 가슴팍에 대고 꼬옥 누르더니, 의사에게 내밀면서 읽어 달라는 몸짓을 했다. 50쪽 정도의 짧은 수기였다. 리외가 슬쩍 훑어보니 같은 문장을 수없이 다시 베끼고, 고치고, 가필하거나 삭제한 흔적밖에 없었다. '5월, 그달',

'여기사', '숲의 오솔길들' 등등의 말들이 다양한 표현으로 바뀌어서 계속 대비되고 배열되어 있었다. 종종 아주 긴 여러 설명들과 문장 변화들도 포함되어 있었다. 그런데 마지막 쪽 끝부분에는 얼마 전에 쓴 듯 선명한 잉크로 또박또박 적은 글씨가 있었다.

「소중한 잔, 오늘이 성탄절이오……」

그 바로 위에 아주 공들인 필체로 앞 문장의 최종 문안이 실려 있었다.

"읽어 줘요."

그랑이 말했다. 리외가 읽었다.

"5월의 어느 아름다운 오전 나절, 한 날씬한 여기사가 화려한 알레잔 암말을 타고 꽃이 가득한 숲의 오솔길들을 누비고 있었다……."

"그게 맞나요?"

열에 들뜬 목소리가 물었다. 리외는 그를 쳐다보지 않았다. 상대가 흥분해서 외쳤다.

"아! 잘 알겠어요, 아름다운, 아름다운, 그건 적절한 말이 아니에요."

리외는 이불 위로 그의 손을 잡았다.

"아뇨, 선생님. 너무 늦었어요. 시간이 없어, 시간이……."

그의 가슴이 힘겹게 오르내렸다. 그러다가 그가 별안간 소리를 질렀다. 크고 날카로운 소리였다.

"태워 버려요!"

의사는 주저했다. 하지만 그랑이 너무나 무서운 말투와 괴로운 목소리로 거듭 요구하는 바람에, 방을 가로질러서 벽난로로 가서 거의 꺼진 불 속에 원고를 던졌다. 불꽃이 일며 방 안이 확 밝아졌고, 열기가 방을 덥혔다. 의사가 침대로 돌아오자 그는 등을 돌린 채 얼굴을 거의 벽에 붙이고 있었다. 타루는 국외자처럼 창밖을 내다보고 있었다.

리외는 혈청주사를 놓고 방을 나와서, 친구에게 그랑이 밤을 못 넘길 거라고 말했다. 그러자 타루가 자신이 남아 있겠다고 자청했다. 의사는 허락했다.

리외는 밤새 그랑이 죽는 생각에 시달렸다. 하지만 이튿날 아침, 리외는 침대 위에 일어나 앉아 있는 그랑을 보았다. 그는 타루와 이야기를 나누고 있었다. 신열이 사라졌다. 전신 탈신 증세만 남아 있었다. 그랑이 말했다.

"아! 선생님, 내가 너무 성급했어요. 그렇지만 괜찮아요. 다시 시작할 겁니다. 다 기억하고 있거든요, 두고 보세요."

리외는 타루에게 반신반의하며 이렇게 말했다.

"기다려 봅시다.".

하지만 정오에도 아무런 변화가 없었다. 저녁에 그랑은 완전히 고비를 넘겼다고 볼 수 있었다. 리외는 그런 회복이 전혀 이해되지 않았다.

그런데 거의 같은 시기에 병원에 한 소녀가 이송되었다. 리외는 병세가 절망적이라고 진단하고 곧바로 격리 병동으로 보냈다. 소녀는 완전히 혼수상태였고, 폐페스트의 온갖 증세를 보였다. 그런데 그다음 날 아침에 신열이 감쪽같이 내렸다. 의사는 이번에도 그랑의 사례에서처럼, 아침 녘의 일시적인 병세 완화일 뿐 여전히 예후가 좋지 않다고 생각했다. 하지만 정오가 되어도 신열은 다시 오르지 않았고, 밤에는 겨우 소수점 이하의 체온만 올랐다가, 그다음 날 아침에는 말끔히 가셔 있었다. 소녀는 기진맥진한 상태였지만 호흡은 자유로웠다. 리외는 타루에게 그녀가 '모든 법칙을 거슬러서' 살아났다고 말했다. 하지만 그 주에 리외의 관할 부서에서만 유사한 사례가 네 건 나타났다.

바로 그 주가 끝날 때쯤, 늙은 천식 환자가 몹시 흥분한 기색으로 리외와 타루를 맞이했다.

"됐어요! 그것들이 다시 나와요!"

"누가요?"

"아, 쥐들 말이에요, 쥐!"

4월 이후로 죽은 쥐는 단 한 마리도 발견되지 않고 있었다.

"또 나올까요?"

타루가 리외에게 물었다. 노인은 손을 비벼 댔다.

"그것들이 뛰어다니는 것을 봐야 해요, 선생님! 야, 진짜 기분이 좋아진다니까요."

그는 직접 쥐 두 마리가 거리로 난 문을 통해 집으로 들어오는 것을 목격했다. 이웃 사람들이 자신들 집에도 그 짐승들이 다시 나타났다고 했다. 어떤 서까래에서는 몇 달 전부터 잊고 지냈던, 익숙한 바스락 소리가 다시 들렸다. 리외는 매주 월요일에 있는 전체 통계의 발표를 기다렸다. 통계에서 병의 감소세가 보였다.

제 5 부

병의 이러한 급격한 퇴각은 반가운 만큼이나 전혀 기대하지 못했던 일이었기에, 우리 시민들은 선뜻 기뻐하지는 않았다. 지난 잔인한 몇 개월 동안, 해방에 대한 욕망이 커지는 한편에서 신중함을 배웠기 때문에, 전염병이 곧 끝날 거라는 성급한 기대를 점점 덜하도록 길들여졌다. 하지만 동시에 이 새로운 소식으로 도시 전체가 수군거렸고, 마음 깊은 곳에서 밖으로 내뱉지 못했던 커다란 희망이 꿈틀거리기 시작했다. 다른 일들은 모두 뒤로 밀렸다. 여전히 매일 새로운 환자들이 생기고 있었지만 사망자 수 통계가 내려가고 있다는 엄청난 사실에 비한다면 별 의미가 없었다. 드러내 놓고 건강하던 황금기로 돌아가고 싶다고 말하진 않았지만 다들 은근히 기대하고 있었다는 징조는, 우리 시민들이 아직 별 관심 없는 척했지만 페스트 후에 어떤 식으로 삶이 재구성될지에 대해 기꺼이 이야기를 나누기 시작했다는 것이다.

모두들 과거의 편했던 생활이 단번에 복구될 리는 만무하고 파괴가 재건보다 훨씬 더 빠르고 쉽다는 데 의견을 같이했다. 다만 식량 조달 상황은 좀 나아지겠거니 기대했으니, 그것이 모든 가정의 가장 시급한 걱정거리였던 것이다. 하지만 사실 이런 사소한 기대들을 뛰어넘는 터무니없이 과한 희망들도 덩달아 굴레를 벗었고, 그 정도가 하도 심해서 우리 시민들은 종종 이런 사실을 자각하게 되면 '내일 당장 해방되는 건 아니다'라고 급히 언명하기도 했다.

실제로 페스트는 하루아침에 뚝 멈추지 않았다. 다만 우리가 상식적으로 기대했던 것보다는 확실히 빠르게 약해지고 있었다. 1월 초순 동안, 여느 때와 달리 강추위가 오래 자리를 잡고 오랑 시를 꽁꽁 얼리는 듯했다. 하늘이 그렇게 푸르렀던 적은 없었다. 수일간 그 얼음처럼 투명한 광채가 우리 시를 밝게 뒤덮었다. 깨끗한 대기 속에서 페스트가 힘을 잃었는지, 사망자 수가 3주 연속 뚝뚝 떨어졌다. 짧은 시간 사이에 페스트는 여러 달 걸려 축적한 대부분의 힘을 잃었다. 리외가 치료한 그랑이나 소녀처럼 다 된 먹잇감들을 놓치고, 어떤 동네에서는 이삼일간 기승을 부리지만 다른 동네에서는 완전히 사라지고, 월요일에는 희생자의 수가 2배가 되었다가 수요일에는 대부분이 피해 가게 놔두고 하는 것을 볼 때, 또한 이처럼 페스트가 숨 가빠하거나 서두르는 것을 볼 때, 페스트는 신경질과 피로에 의해 붕괴되어 스스로를 통제하지 못함과 동시에 강점이었던 수학적이고 지고한 효율성을 잃고 있다고 말할 수 있었다. 그때까지 그렇게나 실패했던 카스텔의 혈청이 단숨에 연이은 성공을 거두고 있었다. 의사들이 아무리 처방해도 성과를 낳지 못했던 각각의 조치들이 갑자기 확실한 효과를 올렸다. 이번에는 페스트가 쫓겨 다니고, 그 갑작스러운 허약함에 그때까지 페스트에 패했던 무딘 무기들이 힘을 얻는 듯했다. 가끔 병이 걷잡을 수 없이 거세져서 완치를 기대하던 서너 명의 환자를 앗아가기도 했다. 정말 불운한 사람들, 희망이 부풀 때 불시에 페스트에게 희생된 사람들이었다. 예방 격리 수용소에서 퇴소했던 오통 판사가 이런 경우였다. 타루가 "그는 운이 없었어"라고 말했는데, 판사의 죽음을 말한 것인지, 아니면 그의 삶을 염두에 두었는지는 알 수 없었다.

하지만 전체적으로 보아 모든 전선에서 감염이 퇴각하고 있었다. 도청의 공보들은 처음에는 소심하고 은근한 소망만 언급하다가 급기야 '승리했다, 병이 자기 진지들을 버리고 있다'는 시중의 믿음을 확인해 주었다. 그런데 사실상 승리라고 부르기에 애매한 면이 있었다. 뚜렷한 설명을 내놓지 못하고, 올 때처럼 똑같이 슬그머니 떠나가고 있었기 때문이다. 우리의 대응 전략은 바뀌지 않았는데, 그냥 어제는 패했고 오늘은 이기고 있었다. 병이 제풀에 지쳤거나 어쩌면 모든 목적을 달성한 후에 스스로 물러가고 있다는 인상뿐이었다. 그러니까 병의 역할은 끝났던 것이다.

그렇다고 해도 시내는 거의 아무런 변화가 없었다. 거리가 낮에는 조용하다가 저녁에 여느 때와 비슷한 수의 군중이 몰려들었는데, 다만 외투와 목도리 차림을 한 사람들의 수가 압도적이었다. 영화관과 카페의 영업은 여전했다. 하지만 더 가까이에서 보면, 사람들의 얼굴이 한결 더 느긋해지고 가끔은 미소도 지었다. 그러면 페스트가 발생한 후로 거리에서 아무도 미소를 짓고 있지 않았다는 사실에 새삼 놀랐다. 실제로 몇 달 전부터 시는 투명한 장막 아래 덮여서 질식해 가고 있었는데, 이제 막 한 부분이 찢겼고, 월요일마다 라디오 보도를 통해 틈이더 커져 가고 있었다. 곧 자유롭게 숨 쉴 수 있을 것 같았다. 이것은 아직 실생활에 즉각적인 영향은 없는, 걱정거리만 없어진위안감이었다. 하지만 1달 전에 기차가 떠난다든지 배가 도착한다든지 자동차 운행이 재개된다든지 하는 소식을 들었더라면 안 믿었을 텐데, 지금 1월 중순에 그런 발표가 난다면 반대로 아무도 놀라지 않을 것이었다. 이런 변화들은 가벼운 수준이다. 하지만 이런 가벼운 차이로 우리 시민들의 소망의 길은얼마나 넓어지는지 모른다. 게다가 아주 미미한 희망이라도 시작된 순간, 페스트의 실질적인 군림은 끝난 것이다.

하지만 1월 내내 우리 시민들의 반응이 오락가락했던 게 사실이다. 더 정확히 말하자면, 극도의 낙관과 지독한 비관을 번갈아 가며 겪었다. 그래서 통계 수치가 가장 희망적이던 바로 그 시점에, 새로운 탈출 시도들이 기록적으로 늘었다. 당국과 해당 감시 초소들은 크게 놀랐다. 왜냐하면 대부분의 탈출이 성공했기 때문이었다. 그런데 사실 그 시기에 탈주했던 사람들은 본능적인 감정을 따르고 있었다. 어떤 이들은 페스트 시기에 깊은 비관주의를 얻고 본성이 되어 버렸다. 그래서 희망을 가지는 것이 불편해졌다. 페스트의 시대가 끝나 가는데, 그들은 계속 이 페스트를 기준으로 삼아 살고 있었다. 시대의 추이에 뒤처져 있었다. 이와는 정반대의 부류들은 주로 사랑하는 존재들과 생이별을 경험한 이들로, 장기간의 유폐와 낙심을 겪은 후에 일어나는 희망의 바람에 모든 자제력을 잃고 열광과 초조함에 휩쓸려 버리는 것이었다. 그들은 일종의 돌발적인 공포감을 느끼는 것으로 '목표에 거의 다 왔는데, 지금 자칫 죽기라도 해서 못 보면 어쩌지? 이 오랜 고통에 보상받지 못하면 어쩌지?' 하는 생각이 덮쳤던 것이다. 그들은 여러 달의 감옥살이와 귀양살이를 은근한 끈기로 버텨 왔는데, 처음 품게 된 희망이 공포나 절망도 망가뜨리지 못했던 것을 파괴했다. 마지막 순간까지 페스트에 보조를 맞출 수 없었던 그들은 페스트를 앞지르려고 미친 사람들처럼 서둘렀다.

한편 이 시기에 수많은 낙관적 징후들이 저절로 나타났다. 물가가 현저하게 떨어지는 현상이 그중 하나였다. 순수경제학의 관점에서는 이런 동향은 설명이 안 된다. 어려움은 그대로였고, 관문의 방역 격리 체제도 여전해서 물자 배급 개선까지는 아직 요원한 상태였다. 따라서 사람들은 마치 페스트의 후퇴가 도처에서 반영되는 것과 같은 순전히 심리적인 현상을 목도한 것이다. 이와 동시에 원래 집단생활을 하다가 병 때문에 서로 떨어졌던 사람들에게 낙관주의가 번졌다. 시의 두 수도원이 다시 활동하기 시작하며 공동생활을 재개했다. 군인들도 마찬가지였다. 그들은 빈 병영에 재집결했고, 정상적인 병영 생활을 재개했다. 이런 작은 일들이 큰 징조들이었다.

주민들은 1월 25일까지 이런 은밀한 동요 속에서 지냈다. 그 주에 통계 수치가 아주 낮아지자 도청은 의사협회의 자문을 구한 후 '전염병이 제거된 것으로 간주될 수 있다'고 공표했다. 거기에 주민들은 반드시 찬성하겠지만 신중을 기하는 취지에서, '관문 폐쇄는 2주, 예방 조치들은 1개월 더 유지된다'고도 덧붙였다. 이 기간 중에 위기가 재발할 징후가 조금이라도 나타나면 '현 상태'가 유지되어야 했고 또 조치들은 그 이후에도 유효했다. 하지만 모두가 이구동성으로 이런 추가 항목들을 형식적인 조항들로 간주했다. 그래서 1월 25일 저녁 즐거운 소동이 도시를 가득 채웠다. 도지사는 전반적인 기쁨에 부응하고자 거리 조명을 이전으로 복구하라는 명령을 내렸다. 차갑고 깨끗한 하늘 아래에서 우리 시민들은 떠들썩하고 웃음이 가득한 무리를 지어 불이 환하게 켜진 거리로 쏟아져 나왔다.

물론 여전히 덧문이 닫힌 집들이 보였고, 그렇게 조용히 집 안에 앉아서 바깥의 기쁜 환호성에 귀를 기울인 이들도 많았다. 그렇지만 상중인 집에서도 깊은 안도감이 퍼져 갔는데, 가족 구성원들이 강제로 끌려가는 모습을 더 이상 보지 않아도 되었기 때문이거나, 아니면 마음속에 늘 있던 개인적인 불안감의 그늘이 걷혀서였다. 이 도시의 기쁨에 대해 가장 이질적인 태도를 보인 이들은, 바로 그 시각 가족 구성원 중 누군가가 병원에서 페스트와 씨름하고 있어서, 예방 격리나 집에 머물고 있던 가족들로, 재앙이 남들에게 끝났듯이 자신들에게도 끝나기를 바랐다. 분명히 이들도 희망을 품었지만, 그것을 아껴 창고에 간직해 두었고, 진징으로 그럴 권리가 생길 때까지 꺼내 쓰지 않고 있었다. 고뇌와 기쁨의 중간 지점에서의 이런 기다림, 이런 침묵에 싸인 전야를 환희의 한복판에서 맞자니, 더 잔인하고 괴롭게 느꼈다.

하지만 이런 예외들로 대중의 만족감이 줄지는 않았다. 분명 페스트는 아직 끝나지 않았고, 끝나지 않았음은 앞으로 증명될 것이다. 하지만 이미 그들의 머릿속에서 몇 주나 앞서서 기차들이 기적을 울리며 바깥 세상으로 향하는 끝없는 철로 위를 달리고 있었고, 선박들이 항구를 떠나 빛나는 바다로 나가고 있었다. 다음 날 아침이면 사람들의 정신은 더 차분해지고 의혹이 되살아날지도 모른다. 하지만 그 순간만큼은 시 전체가 뒤흔들리고 있었고, 돌 같은 뿌리를 뻗어 둔 어둡고 움직임 없는 유폐지를 떠나 생존자들을 싣고 드디어 '약속의 땅'을 향해 나아가기 시작했다. 그날 저녁 타루, 리외, 랑베르, 그리고 많은 동료들이 함께 군중 사이에서 걸었는데, 그들 역시 발 디딜 틈도 없다는 느낌을 받았다. 한참 전에 대로를 벗어나서 인적 없는 골목길로 접어들어 덧창이 닫힌 창문들을 따라 걸을 때도, 등 뒤로 기쁨의 함성이 따라왔다. 그들은 피로 때문에 덧창 뒤에 숨은 괴로움과 도심 대로를 채운 기쁨을 분리시킬 수가 없었다. 그래서 다가오고 있는 해방에는 웃음과 눈물이 뒤섞였다.

웅성거림이 더 크고 더 즐겁게 울려 퍼진 한순간, 타루가 멈춰 섰다. 어두운 포장도로 위를 뭔가가 휙 달려가고 있었다. 고양이, 지난봄 이후에 처음으로 보는 고양이였다. 고양이는 도로 한복판에서 잠시 움직이지 않고 망설이더니, 한쪽 발을 핥고 그 발로 재빨리 오른쪽 귀를 문지르고는 다시 소리 없이 달려가 어둠 속으로 사라졌다. 타루는 미소를 지었다. 키 작은 노인 역시 만족할 것이다.

* * *

하지만 어느 미지의 굴에서 슬그머니 나왔던 페스트가 그곳으로 되돌아가려는 듯 점점 멀어져 가던 그 시기에, 시내에서 적어도 한 사람은 페스트의 후퇴에 망연자실했다. 타루의 수첩을 믿자면, 그것은 코타르였다.

사실을 말하자면, 이 수첩은 통계 수치가 내려가기 시작하던 때부터 상당히 이상해지고 있었다. 피로 때문인지 글씨가 읽기 어려워지고 너무 자주 이 화제에서 저 화제로 넘어갔다. 게다가 처음으로 객관성을 잃고 개인적 생각들이 주를 이뤘다. 코타르의 사례와 관련된 꽤 긴 부분의 중간에 끼어 있는, 고양이들과 장난하는 노인에 대한 짧은 보고문이 그렇다. 타루의 이 노인에 대한 흥미는 페스트에도 줄지 않았고, 페스트가 끝나가는 이 시점에도 똑같았다. 그런데 불행히도 이 인물은 더 이상그의 흥미를 끌 수 없게 되었다. 타루 자신의 호의가 준 것은 아닌 게, 타루는 이 노인을 다시 보려고 애썼기 때문이다.

1월 25일 저녁이 있고 며칠 후, 타루는 그 작은 길의 한 모퉁이를 노려보고 있었다. 고양이들은 예전처럼 저쪽 따뜻한 양지에서 몸을 녹이고 있었다. 하지만 평소와 같은 시간이 되어도 덧창이 굳게 닫혀 있었다. 며칠이 지나도 여전히 열리지 않았다. 그래서 타루는 키 작은 노인이 화가 났거나 죽었다는 기이한 결론을 내렸다. 화가 났다면, 노인이 자기는 옳게 행동했는데 페스트가 자신에게 해를 끼쳤다고 생각했기 때문이리라. 죽었다면, 늙은 천식 환자에 대해서와 마찬가지로 그도 과연 성자였는지 생각해 보아야 한다. 타루는 그렇게 생각하지 않았지만, 다만 노인에게 어떤 '표식'을 본 듯하기는 했다. 그는 수첩에 이렇게 적었다.

「어쩌면 우리는 오직 성스러움의 근사치까지만 다가갈 수 있을 뿐이다. 그렇다면 절제되고 자비로운 어떤 악마주의에 만족해야 할지 모른다.」

수첩에는 코타르에 대한 관찰 내용들이 여러 사람들의 내용과 섞여서 여기저기서 소개되었다. 아무 일도 없었다는 듯 회복해서 다시 일을 시작한 그랑 이야기도 있고, 리외 부인 이야기도 있었다. 같은 집에서 살면서 주고받았던 대화들, 노부인의 자태, 페스트에 대한 그녀의 견해 등이 상세히 적혀 있었다. 타루가 특히 강조하고 있는 것은 리외 부인의 겸손한 태도, 모든 것을 간단하게 표현하는 언어 습관, 그녀가 특별히 좋아하던 창가의 자리, 그러니까 황혼 무렵이면 꼿꼿한 자세로 두 손을 무릎 위에 가만히 모으고 앉아서 자신의 실루엣이 점점 회색빛으로 짙어지다가 검은 그림자로 바뀔 때까지 조용한 창밖 거리를 주의 깊게 바라보던 모습을 적었다. 그녀가 이 방에서 저 방으로 옮겨 다닐 때의 모습은 '경쾌하다'고 표현했다. 타루 앞에서 분명히 드러내 보인 적은 없지만 그녀의 말과 행동에서 부드럽게 번뜩이는 선량함, 깊은 성찰까지 하지 않아도 모든 것을 다 아는 지혜, 수수하고 조용하지만 어떤 빛 앞에서도 (심지어 페스트의 빛이라 해도) 움츠러들지 않는 당당함 등이 묻어났다.

그런데 여기서 타루의 글씨는 이상하게도 비뚤어지는 기미를 보였다. 이어지는 줄들은 읽기 어려웠고, 이런 비뚤어짐의 새로운 증거를 주려는 듯이 마지막 이야기는 처음으로 개인적인 것이었다.

「나의 어머니는 그런 분이셨다. 나는 어머니의 겸손함이 좋았고, 늘 어머니를 다시 만나고 싶었다. 8년이 지났지만 아직도 어머니가 돌아가셨다는 말을 못 하겠다. 어머니가 평소보다 조금 더 얌전하게 계실 뿐이라고 생각하다가, 뒤를 돌아보면 어머니는 더 이상 거기에 안 계셨다.」

그런데 코타르의 이야기로 돌아가야 한다. 코타르는 통계 수치가 내려가기 시작한 때부터 이런저런 구실로 리외를 몇 차례 방문했다. 하지만 사실 그가 정말로 원한 건, 향후 전염병의 진행에 대한 리외의 의견이었다.

"이 병이 이렇게 느닷없이, 예고도 없이 끝날 거라고 생각하세요?"

그는 자신은 회의적이라고 했고, 평소에도 그렇게 말하고 다녔다. 하지만 그토록 반복적으로 묻는다는 건, 확신이 약하다는 뜻이었다. 1월 중순부터 리외는 꽤 낙관적인 대답을 주었다. 그런데 매번 이 대답에 코타르는 기뻐하기는커녕 불쾌감부터 우울증에 이르는 반응들을 보였다. 그 뒤로 의사는 그에게 '통계 수치는 유리해 보이지만 아직 승리를 외치기에는 너무 이르다'고 말하게 되었다.

"달리 말하면, 알 수가 없다는 거네요. 오늘이나 내일 재개될 수도 있고요. 그렇죠?"

코타르가 지적했다.

"그래요. 같은 이유로 치유 속도가 더 빨라지는 것도 가능하고요."

상황의 불확실성은 모든 사람을 불안하게 만들었지만, 코타르는 오히려 눈에 띄게 안심하는 기색이었다. 그는 타루 앞에서 자기 동네의 상인들에게 말을 걸어 리외의 의견을 전파하려고 애쓰기도 했다. 별로 어려운 일은 아니었다. 그도 그럴 것이 첫 승리의 열광 이후 많은 사람의 머릿속에서 도청의 발표가 야기했던 흥분보다 오래가기 마련인 모종의 의심이 다시 나타나고 있었기 때문이다. 코타르는 이런 불안한 광경에 안심했다. 그리고 때로는 낙담했다.

"예, 조만간 관문들은 결국 열릴 겁니다. 그러면, 두고 보세요, 사람들은 땔감으로 써서 태워 버릴 겁니다!"

그가 우울하게 타루에게 말했다.

1월에 들어서면서 모든 사람이 눈치챌 정도로 코타르는 안절부절못했다. 그는 동네 사람들이나 지인들과 함께 잘 어울리다가도 심하게 싸우고 며칠씩 대립했다. 타루가 보기에, 그는 세상과 연을 끊은 듯 침울하게 제 속으로 파고들었다. 단골 식당이며 극장, 카페에서 그를 볼 수가 없었다. 그렇다고 그가 전염병 이전에 영위했던 조심스럽고 은밀한 생활로 돌아간 게 아니었다. 그저 아파트에만 틀어박혀 지냈고 식사도 근처 식당에서 시켜 먹었다. 저녁에만 몰래 외출해서 필요한 물건들을 샀고, 가게를 나오면 한적한 거리를 달음박질해서 집으로 돌아갔다. 타루가 한두 번 마주쳐서 말을 걸었지만 무뚝뚝한 단음절 대답들만 돌아왔다. 그러다가 어느 날은 별안간 사교적으로 변해서는, 페스트 이야기를 잔뜩 하면서 의견을 구했고, 무척 신나게 군중들과 섞여서 돌아다녔다.

도청의 발표가 있었던 1월 25일 밤, 코타르는 다시 거리에서 사라졌다. 이틀 후에 타루는 거리를 어슬렁거리는 그와 마주쳤다. 코타르가 변두리까지 같이 가 달라고 부탁했는데, 타루는 망설였다. 유난히 피곤한 하루의 끝이었던 것이다. 하지만 상대방은 막무가내로 졸랐다. 몹시 흥분했는지 몸짓이 컸고 말소리도 아주 크고 빨랐다. 그는 도청의 발표로 정말 페스트에 종지부가 찍혔다고 생각하느냐는 물음으로 말문을 열었다. 타루는 행정적 공표가 그 자체만으로 재앙을 멎게 하는 건 아니지만,

예기치 못한 사고만 안 생긴다면 전염병이 곧 끝난다는 생각을 당연히 할 수 있다고 평가했다. 코타르는 이렇게 말했다.

"그래요, 예기치 못한 사고. 사고야 늘상 일어나잖아요. 안 그래요?"

타루는 당국이 그런 경우까지 대비해서 관문 개방을 2주간 유예한 것이라고 지적했다. 코타르는 잔뜩 흥분한 어조로 소리 쳤다.

"그러게 얼마나 현명한 조치예요! 상황이 흘러가는 걸 보니까, 당국이 종식 선언을 번복해야 할 판이라니까요."

타루는 그럴 가능성이 있다는 것에 동의했지만, 그래도 관문 개방과 일상으로의 복귀가 임박했다고 내다보는 것이 훨씬 낫다는 생각이었다.

"그래요, 그렇다고 치죠. 그런데 일상으로의 복귀라니, 무슨 뜻으로 한 말인가요?"

타루가 씩 웃었다.

"영화관에 새 영화가 들어온다는 거죠."

코타르는 웃지 않았다. 그는 페스트 때문에 바뀌는 게 전혀 없이 이 도시의 생활이 예전으로 똑같이 돌아갈지, 다시 말해 정말 아무 일도 없었던 것처럼 될 수 있을지 궁금해했다. 타루 생각에는 페스트가 도시를 바꾸기도 했고 못 바꾸기도 했다. 우리 시민들이야 물론 아무것도 안 바뀌었기를 강하게 희망하고, 실제로 어떤 측면들은 아무것도 안 바뀔 것이다. 하지만 다른 측면에서 보면, 사람은 아무리 의지가 강해도 모든 것을 잊을 수는 없으니, 페스트의 흔적은 마음속에 어떻게든 남을 것이었다. 이에 키 작은 하숙인은 자기는 마음에 관심이 없다고, 사실 전혀 신경 쓰지 않는다고 매몰차게 대꾸했다. 그의 관심사는 조직 자체가 몽땅 바뀔 수 있느냐는 거였다. 예를 들어, 공공 기관이 과거처럼 기능하겠느냐는 거였다. 타루는 그 점에 대해서는 아는 바가 전혀 없다고 시인하고서, 그래도 페스트라는 대격변을 겪은 마당인데 정상화되는 데까지 조금 시간이 지체되지 않겠느냐고 말했다. 거기다가 온갖 종류의 새로운 문제들도 발생할 테니까, 최소한 일부 조직들은 재편될 필요도 있어 보였다.

코타르는 고개를 끄덕였다.

"아! 정말 그렇겠네요. 사실은, 모두가 새로 시작해야 할 거예요."

두 산책자는 코타르의 집 근처에 이르렀다. 코타르는 활기를 되찾은 듯했고 애써 낙관론을 믿으려고 애썼다. 확실히 그는 과거를 깨끗이 지우고 깨끗한 백지 상태에서 다시 시작하는, 새로운 단계로 접어드는 도시를 그리고 있었다. 타루가 웃었다.

"그래요. 딱 그렇게 모든 일들이 당신에게 맞게 잘 정리될 거예요. 누가 알아요? 어떤 식으로든 우리 모두에게 새 삶이 시작되는 겁니다."

그들은 코타르의 집 문 앞에서 악수했다.

"맞아요, 백지 상태에서 다시 시작하는 것은 굉장한 일일 겁니다."

코타르가 점점 더 흥분했다.

갑자기 어두운 복도에서 두 남자가 불쑥 나타났다. "이 짭새들이 뭘 원하지?" 타루는 옆에서 중얼거리는 소리를 들을 겨를도 없었다. 문제의 남자들은 잘 차려입은 사복형사 같은 모습이었는데, 다짜고짜 당신 이름이 코타르냐고 물었다. 코타르는 묵직한 탄성 같은 것을 내지르더니 몸을 돌렸고, 그들이나 타루가 손짓 한 번 해 볼 새도 없이 어둠 속으로 줄행랑쳤다. 타루와 두 남자는 놀라서 한참을 말없이 서로 바라보았다. 그리고 나서 타루는 두 남자에게 뭘 원하느냐고 물었다. 그들은 '조사할 일'이 있어서 그런다고 애매하게 둘러대더니 태연하게 코타르가 간 쪽으로 걸어갔다.

집에 돌아온 타루는 이 특이한 사건을 적은 뒤에 곧바로 '오늘 무척 피곤(글씨에서 충분히 느껴졌다)'이라고 적었다. 덧붙여서, 아직 할 일이 많이 남았지만 이것이 '준비하고 있지 않아도 될' 이유는 될 수 없다면서 "나는 준비되어 있는가?" 하고 자문했다. 그리고 추신처럼 대답을 적었는데, 밤낮 구분 없이 어떤 특정한 시간이 되면 인간이 가장 비겁해지는데, 자신이 두려워하는 것은 그런 시간뿐이라고 했다. 타루의 수첩은 여기서 끝났다.

* * *

　이틀 후, 관문 개방까지 아직 며칠 남은 어느 날, 의사 리외는 기다리던 전보가 와 있을지 궁금해서 정오에 집으로 돌아왔다. 그의 일과는 페스트가 기승을 부릴 때와 마찬가지로 여전히 힘들었지만, 해방이 임박했다는 기대감에 피로가 싹 가셨다. 희망이 생겼고, 그래서 삶의 기쁨이 샘솟았다. 항상 힘과 의지를 한계치까지 끌어올리고 안간힘을 쓰며 살 수는 없는 법이다. 투쟁을 위해 끌어모았던 모든 신경과 근육을 마침내 풀어 버릴 때 참 즐겁다. 전보가 기다리던 좋은 내용이라면, 리외도 다시 시작할 수 있을 것 같았다. 안 그래도 주위의 모두가 다시 새롭게 시작하고 있었다.

　리외는 수위실 앞을 지나갔다. 새로 온 수위가 유리창에 얼굴을 착 붙이고 내다보며 그에게 미소를 지었다. 계단을 올라가는데, 피로와 영양부족으로 창백하긴 했지만 웃고 있던 수위의 얼굴이 자꾸 눈앞에 맴돌았다.

그래. 이 추상의 시기가 끝나면 리외 자신도 새롭게 시작하리라. 그런 행운이 따라 줄까?

이런 생각들을 하며 현관문을 여는데, 어머니가 복도까지 마중 나와서 말했다. "타루 씨가 몸이 안 좋구나." 타루는 아침에 평소처럼 일어났는데, 나갈 수가 없어서 다시 자리에 누웠다. 리외 부인은 불안해 했다. 아들이 안심시켰다.

"별로 심각한 건 아닐 거예요."

타루는 침대에 반듯하게 누워 있었는데, 머리는 베개에 푹 파묻혔고, 두꺼운 이불 아래로 두툼한 몸통이 뚜렷이 드러났다. 신열이 있었고 두통으로 괴로워했다. 그는 리외를 보더니, 확실하진 않지만 페스트 증세 같기도 하다고 말했다. 리외는 그를 진찰하고 나서 이렇게 말했다.

"아니, 아직 아무것도 확실하지 않아요."

하지만 타루는 심한 갈증에 시달렸다. 복도에서 의사는 어머니에게 페스트일 수 있다고 말했다. 그녀가 탄식했다.

"아! 이럴 수가, 지금에 와서!"

그러고 나서 곧바로 이렇게 말했다.

"집에 있게 하자, 베르나르야."

리외는 생각해 보았다.

"전 그럴 권리가 없어요."

그러더니 애매하게 덧붙였다.

"그런데 관문들이 곧 열리잖아요. 정말 어머니만 여기 안 계신다면, 저도 그렇게 했을 것 같아요."

"베르나르야, 집에서 간호하자. 나도 그냥 있게 해 주고. 내가 얼마 전에 새로 백신을 맞았다는 걸 잘 알잖니?"

의사는 타루도 백신을 맞았다는 점을 지적한 후에, 어쩌면 피곤해서 바로 직전의 혈청주사를 빼먹었거나 몇 가지 주의 사항을 잊었던가 보다고 말했다. 리외는 그렇게 말하면서 이미 진료실로 들어가고 있었다. 그가 침실로 돌아왔을 때 타루는 그가 큼직한 혈청 병을 들고 있는 것을 보았다.

"아! 역시 페스트군요."

"아뇨. 하지만 예방 차원에서입니다."

타루는 대답 대신 말없이 팔을 내밀어 자기가 다른 환자들에게 수없이 놓았던 그 긴 주사를 맞았다.

"오늘 저녁에 상태를 봅시다."

리외와 타루의 시선이 마주쳤다.

"격리는요, 리외?"

"페스트에 걸린 건지 전혀 확실치 않아요."

타루는 애써 미소를 지었다.

"혈청주사를 놓으면서 격리 지시를 같이 안 내리는 건 처음인데요."

리외가 시선을 돌려 버렸다.

"어머니와 내가 간호할 거예요. 여기가 훨씬 나을 겁니다."

타루가 입을 다물자 의사는 혈청 병을 정리하면서 그가 무슨 말이라도 하면 돌아서려고 기다렸다. 하지만 타루는 아무 말도 하지 않았다. 결국 그가 침대 쪽으로 몸을 돌렸다. 환자가 그를 보고 있었다. 얼굴은 피곤해 보였지만 회색빛 눈은 담담했다. 리외가 그를 내려다보며 미소 지었다.

"가능하면 잠을 자요. 곧 다시 올게요."

방을 나가려는데 타루가 부르는 소리가 들렸다. 그가 타루 쪽으로 돌아섰다. 타루의 태도가 이상했다. 말을 할까 말까 고민하는 것 같았다.

마침내 그가 한 음절씩 또박또박 말했다.

"리외, 전부 말해 줘야 해요. 그럴 거라고 믿을게요."

"약속할게요."

상대방의 큼직한 얼굴에 짧은 미소가 스쳤다.

"고마워요. 난 죽고 싶지 않으니 싸울 겁니다. 하지만 이미 진 거라면 깨끗하게 끝마치고 싶어요."

리외가 몸을 숙여서 그의 어깨를 잡았다.

"아뇨. 성자가 되려면 살아야죠. 그러니 싸워요."

오전에 매서웠던 추위가 조금씩 수그러졌다가, 오후가 되니 비와 우박이 세차게 쏟아졌다. 황혼 녘에는 하늘이 약간 개고 추위가 더 심해졌다. 리외는 저녁에 집에 돌아왔다. 그는 외투도 벗지 않고 친구의 방으로 들어갔다. 리외의 어머니는 뜨개질을 하고 있었다. 타루는 움직이지 않는 듯했지만 신열 때문에 허옇게 된 입술이 그가 버텨 내고 있는 싸움을 말해 주고 있었다.

"어때요?"

의사가 물었다. 타루는 이불 밖으로 나와 있는 두툼한 어깨를 약간 으쓱했다.

"지금 경기에서 지고 있어요."

의사가 그에게로 몸을 숙였다. 몹시 뜨거운 피부 아래에 신경절이 맺혀 있었고, 가슴에서는 땅속 대장간의 풀무 소리가 울리는 것 같았다. 타루는 특이하게도 두 종류의 증세를 보이고 있었다. 리외는 몸을 일으키며, 혈청이 아직 효력을 다 발휘할 시간이 없었다고 말했다. 타루가 몇 마디 하려고 했지만, 신열이 목구멍으로 치솟으며 그 말을 삼켜 버렸다.

저녁 식사 후, 리외와 어머니는 환자 옆에 와서 앉았다. 리외는 밤은 싸움이 시작되는 시간이고, 페스트 전령과의 힘든 싸움이 새벽까지 계속될 것임을 알고 있었다. 이 싸움에서는 타루의 단단한 어깨와 넓은 가슴이 별 소용이 없었다. 오히려 리외가 조금 전에 주삿바늘로 솟구치게 한 피와 그 핏속에 있는 영혼보다도 더 내밀하고 어떤 과학도 밝힐 수 없는 그 뭔가가 중요했다. 의사가 할 수 있는 일은 거기 앉아서 그저 친구가 싸우는 것을 보고 있는 것뿐이었다. 그가 하려던 일, 즉 화농 촉진술, 필수적인 강장제 주입 등은 여러 달 동안의 거듭된 실패로 그 효과가 어떤지 정확히 알고 있었다. 그가 도울 수 있는 유일한 방법은 어쩌면 있을지도 모를 요행에 기회를 주는 것뿐이었다. 이것도 자극을 주어야만 겨우 깨어나는 요행이었다. 행운이 반드시 필요했다. 그도 그럴 것이 리외는 지금 다소 자기를 어리둥절하게 만드는 페스트와 대면하고 있기 때문이었다. 이 페스트가 또 한 번 자신에 맞서 수립된 여러 전략들을 교란시키는 데 힘을 썼고, 이미 자리를 잡았다고 보이던 곳에서 사라졌다가 예상치 못한 곳에 다시 나타나기를 반복했다. 다시 한 번 페스트가 더욱 혼란시키고 있었다.

타루는 미동도 않고 싸우고 있었다. 하지만 밤새 단 한 번도 끊임없는 적의 공격을 맞받아치지 못했다. 오로지 몸집과 침묵으로 버티고만 있었다. 말소리조차 단 한 번도 내지 않았는데, 다른 데 신경쓸 여유가 없음을 그만의 방식으로 토로하는 것이었다. 리외는 오직 떴다 감았다 하는 눈, 안구를 더 바짝 조이거나 반대로 축 늘어지는 눈꺼풀, 뭔가를 응시하거나 자신과 자신의 어머니에게로 돌아온 시선 등을 통해서만 친구의 투쟁 단계를 좇아가고 있었다. 의사와 시선이 마주칠 때마다 타루는 안간힘을 써서 미소를 지어 보였다.

한순간 거리에서 다급한 발소리들이 들렸다. 멀리서 들리는 천둥소리를 피해 도망치는 듯했는데, 굉음이 차츰 가까워지더니 결국 비가 다시 쏴 하고 쏟아지며 거리를 가득 채웠다. 곧 우박이 비에 섞여 인도를 강타했다. 창문 위의 긴 커튼들이 일렁거렸다. 어두운 방 안에서 리외는 잠시 비에 정신이 팔려 있다가 다시 침대 협탁의 전등 빛 아래에 누워 있는 타루를 보았다. 리외의 어머니는 뜨개질을 하면서 가끔 고개를 들어 유심히 환자를 살폈다. 의사로서 할 수 있는 일은 다했다. 비가 멈추자, 방 안의 침묵이 더욱 진해졌다. 보이지 않는 전쟁의 소리 없는 소용돌이로 가득 찼다. 잠을 못 자서 신경이 곤두선 탓인지, 의사는 침묵의 경계선에서 이 전염병 시기 내내 그를 따라다니던 획획 소리를 들었다. 그가 신호를 해서 어머니에게 잠을 권했다. 그녀는 고갯짓으로 거절하더니 눈이 또렷해졌고, 이어서 뜨개바늘 끝으로 확신이 들지 않던 뜨개질 코 하나를 찬찬히 살폈다. 리외는 일어나서 환자의 목을 축여 주고 다시 돌아와 앉았다.

행인들의 발자국 소리가 가까이에서 나더니 금세 멀어졌다. 다들 잠시 비가 그친 틈을 타 서둘고 있었다. 문득 의사는 처음으로, 그밤에 구급차의 경적이나 거리를 가득 메운 산책객들의 발소리가 안 들리는 걸 깨달았다. 과거의 여느 밤들과 아주 비슷했다. 페스트에서 해방된 밤이었다. 그런데 추위, 가로등, 군중에 의해 축출당한 이 병이 도시의 어두운 깊은 바닥에서 도망쳐 나와 이 더운 방으로 피신해서 그 최후의 공격을 타루의 생기 없는 몸에 가하고 있는 것 같았다. 재앙은 이제 더 이상 도시의 하늘을 휘젓고 있지 않았다. 이 방 안의 무거운 공기 속에서 조용히 휙휙 소리를 내고 있었다. 리외는 몇 시간 전부터 바로 이 소리를 듣고 있었다. 지금 그는 이곳에서도 역시 재앙이 멎기를, 이곳에서도 역시 페스트가 패배를 선언하기를 기다리고 있었다.

동트기 조금 전에 리외는 어머니 쪽으로 몸을 수그리고 이렇게 말했다.

"8시에 저하고 교대하려면 어머니는 주무세요. 주무시기 전에 소독하시고요."

리외 부인은 일어나서 뜨개질 용품을 정리하고 환자의 침대로 다가갔다. 타루는 얼마 전부터 눈을 감고 있었다. 머리카락이 단단한 이마 위에 땀으로 엉겨 붙어 있었다. 리외 부인이 한숨을 쉬자 환자는 눈을 떴다. 그를 굽어보는 부드러운 얼굴을 보자 신열이 파상적으로 흐르는 얼굴 아래로 끈질긴 미소가 다시 떠올랐다. 하지만 이내 눈이 감겼다. 혼자 남은 리외는 막 어머니가 떠난 안락의자에 앉았다. 거리는 잠잠해져 이제 완전한 침묵이 흐르고 있었다. 방 안에서 아침 추위가 느껴지기 시작했다.

의사는 깜박 선잠이 들었지만 금세 새벽의 첫 자동차 소리에

깼다. 그는 부르르 떨었다. 병이 잠시 가라앉았던지 환자 역시 잠들어 있었다. 멀리서 나무와 쇠로 된 마차 바퀴 구르는 소리가 계속 들렸다. 창문에는 날이 아직 어두웠다. 의사가 침대 쪽으로 다가서자 타루가 눈을 떴는데, 멍한 눈빛이 아직 잠에 취해 있는 듯했다. 리외가 물었다.

"잠은 좀 잤어요?"

"네."

"숨쉬기가 더 나아요?"

"약간요. 그게 중요한가요?"

리외는 잠시 입을 다물었다가 말했다.

"아뇨, 타루. 별 의미 없어요. 아침엔 일시적으로 나아진다는 걸 나만큼이나 잘 알잖아요."

타루가 동의했다.

"고마워요. 계속 정확하게 대답해 줘요."

리외는 침대 발치에 앉았다. 가까이에서 환자의 다리가 느껴졌는데, 이미 죽은 자의 사지처럼 길고 딱딱했다. 타루의 숨소리가 더 거칠어졌다.

"신열이 다시 나겠죠. 그렇죠, 리외?"

그가 헐떡였다.

"그래요. 하지만 정오가 되면 결과를 알게 돼요."

타루가 눈을 감았다. 힘을 모으는 듯했다. 얼굴에 지친 표정이 역력했다. 그는 몸 깊숙한 어느 곳에서 이미 꿈틀거리고 있는 신열을 느꼈고, 그것이 올라오기를 기다리고 있었다. 눈을 떴을 때 눈앞이 흐릿했다. 리외가 몸을 수그려 주자 비로소 시선이 맑아졌다. 리외가 손에 물통을 들고 있었다.

"마셔요."

환자는 물을 마시고 고개를 다시 떨어뜨렸다.

"오래 걸리네요."

리외가 팔을 잡았지만, 타루는 시선을 돌린 채 더 이상 반응을 보이지 않았다. 그때 갑자기, 무슨 냇둑을 무너뜨린 것처럼 신열이 그의 이마까지 치솟는 게 보였다. 타루의 시선이 의사를 향하자 의사는 따뜻하게 격려하는 표정을 지어 보였다. 타루가 다시 미소를 지으려고 했지만, 악문 턱과 뿌연 거품으로 시멘트인 양 딱 붙어 버린 입술 밖으로 나오지 못했다. 다만 굳은 얼굴 속의 두 눈만은 여전히 용기의 광채를 가득 발하고 있었다.

7시에 리외 부인이 방으로 들어왔다. 의사는 진료실로 가서 병원에 전화를 걸어 자기를 대신할 근무자를 찾았다. 그는 진료도 미루기로 하고 잠깐 긴 의자 위에 몸을 뉘었다. 하지만 이내 일어나서 방으로 돌아갔다. 타루는 리외 부인 쪽으로 고개를 돌리고 있었다. 그는 곁에서 의자에 앉아 무릎 위에 두 손을 모아 올리고 있는 작고 구부정한 모습을 보고 있었다. 그가 하도 강렬하게 바라보고 있어서 리외 부인은 입술에 손가락을 갖다 대었다가 일어나서 침대 협탁의 불을 껐다. 하지만 커튼 뒤로 햇살이 빠르게 스며들어 잠시 후 환자의 모습이 어둠에서 떠오르자, 리외 부인은 그가 자기를 계속 보고 있었음을 알았다. 그녀는 몸을 수그려 베개를 바로잡아 주고, 몸을 일으키면서 축축하게 젖어 엉킨 그의 머리칼 위에 잠깐 손을 얹었다. 그때 그녀는 고맙다고, 이제 다 편하다고 말하는, 멀리서 들려오는 듯한 낮은 목소리를 들었다. 그녀가 다시 자리에 앉았을 때 타루는 눈을 감고 있었는데, 딱 붙어 버린 입술에도 불구하고 그의 기진맥진한 얼굴에 다시 미소가 떠오르는 것 같았다.

정오에 신열이 절정에 달했다. 일종의 내장성 기침이 환자의 몸을 뒤흔들었는데, 환자는 그때 피를 토하기 시작했다. 멍울은 더 이상 부풀지 않았지만, 없어지지 않고 관절 부위마다 나사처럼 단단히 박혀 있었다. 리외는 절개가 불가능하다고 판단했다. 신열과 기침 사이사이에 타루는 간간이 친구들을 쳐다보았다. 하지만 곧 눈 뜨는 횟수가 줄어들었고, 황폐해진 그의 얼굴에서 알아보는 듯한 반짝임이 차츰 옅어졌다. 육신을 발작적인 경련으로 뒤흔들던 뇌우도 점차 약해졌다. 타루는 폭풍의 눈에서 표류하고 있었다. 이제 리외 앞에는 미소가 사라지고 생기도 없는 얼굴 거죽만 있었다. 너무나 친근했던 인간, 친구의 얼굴은 페스트의 창에 찢기고, 초인적인 악의 불길에 그을리고,

하늘의 온갖 분노의 바람으로 뒤틀려서, 그의 눈앞에서 페스트의 검은 물속으로 침몰하고 있었다. 그런데 이 난파를 막기 위해 할 수 있는 게 아무것도 없었다. 그는 이 재난에 맞설 무기도 의지할 것도 없이 다시 한 번 빈 손으로, 고통스러운 마음으로 물가에 남아 서 있었다. 그래서 마침내 끝이 왔을 때, 리외는 무력함의 눈물이 앞을 가려서 타루가 벽 쪽으로 돌아눕는 것도, 마치 그의 몸 어디에선가 생명의 끈이 탁 끊어지듯 짧고 공허한 신음을 뱉으며 숨을 거두는 것도 보지 못했다.

그후의 밤들은 투쟁의 밤이 아니라 침묵의 밤이었다. 세상과 단절된 '죽음의 방'에서, 이제는 수의 차림인 죽은 육신 곁에서, 리외는 원초적인 평화가 떠도는 것을 느꼈다. 오래전 밤, 페스트가 퍼졌던 도시의 저 위에 위치한 테라스에서 관문을 공격하는 소리에 이어졌던 그런 평화였다. 이미 그 당시에 리외는 많은 사람이 죽어간 침대에서 올라오는 침묵을 곱씹었었다. 그것은 전투 후에 이어지는 늘 같은 엄숙한 휴식, 늘 같은 의례적인 휴전, 바로 패배의 침묵이었다. 하지만 지금 그의 친구를 에워싸고 있는 이 침묵은, 너무나 짙고, 마침내 자유로워진 이 도시의 밤과 너무나 비슷해서, 리외는 잔인하게도 이번이 전쟁을 끝내고 평화를 영구적으로 가져오는 마지막 전투였음을 느꼈다. 타루가 마침내 평화를 되찾았는지 알 수 없는 채로 다 끝나버렸는데, 리외로서는 적어도 이 순간만큼은 아들을 빼앗긴 어

머니나 친구를 묻은 사람에게 종전이란 없는 것처럼 자기에게
도 평화란 결코 더 이상 있을 수 없다는 것을 알았다.

밤은 다시 추워졌고 맑고 차가운 하늘 속에 얼어 버린 많은
별이 있었다. 반쯤 어둠이 깃든 방에서는 유리창을 내리누르는
추위가, 북극의 하룻밤 같은 핏기 없는 큰 바람이 느껴졌다. 침
대 곁에서 리외 부인이 익숙한 자세로 침대 협탁의 불이 비추
는 오른쪽에 앉아 있었다. 방 한가운데, 불빛으로부터 먼 곳에
서 리외는 안락의자에 앉아 있었다. 그는 아내 생각이 났지만
매번 이 생각을 뿌리쳤다.

초저녁부터 차가운 밤공기 속에서 행인들의 구두 소리가 선
명하게 울렸다. 리외 부인이 물었다.

"일은 다 봤니?"

"예, 전화했어요."

두 사람은 그때 침묵의 밤샘을 다시 시작한 상태였다. 리외
부인은 가끔 아들을 바라보았다. 어머니의 시선과 마주칠 때마
다 그는 미소를 지었다. 거리에서 익숙한 밤 소음이 이어졌다.
아직 허가가 나지 않았는데도 많은 차가 돌아다녔다. 차들이
빠르게 포장도로를 핥고 사라졌다가 다시 나타나곤 했다. 사람
들의 말소리, 부르는 소리, 다시 돌아온 침묵, 말굽 소리, 어느
모퉁이를 도는 전차 두 대의 삐걱대는 소리, 불분명한 소음, 그
리고 다시 밤의 숨소리.

"얘야."

"예."

"피곤하지 않니?"

"괜찮아요."

그 순간 그는 어머니가 무슨 생각을 하고 있는지 알았다. 아들을, 자신을 사랑한다는 생각. 하지만 리외는 누군가를 사랑한다는 것은 상대적으로 별일 아니라는 것, 아니 그보다는, 사랑이 결코 (단어적) 의미를 뛰어넘을 만큼 강할 수는 없다는 것도 알았다. 그러니 어머니와 그는 언제나 침묵 속에서 서로를 사랑하게 될 것이다. 그리고 때가 되면, 그녀가 혹은 그가 자신의 애정을 그 이상으로는 고백하지 못한 채 죽을 것이다. 바로 타루의 곁에서 그가 그렇게 지냈고, 그래서 바로 이 저녁에 타루는 그들의 우정을 온전히 체감하지 못한 채 죽었다. 타루의 표현대로라면 "경기에서 졌다." 그렇다면 그는, 리외는 승리한 걸까? 그저 페스트를 겪었고 그것을 추억하게 되었다. 우정을 겪었고 그것을 추억하게 되었다. 사랑을 알게 되었으니 언젠가 그것을 추억할 것이었다. 삶과 페스트의 경기에서 인간이 얻을 수 있는 전부는 경험과 추억뿐일 것이다. 그러나 타루는 어쩌면, 바로 이런 것을 "경기에서 승리했다"고 불렀으리라.

다시 자동차가 한 대 지나가자 리외 부인은 약간 몸을 움직였다. 리외는 어머니에게 미소를 지었다. 그녀는 피곤하지 않다고 하면서 곧 이렇게 말했다.

"너도 산에 가서 쉬어야 할 거다. 거기 말이다."

"그래야죠, 어머니."

확실히 리외는 '거기'에서 휴식을 취하리라. 그것 또한 추억의 구실이 될 테니까.

그런데 '경기에서 승리한다'는 것의 의미가 경험과 추억뿐이고 '희망'이 빠져 있다면, 그런 삶은 얼마나 힘들 것인가. 틀림없이 타루는 그런 삶을 살았고, 그래서 환상 없이 사는 삶이 얼마나 암울한 것인지 알았던 것이다. 희망 없는 평화란 없다. 그런데 타루는 인간에게 누군가를 단죄할 권리를 주기를 거부하면서도, 인간은 어쩔 수 없이 누군가를 단죄하고 희생자조차 종종 사형집행인이 된다는 것을 알았기 때문에, 그의 삶은 모순으로 찢겼고 결코 희망이라는 위안을 경험하지 못했다. 그래서 그가 성스러움을 바랐을까? 인간에 대한 봉사에서 평화를 찾으려고 한 것일까? 리외는 답을 전혀 알 수 없었지만, 별로 중요하지 않았다. 그가 간직할 타루의 모습은, 두 손으로 리외의 차 핸들을 움켜잡고 운전하는 사람, 그리고 미동 없이 누워 있는 이 육중한 육체뿐일 테니까. 살아 있는 따뜻함과 죽어 있는 모습, 바로 이런 것이 소중한 경험일 것이다.

이튿날 의사 리외가 아주 담담하게 아내의 부고를 받은 것도 분명 이런 이유에서였을 것이다. 진료실에 있었는데, 어머니가 뛰어들어오다시피 해서 전보 한 장을 건네주고 뒤돌아서 배달부에게 수고비를 주러 나갔다. 그녀가 돌아오자 아들이 손에 전보를 펼쳐 들고 있었다. 어머니의 시선에도 그는 창밖을, 항구 위로 떠오르는 찬란한 아침을 고집스럽게 바라보고 있었다.

"베르나르야."

의사는 멍한 표정으로 어머니를 살폈다.

"전보는?"

"그거예요. 일주일 전이래요."

리외 부인은 창 쪽으로 고개를 돌렸다. 의사는 한동안 침묵을 지켰다. 이윽고 그는 어머니에게 울지 말라고, 각오는 하고 있었는데도 힘들다고 말했다. 그는 이렇게 말하면서 이 고통이 새롭지 않다는 것을 깨달았다. 여러 달 전부터, 그리고 이틀 전부터 똑같은 아픔이 계속되어 왔던 것이다.

* * *

2월의 어느 아름다운 아침 동틀 무렵, 주민과 신문, 라디오, 도청 관보들의 환호 속에 마침내 관문들이 열렸다. 이제 서술자에게 남은 일은 관문 개방에 이어진 기쁨의 시간를 기록하는 것뿐이다. 비록 그 자신은 거기에 완전히 섞일 자유가 없는 사람 가운데 한 명이었지만 말이다.

대규모 행사들이 밤낮으로 개최되었다. 이와 동시에 기차역에서 연기가 뿜어져 나오기 시작했고, 몇몇 외양선들이 벌써 우리 항구 쪽으로 뱃머리를 돌리고 있었다. 모든 것들이, 드디어 오늘이 헤어짐의 눈물을 흘려 왔던 모든 사람들에게 성대한 재회의 날임을 보여 주고 있었다.

이쯤에서 그토록 많은 우리 시민들의 마음에 어려 있던 이별의 감정이 어떻게 변했을지 쉽게 상상할 수 있다. 낮 동안에 우리 시에 들어온 열차들은 시를 떠난 열차들 못지않게 많은 승객을 싣고 있었다. 모두들 진즉 좌석을 예약하고서도 혹시 당국이 2주 안에, 마지막 순간에 취소하면 어쩌나 노심초사했었다. 더욱이 시로 들어오는 승객들 가운데 몇몇은 우려를 완전히 떨쳐 버리지 못하고 있었는데, 친한 이들의 소식은 들어서 알고 있었어도 도시 상황은 전혀 몰랐기 때문에 자꾸 암울하고 끔찍한 모습밖에 떠오르지 않았던 것이다. 하지만 이런 것은 이별의 기간에 그래도 열정이 소멸되지 않은 사람들에게만 해당되는 사실이었다.

열정적인 사람들, 연인들은 한 가지 생각에만 사로잡혀 있었다. 그들에게 변한 것은 한 가지뿐이었다. 시간이었다. 헤어짐의 몇 개월 동안에 시간이 어찌나 안 가던지 항상 시간을 앞으로 떠밀고 싶어 했는데, 이제 우리 시가 보이기 시작하자 돌연 시간을 늦춰서 매순간을 음미하기를 바랐다. 이미 기차가 제동을 걸고 역에 진입하기 시작했을 때는 아예 시간을 멈추고 싶었다. 이 몇 달 동안 자신들이 사랑을 잃고 살았다는 마음속의 막연하고도 날카로운 감정들이, 기쁨의 시간이 기다림의 시간보다 두 배는 더디게 흘러야 한다는 일종의 보상을 요구했다. 그리고 집이나 승강장에서 기다리고 있는 이들도 (제때 소식을 듣고 준비를 서둘러서 첫 기차로 올 아내를 기다리고 있는 랑베르처럼) 똑같은 초조와 혼란 속에 있었다. 왜냐하면 랑베르조차 몇 달 간의 페스트로 '추상'으로 엷어져 버린 사랑을, '실체'를 가진 여인으로 대면한다는 생각에 너무나 떨렸던 것이다.

랑베르는 시간을 되돌릴 수만 있다면, 전염병이 발생했을 때 한 가지 생각과 욕망만 가졌던, 한달음에 시를 탈출해서 사랑하는 그녀를 만나러 뛰어가려고 했던 그 사람이 되고 싶었다. 하지만 그는 이제 그것이 불가능하다는 것을 안다. 그는 변했다. 페스트를 겪으며 그는 무심해졌다. 아무리 노력해도 그 생각을 떨쳐낼 수가 없었고, 막연한 불안감이 내내 그를 괴롭혔다. 그는 페스트가 너무 갑작스럽게 끝났다는 기분마저 들어서 정신을 차릴 수가 없었다. 행복이 전속력으로 도착하고 있었고, 사건은 기대보다 훨씬 더 빠르게 진행되고 있었다. 랑베르는 모든 것이 한순간에 복원될 것이고, 기쁨은 섬광처럼 음미할 틈조차 없이 지나가리라는 것을 알았다.

　다들 어느 정도는 랑베르와 비슷하게 의식하고 있었고, 그 얘기를 공유하고 싶었다. 개개인의 일상으로 돌아가고 있었지만, 동지애 같은 것이 남아 있어서 승강장에 선 그들은 서로 눈짓과 미소를 나누고 있었다. 하지만 기차의 연기를 보는 순간, 정신이 혼미할 정도로 압도적인 기쁨이 치솟아서 귀양살이의 감정은 싹 소멸되었다. 그리고 기차가 멈춰 서자, 바로 이 승강장에서 시작되었던 한없는 이별들이, 잊고 있던 몸을 팔로 얼싸안는 환희로 순식간에 끝났다. 랑베르는 미처 그 형체가 자기를 향해 달려오는 것을 볼 겨를도 없었는데, 이미 그의 가슴에 쓰러지듯이 안겨 있었다. 그는 두 팔로 그녀를 꽉 끌어안으며, 낯익은 머리카락밖에 안 보이는 머리를 가슴팍에 누르며 눈물을 흘렸는데, 그것이 지금의 행복에서 오는 것인지 너무나 오랫동안 억누른 고통에서 오는 것인지 알 수 없었다. 그저 이 눈물이 자기의 가슴에 파묻혀 있는 그 얼굴이 과연 그토록 꿈꿨던 얼굴일지 아니면 반대로 그냥 낯선 사람의 얼굴일지 확인하지 못하게 막아 주고 있다고 생각했다. 어느 것이 맞는지 곧 알게 될 것이다. 그 순간 그는 주위의 다른 사람들처럼 행동하고 싶었다. 페스트가 자신의 마음을 하나도 바꾸지 않고 그저 왔다가 갔을 뿐이라고 믿고 싶었다.

　서로를 얼싸안은 이들은 집으로 돌아갔다. 바깥 세상에는 관심 없이, 페스트에 승리했다는 생각에 취해서. 그래서 같은 기차로 왔지만 아무도 만나지 못하고 오랜 무소식으로 인해 이미 마음속에 생겨난 두려움을 확인하게 된 사람들의 존재와 그들의 비참함을 잊고 있었다. 이제 동반자라고는 아주 생생한 고통밖에 없는 사람들, 당시 사라진 자들에 대한 추억에 몰입하던 다른 사람들에게는 사정이 완전히 다르게 돌아가고 있었으며, 이별의 감정은 당연히 절정에 달했다. 이들에게, 즉 지금은 이름 없는 구덩이 속을 헤매거나 한 무더기의 분골 속에 섞여 있는 자들과 더불어 모든 기쁨을 잃은 어머니, 배우자, 연인에게 페스트는 여전히 위력을 떨치고 있었다.

하지만 누가 이런 고독한 자들을 돌아보겠는가? 정오, 아침부터 대기를 뒤흔들어 대던 찬바람을 이겨 낸 태양이 잔잔한 햇살을 꾸준히 이 도시에 쏟아붓고 있었다. 낮은 정지되어 있었다. 언덕 꼭대기의 요새에서 청명한 파란 하늘에 쉬지 않고 축포를 울렸다. 고통의 시간은 끝나고 망각의 시간은 아직 시작되지 않은 이 벅찬 순간을 축하하려고 시 전체가 밖으로 쏟아져 나와 북적였다.

모든 거리와 광장에서 사람들이 춤을 추고 있었다. 하루 사이에 교통량이 배로 늘어서, 현저하게 많아진 자동차들은 사람들이 점령한 거리를 힘들게 돌아다녔다. 모든 교회가 오후 내내 힘껏 종을 쳤고, 종소리가 햇살로 눈부신 파란 하늘에 가득 울렸다. 또한 모든 교회에서 감사 미사가 열리고 감사기도가 울려퍼졌다. 같은 순간에 축제 장소들에도 인파가 미어터졌고, 카페들은 내일을 걱정할 필요 없이 마지막 남은 술까지 내주었다. 바들도 한결같이 흥분한 사람들의 무리로 북적댔고, 그 속에서 많은 연인들이 남의 시선에 아랑곳하지 않고 서로를 부둥켜안고 있었다. 모두가 큰소리로 떠들며 웃었다. 그들은 이 몇 달 동안 영혼의 불을 낮추고 지내며 내면에 비축했던 온 활기를 '생존 기념일'과도 같은 그날 다 써 버리고 있었다. 아마도 내일이면 본래의 삶이 조심스럽게 시작될 테지만, 당장 그 순간에는 삶의 궤적이 다른 이들이 서로 팔꿈치를 맞대고 우애를 나눴다. 마침내, 죽음의 지배 앞에서도 실현되지 못했던 평등이 해방의 희열로 몇 시간이나마 구현되고 있었다.

하지만 이런 평범한 호들갑이 그날 오랑의 전부는 아니었다. 해 질 녘이 되자 거리를 메운 적잖은 사람들은 더 미묘한 기쁨들을 담담한 태도로 가렸다. 그 속에 랑베르와 아내도 있었다. 많은 연인과 많은 가족들이 얼핏 그저 평화로운 산책객들처럼 보였지만, 사실 그들 대부분은 아픔을 겪은 장소들을 조심스럽게 순례하고 있었다. 돌아온 이들에게 역력하거나 숨겨진 페스트의 흔적을, 그 역사의 잔해를 보여 주었다. 살아남은 이들은 그저 안내자, '그것을 직접 겪어낸' 증인으로서 당시의 공포를 언급하지 않고 위험했던 상황만 이야기하기도 했다. 이것은 오락거리처럼 잔잔한 즐거움을 주었다. 하지만 보다 감상적이 되는 장소들이 있었고, 그럴 때면 가령 연인은 마음 아픈 기억에 빠져서 동반자에게 떨리는 목소리로 이렇게 말하기도 했다.

"이곳에서, 그 시절에 네가 간절했는데, 거기 네가 없었어."

이런 연정의 탐방객들은 눈에 쉽게 들어왔다. 북새통 한가운데에서 속삭임과 은밀한 이야기로 외딴섬을 이루면서 군중을 헤쳐 나가고 있었으니까. 사람들은 교차로에서 연주하고 있는 오케스트라보다 그들을 보면서 어마어마한 해방의 기쁨을 더 실감했다. 이 환희에 찬 연인들은, 서로에게만 집중해서 거의 말도 없는데도, 행복한 사람들 특유의 우월한 의기양양함으로 그 북새통 속에서 누구보다도 크게 페스트가 끝났다고, 공포의 시간이 다했다고 외치고 있었다. 그들은 자명한 증거들에도 불구하고, 사람이 파리처럼 죽어 나가던 어처구니없는 세상이, 그 분명한 야만성이, 페스트의 치밀한 광기와 소름 끼치는 자유(감금)가, 아연실색하긴 했어도 죽을 정도는 아니었던 화장터의 냄새가, 지금 여기 어디에 있느냐고 태연하게 반박하고 있었다. 한마디로, 우리 시민들은 절대로, 일부가 매일 화장터 화덕에 던져져 지방질의 연기로 사라질 때 한편에서 무력감과 공포의 쇠사슬에 묶여 자기 차례를 기다리던 질겁한 대중이었던 적이 없다고 반박하고 있었다.

어쨌든 바로 이런 사실들이 그날 늦은 오후 종소리, 대포 소리, 음악, 귀를 먹먹하게 하는 환호성의 한가운데를 홀로 헤치며 변두리로 가고 있던 리외의 눈에 들어왔다. 여전히 그는 하루도 쉴 수 없었다. 환자들은 휴일이 없었으니까. 도시에 내리쬐는 쩽한 햇살 사이로 예전처럼 고기 굽는 냄새와 아니스 술 냄새가 피어올랐다. 그의 주위에서 사람들이 행복한 얼굴로 빛나는 하늘을 바라보고 있었다. 상기된 볼의 남녀들이 서로를 꼭 끌어안고 나지막하게 강렬한 욕망의 외침을 질러 댔다. 그렇다, 페스트가 공포와 함께 끝났는데, 그 열정적으로 얽힌 팔들이 페스트의 깊은 본뜻이 '귀양살이이자 이별'이었음을 말해 주고 있었다.

처음으로, 리외는 여러 달 동안 행인들의 얼굴에서 읽었던 낯익은 분위기에 이름을 붙일 수 있었다. 지금은 주위를 둘러보기만 해도 알 수 있었다. 비참하고 궁핍했던 페스트의 시간이 끝나는 무렵, 사람들은 너무 오랫동안 해 온 역할의 모습을 하고 있었다. 처음에는 표정이, 지금은 옷차림까지 머나먼 고국에서 추방된 지 오래된 이민자의 모습인 것이다. 페스트로 시의 관문들이 폐쇄된 순간부터 그들은 이별 속에서만 살았고, 모든 것을 잊게 해 주는 인간적 온기로부터 차단되었다. 정도 차이는 있겠지만 도시 전역에서 이런 남녀들은 재결합을 갈망했는데, 모두가 같은 형태는 아니었어도 모두에게 똑같이 불가능한 것이었다. 대개는 곁에 없는 이를, 그 몸과 사랑의 온기를,

때로는 그저 습관처럼 함께 했던 일상을 강렬하게 부르짖었다. 몇몇 사람은 자신도 모르는 사이에 친한 이들과의 교제가 끊긴 것을, 일반적인 연결 수단인 편지나 기차, 배 등으로 우정을 이어나갈 수 없게 된 것을 고통스러워했다. 거기에 타루 같은 아주 드문 유형도 있었는데, 그들이 간절히 바란 재결합의 대상은, 딱히 뭐라고 정의를 내릴 수는 없지만 그들에게는 이 세계에서 정말 유일하게 바람직한 것으로 보이는 그 무언가였다. 다른 이름이 없어서 그들은 종종 이것을 평화라고 불렀다.

리외는 계속 걸었다. 앞으로 나아갈수록 주위에서 군중이 불어났고, 소음은 커졌으며, 그가 가려는 목적지인 변두리는 그만큼 뒤로 물러나는 듯했다. 점차 그는 이 뜨겁고 시끌벅적한 집단 속에 녹아들었고, 그들이 질러대는 환호를 더 잘 이해했으니, 적어도 일부분은 그 자신이 내지르는 환호였던 것이다. 그렇다, 모두가 이 잔혹한 휴가, 언제 끝날지 모르는 귀양살이, 결코 가시지 않는 갈증으로 몸과 마음에 고통을 겪었던 것이다. 시체 더미들, 구급차의 경적들, '운명'이라고 부를 만한 경고들, 공포심과 처절한 반항심 사이에서의 끊임없는 제자리걸음, 그런 것들이 주는 공포심 안에서도, 이 버려지고 겁에 질린 존재들의 귓가에 끊임없이 울리는 거대한 목소리가 있었다. 그들이 소망하는 땅, 고향으로 돌아가라고 말하는 목소리였다. 그곳은 질식해 가는 이 시의 벽 너머 바깥에 있었다. 언덕 위 향기로운 덤불 속에, 바다의 파도 속에, 자유로운 하늘 아래, 사랑의 보호 안에 있었다. 그들은 다른 것들에는 가차 없이 등을 돌리고 오직 고향으로, 행복으로 되돌아가고 싶었던 것이다.

이런 귀양살이와 재결합 욕구에 담긴 의미에 대해 리외는 아무것도 몰랐다. 그런데 계속 걷다가, 사방에서 떠밀리고 간간이 재촉을 받으며 걸어서 덜 붐비는 거리에 다다를 때쯤, 그는 의미가 있는지 없는지는 중요하지 않다고 생각했다. 오직 살펴봐야 하는 건, 사람들의 희망에 주어진 답이었다.

그리고 이제 리외는 답을 알았다. 인적이 거의 없는 변두리 지역에 서자 더 뚜렷이 알 수 있었다. 자신이 가진 것에 만족하고 사랑의 보금자리로 돌아가기만을 간절히 바랐던 사람들은 보답을 받은 편이었다. 비록 몇몇은 기다려 온 사람을 빼앗긴 채 고독하게 시내를 홀로 걸어 다니고 있지만 말이다. 또 어떤 이들은 이별을 두 번 겪지 않은 것만으로도 다행이었다. 그러니까, 전염병 시기 이전에 처음부터 사랑이 굳건하지 못해서 여러 해 동안 맹목적으로 힘든 교제를 했고 결국 '어울리지 않는 연인'이라는 낙인으로 묶여 이어져 온 사람들 말이다. 그들은 리외 자신처럼 시간에 의지하는 경솔한 짓을 했다. 그 결과 그들은 지금 영원히 헤어져 버린 것이다. 하지만 또 다른 사람들, 그날 아침 마주쳤을 때 리외에게 "용기를 내요. 지금이야말로 당신이 옳았음을 증명해야 할 때입니다"라고 말해 주던 랑

379

베르 같은 사람들은 잃어버리고 말았다고 생각했던 부재자를 망설임 없이 되찾았다. 그래서 그들은, 적어도 당분간은, 행복할 것이다. 이제 그들은 알았다. 늘 갈망하면 가끔은 얻을 수 있는 것, 그것은 인간적인 사랑임을 말이다.

그러나 인간 개개인을 초월한 어떤 것, 상상조차 안 되는 어떤 것을 지향했던 사람들은 답을 얻지 못했다. 타루는 그 자신이 말했던 얻기 힘든 평화에 닿은 듯했지만, 죽은 후에야, 자신에게 아무 소용이 없는 때에야 닿았다. 그러나 리외가 발견한 사람들, 노을 진 집의 문턱에서 서로를 힘껏 껴안고 벅찬 시선을 나누던 사람들은 원하던 것을 얻었는데, 그들 스스로에게 달려 있는 것만 원했기 때문이다. 그랑과 코타르가 사는 거리로 꺾어 들었을 때, 리외는 '인간에게 속한 것을 바랄 때에만 그 미천하고도 어마어마한 사랑이 보답을 받는구나' 하고 생각하고 있었다.

***

이 연대기는 종착역에 다다랐다. 의사 베르나르 리외가 서술자임을 고백해야 할 시간이 된 것 같다. 하지만 이 연대기의 마지막 사건들을 기술하기 전에, 그는 적어도 자신의 개입은 정당했고 객관적 증인의 어조를 견지했음을 밝히고 싶은 마음이다. 페스트의 기간 내내 그는 직업상 대부분의 시민들을 만나고 그들의 다양한 감정을 들을 수 있었다. 보고 들은 것을 전달하기에 좋은 자리에 있었던 것이다. 하지만 그는 이 모든 것을 되도록 원칙을 지켜서 가치 있게 전달하고 싶었다. 예를 들어, 그는 전반적으로 자기가 직접 볼 수 있었던 것만 적으려고 했고, 페스트를 함께 겪은 동료들의 말과 행동을 소개할 때도 그들이 품지 않았을 생각을 덧입히지 않았고, 글들도 우연이나 불행한 일에 의해 그의 손에 들어오게 된 글들만을 사용하는데 주의를 기울였다.

일종의 범죄에 대해 증언을 하러 호출된 입장이기에, 그는 선의의 증인이 마땅히 그래야 하듯 신중을 기했다. 그러면서도 마음이 이끄는 대로 신중하게 희생자의 편에 섰고, 동료 시민들과는 사랑, 고통, 귀양살이라는 공통점들을 공유하려고 노력했다. 그래서 그들의 불안 중에 그가 겪어 보지 않은 것이 없고, 그들의 고통 중에 그의 것이 아닌 것이 하나도 없다고 확실히 말할 수 있다.

충실한 증인이 되기 위해, 증언은 주로 사람들의 말과 행동에 국한하고 서류(조서, 문헌, 소문 등)를 우선적으로 전했다. 개인적인 문젯거리나 걱정거리는 침묵했다. 가끔 그런 것들을 언급했을 때는, 동료 시민들을 이해시키고 대부분 헷갈려 하는 감정들을 정확히 전달하기 위해서였을 뿐이다. 사실 이런 이성적인 노력은 그에게는 전혀 힘들지 않았다. 페스트 환자들의 수많은 목소리에 자신의 속내를 직접 섞고 싶은 충동이 일 때마다, 자신이 겪었던 고통 중 남들도 동시에 겪지 않았던 것은 하나도 없고, 슬픔은 대개 혼자만의 것인 이 세상에서 이는 큰 이점임을 떠올리며 자제했다. 따라서, 확실히, 그의 이야기는 모두의 이야기가 될 수 있었다.

하지만 의사 리외가 대신 이야기할 수 없는 한 사람이 있었다. 언젠가 타루가 리외에게 이렇게 말했던 사람이다. "그의 단 하나의 진짜 범죄는 마음속으로 사람들을, 남자와 여자와 아이들을 죽이는 일에 찬동했다는 것뿐이에요. 나머지 범죄들은 이해할 수 있으니까, 어렵지만 이해해 주려고 해요." 이 연대기는 무지한 마음, 다시 말해 외로운 마음을 지녀 온 그 사람에 대한 이야기로 끝나는 것이 딱 맞겠다.

축제로 소란스러운 큰길을 빠져나와 그랑과 코타르가 사는 거리로 접어들었을 때, 의사 리외는 경찰의 비상선에 의해 저지당했다. 전혀 예상하지 못한 일이었다. 멀리서 들려오는 축제의 웅성거림 때문에 이 동네가 더욱 조용해 보였기에, 의사는 이곳이 고요한 만큼이나 인적도 없을 줄 알았다. 그가 경관에게 신분증을 내보였다.

"안 됩니다, 선생님. 어떤 미치광이가 군중에게 총을 쏴 대고 있어요. 하지만 여기 계세요. 의사 선생님이 필요할지도 모르겠습니다."

그때 리외는 자기를 향해 오고 있는 그랑을 보았다. 그랑 역시 아무것도 모르고 있었다. 경찰들이 그를 막았고, 사람들이 그가 사는 건물에서 총이 발사되었다고 말해 주었다. 식어 버린 태양의 마지막 광선에 금빛으로 물든 건물의 정면이 멀리에서 보였다. 그 주위로 맞은편 인도까지 닿은 커다란 공간은 비어 있었다. 도로 한가운데에 모자와 더러운 헝겊 조각이 분명하게 보였다. 리외와 그랑은 아주 멀리 길 건너편의 방어선도 발견했는데, 이 방어선은 그들의 앞길을 막은 방어선과 평행이었고, 동네 사람 몇몇이 그 뒤에서 빠르게 왔다 갔다 하고 있었다. 자세히 보니 손에 권총을 들고 그 건물과 마주한 건물들의 문 안에 달라붙어 있는 경관들도 눈에 들어왔다. 그 건물의 덧창은 모두 닫혀 있었고, 3층의 덧창 하나만 반쯤 떨어져 있었다. 거리에는 온통 침묵이 흘렀다. 시내 중심에서 그곳까지 흘러온 음악만 단편적으로 들릴 뿐이었다.

한순간 맞은편 건물에서 권총이 두 번 발사되고 망가진 덧창에서 파편이 튀었다. 그러고 나서 다시 잠잠해졌다. 한낮의 북새통 이후에 멀리서 벌어지는 이런 일이 리외에게는 좀 비현실적으로 느껴졌다.

"코타르의 창이에요. 하지만 코타르는 종적을 감췄는데."

그랑은 몹시 흥분해서 단번에 말했다.

"왜 총을 쏘는 겁니까?"

리외가 경관에게 물었다.

"저자의 주의를 끌려고요. 그가 건물 문으로 들어가려고 하는 사람들에게 총을 쏴 대서, 필수 장비들과 경찰 버스를 기다리고 있습니다. 경관 한 명이 총에 맞았죠."

"저 사람은 왜 총을 쐈죠?"

"모르죠. 사람들이 거리에서 즐기고 있었는데 그들을 향해 쐈어요. 첫 발이 발사되었을 때는 다들 영문을 몰랐죠. 그가 다시 쏘자 비명이 일었고 한 명이 다쳤어요. 나머지는 다들 도망쳤습니다. 미친놈이죠, 뭐!"

다시 조용해지자 시간이 기어가는 것 같았다. 그들은 거리의 저쪽에서 개 한 마리가 갑자기 튀어나오는 것을 보았다. 리외가 오랜만에 본 첫 번째 개였다. 그때까지 주인들이 분명 숨겨두었을 지저분한 스패니얼 개는 벽을 따라 걸었다. 개는 문 근처에 이르자 망설이다가 꽁지 쪽을 땅에 대고 앉아 몸을 젖히고는 벼룩을 잡아먹었다. 경관들이 호루라기를 불어 개를 불렀다. 개는 고개를 들더니, 곧장 천천히 도로를 건너가 모자의 냄새를 맡았다. 그때 3층에서 다시 권총이 발사되었다. 개가 얇은 천 조각처럼 뒤집혀서 네 발을 격렬하게 휘젓다가 옆으로 쓰러졌고, 몇 차례에 걸쳐 길게 경련을 일으켰다. 맞은편 문에서 반격으로 터져 나온 대여섯 발의 총격에 덧창이 산산조각 났다. 다시 조용해졌다. 해가 조금씩 기울면서 그늘이 코타르의 창으로 가까워지고 있었다. 의사 뒤쪽의 거리에서 브레이크가 부드럽게 끼익 소리를 냈다. 경관이 말했다.

"그들이 왔다."

경찰들이 밧줄, 사다리, 기름 먹인 천으로 싼 길쭉한 통 두 개를 들고 그들의 등 뒤에서 쏟아져 나왔다. 경찰들은 그랑의 건물 반대편에 있는 주택단지를 끼고 도는 길로 접어들었다. 잠시 후에 보이지는 않았지만 그 집들의 문에서 모종의 움직임이 일어나는 것이 감지되었다. 그다음에 사람들은 기다렸다. 개는 더 이상 움직이지 않았으나 이제는 칙칙한 액체 속에 잠겨 있었다.

갑자기 경찰들이 배치된 집들의 창에서 기관총 사격이 시작되었다. 다시 표적이 된 덧창은 사격 내내 문자 그대로 산산조각이 되어 가다가 검은 면이 노출되었는데, 리외와 그랑이 서 있는 곳에서는 아무것도 분간할 수가 없었다. 사격이 멎자 두 번째 기관총이 조금 더 떨어진 어느 집으로부터 다른 각도에서 따닥따닥 소리를 냈다. 벽돌 파편이 튀어 오른 것을 보면, 분명 네모진 창 안으로 총알들이 들어가고 있었다. 같은 순간에 세 명의 경관이 도로를 뛰어 건너가더니 대문으로 돌진했다. 거의

곧바로 다른 경관 세 명까지 따라서 뛰어 들어간 후에야 기관
총 사격은 멎었다. 사람들은 여전히 기다렸다. 건물 안에서 어
럼풋한 총성이 두 번 울렸다. 웅성거리는 소리가 커지더니 셔
츠 차림의 키 작은 사내가 계속해서 소리를 지르면서 거의 들
리다시피 끌려 나오는 것이 보였다. 정말 마법처럼 거리의 덧
창들이 전부 열리더니 창문들이 호기심에 찬 사람들로 채워졌
고, 많은 사람이 집에서 나와 바리케이드 앞으로 몰려들었다.
키 작은 사내가 발은 땅을 딛고 두 팔은 경관들에 의해 뒤로 붙
잡힌 모습이 도로 한복판에서 잠깐 보였다. 그는 소리를 질러
댔다. 경관 한 명이 다가가서 여유 있게 찍듯이 주먹으로 힘껏
두 번 후려쳤다.

"코타르예요. 미쳤나 봐요."

그랑이 더듬거렸다.

코타르가 쓰러졌다. 그 경관이 땅 위에 웅크리고 누워 있는
그를 세게 걷어찼다. 이윽고 한 떼의 사람들이 뒤범벅이 되어
움직이더니 의사와 그의 늙은 친구 쪽으로 다가왔다.

"비켜서세요!"

경관이 소리쳤다.

리외는 그 무리가 앞을 지나갈 때 눈을 돌려 버렸다.

그랑과 의사는 저무는 황혼 속에서 그 자리를 떴다. 마치 이
사건이 마비되었던 이 동네를 깨운 듯, 외진 길거리에서 기쁨

에 찬 군중의 웅성거림이 다시 넘쳐나고 있었다. 그랑은 집 앞에서 의사에게 작별 인사를 했다. 그는 일을 해야 했다. 하지만 집으로 올라가려다가 잠시 멈칫하더니, 잔에게 편지를 써 보냈고 지금 아주 흐뭇하다고 말했다. 그러고는 예의 그 구절을 다시 쓰기 시작했다고 했다.

"지워 버렸어요. 모든 형용사를요."

그가 짓궂은 미소를 지으며 모자를 벗어 정중하게 인사했다. 하지만 리외는 코타르를 생각하고 있었다. 코타르의 얼굴을 으깨는 둔탁한 주먹질 소리가 늙은 천식 환자의 집을 향해 가던 내내 그를 쫓아왔다. 어쩌면 죄지은 사람을 생각하는 것이 죽은 사람을 생각하는 것보다 더 괴로운 일인지도 모른다.

리외가 환자의 집에 도착했을 때는 이미 어둠이 온 하늘을 덮고 있었다. 어렴풋한 자유의 웅성거림이 방에서도 들렸고, 노인은 평소와 같은 기분으로 콩을 통에 옮겨 담고 있었다.

"저 사람들이 옳아요, 즐겨야지. 세상엔 모든 일이 다 필요한 법이니까. 그런데 선생님의 동료분은 어떻게 됐나요?"

폭발음이 몇 번 들려왔지만 평화로운 소리였다. 아이들이 폭죽놀이를 하고 있었다.

"죽었습니다."

의사는 노인의 거품 소리 나는 가슴에 청진기를 대고서 그렇게 말했다.

"아!"

약간 얼이 빠져 노인이 소리를 냈다. 리외가 덧붙였다.

"페스트로요."

"예."

노인은 잠시 후에야 알아들었다.

"가장 훌륭한 사람들이 떠나게 되죠. 산다는 게 그래요. 하지만 그 사람은 자기가 뭘 원하는지 아는 사람이었어요."

"왜 그런 말씀을 하시죠?"

청진기를 거두면서 리외가 물었다.

"그냥요. 그 사람은 허튼 이야기는 하지 않았어요. 여하튼, 나는 그 사람이 마음에 들었어요. 정말 그랬다니까요. 다른 사람들은 '페스트, 우리가 페스트를 이겨 냈어'라고 말하고 있겠네요. 그런 작자들은 조그만 일로 훈장을 달라고 할걸요. 허나 페스트라는 게 대체 뭐겠어요? 살다 보면 생기는 일일 뿐이죠."

"때 맞춰서 훈증하세요."

"오! 걱정 마요. 나는 아직 살날이 창창해요. 난 그 작자들 모두가 죽는 것을 볼 겁니다. 나는 말이죠, 어떻게 살아야 할지 알아요."

멀리서 기쁘게 외치는 소리가 방 안까지 들려왔다. 의사가 뒤돌아 나가려다가 방 한복판에서 멈춰 섰다.

"테라스에 가 봐도 괜찮을까요?"

"오, 물론이죠! 저기 위에서 그 작자들을 보고 싶은 거죠, 그렇죠? 그렇게 해요. 그렇지만 저들은 정말 항상 똑같아요."

리외는 계단으로 갔다.

"그런데 선생님, 페스트로 죽은 사람들을 위한 추모비를 세운다는 게 정말인가요?"

"신문에서 그러더군요. 석주(石柱)나 동판이래요."

"그럴 줄 알았어요. 그리고 연설을 하겠군요."

노인은 킥킥 웃어 댔다.

"여기서도 그것들이 훤히 들려요. '고인들은…….' 그러고는 허겁지겁 먹어 치우겠죠."

리외는 이미 계단을 오르고 있었다. 커다랗고 싸늘한 하늘이 저 위에서 빛나고, 언덕 근처의 별들은 수정처럼 반짝거렸다. 오늘 밤은 타루와 그가 페스트를 잊기 위해 테라스에 올라왔던 그날 밤과 별반 다르지 않았다. 다만 바다가 절벽 아래에서 부서지는 소리가 그때보다 더 요란했고, 공기는 잔잔하고 가벼웠으며, 따스한 가을바람이 날라 오던 짭짤한 맛은 없었다. 도시의 웅성거림이 여전히 파도 소리처럼 테라스 밑을 계속 쳐 대고 있었다. 하지만 오늘 밤은 해방의 밤이었지 반항의 밤이 아니었다. 멀리서 대로와 휘황찬란한 광장이 암적색으로 빛났다. 막 해방된 밤 속에서 굴레를 벗게 된 욕망의 으르렁거림이 리외에게까지 들려오고 있었다.

어두운 항구 쪽에서 공식적인 축하 행사의 첫 불꽃이 올라 갔다. 도시는 길고 귀를 먹먹하게 하는 함성으로 이 불꽃을 반겼다. 코타르도, 타루도, 리외가 사랑했지만 잃어버린 남자들과 여자들도, 죽은 자도, 범죄자도, 다 잊었다. 그래, 노인의 말이 옳다. 사람들은 항상 다 똑같다. 하지만 이것이 그들의 힘이자 무고함이었고, 바로 여기에서 리외는 모든 슬픔을 넘어 자신이 그들과 하나라고 느꼈다. 온갖 빛깔의 불꽃 다발이 더 많이 하늘로 치솟으며 점점 커지고 길어진 함성이 테라스 벽에 부딪쳐 울리는 한복판에서, 의사 리외는 이 연대기를 쓰기로 결심했다. 침묵하지 않고 페스트에 스러진 사람들을 위해 증언을 하기로, 그들에게 가해진 불의와 폭력의 기억을 남기기로 말이다. 재앙의 한복판에서 배운 것, 즉 인간에게는 경멸해야 할 것보다 칭찬해야 할 것이 더 많다는 것만큼은 말하기 위해서였다.

그렇지만 리외는 이 연대기가 최후의 승리의 연대기일 수 없음을 알고 있었다. 이 연대기는 그저, 성자가 될 수 없지만 재앙에 굴복하기도 거부하기에, 각기 다른 아픔들 속에서도 의사로서 최선을 다했던 모든 이들이 공포에 맞섰던 기록이자, 앞으로도 결코 끝나지 않을 공포의 가차없는 맹습에 맞서서 확실히 수행해야 할 것들에 대한 기록일뿐이다.

과연 리외는 도시에서 올라오는 환희에 찬 함성들을 들으면서, 이런 환희가 늘 위협을 받아 왔다는 사실을 기억해 냈다. 저

기쁨에 찬 군중이 모르고 있지만 꼭 알아야 할 사실들을, 그 역시 이전의 연대기들을 통해 알고 있는 것이다. 페스트 간균은 결코 죽거나 사라지지 않고 수십 년간 가구나 옷 속에서 잠들어 있을 수 있어서 방, 지하실, 짐 가방, 손수건, 폐지 속에서 참을성 있게 기다리다가 사람들에게 불행과 교훈을 주기 위해 쥐들을 깨워 어느 행복한 도시로 보낼 날이 분명 오리라는 사실을 말이다.

언제라도 우리를 습격할
'페스트'를 경계하라

《페스트 *La Peste*》(1947년)는 20세기를 대표하는 프랑스 작가이자 지식인 가운데 한 명인 알베르 카뮈(Albert Camus)의 연대기적 소설이다. 《이방인 *L'Etranger*》(1942년)에 이어 그의 문학적 명성을 확인해 준 작품이기도 하다. 《페스트》로 카뮈는 그해 '비평가상'을 수상했다. 출간은 1947년이었지만 《작가 수첩》을 보면 구상은 1941년부터였다고 한다.

악의 상징, 페스트

오랜 숙성을 거친 《페스트》에서 카뮈는 신(神)이 없는 사회에서의 도덕 정립의 가능성을 타진하고 있는 듯 보인다. 구체적으로 '페스트'로 상징되는 '악(惡)'(그것이 제2차 세계대전으로 대표되는 '전쟁'이든, 히틀러로 대표되는 전체주의든, 페스트라는 실제 '질병'이든)이 지배하는 사회에서 인간은 과연 어떤 도덕적 기준에 따라 행동해야 하는지를 고민한다. '페스트'의 창궐로 인해 위기에 빠진 '오랑' 시의 시민들이 보여 주는 다양한 삶의 방식에 대한 '연대기(Chronique)'이기에, 이 연대기에 기술된 자들의 다양한 삶, 특히 핵심 등장인물들의 삶의 방식을 추적하면 카뮈가 이 작품에서 제시하고자 하는 도덕적 기준의 윤곽을 어렴풋하게나마 그려 볼 수 있다.

페스트 발병 이전의 오랑 시를 지배하는 분위기는 도덕적 무자각 상태라고 명명할 수 있을 것이다. 오랑 시민들은 매일매일 같은 리듬으로 그저 사업, 무역, 돈벌이를 위해 살았다. 요컨대 하루하루를 기계적이고 반복적인 습관에 따라 살며 이른바 '일상성(Quotidienneté)'에 빠져 도덕적 긴장감을 전혀 느끼지 못하고 지냈다. 그런데 이와 같은 기계적인 삶이 대세를 이루는 오랑에 페스트의 발병이라는 갑작스러운 변화가 발생한다. 결코 그들의 삶에 긍정적이지 못한 변화였고, 심지어 그들의 삶을 죽음으로 내모는 위기의 성격을 띤다. 하지만 이 변화가 그들이 도덕적 무자각 상태에서 벗어나는 계기로도 작용한다. 물론 페스트에 맞서는 태도는 각자 자라 온 삶의 환경과 지금 처한 삶의 조건 등에 따라 다양하다. 카뮈는 그중에서 몇몇 중심인물의 태도를 집중적으로 조명한다.

페스트에 맞선 중심인물들의 태도

제일 먼저 눈에 띄는 것은 파늘루 신부의 태도다. 그의 태도는 종교적이고 초월적이라 할 수 있다. 페스트가 점점 위세를 떨치고 그에 비례해 점점 사람들이 죽어 가는 위기가 닥치자, 파늘루 신부는 신앙에 의존한다. 그는 오랑 시민들에게 '지금, 여기'에서 맹렬하게 기승을 부리는 페스트는 사악한 자들에게 가해진 신의 징벌이라는 논리를 내세운다. 절대 위기 상황에서 신에게 구원의 손길을 내밀면서 순종을 절대 미덕으로 삼는 도덕적 태도다. 하지만 오통 판사의 어린 아들이 페스트에 걸려 단말마의 고통 속에서 죽어 가는 장면을 목격한 후, 파늘루 신부의 태도가 변한다. 물론 신앙심을 완전히 잃은 것은 아니다. 그래서 후일 자기가 페스트에 걸렸을 때, 그는 의사의 치료를 거부하고 오로지 십자가를 손에 꼭 쥔 채 죽어 간다. 하지만 그는 순진무구한 어린아이에게 가해진 극단의 고통을 이해하고 설명할 수가 없어서, 페스트가 지배하는 '지금, 여기' 오랑에서의 구원은 이 땅에 발을 딛고 선 자들의 '건강'에 있다는 사실을 마지못해 받아들인다.

그다음으로는 랑베르의 태도가 주목을 끈다. 그는 프랑스 파리에서 온 신문기자다. 아랍인들의 삶의 여건을 취재하려고 알제리 오랑에 왔다가 그만 페스트가 발생해서 그곳에 갇혀 버렸다. 그는 파리에 연인을 두고 왔다. 그래서 오랑 시의 '이방인'으로서 오랑을 빠져나가려고 모든 수단을 강구한다. 그는 '사랑'과 '행복'을 가장 상위의 가치 체계로 보기 때문에 연인과의 재회를 위해 수단과 방법을 가리지 않는다. 개인주의적, 도피적 태도라고 규정지을 수 있겠다. 하지만 랑베르는 점차 자신의 태도에 부끄러움을 느끼고, 마침내 '지금, 여기' 오랑에서 자신도 어떤 식으로든 페스트와 연관되어 있음을 깨닫는다. 자신이 오랑과 아무런 상관이 없는 '이방인'이 아니라고 자각하는 것이다. 그 결과 그는 보건위생대에 자원하여 페스트에 맞서 열심히 싸우는 태도를 취한다.

페스트에 맞서며 점차 태도가 바뀐 파늘루 신부나 랑베르와는 달리 그랑, 타루, 리외는 처음부터 끝까지 현실적, 집단적, 적극적인 태도를 취한다고 하겠다. 이들 세 명의 태도는 자신들의 직무가 무엇이든 '지금, 여기'에서 자신들이 맡은 소임을 다하는 '성실함'과 '진정성'이라는 특징을 갖는다. 먼저 그랑은 시청 서기에 불과하다. 오랑의 다른 주민들과 별로 다를 게 없는 보통 사람인 것이다. 하지만 그랑은 이름에 걸맞게(프랑스어로 'Grand'의 뜻은 '위대한, 큰') 페스트와의 투쟁에 적극적으로 참여한다. 타루 역시 페스트와의 싸움에서 영웅적 태도를 보여 준다. 타루는 검사였던 아버지가 범법자에게 사형을 언도하는 것을 보고 집을 뛰쳐나온 후, 정치 활동을 했던 인물이다. 하지만 겉으로는 인간의 존엄을 내세우면서도 속으로는 비인간적 행동을 서슴없이 행하는 정치 조직의 위선을 겪으며 '목적-수단'의 관계에 대한 확고한 기준을 갖게 된다. '목적'은 순수하고 정당해야 하며, 이런 '목적'을 실현하기 위해 동원하는 '수단'도 순수하고 정당해야 한다는 것이다. 이러한 도덕 기준에 따라 행동하는 타루는, 페스트가 위세를 떨칠 때 자원해서 보건위생대를 조직하고 이 조직의 선두에 서서 활동한다.

부조리에 투쟁하는 인물들

《페스트》의 이야기를 풀어 나가는 화자인 리외는 의사다. 그는 인간의 생명을 구한다는 대단한 소명 아래 의사가 된 것이 아니다. 그저 남루한 삶의 조건에서 벗어날 수단이었다. 하지만 오랑에서 페스트가 창궐하는 상황과 비례해서 점차 카뮈가 제시하고자 하는 도덕을 대표하는 인물로 변해 간다. 페스트로 인해 수많은 사람의 죽음을 직접 목도하게 된 리외는 점차 냉철한 현실주의자로 변한다. 그에게 추상적 페스트는 아무런 의미가 없다. 인간이 반드시 죽어야 하는 존재라는 사실도 부조리하지만, 인간이 페스트라는 질병으로, 그것도 무수히 많이 죽어 가는 것은 더 부조리하다. 이런 상황에서 리외가 내세우는 도덕은 관념적이지도 추상적이지도 않다.

그에게 가장 중요한 것은, 첫째 페스트에 걸리지 않고, 둘째, 페스트에 걸려도 남에게 옮기지 않으며, 셋째, 걸렸으면 죽지 않고 살아남는 것이다. 물론 최종 목표는 페스트를 퇴치하고 오랑을 위기에서 구하는 것이다.

리외는 이러한 목표를 달성하게 도와줄 수 있는 현실적이고 구체적인 수단과 방법을 적극적으로 추구한다. 그렇다고 해서 그가 '사랑, 행복, 신앙' 같은 관념적, 추상적 가치를 무시하거나 부정했다는 게 아니다. 이런 가치를 위해 현실적, 구체적으로 소용될 수 있는 방법과 수단을 추구했다는 것이다. '삶'과 '죽음'의 경계선에 서 있는 사람에게는 그 어떤 가치도 '삶'이라는 가치를 대신할 수는 없다는 것이 리외의 태도를 정당화해 준다고 하겠다. 타루와 변치 않는 우정을 맺고, 이를 바탕으로 자원 보건위생대를 조직하고 페스트에 맞서는 리외의 모습은, 신 없는 사회에서의 '성자'의 모습이라고 할 수 있다. 극단적인 상황에서 초인간적 노력을 요구하는 일을 해내는 자가 '영웅'이라면, 리외는 참다운 의미에서 카뮈가 창조한 현대적 영웅이다. 물론 그랑, 타루 등도 '영웅'의 모습을 공유하고 있음을 잊지 말아야 할 것이다.

그리고 리외, 타루, 그랑 등이 중심이 되어 조직한 자원 보건위생대의 활동은 카뮈 사상의 한 축을 이루는 '반항'이라는 개념으로 이해할 수 있다. 카뮈는 인간을 '반항'을 통해 정의한다. "나는 반항한다. 그러므로 나는 존재한다." 또한 카뮈는 개인적 반항이 집단적 차원으로 승화될 때 그 의미가 배가된다고 본다. "나는 반항한다. 그러므로 우리는 존재한다." 《페스트》에서 이성적 설명을 넘어서는 페스트의 갑작스러운 출현으로 부조리를 체험하기 시작한 오랑 시민 가운데 몇몇(리외, 타루, 그랑, 랑베르, 파늘루 신부 등)은 직간접적으로 페스트와의 투쟁, 곧 반항에 가담한다. 그리고 이들의 반항은 곧 집단적 형태를 띤다.

다시 말해 페스트는 오랑 시민 전체와 관계를 맺게 되면서 그들 전체를 하나의 집단으로 변모시킨다. 페스트라는 위기 앞에서, 페스트라는 적 앞에서 너나 구별 없이(페스트의 발병에서 이득을 추구보는 코타르는 예외이겠지만) '우리'가 되어 '반항'하는 동안 비로소 카뮈가 의도하는 도덕의 정립이 가능한 것이 아닌가 한다. 그러니까 이것은 인간들 사이의 '공감'과 '우정'을 바탕으로 하는 긍정적 도덕의 정립이라고 할 수 있다.

인간을 습격하는 악을 항상 경계하라

카뮈는 또한 이와 같은 도덕이 위기 상황이 아니라 평상시에도 그대로 유지되길 바랐다고 할 수 있을 것 같다. 그 까닭은

《페스트》의 말미에서 볼 수 있는 리외의 페스트에 대한 인식에서 발견된다. 그는 오랑에서 페스트가 물러났을 때조차 페스트가 언제 어디에서라도 다시 인간을 습격할 수 있다는 사실을 지적하고, 이를 경계해야 한다고 말하고 있다. 이는 페스트가 인간들 주위에 항상 잠복해 있다는 사실, 따라서 그 폐해를 예측하기 어려운 페스트의 발병을 방지하려면 평소에 노력을 게을리해서는 안 된다는 메시지일 것이다. 평소에도 일상성(도덕적 무자각)에 빠져 있지 말고 항상 각성된 의식을 가지고 살아가야 한다는 카뮈의 메시지와도 같은 것이다.

또한 이와 같은 시각에서 《페스트》가 '지금, 여기'에서 가지는 문학적 의의를 지적할 수 있을 것으로 보인다. 카뮈가 이 작품에서 문학적으로 형상화한 '페스트'는 분명 질병이다. 하지만 이 작품이 집필된 배경을 고려하면 '전쟁, 나치즘' 등을 상징한다고도 할 수 있다. '페스트는 언제라도 돌아올 수 있는 것'이라는 리외의 지적은 이와 같은 병리적, 사회적, 역사적 의미이며, 과거의 것에 그치지 않는다. 현재 우리 주위에 에이즈와 신종 인플루엔자 등과 같은 질병의 위협이 상존하고, 각종 전쟁과 테러, 범죄도 끊임없이 자행되고 있음이 그 증거다.

게다가 인간의 내면을 갉아먹는 이른바 '악마적' 요소들 역시 '페스트'에 속한다고 하겠다. 중요한 것은 결국 각종 페스트에 걸리지 않는 건강한 사람이 되는 것, 그런 페스트에 걸렸을 때 남에게 옮기지 않기 위해 노력하는 것, 그런 페스트에 걸렸을 때 그것을 치유하기 위해 각자의 직분을 다해 성실하게 대처하는 것이라고 할 수 있겠다.

1985년에 출간된 카뮈의 《페스트 *Théâtre, récits et nouvelles*》(갈리마르Gallimard 출판사의 플레이아드 총서Bibliothèque de la Pléiade에 포함. pp.1213-1474)를 저본으로 삼아 번역하였고, 가능한 한 원문에 충실한다는 원칙을 지켰다. 가령《이방인》과는 달리 만연체에 가까운《페스트》의 문체를 될 수 있으면 살려 내려고 했다는 점을 밝힌다.

늘 그렇듯 옆에서 도와준 익수와 윤지에게 고맙다는 인사를 전한다.

시지프 연구실에서, 변광배

1913년   11월 7일 알제리의 몽도비에서 뤼시앵 카뮈와 카트린 생테스 사이에
서 둘째로 태어났다.

1914년   제1차 세계대전의 발발로 아버지 뤼시앵이 8월에 주아브(알제리 원주
민 보병)로 징집되어 프랑스 본토로 투입되었는데, 9월 마른 전투에서
부상을 입고 10월 11일 브루타뉴 생브리외 군인 병원에서 사망했다.
어머니 카트린은 두 아들과 함께 친정인 리옹가 17번지(벨쿠르)로 이
사해서 가정부로 생계를 꾸렸다.

1918년   초등학교에 입학했다. 2학년 담임이던 루이 제르맹이 각별히 아껴서,
공부를 반대하던 외할머니를 설득해 주고 개인 과외까지 해 줬다. 그
덕분에 고등학교 장학금을 획득했고, 후에 카뮈가 노벨문학상 수상 연
설집 《스웨덴 연설》을 그에게 헌정했다.

1923년   알제 고등학교에서 수학했다.

1930년   알제대학 철학과에 입학했다. 대학 축구팀에서 활약할 정도로 건강했
는데 1학년 겨울에 폐결핵이 처음으로 발병하며 평생 그를 괴롭히게
된다. 장 그르니에를 사상적 스승으로 만났다.

1932년   잡지 《쉬드》에 4편의 글을 발표했다.

1933년   히틀러가 권력 장악. 앙리 바르뷔스와 로맹 롤랑에 의해 주도된 암스
테르담 – 플레이엘 반파쇼 운동에 가입, 투쟁했다.

1934년   시몬 이에와 결혼했다. 장 그르니에의 권유로 공산당에 가입해 회교
도 계층에서의 선전 임무를 맡아 활동했으나 그 이듬해 탈퇴했다.

1935년   아르바이트를 하면서 철학 공부를 계속하는 동시에 《안과 겉》 집필을
시작했다. 알제대학 졸업 논문으로 플로티누스와 성 아우구스티누스
를 통한 헬레니즘과 기독교의 관계를 주제로 한 〈기독교적 형이상학

과 신플라톤 철학》을 제출했다. 몇몇 친구와 함께 '노동 극단'을 창단해 희곡 《아스튀리의 반란》을 집필했으나 상연이 금지되었다.

1936년 중부 유럽 여행 중에 아내 시몬이 그녀의 담당의와 불륜 관계임을 알고 큰 충격을 받았다. 알제로 돌아온 후 별거에 돌입(실제 이혼은 1940년 2월), 친구 집인 '세계 앞의 집'에 거주하며 집필에 몰두했다. 제리 라디오방송 극단의 배우로서 방방곡곡을 순회하며 공연했다.

1937년 《안과 겉》을 출간. 건강상의 이유로 철학교수 자격 획득을 포기했다.

1938년 10월 파스칼 피아가 주도하는 《알제 레퓌블리캥》의 기자로 취직했다. 《칼리굴라》를 집필했다. 부조리에 대한 시론을 구상하며 《이방인》 집필에 도움이 될 자료를 수집했고, 12월에 《페스트》라는 제목의 소설을 처음으로 구상하기 시작했다.

1939년 제2차 세계대전 발발. 오디지오, 로블레스 등과 함께 〈리바주〉라는 잡지를 창간했다. 앙드레 말로와 상봉했다. 《결혼》을 출간했다.

1940년 12월 수학 교사인 프란신 포르와 리옹에서 결혼하지만, 1달도 채 못돼서 〈파리 스와르〉지의 감원으로 실직. 하는 수 없이 오랑으로 가서 처가살이를 시작했다.

1941년 오랑에 거주하며 틈틈이 알제로 가서 《이방인》 원고를 장 그르니에, 파스칼 피아 등에게 보여줬다. 7월 알제리, 특히 오랑 지역에 전염병 티푸스가 창궐해서 소설 《페스트》 창작에 영향을 끼친다.

1942년 폐렴이 재발하여 프랑스 파늘리에로 휴양을 갔다. 5월에 《이방인》, 10월에 《시지프 신화》를 출간했다.

1943년 연극 〈파리 떼〉의 리허설 때 장 폴 사르트르와 시몬 드 보부아르를 만났다. 레지스탕스 기관지 〈콩바〉의 편집장을 맡았다.

1944년 파스칼 피아와 잡지 〈전투〉를 편집, 출간했다.

1945년 《칼리굴라》를 상연했다. 1943~1944년 독일인 친구에게 보낸 4편의 편지를 모은 《독일 친구에게 보내는 편지》를 출간했다.

1946년 미국을 방문해서 여러 대학에서 강연했다. 《페스트》를 탈고했다.

1947년 《페스트》를 간행했다. 그해 '비평가상'을 수상했다. 수많은 비평가들이 카뮈를 덕망 있는 '무신론적 성자'로 규정했다. 거의 유복자처럼 살아왔던 그가 처음으로 아버지의 무덤을 찾아갔다.

1948년 장 루이 바로와 함께 쓴 《계엄령》을 상연했다.

1949년 사형 선고를 받은 그리스 공산당원들을 위한 구명을 호소했다. 폐결핵이 재발했다.

1950년 《시사평론》 1권을 출간했다.

1951년 10월 《반항하는 인간》을 출간했는데, 이 책 때문에 사르트르, 메를로 퐁티, 보부아르, 장송 등과 1년여 동안 치열하게 논쟁했고, 사르트르와는 결국 결별한다.

1953년 《시사평론》 2권을 출간했다. 11월 《최초의 인간》의 구상을 시작했다.

1954년 아내 프랑신의 우울증이 심해져서 모든 정치적, 문학적 활동을 중단하고 1년간 절필. 1939년부터 쓴 산문을 모아 《여름》을 출간했다.

1955년 이탈리아 소설가 디노 부자티의 《흥미 있는 경우》를 각색했다. 기자 활동을 재개했다.

1956년 《전락》을 출간했다. 《여름》의 속편으로 《축제》의 집필을 구상했다.

1957년 《적지와 왕국》을 간행했다. 노벨문학상을 수상했다.

1958년 《스웨덴 연설》을 출간했다.

1960년 1월 4일, 친구인 미셸 갈리마르의 승용차에 동승했다가, 몽트로 근교 빌블르뱅에서 교통사고로 사망했다. 가방에서 《최초의 인간》 원고가 발견되었다.

1971년 자전적 요소가 짙은 소설 《행복한 죽음》이 출간되었다.

1994년 딸 카트린 카뮈에 의해 미완성 소설 《최후의 인간》이 출간되었다.

옮긴이 **변광배**

한국외국어대학교 불어과와 같은 대학 대학원을 졸업, 프랑스 몽펠리에 III대학에서 〈사르트르의 극작품과 소설에 나타난 폭력의 문제〉로 문학박사 학위를 받았다. 같은 대학에서 대우교수를 역임하고 강의하고 있으며, 프랑스연구모임 '시지프' 대표로 있다. 《사르트르 평전》, 《레비나스 평전》, 《사르트르와 카뮈: 우정과 투쟁》, 《어린 왕자》, 《카르멘》 등을 번역했고, 《존재와 무: 실존적 자유를 향한 탐색》, 《제2의 성: 여성학 백과사전》 등을 썼다.

초판본 페스트

초판 1쇄 펴낸 날 2020년 8월 15일
초판 3쇄 펴낸 날 2023년 1월 31일

지 은 이   알베르 카뮈
옮 긴 이   변광배
펴 낸 이   장영재
펴 낸 곳   (주)미르북컴퍼니
자 회 사   더스토리
전   화   02)3141-4421
팩   스   0505-333-4428
등   록   2012년 3월 16일(제313-2012-81호)
주   소   서울시 마포구 성미산로32길 12, 2층 (우 03983)
E-mail   sanhonjinju@naver.com
카   페   cafe.naver.com/mirbookcompany
S N S   www.instagram.com/mirbooks

* (주)미르북컴퍼니는 독자 여러분의 의견에 항상 귀 기울이고 있습니다.

* 파본은 책을 구입하신 서점에서 교환해 드립니다.